박근혜 일기

박근혜 일기

박근혜연구회 엮음

동동 Dong
Dong

[프롤로그] 기쁜 삶과 좋은 삶

"저 옷 꼭 사고 싶어!"

"올해는 꼭 해외여행 갈 거야."

어떤 것을 갖고 싶거나 어떤 일을 하고 싶은 욕망은 어디를 향하는 것일까.

멋진 옷을 입으면 내가 한결 돋보일 것 같고, 사람들의 호의적인 눈길을 받으면 행복할 것 같다. 또 그런 모습에 반한 사람이 나타나 새로운 연애가 시작되면 행복할 것 같다.

사람들의 욕망은 결국 행복으로 향한다. 우리가 돈을 원하고 명예를 원하고 빼어난 외모를 원하는 것은 '그러면 행복할 것 같기 때문'이다. 행복은 삶의 궁극적인 목적이기에, 인간은 누구나 행복을 꿈꾼다.

그런데 그 행복을 어떻게 얻을 수 있을까. 미국의 저명한 심리학자 마틴 셀리그먼은 행복에 대해 말하면서 "기쁜 삶과 좋은 삶"이라는 표현을 썼다.

'기쁜 삶'이란 기쁨이 넘치는 삶으로써, 종종 쾌락주의적이고 물질주의적인 의미를 띤다. 쾌락주의는 쾌락만이 행복의 원천이라고 생각하며, 물질주의는 행복은 물질적 소유에 있다고 믿는다. '기쁜 삶'을 원하는 사람들은 입이 찢어지도록 크게 웃는 일이 행복이라고 생각한다.

그러나 기쁨을 통해 행복을 추구하는 일은 그리 쉽지 않다. 기쁨은 쉽게 날아가기 때문이다. 맛있는 음식을 먹으며 얻는 기쁨은 숟가락을 내려놓는 순간부터 급속히 사라진다. 새 옷을 산 기쁨은 기껏해야 일주일이다. 입이 찢어지는 웃음을 계속 만들어내려면 끊임없이 물건을 사거나, 쾌락에 탐닉해야 한다. 물질과 쾌락의 추구는 쇼핑이나 약물 중독을 낳기 일쑤다. 그래서 '기쁜 삶'을 추구하는 사람은 파멸하는 일이 많다. 게다가 '기쁜 삶'은 다분히 이기적이다. 자신의 기쁨을 위해서 다른 이를 희생양이나 피해자로 만들기 십상이기 때문이다.

'좋은 삶'은 자신이 살아온 삶과 해온 일들을 돌아보며 보람을 느끼는 삶이다. 가치 있는 일을 해낸 것이나 중대한 사명을 달성했을 때 행복을 느낀다. '좋은 삶'을 추구하는 사람들은 이를 드러내고 웃는 일이 많지는 않다. 그들이 추구하는 일은 대개 어렵고 힘들기 때문이다. 그렇지만 그들은 자신이 살아가고 있는 삶이 좋다고 느낀다. 가치나 사명감을 달성한 보람은 사라지지 않기 때문이다. 언제든지 자기 삶을 돌아보며 행복감을 느낄 수 있다.

'좋은 삶'을 사는 사람은 자신만 행복한 것이 아니다. 그 행복은 다른 이에게도 행복을 준다. '좋은 삶'이 추구하는 보람은 대개 다른 이를 향한 것이기 때문이다.

박근혜의 삶은 어떤 것이었을까. 그녀는 '기쁜 삶'과는 완전히 대척점에 선 삶을 살아왔다. 1998년 책으로 처음 공개된 박근혜 일기는 어머니 육영수 여사가 돌아가신 시점에서 시작된다. 일기 속에서 엿볼 수 있는 그녀의 삶은 슬픔과 고통이 가득했고, 작은 기쁨을 누리는 것도 사치에 가까운 일이었다.

박근혜를 '얼음공주'라고 부르는 사람들이 있다. 아마도 잘 웃지 않고 굳어 있는 표정 때문일 것이다. 하지만 생각해보자. 부모님이 모두 비명에 돌아가셨고, 온갖 왜곡으로 매도를 당했고, 정치에 입문한 이후에는 당이 해체 수준의 위기에 처할 때마다 당대표라는 중책을 맡았다. 그런 사람이 방실방실 웃을 일이 얼마나 있겠는가. 잘 웃지 않는 것은 그녀의 삶이 얼마나 힘들었는지를 보여주는 반증일 뿐이다.

인간은 어떤 상황에서도 행복을 추구하기 마련이다. 심지어 자살하는 사람들도 그렇다. 삶을 스스로 마감하는 것이 더 행복할 듯싶은 것이다. 하지만 삶을 택한다면 그 어떤 슬픔과 고통이 연달아 찾아와도 행복을 추구하는 것이 인간이다. 슬픔과 고통의 나날 속에서 박근혜가 선택한 것은 '좋은 삶'을 사는 것이었다. 고통을 극복하고 어려움을 딛고 일어나 사명감으로 가치와 목적을 추구하는 삶이 박근혜가 추구할 수 있었던 유일한 행복이었다.

그러나 잘 웃지 않는 박근혜라도, 때로는 웃는 모습을 보여주기도 한다. 하지만 이를 드러내며 크게 웃는 일은 없다. 빙긋이 온화한 미소를 짓는다. 그 미소는 보는 사람을 편안하게 하지만, 조금은 안쓰럽게 만든다. 기쁨이 아니라 만족과 보람에서 나오는 웃음이기 때문이다. 힘겨운 삶을 잘 이겨냈고 힘든 일을 잘해냈다는 데서 나오는 웃음, '좋은 삶'을 살아온 사람만이 지을 수 있는 웃음이다.

고통을 겪는 사람들은 많다. 하지만 그들 모두가 '좋은 삶'을 사는 것은 아니다. 고통은 '나쁜 삶', '불행한 삶', '처참한 삶'을 낳기도 한다. 박근혜에게 '좋은 삶'을 선사한 것은 끝없는 사색으로 보인다. 사색을 통해 슬픔과 고통을 철학과 인생관으로 승화시켰다. 숱한 배신을 겪으면서도 '눈에는 눈' 식으로 대응하지 않았다. 오히려 타산지석으로 삼으며 자신이 정한 원칙과 신뢰로 지켜나갔다. 이런 과정을 통해 인간적으로 성숙해왔고, '좋은 삶'을 살아올 수 있었다.

이런 성숙은 개인적인 차원에 그치지 않았다. 뜻하지 않았던 정치입문으로, 우리는 매력적인 정치인 박근혜를 만나게 된 것이다.

정치인 박근혜의 힘은 어디서 왔는가?

한국을 대표하는 여성 정치인. 국민 지지도 1위의 정치인. 가장 유력한 차기 대권 후보. 현재의 박근혜를 표현하는 말들이다. 그렇다면 정치권에 입문한 15년 전의 박근혜는 어떠했을까. 그때도 지금처럼 영향력이 큰 정치인이었을까.

막연하게 '아마 그때도 그랬을 거야.' 라고 생각하는 사람들이 많다. '박정희 대통령의 딸' 이라는 후광으로 화려하게 정계에 입문했을 것이라고 추측한다. 하지만 사실은 그렇지 않았다.

15년 전에도 박근혜는 인지도가 높은 사람이었다. '박정희 전 대통령의 딸'에 퍼스트레이디 역할을 대행했으므로, 박근혜를 모르는 사람은 거의 없었다. 하지만 영향력은 없었다. 정치에 발을 디디며 처음 했던 일은 대선을 코앞에 둔 이회창 후보에 대한 지원 유세였다. 그러나 그 결과는 이회창 후보의 낙선이었다.

정치에 입문하기 전 박근혜는 몇 권의 에세이집을 출판했는데, 모두 이름 없는 군소출판사에서 나온 것들이다. 인지도는 높지만 사람들이 돈을 내고 책을 사 볼 만큼 상품성이 높은 저자가 아니라는 것이 당시 출판계의 평가였던 듯하다.

박근혜가 정치에 참여하게 된 것은, IMF로 위기에 처한 나라를 구하는 데 작은 힘이나마 보탬이 되겠다는 결심 때문이었다. 정치참여 이전의 박근혜가 쓴 책 중에 《평범한 가정에 태어났더라면》이라는 것이 있다. 거의 모든 사람들이 당연하게 경험하는 일이 박근혜에게는 이루어질 수 없는 소원이었다. 그런 박근혜의 정치참여는 다시 한 번 개인의 삶을 내려놓고 공인이라는 무거운 책임을 지겠다는 어려운 결정이었지만, 국민들의 눈에는 전직 대통령의 딸이 정치에 참여한다는 화젯거리 정도였을 뿐이다.

인지도만 높았을 뿐 영향력은 크지 않았고, 국민의 관심의 대상도 아니었던 박근혜. 그런데 왜 '박근혜는 예나 지금이나 대단했다.'고 생각하는 사람들이 많은 것일까. 이것은 박근혜에 반대하는 사람들이 만든 프레임을 통해 박근혜를 바라보기 때문이다.

'아버지 박정희 전 대통령이라는 후광이 전부인 정치인'이라는 '낙인'은 바로 상대편에서 만들어놓은 프레임이다. 이 프레임을 거쳐 박근혜를 보면 현재의 박근혜의 영향력과 인기는 후광효과 때문이고, 따라서 정치에 입문했을 때도 대단했을 것이라고 생각하기 쉽다.

특별히 화려하거나 대단한 출발은 아니었지만, 15년 사이에 4선 의원이 되고, 한나라당 부총재와 대표를 역임하고, 2007년에는 당내 대통령 후보 경선에 나섰으며, 2012년 현재에는 가장 유력한 차기 대권 주자로 인정받고 있다.

어떻게 이런 기적 같은 일이 벌어진 것일까. 상대편에서 만들어낸 '후광효과'라는 프레임을 걷어내고 생각해보면 해답은 무척 단순하다. 기적 같은 급성장의 원인은 박근혜가 정치인으로서 그리고 한 사람의 인간으로서 매력을 지니고 있기 때문이다. 현재의 위상은 사람을 사로잡는 매력이 조금씩 사람들의 관심과 호감을 끌고 지지자를 늘려온 결과일 뿐이다.

도대체 어떤 매력이길래?

박근혜의 매력과 삶의 결말은?

　시대와 세상에 큰 획을 그은 위인들의 삶은 비슷한 측면이 많다. 파란만장하고, 부침이 심해 정상에서 바닥으로 급격히 떨어져도 보고, 자신의 힘으로 극단적인 어려움을 해결해 나가야 하고, 온갖 고통을 모두 겪은 후에야 자신의 가치와 목표를 완성한다는 공통점이 있다. 링컨, 간디, 스티브 잡스 등도 모두 이런 과정을 겪었다.

　박근혜의 삶도 이와 비슷하다. 실제로는 엄청나게 힘들지만, 퍼스트레이디 대행은 모든 사람의 주목을 받는 화려한 자리였다. 하지만 아버지의 죽음으로 졸지에 '동생 둘을 돌봐야 하는 고아'가 됐다. 그리고 이어지는 아버지에 대한 왜곡과 매도……. 손발이 묶여 아무것도 할 수 없었던 고통스러운 시기. 믿었던 사람들의 배신. 박근혜의 삶은 한순간에 수렁 속으로 빠져들었다.

　박근혜의 매력, 정치인으로서 인간으로서 지니고 있는 매력은 이런 삶 속에서 갈고닦인 것이다. 인간으로서 참아내기 힘든 고통을 자신의 내면에서 삭이고 승화시킨 결과가 내적으로는 '좋은 삶'의 바탕이 되었고, 외적으로는 인간적인 매력으로 발산된 것이다.

　그때 겪었던 고통이 어떤 것이었는지, 어떻게 극복했는지 가장 잘 알 수 있는 것이 바로 공개된 일기이다. 일기는 박근혜의 인간적인 성장을 가장 잘 보여준다. 배경 지식 없이 읽으면 자기계발서나 삶의 지침서 내지는 철학을 담은 글처럼 보인다. 하지만 일기를 썼을 때의 상황과 심정을 알고 읽으면, 박근혜의 내면적인 성장과 그 결과가 만들어낸 매력을 더 잘 이해하게 된다.

　박정희 전 대통령의 딸이라는 자산이면서 동시에 부채로도 작용하는 미약한 기반으로 출발한 박근혜의 정치 행보. 하지만 박근혜는 흔들리는 나라의 가치관을 지켜내고 정치개혁을 주도하며 매력적인 거물 정치인으로 성장했다. 이제 남겨진 과제는 단 하나, 이 나라의 리더가 되어 낡은 시대를 마감하고 새로운 시대를 여는 길이다. 이것은 그녀의 손이 아니라 우리의 손에 달린 일이다.

권력은 누구의 손에 들어가느냐에 따라 국민을 살리는 무기가 될 수도, 국민을 해치는 흉기가 될 수도 있다. '기쁜 삶'을 추구하는 사람에게 권력이 주어진다면 권력은 개인의 기쁨을 위한 수단으로 전락하며 결국 국민을 해치게 되지만, '좋은 삶'을 추구하는 사람에게 권력이 주어진다면 모든 이에게 '좋은 삶'을 선사할 수 있는 토대가 된다.

개인으로서의 박근혜는 이미 모든 시련과 고통을 이겨내고 '좋은 삶'을 살 수 있는 자신만의 철학과 인격을 얻었다. 하지만 그 과정에서 쌓아온 인간적인 매력과 경륜이 개인의 삶을 '좋은 삶'으로 만드는 것에 그친다면 역사와 시대에 미안하고 국가적으로 아쉬운 일이라고 생각한다.

우리는 정치인으로서의 박근혜도 '좋은 삶'을 맞이하기를 바란다. 정치인으로서의 박근혜의 삶이 '좋은 삶'으로 마무리된다는 것은, 우리가 신뢰할 수 있는 정치인과 함께 새로운 시대를 열어가며 선진화된 사회를 맞이한다는 것을 뜻한다. 정치인 박근혜와 함께 우리 모두가 '좋은 삶'을 함께 누리는 결말을 맞이하고 싶다.

2012년 9월 박근혜연구회

개인의 삶을 접고 영부인의 자리로 제1기

하루 종일 머리를 채우는 것.
그것은 어머니가 안 계시다는 것이다.

우리나라

사람들이 가장 많이 사용하는 외래어는 '스트레스'라고 한다. 삶이 힘든 사람들이 많기 때문일 것이다. 스트레스의 원인은 무척 많지만, 특히 가장 큰 일은 1위 배우자의 사망, 2위 직장의 변화, 3위 직계가족의 사망이라고 한다.

직계가족의 사망이 배우자의 사망이나 직장의 변화보다 순위가 낮은 이유는 무엇일까? 대개의 경우 부모님이 자신보다 먼저 돌아가시기 때문이다. 부모님이 늙어서 돌아가시는 것은 마음의 준비를 할 수 있는 충분한 시간을 주며 자연의 섭리이므로 비교적 충격이 크지 않을 수 있다.

하지만 부모님이 별안간 돌아가신다면…… 그것도 누구에게 피살된 것이라면…… 그 광경을 자신의 눈으로 보게 되었다면……. 스트레스 정도가 아닐 것이다. 억장이 무너지고 피눈물이 흐를 것이다. 겪어보지 않은 사람은 심경조차 표현하기 힘들 정도로 평생 지울 수 없는 상처를 입는 일이다.

상상만으로도 몸서리가 치는 일…… 박근혜는 이런 일을 두 번이나 겪었다. 평범한 사람이었다면 〈인생극장〉에 소개되어 시청자들의 눈물을 쏟아낼 정도로 기구한 삶이었다. 게다가 그 일을 무척 젊은 시절에 겪어야만 했다. 젊기에 더 아프고, 젊기에 아픈 시간을 더 오래 참아내야 했다. 감수성이 예민한 여성이기에 더욱 힘들었을 터였다.

마음이 약한 사람이라면 평생 고통에서 헤어나지 못하거나, 자포자기했을지도 모른다. 그런 엄청난 일을 두 번이나 겪었지만, 박근혜는 무너지지 않고 자신의 삶을 지켜왔다. 그런 힘은 어디서 온 것일까.

1974년 8월 15일에 찾아온 첫 번째 역경. 이날 어머니 육영수 여사가 운명을 달리했다. 광복절 기념행사장에서 조총련계 재일동포 문세광이 박정희 대통령을 시해하려다 육영수 여사를 피격했던 것이다.

당시 박근혜는 프랑스에 유학 중이었다. 머나먼 이역에서 영문도 모른 채 급하게 귀국하라는 연락을 받았다. 엄습해오는 커다란 불안감…… 박근혜는 비행기 안에서 본 신문으로 어머니가 살해되었다는 사실을 알게 되었다.

"날카로운 칼이 심장 깊숙이 꽂힌 듯한 통증이 몰려왔다. 눈앞이 캄캄해지고 아무것도 보이지 않았다. 비 오듯 눈물만 쏟아졌다. 한국으로 돌아오는 내내 그렇게 쉬지 않고 울었다."(박근혜 자서전《절망은 나를 단련시키고 희망은 나를 움직인다》이하 '박근혜 자서전' 이라 함)

울음은 카타르시스를 준다. 하지만 박근혜의 고통은 한국에 온 뒤로 점점 더 커져만 갔을 것이다. 하루 종일 TV에서 방영되는 그 순간의 충격적인 영상……. 외면하고 싶어도 어머니의 최후이기에 눈길이 갈 수밖에 없는 상황……. 그때마다 하염없이 쏟아지는 눈물. 울어도 울어도 줄어들지 않는 고통. 평범한 사람이라면 절대로 겪을 수 없는 일을 박근혜는 한동안 쉴 새 없이 마주해야 했다. 얼마나 아프고 힘들었을까.

"생리가 끊어지고, 몸 여기저기가 고통을 호소해왔다. 면역력이 약해진 탓에 없던 알레르기가 생겨 매일 재채기가 났다."(박근혜 자서전에서)

하지만 박근혜는 주저앉아 있을 수 없었다. 자신을 추스르고 일어나야 했다. 자신이 아니면 할 수 없는 일, 그것도 나라의 운명이 달린 중요한 일을 해야 했기 때문이다.

1. 아파도 아파할 시간이 없었다 (박근혜 22세)

박근혜가 어머니의 죽음이라는 첫 번째 역경에서 몸을 추스르고 일어나야 했던 이유는 역시 아버지 박정희 대통령이었을 것이다. 든든한 아버지가 있었기에 어머니를 잃은 슬픔을 극복할 수 있었다는 의미가 아니다. 오히려 반대였다. 박근혜는 박정희 대통령이 무너지지 않도록 옆에서 지켜주는 역할을 해야만 했다.

스트레스를 받는 가장 큰 원인 1순위는 배우자의 사망이다. 박정희 대통령에게 육영수 여사의 죽음은 배우자의 사망이었다. 보통 사람들도 가장 큰 스트레스를 받는 일이다. 하지만 박정희 대통령에게는 그 이상이었을 것이다.

인간 박정희를 심리학적 상상으로 복원해 평전을 낸 바 있는 정치학자 전인권 씨는 "육영수는 심리적 고아였던 박정희에게 새로운 인식을 제공했다. 사실 육영수야말로 박정희를 정치적 리더로 만든 진정한 장본인인지도 모른다."고 말했다. 《박정희 평전》

두 사람은 만남부터 운명적인 것이었다. 박정희는 가난한 집안 출신의 군인이었고, 육영수 여사는 유서 깊은 갑부 집안의 딸이었다. 박정희는 육 여사보다 여덟 살이나 연상이었다. 두 사람이 백년가약을 맺었던 것은 1950년으로 6·25 전쟁이 한창 벌어지던 때였다. 군인 신분이라 생사를 장담할 수 없는 상황에서 육영수 여사는 결혼을 택했다. 젊은 나이에 미망인이 될 수 있다는 미래에 대한 불안보다, 지금 이 순간의 사랑이 더 중요했던 것이다. 그로부터 4년 뒤인 1954년 6월, 박정희는 아내 육영수에 대해 이런 글을 썼다.

"나의 어진 아내 영수, 그대는 내 마음의 어머니이다. 셋방살이, 없는 살림, 좁은 울 안에 우물 하나 없이 구차한 집이나 그곳은 나의 유일한 낙원이요, 태평양보다 더 넓은 마음의 안식처이다." (박정희 전 대통령 일기 중에서)

육영수 여사의 죽음은 박정희 대통령에게 삶의 기둥이자 정신적인 어머니를 잃는 일이었다. 그 커다란 빈자리를 채울 수 있는 유일한 사람은 박근혜였다. 박근혜는 이렇게 회고했다.

"많은 사람들이 편지로, 전화로 저의 사명을 말해주었습니다. 그 뜻대로 저도 어머니의 빈자리를 메워야겠다는 결심을 하게 되었습니다." (《나의 어머니 육영수》)

1974년 9월 14일 근혜가 없으면 못 살 것 같아

아침진지를 드신 후, 아버지께서 잠시 울음을 터뜨리셨다. "근혜가 없으면 못 살 것 같아. 네 어머니가 그렇게 일찍 돌아가시려고 너를 두셨는가 봐." 그러시며 어머니를 회상하셨다.

"너의 어머니 훌륭한 것이, 그렇게 많은 얘기를 나누었어도 재산 모으는 것이라든가, 그러한 사사로운 욕망을 채우는 데는 한마디도 말이 없었다. 조그마한 산 하나를 사고 싶고, 사도 정당하게 사는 것이련만. 비판의 대상이 되고 오해를 산다고, 서로 얘기를 하다가 결국 그만두자고 하고 말았지."

"어째서 육여사님의 서거에 내가 이렇게 슬퍼해야 하나 할 정도 입니다……."

오늘 받은 조문 서신의 한 구절이다.

어머니를 잃고 적막감이 도는 청와대 안에 온기를 불어넣고, 국민의 사랑을 한 몸에 받았던 어머니의 역할을 대신하는 사명은 스물두 살의 어린 박근혜에게는 감당하기 힘든 막중한 부담과 책임이었을 것이다. 박근혜는 당시의 심정을 이렇게 회고했다.

"학자가 되기를 꿈꾸며 공부만 하던 내게 그토록 많은 일은 버거운 부담이 되었다. 하지만 반드시 해야 한다는 사명감과 어머니의 행적은 나를 지탱하는 힘이 되었다. 누구에게 떠맡길 수도, 도망갈 수도 없었다. 나에게 '비상구'란 없었다. 오직 막중한 책임만 있을 뿐이었다." (박근혜 자서전에서)

1) 어머니의 가르침 그리고 그리움

한 사람의 인생에 가장 큰 영향을 주는 것은 대개의 경우 어머니이다. 육영수 여사는 한국사에서 가장 위대한 여성 중 한 사람으로 평가 받고 있다. 위대한 사람을 어머니로 둔다는 것은 엄청난 행운이지만, 동시에 부담 되는 일이기도 하다. 자신의 역할 모델로 삼고 따라 하는 것이 무척 어렵기 때문이다.

박근혜는 육영수 여사의 일상을 이렇게 회고한다.

"어머니는 청와대 안주인 역할을 하느라 대통령인 아버지 못지않게 바쁜 하루하루를 보내셨다. 청와대 사람들로부터 '신문고'라는 별명이 붙을 정도로 편지 한 통도 소홀히 하지 않고 직접 챙기는 걸로 유명했다. 해외 순방을 하다 보면 하루 종일 서 있는 날이 많아, 저녁에 숙소

로 돌아가서 보면 어머니의 발이 퉁퉁 부어 있었다.”(박근혜 자서전에서)

박근혜는 육영수 여사를 쏙 빼닮았다는 말을 듣는다. 외모뿐 아니라 행동까지 빼닮았다는 말을 듣는다. 육영수 여사가 돌아가신 후 박근혜가 그 역할 자체를 해야 했기 때문일 것이다. 위대한 어머니의 역할을 대신한다는 것이, 스물두 살의 여성에게 얼마나 힘겹고 벅찬 일이었을까.

“어머니의 뜻을 충실하고 성실하게 받들어 행한다면, 어머니는 제 가슴에 그리고 국민들의 마음에 살아 있는 것이라는 믿음이 생겼습니다.”(박근혜 자서전에서)

정신적으로도 육체적으로 힘든 퍼스트레이디 역할을 제대로 수행할 수 있었던 것은 어머니의 평소 가르침 덕분이었을 것이다. 당시의 일기에는 어머니의 가르침에 대한 감사와 그리움을 적은 부분이 종종 나오는데, 다른 부분에 비해 무척 긴 편이다. 감사와 그리움이 그만큼 컸기 때문일까.

1974년 10월 5일 어머니는 노력과 성실의 결정체세요

어머니가 쓰신 〈나의 조각된 신념〉을 읽었다. 요즈음 앞으로 이 무거운 책임을 어떻게 다할 수 있을까 하고 걱정걱정하던 끝에 떠오른 신념의 실마리와 어머니의 생각이 너무나 같다는 데 놀랐다. 즉 노력 자체가 바로 인간 완성의 경지라고 믿게 되었는데, 어머니도 “성과의 비중도 중요하겠으나 노력한다는 그 과정 자체가 더욱 중요하게 생각된다.”고 하셨다. 인내, 노력, 성실이 바로 어머니이다. “어머니는 노력과 성실의 결정체세요.” 하고 말씀드린 적이 있다. 그러자 어머니는

"참으로 네 말이 맞다."고 하시며 나의 그러한 표현을 반가워하셨다.

어머니는 노력과 인내와 성실 바로 그 자체. 그러므로 노력하며 인내하며 성실한 가운데, 또한 그 노력과 인내와 성실함이 진하면 진할수록, 고되면 더욱 고될수록, 바로 그 안에 어머니는 계신 것이다.

살아생전이나 돌아가신 후에나 어머니는 나의 위대한 스승이다. 그 가르침은 모두 인내와 노력과 성실, 그 안에 있는 것이다.

우리의 고민은 어떠한 일을 시작했기 때문에 생기기보다, 할까 말까 망설이는 데에 있는 것 같다. 심부름을 해드릴 때, 과일물을 가져다 드릴 때마다 진정으로 고마워하시던 모습. 우리의 조그만 칭찬에도 고맙다고 하시며 얘기에 귀 기울이시던 모습이 눈에 선하다.

그 바쁘신 가운데에서도 식사 전에는 꼭 할머니 식사를 돌보시며 "할머니 뭐 드시니?" 하고 자상하게 이것저것 이르시던 모습…….

밤늦게 2층에 올라오셔도 꼭 할머니 방에 들르셔서 할머니를 한바탕 웃겨드리시던 모습…….

어머니의 모습은 따뜻함을 온몸으로 느끼게 한다.

그렇게 노력하시면서도 항상 반성과 더 큰 노력과 더 큰 성실을 추구하셨기 때문에 항상 완벽하고 아름다우셨던 것이다.

1974년 10월 20일　어머니

어머니…… 내게 슬픈 일이 있으면 나보다 더 슬퍼하시고, 내게 기쁜 일이 있으면 나보다 더 기뻐하시던 분.

1974년 11월 27일　어머니가 안 계시다

하루 종일 머리를 채우는 것. 그것은 어머니가 안 계시다는 것이다.

1974년 12월 11일 어머니는 정신적 지주

오늘 접견한 손님이 생전 어머니의 모습 하나를 전해주었다. 웅변대회 수상자들을 만나셨을 때 어느 분이 내조의 공이 크시다고 말씀하셨다 한다.

그 손님은 눈물이 비 오듯 하며 "너무나 아까워서. 너무나 고우셔서……." 하며 말을 잇지 못하였다.

누구에게나 어머니는 커다란 정신적 지주이셨던 것 같다. 어머니 살아생전, 어머니와 대화를 할 때면 평범한 듯한 어머니의 이야기 속에서 그 시간 내내 무언가를 배웠다.

2) 박근혜는 과연 '공주'였을까.

박근혜의 별명에는 '공주'가 붙는 경우가 많다. 대통령의 딸을 '공주'라고 부르는 것은 이치에 맞지 않는 일이다. 그보다 더 큰 문제는 이런 별명이 무의식중에 대통령의 딸이었던 시절, 호화롭고 사치스럽게 권력의 단맛을 맛보며 살았을 것이라는 오해를 일으킨다는 점이다.

한겨레신문 기자 출신인 손석춘은 "박근혜는 아홉 살 어린이 때부터 1979년 10월 26일까지 18년 동안 대한민국 권력의 최고 정점에서 생활했다."(《박근혜의 거울》)라고 글을 쓴 적이 있다. 박근혜가 권력이라도 휘둘렀다는 듯한 뉘앙스를 풍기는 악의적인 글이다.

대통령의 딸도 공인이라 할 수 있다. 공인에게는 자리에 맞는 책임과 함께 혜택도 주어진다. 대개의 사람은 자신이 감수해야 할 책임을 웃도는 혜택이 있을 때 공인의 역할을 선택한다. 그러나 박근혜가 '대통령의 딸'이라는 공인이 된 것은 본인의 선택이 아니었다. 게다가 박정희 대통령과 육영수 여사는 박근혜에게 아무런 특혜를 주지 않았다.

1962년 박정희 대통령이 정식으로 취임하면서 일가의 거처는 청와대로 옮겨졌지만 박근혜와 동생 박근영은 곧 외할머니에게 맡겨졌다. 청와대에서 통학하려면 자가용을 타고 다녀야 한다. 자가용이 드물던 시절. 육영수 여사는 어린아이들이 자동차로 통학하는 것은 보기에도 좋지 않을뿐더러 특권의식을 갖게 되지 않을까 염려하여 외할머니 집으로 보냈다고 한다. 아버지가 대통령이 된 것 때문에 외려 3년간 부모와 떨어져 살아야 했던 것이다. 대통령의 딸이라는 것은 박근혜에게 책임만 있고 혜택은 없던 자리였다.

이런 에피소드도 있다. 성심여중에 다니던 시절 단짝 친구 몇 명이 청와대로 놀러왔다. 가족실과 박근혜의 방을 둘러 본 한 친구가 실망한 표정으로 말했다.

"뭐야? 우리 집하고 다를 게 없잖아. 공주처럼 꾸며놓고 사는 줄 알았는데."

박정희 대통령은 청와대에서도 변기 수조에 벽돌을 넣어 물을 아끼고, 절전을 위해 불을 켜지 않아 밤중엔 부딪치거나 넘어지기 일쑤였다고 한다. 대통령의 딸이라는 공인이기에 받게 되는 부담스러운 관심. 이전부터 엄격했던 아버지가 대통령이 된 이후에 더욱더 신경 써야 할 몸가짐 등은 박근혜가 아무리 일찍 철이 들고 생각이 깊었어도 견디기 쉽지 않은 부담이었을 것이다.

박근혜는 아버지에게 힘을 실어주기 위해 자신이 할 수 있는 것을 고민하다 전자공학과에 진학하기까지 했다. 일상생활도 인생설계도 철저히 공적으로 해야 했던 박근혜의 유년기와 청소년기는 '공주'가 아닌 '수녀'에 가까운 것이었다.

어머니가 돌아가시고 퍼스트레이디가 된 후에는 어떨까. 권력의 한 축을 누리며 살았을까.

스물두 살은 요즘의 사회초년생보다도 어린 나이이다. 일반인들은 이제막 세상에 대해서 알아가는 시점. 조금 실수를 해도 어리기에 용서가 되는 시점. 그 시점에 박근혜는 나라를 대표하는 퍼스트레이디로서 행동해야 했다. 국운이 결정될지 모르는 칼날 같은 자리, 말 한마디 행동거지 하나하나를 의식해야 하는 자리다. 박근혜는 그런 역할을 훌륭히 수행했다.

나이에 비해 엄청나게 버거운 역할을 감당해내기 위한 노력과 부담감. 이에 대해 박근혜는 한마디 말이 없다. 일기에서조차 직접 언급한 바가 없다. 아무리 힘들어도 힘들다고 하소연하지 않는 것이 박근혜의 스타일이다.

박근혜는 퍼스트레이디 대행을 훌륭하게 수행하며 어머니의 빈자리를 제대로 메웠다는 평가를 받았다. 하지만 박근혜는 행복했을까? 보람과 만족을 느끼는 일은 많았겠지만, 아쉬움도 무척 많았을 것이다. 일기에는 직접적인 언급이 없지만, 자서전에서는 이런 구절을 발견할 수 있다.

"때로는 결혼도 하고 아이를 낳고 오랜 세월 정답게 늙어가는 노부부를 보고 있으면, 그 소소한 일상의 행복이 더없이 귀하고 아름답게 다가온다. 내가 가져보지 못한 삶에 대한 애틋함일지도 모른다."
(박근혜 자서전에서)

1974년 9월 16일   무거운 책임
책임. 너무나도 무거운 책임.

1974년 11월 21일   어머니에 대한 회상
정신없이 바쁜 하루하루다. 포드 대통령 맞을 준비, 잡지에 낼 원고 정리, 사진 선정, 포토 다이어리에 관한 것……

어머니는 어떻게 10여 년을 이렇게 지내셨을까.

3) 박근혜에게 '공인'이란 어떤 의미일까

1998년 《고난을 벗삼아 진실을 등대삼아》라는 책으로 공개된 박근혜의 일기는 1974년 9월부터 시작된다. 박근혜는 자서전에서 "어머니의 가르침에 따라 나는 초등학교 때부터 하루도 빼놓지 않고 일기를 쓰는 습관이 몸에 뱄다."고 말했다.

1974년 이전의 일기를 공개하지 않은 것은 무엇 때문일까. 또한 1974년에서 1979년 사이에 공개된 일기가 많지 않은 것은 무엇 때문일까.

일기는 자기 혼자 보려고 쓰는 글이다. 초등학생에게 숙제로 일기를 제출하는 일이 있지만, 초등 2~3학년만 되어도 숙제로 쓰는 일기와 자신만의 일기를 따로 쓰는 일이 많다. 특히 여자아이들이 자신만의 비밀일기를 많이 쓴다.

1998년 4월 박근혜는 보궐선거를 통해 국회의원이 되었다. 그리고 그해 10월에 일기를 공개했다. 자신만 보려고 써두었던 일기를 만천하에 공개한 것은 공인이 된 자신이 어떤 사람인지 국민에게 알려야 한다는 의무감 때문인 것으로 보인다.

박근혜는 항상 원칙의 정치, 신뢰의 정치를 강조한다. 원칙의 정치를 실현하려면 먼저 자신이 지닌 원칙이 무엇인지 알려야 한다. 그리고 그 원칙대로 행동을 해야만 신뢰를 얻을 수가 있다. 일기를 공개한 것은 원칙과 신뢰의 정치를 하겠다는 강한 의지로 보인다.

'원칙과 신뢰'라는 관점에서 보면 이 시기에 공개된 일기가 많지 않은 것을 이해할 수 있다. 공개된 박근혜의 일기는 주로 생각의 흐름과 변화를 담은 것이다. 자신의 삶에 대한 원칙을 세우기에는 아직 어렸고, 느닷없이 퍼스트레이디 대행이라는 중책을 맡게 되었으니, 하루하루 벌어지는 일을 처리하는 것만도 벅찼을 것이다.

박근혜가 공인으로서 활동한 것은 1975년부터 1979년까지 퍼스트레이디 역할을 대행한 5년간, 그리고 1998년 국회의원으로 선출된 후부터 지금까지다. 국회의원이 된 이후에는 싸이월드 미니홈피에 '공인의 무거운 책임'에 대해 언급을 한 적이 몇 번 있었다.

공인이 되었다고 해서 24시간 공인으로 행동해야 하는 것은 아니다. 대개의 사람들은 공인으로서의 삶과 개인으로서의 삶을 조화시키며 살아간다. 공무원이라면 퇴근 후에는 개인으로서 친구나 가족과 즐거운 시간을 보낸다.

그런데 박근혜는 '공인'이 된다는 것을 개인의 삶을 모두 내려놓고 온몸을 바쳐 24시간 책임을 져야 하는 것으로 인식하고 있다. 즉, 공인은 무한한 사명감으로 일해야 한다고 생각하는 것이다. 이것은 실제로 그런 삶을 살았던 어머니의 영향으로 보인다. 그래서 공인으로서의 삶을 결심하는 것이 항상 힘든 결정이었을 것이다. 특히 스물두 살의 어린 나이에 퍼스트레이디 대행을 하겠다고 결심하는 데에는 대단한 용기와 희생정신이 필요했다는 것을 일기에서 엿볼 수 있다.

1974년 9월 18일   나의 과업

어머니가 돌아가심을, 그 유업을 헛되이 않는 것이 바로 나의 과업이다.

1974년 11월 10일   한 인간으로서의 삶을 버리고 공인으로

지금 나의 가장 큰 의무. 그것은 아버지로 하여금 그리고 국민으로 하여금 아버지는 외롭지 않으시다는 것을 보여드리는 것이다.

소탈한 생활, 한 인간으로서의 나의 꿈, 이 모든 것을 집어던지기로 했다. 이왕 공인(公人)으로 나서지 않으면 안 될 운명이라면 적극적으로 나서기로.

2. 박정희 대통령과 병아리 (박근혜 23~25세)

박근혜가 퍼스트레이디 역할을 훌륭히 수행하며 때때로 눈부신 활약을 펼치던 시기다. 이를테면 이런 일도 있었다.

가난 때문에 제대로 병원 진료를 받기 힘든 사람들을 위해 1976년 12월 성결교 서울신학대학 건물에 야간병원이 개설되었다. 진료와 치료가 모두 무료였다. 의사들과 의대생들이 자발적으로 참여해 무료 봉사에 참여했다. 가난한 사람들이 넘쳐나던 시절, 시민들의 반응은 폭발적일 수밖에 없었다. 이 일을 주도한 사람이 바로 박근혜였다.

이 병원은 1979년 '새마음병원'이라는 이름으로 재탄생했다. 1987년까지 이곳을 다녀간 사람은 연인원 430만 명에 이른다. 이 무료진료를 수가로 환산하면 무려 1백억 원이 넘는 큰돈이다. 또한 소아마비 청소년회관도 개관하고 꾸준히 의약품을 보냈다.

어머니인 육영수 여사는 영부인이 된 후 평생 봉사와 구제 활동에 힘썼지만, 불쌍한 사람에게 재물을 베푸는 '적선'보다는 스스로를 구제할 수 있는 '자조'와 '자립'에 중점을 두었다. 어려운 사람들에게 가장 필요한 것은 일자리 마련, 즉 재활의 길을 모색해 주는 것이라 생각하고 몸소 실천했던 것이다.

하지만 몸이 아프면 아무리 일을 하고 싶어도 일을 할 수 없다. 어머니의 철학을 이어받은 박근혜가 의료 복지에 관심이 많은 것은 당연했다. 1976년 기존의 의료보험법을 전면 개정했고, 1977년 7월 1일에는 강제가입 성격의 의료보험제도가 실시되었다. "국민소득이 1천 달러도 안 되는 우리의 경제 현실에서 너무 이른 것 아니냐."며 경제학자를 비롯한 많은 사람들이 반대했지만, 박정희 대통령은 확고한 의지를 굽히지 않았다. 그 뒤에는 육영수 여사의 철학과 박근혜의 조언이 있었음은 두말할 나위도 없다.

하지만 공개된 일기에는 이런 일에 대한 언급이 전혀 없다. 이 시기에 자신이 해낸 일이 대견하고 기뻐서 들뜬 어조로 일기를 쓴 일이 많을 법도 하지만, 공개된 일기에는 그런 부분이 일체 보이지 않는다. 자기 공을 내세우지 않는, 잘난 척하기를 싫어하는 박근혜의 성격이 드러나는 부분이다. 이런 성격은 정치인이 된 후에도 변하지 않았다.

2006년 박근혜는 총선 지원 유세 중에 괴한에게 피습을 당했다. 1센티미터만 더 들어갔어도 큰일 날 뻔한 깊은 상처였다. 어머니도 아버지도 피살을 당한 박근혜로서는 악몽이 되살아날 만한 일이었지만, 그녀는 비명을 지르지도 주저앉지도 않고 의연한 모습을 보였다.

선거 캠프에서는 "붕대를 좀 더 많이 감아서 유권자들 마음을 찡하게 합시다."라는 말이 나왔다. 하지만 박근혜는 이렇게 답했다.

"이 일로 절대 오버하지 마세요. 내 대신 다른 분들이 나서서 선거전에 공백이 나지 않게 최선을 다해주세요."

이 시기에 공개된 일기가 적은 것은 이런 성격 때문일 것이다. 자기 자랑처럼 보이는 부분은 공개하지 않다 보니, 공개할 것이 많지 않았을 것이다. 이 시기에 공개된 일기는 주로 어머니와 아버지에 관한 것이다. 특히 박정희 대통령과의 잔잔한 일화는 평소 이미지와 무척 많이 달라 흐뭇한 미소를 짓게 한다.

1975년 1월 10일   대구에서 보내온 병풍

대구에서 사는 박새철 씨가 어머니를 추모하며 정성껏 병풍을 만들어 보냈다. 병풍에 적힌 시(詩)의 마지막 부분은 아래와 같다.

"착한 일, 어진 일, 좋은 일 다 하셨는데, 하늘을 쳐다보신들 땅을 굽어보신들 무엇 하나 부끄러운 게 있으오리까."

이 말처럼 어머니를 잘 표현한 글이 있을지는…….

1976년 3월 14일   다시 공부를 한다면 역사공부를 하고 싶다

아침에 〈조선일보〉의 사설 〈한국민의 생각 1976년 3·1절에 있은 정부 전복선동사건에 붙여〉를 읽은 아버지께서 나에게도 읽어보라고 권하셨다.

"이 점이 바로 우리와 월남과 다른 점이야. 위기가 닥치고 안정이 요구될 때 이렇게 붓을 잡을 수 있는 것이……." 하고 읽으신 소감을 말씀하셨다.

저녁때 〈지크프리트〉라는 영화를 감상했다. 영화가 끝나고 나서 몽골의 침입과 고려에 대해 말씀하셨다.

우리 민족의 저항심이 강하다는 점 등을 그리고 다시 공부를 할 수 있다면 역사를 하고 싶다고 하셨다. 아무리 바빠도 저녁때 라디오 방송에서 나오는 이선근 박사의 역사 이야기를 듣기 시작하면 일단 끝까지 들어야만 한다고 말씀하셨다.

1976년 3월 17일   천진한 아버지

아버지께 뜰에 진달래가 몇 송이 피었다고 말씀드리니 며칠 전 이미 한 송이 피었던 것을 이야기하시며, 마치 병아리 한 마리가 따뜻해진 줄 알고 고개를 쑥 내밀었다가 또 추워지니까 들어가지도 못하고 밖에 남아 있는 것 같은 인상을 받으셨다고.

어떻게 그런 희한한 비유를 하시게 되었는지 웃음이 나온다. 진달래 한 송이를 보고 문득 병아리 한 마리를 생각하시는 천진한 아버지의 마음. KBS 인형극 〈삼국통일〉을 그토록 흥미 있게 보시던 모습이 연상된다. 내가 채널을 돌리니까 그대로 보자고 우기시던 모습도.

3. 최고 권력자와 가장 가까운 사람 (박근혜 26~27세)

1979년, 한반도에 6·25 전쟁 이후 최대의 위기가 닥쳐왔다. 지미 카터 당시 미국 대통령이 한국의 인권문제를 거론하며 주한미군을 철수하겠다고 선언한 것이다. 경제성장이 이루어지고 군사력도 강해진 지금도 주한미군 철수는 나라의 안위를 위협하는 거대한 사안이다. 당시로서는 우리나라의 사활이 걸린 문제였다.

카터 대통령은 박정희 대통령과의 정상회담을 위해 6월 29일에 방한했다. 카터 대통령의 마음을 돌릴 수 있는 마지막 기회였다. 하지만 카터 대통령은 완강했고, 정상회담은 싸늘한 분위기로 평행선을 달리고 있었다. 카터 대통령은 국빈 예우를 마다하고 미8군 영내에서 숙박할 정도로 불편한 심기를 드러냈다.

이 위기를 해결한 사람이 박근혜였다. 박근혜는 영부인인 로절린 카터 여사를 설득하는 것이 문제를 해결하는 길이라고 생각했다. 당시 카터 대통령은 조깅을 즐겼는데, 방한 때에도 아침 조깅을 거르지 않았다. 박근혜는 조깅에 비유하며 우리나라의 상황을 설명했다.

"어느 정도 체력이 되고 건강한 사람은 몇 킬로미터를 뛸 수 있지만, 방금 수술한 사람이나 몸이 아픈 사람은 과한 운동을 하면 안 되지 않나요? 나라도 마찬가지인 것 같습니다. 지금 우리나라는 분단의 아픔을 겪고 있는 상황입니다. 북한이 남침을 해서 온 나라가 폐허가 된 지도 얼마 안 되었고, 북한은 지금도 호시탐탐 남침의 기회를 노리고 있습니다. 간첩을 보내고, 땅굴을 파고, 심지어 특공대를 보내서 이곳 청와대까지 습격했습니다.

국민의 생명과 재산을 지키기 위해서는 무엇보다 북한의 남침으로부터 나라를 지키는 것이 중요합니다. 전쟁을 막고, 한편으론 경제를 발전시켜 배고픔에서 벗어나는 것이 지금 한국의 가장 중요한 과제입니다.

대통령께서는 한국의 인권문제에 큰 관심을 보이시고, 주한미군을 철수하는 문제로 고민하신다고 들었습니다. 인권문제도 물론 중요합니다.

그러나 몸이 아픈 사람에게 건강한 사람과 똑같이 조깅하라고 하면 오히려 건강이 상할 수 있는 것처럼, 지금 남북이 대치하는 어려운 상황에서 경제발전에 모든 힘을 쏟아야 하는 한국은 다른 나라들과 상황이 다르다는 것을 알아주셨으면 합니다."(박근혜 자서전에서)

로절린 여사에게 한 말은 카터 대통령의 귀에 들어갔다. 그날 저녁 만찬 자리에서 카터 대통령은 아내에게서 이야기를 들었다고 하며, 만찬 내내 박근혜에게 질문을 했다. 계속 박근혜에게 질문하고 답하는 바람에, 나중에는 우스갯소리로 '근혜-카터 회담'이라는 말까지 나왔다고 한다. 결국 주한미군 철수 계획은 없던 일로 되었다. 퍼스트레이디로서의 귀감이 무엇인지 확실하게 보여준 일이었다.

1978년은 박근혜가 퍼스트레이디 대행 역할을 맡기 시작한 지 4년 째 되는 해였다. 본인은 오직 사명감 하나로 힘든 것을 참고 일하고, 수많은 공을 세우고도 내색조차 하지 않았지만, 주위에서는 최고 권력자와 가장 가까운 사람으로, 권력을 휘두를 수 있는 자리에 있는 사람으로 보기 마련이다.

퍼스트레이디를 대행하면서 박근혜는 수없이 많은 사람을 만났다. 그중에 최고 권력자에 접근하기 위해 박근혜의 환심을 사려는 사람이 얼마나 많았을까. 26살의 박근혜는 어떤 생각을 했을까.

1978년 1월 6일 사치는 파멸로 향하고 있다는 증거

사치는 파멸로 향하고 있다는 가장 뚜렷한 증거이다. 마음을 채울 것, 정신적으로 가질 것, 기댈 것이 없으니 자꾸 많은 물질을 갖고자 하며, 결국 그 물질에 의지하여 살아가고 있다는 증거이다.

1978년 10월 13일 캐나다 대사부인 접견

신임 캐나다 대사부인 접견. 새마을운동에 관해 많은 이야기를 나누었다. 프로토콜을 넘어선 일을 하고 있기에 칭찬하며 "헬로." 정도의 인사만 하고 갈 줄 알았는데, 이런 대화를 갖게 되어 정말 즐거웠다고 말하며 기뻐하였다.

박근혜의 일기에는 자신이나 박정희 대통령이 잘한 일에 대한 언급이 많지 않다. 이 부분은 조금 예외적이다.

박정희 대통령이 1960년대부터 추진한 새마을운동은 한강의 기적을 일으켰다. 당시의 경제부흥은 일반 국민들도 피부로 느낄 만큼 빠르고 놀라운 변화였다. 하루가 다르게 잘살아 간다는 것을 국민의 대부분이 인식하던 때였다.

그 당시를 박근혜만큼 생생하게 느낀 이가 있을까? 일견 무모하고 허황되어 보이기도 했던 계획들, 그 계획을 실행하기 위해 해야 했던 수많은 노력, 그리고 실제로 이루어진 꿈. 그 과정을 옆에서 봐온 박근혜의 감격은 누구보다 각별했을 것이다.

새마을운동의 성과는 외국에서 온 귀빈들도 칭찬을 아끼지 않을 정도였다. 우리가 지금은 당연하게 생각하는 경제발전이 얼마나 대단했던 일이었는지를 박근혜 일기를 통해 새삼 느낄 수 있다.

1979년 1월 9일   국가는 국민을 극진히 위해야

아버지께서 새마음봉사단의 운영위원단을 접견하였다. "새마음 갓기 운동이 각계각층에 상당히 뿌리내렸지요…… 노인을 위하는 나라가 양반 나라입니다." 하며 말문을 여셨다.

주역에 나오는 지천봉(地天奉)이라는 말을 인용하셨는데, 하늘이 땅에 봉사하고 극진히 위해줄 때, 기업인이 종사원을, 나라가 국민을 그렇게 위할 때 바로 그러한 세상이 된다는 말씀이었다.

1979년 1월 26일   일본 사람보다 쇠고기를 더 먹다

만여 년 전 사람이 개를 안고 있는 화석이 발견되었다는 데 무척 흥미를 느끼셨던 것 같다. 벌써 그 얘기를 수차례 들었는데 오늘 그 얘기를 또 하시면서, 그 오랜 옛날부터 개와 사람이 친구였다는 점이 무척 신기하다고 말씀하셨다.

자연히 옆에 앉아 있는 '방울이'에게 화제가 옮겨 갔다. "순경이 보초선 곳을 지나 산책하는데, '저것도 강아지라고 데리고 다니나.' 하는 것 같아 창피했다."고 하며 웃으셨다.

5·16 전, 신문의 경제난을 쭉 열심히 읽는 적이 있으시다고 한다. 그때 1인당 1년에 쇠고기 1근을 먹는다는 평균이 나왔다고. 그 얘기는 부자가 1년에 1근만 먹을 리 없으니, 숫제 고기를 못 먹는 사람이 많았다는 이야기라고. 현재는 평균치가 일본 사람보다 더 많다고 비교하셨다.

소탈한 생활, 한 인간으로서의 나의 꿈,
이 모든 것을 집어던지기로 했다.
이왕 공인(公人)으로 나서지 않으면 안 될 운명이라면
적극적으로 나서기로.

고통은 사색을 통해 **철학**을 낳는다 제2기

1. 청춘의 끝자락에서 고통의 문이 열리다
2. 절망과 울분 그리고 외로움의 나날
3. 어머니의 유지를 잇다
4. 독한 마음을 먹으며

아침에 커피를 끓이면서
옛날 아버지께 정성껏 커피를 끓여드리던 생각이 났다.
그 순간이 아련한 추억으로 밀려오면서,
보람과 행복이 밀집돼 있는 것처럼 느껴졌다.

1979년 10월 26일

박근혜의 두 번째 역경이 시작됐다. 이날 박정희 대통령은 당시 중앙정보부장인 김재규의 총탄에 운명을 달리했다. 그 이유가 무엇이었는지는 여전히 명확하지 않다. 쿠데타설, 미국 CIA의 사주설 등 여러 설이 난무할 뿐이다.

이유가 무엇이든 박근혜는 견디기 힘든 역경과 또다시 마주하게 되었다. 어머니에 이은 아버지의 죽음, 그것만으로도 하루하루가 견디기 힘든 고통이었을 것이다.

아버지가 세상을 떠난 후 박근혜는 두 동생을 데리고 신당동 사저로 돌아갔다. 육영수 여사는 생전에 "우리는 다시 신당동으로 돌아가야 해."라는 말씀을 자주 하셨다는데, 박근혜는 부모님이 계시지 않는 신당동 집으로 돌아가야 했다.

텅 빈 것 같은 공간에서 마주해야 하는 부모님에 대한 추억과 슬픔. 차라리 다른 곳이었다면 슬픔과 고통이 덜했을 것이다. 하지만 그것보다 더 큰 고통의 그림자가 박근혜의 앞길에 서서히 드리우고 있었다.

1979년 12월 12일, 전두환을 비롯한 신군부는 무력으로 권력을 획득했다. 신군부는 박근혜의 거의 모든 대외활동을 막았다. 1980년 5·17 조치 이후 박근혜가 이끌었던 새마음봉사단이 강제로 해산되었고, 영남대학교의 3대 이사장에 취임한 지 7개월 만에 물러나야만 했다.

신군부는 부모님의 추도식마저 허락하지 않았고, 남은 가족들은 단출하게 제사를 지내야 했다. 부모님의 추도식이 국립묘지에서 제대로 열리게 된 것은 1987년에 이르러서였다. 당시 박근혜는 연금 상태에 있었던 것이다. 박근혜는 자서전에서 "첩첩산중에 버려진 심정이 이렇게 막막하고 외로울까 싶었다."고 회고했다.

이런 일이 벌어진 것은 전두환 정권에 정통성이 없기 때문이었다. 전두환 정권은 국민의 따가운 시선을 다른 곳으로 돌리기 위해, 박정희 대통령에 대한 재평가 작업을 시작했다. 친일파, 독재자, 지역차별의 원조, 공작정치, 군사문화화를 퍼뜨려 개인의 창의성을 억압……. 전두환 정권이 과장하고 왜곡하고 없는 사실까지 날조하면서 박정희 대통령에 덧씌운 부정적인 이미지들이다. 박정희 대통령 매도 작업을 하는 데 박근혜의 대외활동이 걸림돌이 될 것 같아 연금 상태로 만든 것이었다.

위대한 대통령으로서, 국가의 영도자로서, 그리고 다정한 아버지로서 한시도 존경의 마음을 잃지 않았던 아버지에 대한 이런 공작은 박근혜에게 참을 수 없는 일이었다. 아버지에 대한 비판적 논의들이 언론에 나오는 것을 보며 "때론 고문 받는 느낌이었고, 피가 역류하는 듯한 울분을 느꼈다."고 표현했다.

박근혜를 더욱 힘들게 만들었던 것은 믿었던 사람들조차 등을 돌리며 박정희 대통령 매도 작업에 합류했다는 것이다. 그중에는 사촌 형부인 김종필도 있었다.

한순간 잘못된 생각을 품는다면 삶을 그대로 놓아버릴 수도 있을 만한 커다란 역경. 첫 번째 역경인 어머니의 죽음은 아버지인 박정희 대통령의 마음을 채워주고 어머니의 역할을 대신해야 한다는 사명감으로 극복해냈다. 그렇다면 두 번째 역경인 아버지의 죽음은?

이 시기에 공개된 일기는 무척이나 양이 많다. 대외활동을 못하게 된 박근혜, 아버지에 대한 매도 작업에 그 어떤 대항도 할 수 없었던 박근혜가 유일하게 할 수 있었던 것은 자신의 마음과 마주하는 일이었다. 극단적인 분노의 감정과 우울증을 견딜 수 있었던 힘은 일기를 쓰는 일이었다.

미국에서는 진정성을 가진 정치가를 '진짜배기(Real Thing)'라고 부른다. 진보와 보수에 관계없이 '진짜배기'는 인정과 존경의 대상이다. 박근혜는 현재 보수적 진정성을 대표하는 정치인이다. 박근혜의 말과 글은 정치적 수사나 전략이 아니라, 가치와 진정성을 강조한다. 절제된 언어와 단아함으로 깊이와 무게를 표출하는 정치인. 진보와 보수를 떠나, 우리는 이런 정치인을 지금까지 몇이나 만나왔을까.

이런 부분은 타고난 성격일까? 그렇지 않을 것이다. 전두환 정권 시절의 고통스러운 경험이 지금의 박근혜를 만들었을 것이다. 소녀적인 감성이 남아 있던 이전의 일기와는 달리, 이 시기의 일기는 20대 후반에서 30대 초반에 쓴 것이라고는 도저히 믿을 수 없을 정도로 깊은 사색과 사유로 채워져 있다.

이 시기의 일기에는 글을 쓰면서 고통을 참아내었고, 사색을 통해 고통을 자신만의 철학을 승화시켜 갔다는 것이 느껴진다. 강철은 두드리면 두드릴수록 강해지듯이, 박근혜는 고통을 통해 강해지면서 역경을 극복했고, 결과적으로는 자신도 모르게 '진짜배기' 정치인의 기반을 쌓아가게 된 것이다.

1. 청춘의 끝자락에서 고통의 문이 열리다 (박근혜 28세)

1979년 10월 26일 박정희 대통령이 돌아가시고 난 뒤, 박근혜는 "핏물이 가시지 않는 아버지의 옷을 빨며 남들이 평생 울 만큼의 눈물을 흘렸다."(박근혜 자서전에서)고 한다.

하지만 어떤 일이든 '세월이 약'인 법이다. 1980년의 일기를 보면 아버지의 죽음, 그것도 피살이라는 충격적인 사건에서 서서히 벗어나고 있다는 것이 느껴진다. 그리고 이제부터 무엇을 해야 할지, 어떤 것이 자기 삶을 사는 것인지 고민하는 흔적이 보인다.

28살이라면 늦지 않은 나이이다. 끝자락이지만 아직 청춘에 해당하는 나이다. 공인이라는 무거운 짐을 내려놓고, 홀가분하게 그리고 자유롭게 자신의 삶을 새롭게 시작하기에 충분한 나이이다. 박근혜에게도 '행복한 개인'으로 사는 것이 무엇인지 고민할 수 있는 시기가 있었던 셈이다.

하지만 운명의 실타래는 박근혜가 한 개인으로서의 삶을 살도록 내버려두지 않았다. 전두환 정권에 의한 박정희 대통령 매도 작업이 서서히 시작되었고, 자신은 연금 상태에 처하게 되었다.

아직 신군부가 본격적으로 더러운 이빨이 드러낸 것은 아니지만, 아버지에 대한 매도 작업을 보면서 박근혜는 세상의 시각과 지도자상, 아버지의 업적에 대해 고민을 시작하게 된다.

이런 일은 28살이라는 어린 나이의 박근혜에게 국가의 리더란 무엇인가를 생각하게 만드는 시발점이 되었다. 지금 우리가 매력적인 정치인 박근혜를 만나게 된 것은 아이러니하게도 박정희 대통령에 대한 매도 작업이 한 몫을 했다.

1980년 1월 14일　전화위복의 삶

　행복으로 가는 길을 하나의 운전에 비유하자면, 기어(gear)를 제때 제때 잘 바꾸어야 진행에 차질이 없을 것이다. 정말 잘 산다는 것은 만사가 자기 뜻대로 되는 것이 아니라, 어떤 어려움이 와도 끈질기게 다시 일어나서 환경에 적응하고 더 나아가 그 환경을 이용, 전화위복의 계기로 삼아 더 발전하는 삶일 것이다.

1980년 1월 28일　지도자는 불가능을 불굴의 의지로 극복해야

　지도자의 길. 그것도 황폐한 나라를 중흥으로 이끌려 했던 지도자의 길이 쉽고 안이하리라 생각하는 사람은 아무도 없을 것이다. 왜 이렇게 어려운가. 그것은 근본적으로 앞서 가야 하기 때문이며, 하는 일마다 이해를 받기 어렵기 때문이다.

　박수 받는 일만 하는 것이 지도자라면 얼마나 쉬운가. 누구든 웬만한 상식만 가지면 한 사회를 이끌 것이다. '안 된다.' '불가능하다.' 하는 일을 불굴의 의지로 해나가야 하니, 일 자체도 어려운 데다가 이해를 받기 어려워 수갑절 더 힘들게 되는 것이다.

1980년 2월 1일　어떤 정책이든 대다수의 찬성으로 되는 법은 없다

　지도자가 정책을 수립하면 대개의 경우 10명 중 5명은 찬성하고, 2~3명은 그렇게 될 줄 알고 침묵하나, 7명은 이해관계가 엇갈려 기를 쓰고 반대한다는 것이다.

　그래서 겉으로 보기에는 온통 반대자만 있는 것같이 보인다고 한다. 그러므로 어떤 정책이든 대다수의 찬성으로 되는 법이 없다는 것이 (학문상) 이론적으로 나와 있는 이야기라고 한다.

　"100억 달러 수출 달성, 새마을운동 성공 등 이루 헤아릴 수 없을 만치 많은 민족중흥의 영광과, 크신 어버이를 잃은 슬픔을 함께 안겨준 원망스럽고도 영광스러웠던 70년대는 저물고, 아버님께서 그토록 한결같이 사랑하시던 이 땅 위에 드디어 대망의 80년대는 오나봅니다."

오늘 받은 조문편지의 한 구절이다.

1980년 2월 4일   리더(leader)와 팔로어(follower)

남이 하자고 하는 것만 하고 인기를 얻기 위한 일만 하는 사람은 리더(leader)가 아니라 팔로어(follower)라고 한 말이 생각난다. 국민은 불안해서 팔로어(follower)를 믿고 살 수는 없다.

선견지명을 갖고 미리미리 판단해서 국가를 잘 이끌어주기를 바라기에 권한도 주고 권위도 부여하는 것이다.

일급비밀까지 모두 보고되는 이유도, 정보를 많이 잘 듣고 판단해서 안심하고 살 수 있게 해달라는 뜻에서다. 속도 없이 자비한 척하다가는 도리어 많은 사람이 희생된다.

1980년 2월 7일   소신을 펴나가려면

소신을 펴나가는 과정에서 욕을 안 먹을 수 없으니, 그 비난은 가슴에 다는 훈장 이상으로 자랑스러운 일이다. 손에 물 한 방울 묻히지 않고 설거지하는 것만큼이나 욕먹지 않고 일하기는 어렵다.

실컷 잘 먹고 나서 그릇 한두 개 깬 것만 가지고 욕을 하는 풍토라면, 그 나라에서는 많은 애국자를 기대하기 어렵다.

1980년 2월 8일   경력과 학력이 높아도 소신이 있을 때 빛나는 것

국토 한 조각이라도 알뜰살뜰 돌보셨던 아버지. 고속도로 주변 공사가 잘못된 곳이 있으면, 차 안에서 일일이 메모하시고 휴게소에 들르

셔서 전화로 당국에 시정시키셨다.

이것은 진정 마음속에서부터 우러나는 정성이 아니면 안 되는 일이다. '대통령이 할 일이니까.' 하는 식의 책임의식만으로 불가능한 일이었다고 생각한다. 경력과 학력이 높아도 그것은 모두 소신이 있을 때 빛나는 것이다.

1980년 2월 9일   내가 두려워하는 것은

사람들이 약해지고 불행해지는 이유는 언제나 행복하기만을 바라고, 불행은 가끔씩 또는 조금이라도 허용치 않으려는 어리석음 때문이다.

이 세상의 세파를 두려워하는 것이 아니라 내 마음이 행여 이 모든 것을 헤쳐 나감에 있어 도리를 다하지 못할까 그것이 두려운 것이다.

1980년 2월 11일   봄은 어김없이 찾아온다

혹서, 혹한, 비바람, 눈, 안개…… 여로를 무척 많이 닮은 것이 날씨이다. 혹한, 혹서 자체를 막을 길은 없다. 그러나 예방하고 최대한 방지할 수는 있다. 외투, 장갑, 온돌…… 그리고 중요한 것은 마음의 준비이다. 혹한, 혹서가 오래가는 법은 없다. 무엇이든지 극에 달했다 함은 그 생명이 오래가지 않을 것임을 예시한다.

한겨울에 봄이 올 거라고 느끼기는 어려우나 봄은 어김없이 찾아온다. 왜냐하면 오게 되어 있으니까…….

1980년 2월 12일   농민의 정신적 지주

오늘 새마을 지도자 한 분을 만났다. 어느 교수가 새마을 연수에 왜 아버지 어록을 많이 인용하여 교육하는가 하고 항의식으로 얘기한 데 대해 이렇게 답했다고 한다.

"당신들은 부잣집에 태어나 좋은 교육을 받고 유학하고…… 어느 대통령이 되든 비판이나 하고 말면 될지 모르나, 새마을 지도자나 농민에게는 보통 대통령이 아니고 정신적 지주다. 불교를 믿건 예수님을 믿건 자유지만 남의 종교도 인정하고 존중해줘야 하는 이치와 같지 않은가." 하고.

1980년 2월 15일 　내 영감이 죽었을 때도 이렇게 울진 않았다

아버지가 돌아가신 후 주한 일본 특파원들이 부인들을 통해 짧은 한국말로 시장에서 여론조사를 했다고 한다. 많은 상인들이 그토록 애통해 하면서 우리 걱정까지 했다고 한다.

"앞으로 어떻게 사느냐."고…….

좌판 생선가게를 하는 한 아주머니는 "내 영감이 죽었을 때도 이렇게 울진 않았다."고 하면서 아직도 울더라고 말했다.

1980년 2월 28일 　후쿠다 쓰네야리의 회고

"아버지를 두 번 뵈었는데, 적다면 적은 수이나 그 인상이 너무 깊어 추모의 정은 금할 수 없다."고 후쿠다 쓰네야라 씨는 회고했다.

나를 일본에 초대하여 추모회를 열 수 있길 큰 기쁨으로 고대하겠다면서, 키가 작은 그 일본 평론가는 오찬 때 한 번 아버지에게 "내가 이분을 좋아하는데, 이유는 나와 키나 몸집이 같기 때문"이라는 농담은 들었다고.

1980년 11월 7일 　인생의 중요한 가치는

인간은 신의 존재를 거의 잊고 살다가 죽음, 병마, 자연의 위력과 같은 극한상황 속에서 비로소 하늘을 깨닫게 되고 겸허해진다.

　사람들은 흔히 생의 가장 중요한 것을 놓아두고 부수적인 가치를 위해 번민한다. 당연하다 할 것이다. 왜냐하면 정말 생의 중요한 가치는 그것이 없어졌을 때에만 비로소 나타나는 것이기 때문이다.

2. 절망과 울분 그리고 외로움의 나날 (박근혜 29세)

2억 명이 기아에 시달리며 매일 수백 명이 굶어 죽는 곳. 아프리카. 1950년대의 우리나라는 처참한 아프리카와 그다지 다를 것이 없는, 세계에서 가장 가난한 나라였다. 그러나 박정희 대통령의 주도하에 일구어낸 한강의 기적으로 세계에서 가장 빠른 속도로 경제성장을 이루었다. 박정희 대통령에 대한 매도 일색도 근래에 들어서는 재평가되는 분위기다.

2011년 7월 여론조사기관 〈리서치뷰〉는 성인남녀 1,500명을 상대로 전·현직대통령 선호도에 대한 ARS조사를 실시했다. 결과는 박정희 전 대통령(34.7%), 노무현 전 대통령(31.5%), 김대중 전 대통령(14.5%) 순이었다. 또한 역대 대통령의 직무 평가에서도, 박정희 전 대통령은 '잘했다' 78.8%, '잘못했다' 18.6%를 받아 긍정평가가 가장 높은 대통령이었다고 한다.

하지만 우리 사회의 일각에서는 여전히 박정희 대통령에 대한 매도가 이어지고 있다. 경제 성장은 인정하지만, '유신 헌법을 통해 장기 독재 체제'를 만든 '독재자'였다는 것이 그 이유다.

1972년 10월 17일 국회 해산과 비상계엄령 선포. 우리가 흔히 떠올리는 유신의 이미지는 박정희의 장기집권 음모이자 기도라는 것, 그리고 유신을 통해 대통령의 무한권력이 제도화했다는 것이다. 이런 이미지는 과연 얼마나 사실에 가까울까?

유신의 공과에 대한 논란은 몇 권이나 책을 써도 결론이 나지 않을 부분이다. 독자들의 판단을 돕기 위해 당시 경제 2수석이었던 오원철의 주장을 인용해보자.

"요사이 많은 사람들이 '박 대통령은 경제는 성공했지만, 민주주의에서는 실패했다.'고들 말한다. 심지어는 박 대통령 아래서 장관을 지냈던 이들조차 공개적으로 중화학공업과 유신개혁을 별개의 문제인 것처럼 이야기를 한다. 나는 이렇게 말한다. 중화학공업화가 유신이고, 유신이 곧 중화학 공업화라는 것이 쓰라린 진실이라고……. 하나 없이는 다른 하나는 존재할 수 없다. 이런 사실을 무시하는 것은 비양심적이다."

국가 전체의 산업구조를 중화학공업 위주로 바꾸려면 앞으로 얼마나 많은 시간을 요할지 알 수 없는 일이었다. 중화학공업화를 제대로 추진하기 위해서는 강력한 국가주의체제를 만들어야만 했기에 유신이 필요했다는 말이다. 일례로 현대중공업이 조선업을 시작한 것도 1972년의 일이었다.

1960년대 우리나라는 무역국가로 변신하는 데 성공했지만, 주된 수출 품목은 섬유, 합판, 신발 등 경공업 제품이었다. 그리고 중화학공업화의 성공으로 1980년대에는 주요 수출 품목에 철강과 선박이 포함될 수 있었다.

2011년 우리나라의 무역 액수는 1조 달러를 돌파했다. 결국 지금의 우리는 1970년대에 추진된 중화학공업화의 혜택을 톡톡히 보고 있는 셈이다.

1) 한 번의 배신이 무서운 이유

듣지도 보지도 말하지도 못하는 삼중고에 시달린 헬렌 켈러는 못 듣는 것이 못 보는 것보다 훨씬 더 불편하다고 말했다. 장님은 사물로부터 고립되지만 귀머거리는 사람들로부터 고립되기 때문이라고 한다.

세상에서 가장 힘든 일은 무엇일까. 사람들로부터 고립되는 외로움이 아닐까 싶다. 청소년들 사이에서는 물론 직장에서도 발생한다는 '은따'는 '은근한 따돌림'의 줄임말이다. 물리적인 폭력이나 괴롭힘은 없지만, 집단 내에서 한 사람을 무시해버리는 '왕따'의 한 종류이다. 이런 경우에도 '그러거나 말거나'라며 자기 페이스를 지킬 수 있을 정도로 정신력이 강한 사람은 그리 많지 않다. 본능적으로 집단생활을 해야 하는 인간에게 '존재를 무시당하는 외로움'은 견디기 힘든 일이기 때문이다.

전두환 정권에 의한 박정희 대통령 매도 작업. 아버지에 대한 비난을 듣는 것보다 더욱 힘든 일은 아무도 나서주지 않는 것이 아니었을까 싶다.

"세상인심이 하루아침에 바뀔 수도 있는 것이었다. 18년간 한 나라를 이끌어온 대통령으로서 사후에 정치적 평가를 받는 것은 당연하지만, 그것이 새로운 권력에 줄을 서고자 하는 사람들에 의해 거짓과 추축, 비난 일색으로 매도되고 왜곡된다면 억울한 일이 아닐 수 없다.

유신 때는 '유신만이 살 길'이라고 떠들던 사람들이 아버지의 죽음 이후 '그때 무슨 힘이 있어 반대할 수 있었겠느냐.'고 말하는 것을 보니 인생의 서글픔이 밀려왔다." (박근혜 자서전에서)

아버지 곁에서 충성을 다짐했던 사람들이 완전히 등을 돌렸다. 자기편이 되어주는 사람이 하나도 없는 '외로운 싸움'. 오히려 자발적으로 매도 작업에 앞장을 서며 상대편에 가담하는 배신이 끝없이 이어졌다. 29살의 박근혜는 피를 토하는 심정으로 이 모든 고통을 견뎌내야 했다.

지금 박근혜가 사람을 평가할 때 가장 중시하는 점은 바로 신뢰라고 한다. 절대로 배신하지 않을 사람을 중시하는 것이다. 박근혜가 믿음의 정치, 원칙의 정치를 하는 신뢰할 수 있는 정치인으로 꼽히게 된 것은 이때의 경험이 큰 밑바탕이 되었을 것이다. 그리고 유권자인 우리에게 그보다 중요한 것은, 박근혜는 신뢰를 받을 수 있는 정치인이 되기 위해 스스로 부단히 노력한다는 점일 것이다.

1981년 2월 23인 지도자의 부도덕

지도자의 부도덕은 하늘의 축복을 그 자신에게서만 거두어가는 것이 아니라 그를 대표하는 만인으로부터 거두어가는 결과를 초래한다.

1981년 3월 1일 기회는 불운으로 위장하고 다가온다

옛날같이 운동도 하고, 호감을 가졌고 기대도 가졌던 많은 사람들에게 세월의 흐름과 시대 변천에 따라 많은 실망을 느끼고, 지금은 그 사람들이 나에게 아무런 의미를 주지 못함을 발견할 때, 인간사가 얼마나 허무하고 영원하지 못하며 변화무쌍한 것인가를 느끼곤 한다.

지금 현재 겪고 있는 현실도 미래의 어느 날에 그렇게 되지 않을 것이라고 누가 장담할 수 있을까. 이런 경험을 통해 사람들은 집요한, 필요 없는 애착을 현실에서 버릴 수 있을 것이다.

"기회의 고약한 습성은 그것이 항상 불운이라는 탈을 쓰고 온다는 점이다."라는 격언이 있다. 자기가 하고 싶은 일을 하지 못하게 되었을 때, 그 일에 계속 연연해서 속병이 나는 것이 인간사이다.

그러나 바로 그 경우가 그에게 기회라고 생각할 수 있는 사람은 지혜로운 사람이다. 시간이란 살 수도 없는 값진 재산이다.

낙담과 한숨 속에 그 귀중한 시간들을 허비하지 말고, 그때 할 수 있는 다른 일을 잘 찾아내어 새로운 시작을 해야 한다. 그때 하는 일은 또 그때가 지나가면 영원히 할 기회가 없을 수도 있기 때문이다.

1981년 3월 2일 인간사의 단면

무뚝뚝하고 깊은 인상을 남기지 못했던 사람이 나중에 보니 의리가 있고 인정이 많은 사람이었음을, 학식이 많고 똑똑하여 많은 기대를 걸었던 사람이 나중에 보니 자기중심조차 제대로 잡을 수 없고 아부를 일삼는 사람이었음을 알게 되는 것 또한 인간사의 한 단면이다.

지금 상냥하고 친절했던 사람이 나중에 보니 이(利)에 기가 막히게 밝은 사람이 아니라고 누가 장담할 수 있을까……. 덧없는 인간사이다.

1981년 3월 5일   사회의 도덕이 바로 서려면

기꺼이 자기희생을 하여 대의를 위해, 민족을 위해 노력한 분들은 존경을 받고, 이 세상을 떠난 후에도 높이 기림을 받아야 한다.

돼지우리 같은 곳에 살면서 허기가 져 누렇게 뜬 얼굴로 이웃 나라에 기대기나 하고 자신을 믿지 못하던 나라가, 옛날과는 거짓같이 변모했는데 그 일을 이룬 사람은 결국 욕만 먹고, 욕하면서도 그 희생자가 이루어놓은 열매를 즐기는 나라라면, 그 나라에서는 아무도 애국할 이유나 가치를 찾지 못할 것이다.

자기를 은혜로이 돌보았지만 언제 어떻게 돌변하여 총을 겨눌지 욕을 할지 모르는 사람들이 가득한 도시, 또 그러한 사람들이 영웅시되는 사회는 도덕이 바로 설 수가 없다.

아부하는 자들이 아무 부끄러움 없이 활보해도 손가락질하는 사람 하나 없고 아부해서 출세함을 오히려 부러워하며, 얼마 전에 한 말도 내가 언제 그랬냐는 듯이 뒤집기 일쑤인 사람들이 모여 사는 사회는 불의가 판을 칠 것이다.

1981년 7월 8일   예가 아니면 말하지도 듣지도 마라

아침에 커피를 끓이면서 옛날 아버지께 정성껏 커피를 끓여드리던 생각이 났다. 그 순간이 아련한 추억으로 밀려오면서, 보람과 행복이 밀집돼 있는 것처럼 느껴졌다. 그러한 순간이 이렇게 추억되는 것을 보면 인생에서 과연 어떻게 살아야 하는가, 인생에서 정말 중요한 것은 무엇인가 하는 점을 생각하게 한다.

남에게 과시하는 것을 중요하게 생각하는 사람도 많지만, 그 모든 것은 허망한 구름이다. 인간과 인간 사이의 신뢰, 따뜻한 사랑, 결국은 그 관계가 가장 중요한 것이다.

인간의 모든 일은 형태야 어떻든 그것이 진실한 사랑을 창조해 나가는 과정에 속해 있지 않는 한, 그것을 최종목표로 하지 않는 한 결국 그만큼 가치를 상실하는 것이며 헛수고를 하는 것이다.

여성에게 보석과 아름다운 옷이 반드시 필요한 것은 아니다. 있으면 좋겠지만 그전에 없어서는 안 될 것은 있다.

꾸밈없이 있는 그대로 말하고 행동하는 소박함과 정숙함 이상으로 여성의 아름다움을 가꾸어주는 것은 없다.

"숙녀란 남자로 하여금 신사답게 거동케 하는 여자."

아무리 가까운 사이라도 지켜야 할 금기 사항이 있다. 옛날 삼강오륜이 만들어진 근본 원리도 이와 같은 정신에 기초했을 것이다.

모든 것이 제때와 장소가 있고 그래야만 제 가치를 발휘한다. 친숙함도 지나친 행동으로 환멸과 경멸을 초래하는 경우가 왕왕 있다. 예의 근본정신도 여기에 있다. 그래서 예가 아니면 말하지도 듣지도 행동하지도 말라고 하였다.

옷을 벗고 돌아다닐 수 없듯 예를 입지 않고는, 통하지 않고는 아무 일도 할 수가 없다.

오늘날 수많은 이혼, 부모 자식 간의 충돌 등등은 이유야 천태만상이겠지만, 근본원리는 이 인간 사이에 지킬 도리를 무시한 데에 있지 않을까. 삼각이 되어야 비로소 모든 물체가 흔들리지 않고 완벽하게 설 수 있듯, 인간관계는 충·효·예의 바탕 위가 아니면 항상 위태롭다. 충은 진실성으로, 효는 사랑으로, 예는 지킬 규범으로 표시될 수 있다.

특히 예는 인간과 인간 사이의 관계를 시작하고 계속하는 문이다. 이 문을 통과하지 않고는 관계를 시작할 수 없다. 이 문을 꼭 통과하지 않고도 가능한 것이라면, 즉 있어도 되고 없어도 되는 문이라면 굳이 공자께서도 말씀하지 않았을 것이다. 왜냐하면 해도 되고 안 해도 되는 말이기에.

1981년 7월 20일   두 종류의 사람

똑똑하다, 권세 있다, 부자다 하는 말을 듣고 싶어 하고, 그것을 추구하는 사람은 이 세상에 많으나, 진실하다, 예의 바르다, 신용 있다, 신중하고 믿음직하다는 평가를 가장 중히 여기고 그것을 실천하기 위해 노력하는 사람은 거의 없는 것 같다.

하지만 그 누구에게나 능력, 권력, 재산 모든 것에 앞서 진실한 사람이 가장 필요하다는 사실을 사람들은 정말로 못 느끼는 것일까?

1981년 7월 21일
사람이 토지를 소유하면 나중에 토지가 사람을 소유한다

"사람이 토지를 소유하게 되면 나중에는 토지가 그를 소유하게 된다."는 격언이 있다.

검소한 생활에서는 사람이 물질을 소유할 수 있으나 욕심내는 생활, 게다가 사치까지 하게 되면, 이미 그 주인은 사람이 아니라 물질이다. 소유가 적은 생활 속에서만 인생의 참된 뜻을 만끽하며 살 수 있을 것이다.

1981년 8월 14일　신뢰와 배신

신뢰할 수 없다는 사실이 모든 것을 슬프고 우울하게 만든다. 아예 처음부터 마음을 달리 먹고 배신을 한 사람이 있는가 하면, 처음에는 진정으로 충성을 맹세했지만 어차피 약한 인간이기에 차츰차츰 권세와 명예와 돈을 따라 마음을 바꾸는 사람도 있다.

그러기에 지금은 그 성실성이 훌륭하여 믿음이 간다 하더라도 그가 과연 얼마 후 어떤 모습을 하고 있는지 모른다는 사실, 또는 점점 변해가는 그 모습을 바라보면서 서글픔을 금치 못하는 것이다.

1981년 9월 18일　아버지는 근대 한국을 건설한 건축가

파란지폐 인도 대사부인을 만났다.

신당동 집을 잘 정리하면 사람들이 추모하는 장소가 되지 않겠느냐는 질문에 나는 "가능합니다."라고 대답했다. 부인은 "가능한 정도가 아니라 확실히 그럴 수 있습니다." 라고 하면서 아버지는 근대 한국을 건설한 건축가가 아니냐고 했다.

집 얘기를 하다 보니 자연 그런 표현이 되었겠지만, 참으로 적절하고 좋은 표현이라고 생각이 되었다.

1981년 9월 30일
한 번 배신하면 두 번째 세 번째 배신도 수월해진다

배신하는 사람의 벌은 다른 것보다 자기 마음 안에 무너뜨려서는 안 되는 성을 스스로 허물어뜨렸다는 점, 그래서 한 번 배신을 함으로써 배신을 하지 않으려는 저항감이 점점 약해진다는 점, 그럼으로써 두 번째, 세 번째 배신도 수월해진다는 사실이다.

1981년 10월 28일   국가의 운명엔 설마가 있을 수 없다

"사람이 호랑이를 잡으면 건전한 스포츠이고, 호랑이가 사람을 잡으면 잔학성이라고 한다."

사람의 판단이란 자고로 이러하다. 공정하면 얼마나 공정할까? 어쩌면 유신 없이는 공산당의 밥이 되었을지 모른다. 국가의 운명은 운에 맡길 수 없는 것이고 설마가 있을 수 없기에.

시대상황과 혼란 속에 나라를 빼앗기고 공산당 앞에 수백만이 죽어 갔다면, 그 흐리멍덩한 소위 민주주의가 더 잔학한 것이었다고 말할지 누가 알 수 있으랴.

2) 인간은 어떻게 꽃으로 피어나는가?

박근혜에 대한 평가는 사람마다 다를 것이다. 니체라면 박근혜를 어떻게 평가했을까. 아마 '운명애를 가진 사람'이라는 평가를 내리지 않았을까. 니체는 운명애에 대해 이렇게 말했다.

"운명애는 살아갈 날에서도, 살아온 날에서도 달라지지 않기를, 아니, 영원히 달라지지 않기를 바라는 자세. 불가피한 것을 견디는 데서 그치지 않고 그것을 사랑할 줄 아는 태도다. 운명애를 가진 사람은 위대하다는 게 나의 신조다."

박근혜 일기는 명상록이나 잠언집처럼 느껴지는 부분이 많다. 인간, 올바른 삶, 가치, 미덕, 분노, 정의 등 인생의 의미에 대해 쓴 글들이 많기 때문이다.

아버지의 죽음을 경계로 삶의 표면과 이면 그리고 사람의 표리부동함을 짧은 시일 내에 겪었다. 처음에는 그것들이 분노와 울분의 감정을 솟구치게 했을 것이다. 하지만 1981년의 일기에서는 인생의 의미를 깨닫게 해주는 주옥같은 글들이 나타나기 시작한다. 사색을 통해 고통을 내면에서 삭히고 승화시켜나간 것이다. 현실정치가 주는 고통이라는 진흙탕에서 철학이라는 꽃을 피우기 시작한 것이었다.

29살이라는 젊은 나이에 이렇게 깊은 사유를 할 수 있다는 것이 놀랍다. 이 시기에 겪은 고통의 심연이 그만큼 깊고 넓었기 때문일 것이다.

한 번 더 니체의 말을 인용해보자.

"나는 피치 못할 일을 아름답게 받아들이는 법을 자꾸자꾸 배우고 싶다. 그럼 나도 세상을 아름답게 만드는 사람이 될 수 있을 테니까."

박근혜에게 이보다 더 잘 어울리는 말이 있을까 싶다.

1981년 1월 13일 구름에 잠시 가려도 태양은 빛난다

구름에 잠시 가렸다고 태양이 없어지거나 그 빛을 한 치라도 잃는 것은 아니다.

1981년 1월 24일 인생을 이해하는 방법

수학문제를 풀 때 공식이 맞지 않으면 문제가 풀리지 않는다. 10시간을 붙어 앉아 노력한다 해도 별 의미를 갖지 못한다.

인생에 있어서도 사물, 인생을 이해하고 받아들이는 갖가지 방법이 있다. 그러나 진리를 받아들여 그것을 통해 인생을 바라볼 수 없다면, 그는 그릇된 공식을 갖고 수학문제를 풀려고 애쓰는 사람이나 다를 바가 없다. 만일 역사의 흐름을 자기중심으로, 또는 인간중심으로 해석하려 한다면 그는 별로 신통한 이해를 얻지 못할 것이다. 벌써 방법이 그릇되었기 때문에. 그러나 신 중심으로 이해하고 있는 사람에게는 어떨까……

지구를 중심으로 천체가 움직인다고 생각했을 때, 그 움직임을 설명하는 공식은 엄청나게 복잡했다고 한다. 그러나 태양 중심으로 지구의 움직임을 설명하자 깨끗하고 간결한 공식으로 설명되더라는 것이다. 인간에게 있어 가장 중요한 것은 생명일 것이다. 그러나 그 생명의 시작과 끝, 길이에 대해서 알 수도 없고 또한 속수무책인 것이 인간이다.

결정된 수명을 단 1초도 연장할 수 없으면서, 모든 것을 알려고 하고 세상만사가 자기 뜻대로 돼야 당연하다고 생각하기 때문에 인간은 많은 고통과 불만을 안고 사는 것이다.

1981년 2월 9일   물과 같은 존재가 되자

씨앗을 심었을 때 콩 심은 데 콩 나고 팥 심은 데 팥 나듯, 식물의 세계에서는 그 결과를 미리 안다는 것은 놀라운 일이 아니다.

이런 자연의 이치는 인간세계에서도 마찬가지이다. 사랑을 심는 곳에 사랑이 꽃피고 미움을 심는 곳에 증오가 피어난다. 남을 미워하고 불평만 하는 어머니의 자식은 남을 미워하고 남을 원망하는 버릇을 배운다. "욕하면서 배운다."는 말은 그래서 일리가 있다.

하늘 앞에서 우리는 물과 같은 존재가 되어야 할 것이다. 계곡을 따라 흐르고, 둥근 곳에서는 둥글게, 넓은 곳에서는 넓게, 좁은 곳에서는 좁게…….

언뜻 소극적이라고 느껴지는 이 생활태도가 사실은 더 적극적이며 더 어려운 일이 될 것이다. 자신을 이기는, 극복하는 일이기에.

1981년 2월 12일   웃고 기뻐하며 감사하라

지나간 추억들이 대개 아름답고 즐겁게 기억된다면 우리는 왜 인생을 고해라 부르며 괴롭게 살고, 또한 추억이 만들어지는 그 순간에는 감사함과 즐거움을 못 느끼는 것일까.

그것은 고마워할 줄을 또 기뻐할 줄을 모르기 때문이다.

전화 대화 한 가지에서도 즐거움은 만들어질 수 있는 것이다. 생활 그 자체에 얽매이지 말고 생활을 하면 되는 것이다.

가장 값지고 아름다운 생이란 그가 어려운 일을 하건, 쉬운 일을 하건, 부자이건 가난하건, 사명이 크건, 작건 그 인생 기간 동안 얼마나 많이 웃고 기뻤으며 즐거웠는가, 또는 얼마나 감사할 줄 알았는가로 평가된다고 한다.

1981년 2월 15일   논쟁의 근원은 대개 '사랑의 결핍'에 있다

논쟁의 근원, 그것이 부부 싸움 이건 다른 것이건 간에 그 근본적 원인은 대개 사랑의 결핍에 있다.

남의 잘못을 자꾸 발견하고 들추는 것, 이것도 근본적으로는 사랑의 결핍이 원인이다. 누가 옳고 누가 그른가의 문제는 사랑 안에서는 아무것도 아닌 우스운 일이 되는 경우가 허다하다.

그러므로 남의 결점 들추기를 좋아하고 자기가 옳다고 논쟁하기 좋아하는 사람은 스스로 부끄러워해야 한다. 왜냐하면 그의 마음에는 사랑이 비어 있다는 증거가 되기 때문이다.

진정으로 남의 입장이 되어 생각해줄 수 있는 사람은 너도 나도 좋아한다.

또한 위와 같은 생활방식이 억지로 되어서는 안 되며 그렇게 자연히 생각하게 될 정도로 습관화되어야 한다.

1981년 2월 16일   과거와 미래가 아닌 현재에 충실하자

현재를 제대로 살 줄 아는 사람이 몇 명이나 될까. 과거를 그리워하고 후회하며 미래에는 무엇인가 잘될 것이라고 막연히 기대하거나 막연히 불안해하는 바람에 현재는 발 디딜 곳이 없다.

그러나 가장 중요한 것은 바로 오늘 현재에 충실한 것이다.

1981년 2월 22일   일상생활에서 수양하자

아침에 일어나서 잠들기까지 하루 생활 그 자체 안에서 우리는 수양할 재료를 무수히 찾아낼 수 있다.

1981년 3월 3일   지혜를 얻으면 완전히 새로운 인생을 살 수 있다

10년간 외국어 공부를 했어도 간단한 회화 한마디 하기 어렵다고 푸념하는 사람들이 있다.

여러 가지 이유를 제하고, 일반적인 원인은 외국어를 너무나 어렵게 생각하는 선입관, 그리고 어려운 단어를 알아야만 완벽하게 할 수 있다고 생각하여 일상회화에 쓰이지도 않는 단어들은 열심히 외우는 반면, 기본적이고 용법이 다양한 단어를 등한시한 데 있다고 하는 기사를 읽은 적이 있다.

우리는 인생을 대하고 바라보는 데 있어서도 위와 같은 오류를 흔히 범하는 것 같다. 우선 인생은 고해이며 즐거운 일보다는 괴로움이 가득한 것이라는 생각에 사로잡혀 있다.

그리고 현실만을 생각하기도 바쁜데도 가장 중요한 오늘, 바로 이 순간순간을 생각하기보다 과거의 분노, 과거의 영화, 또는 미래에 대한 허망한 망상, 불안…… 이런 것들이 인간의 머리를 채우고 있는 것은 아닐까.

언어도 배우는 방법에 따라 쉽게 터득할 수 있고, 항상 구름 속을 헤맬 수 있다. 배움에는 왕도가 없다는 말과 같이 노력 없는 대가는 없다. 그러나 지혜와 은혜로 완전히 새로운 차원의 인생을 살 수 있는 것이다.

1981년 3월 4일 하늘은 언제나 우리를 지켜본다

언제 어디서 무슨 일을 하건 하늘은 항상 지켜보고 계신다는 사실을 잊지 않는다면 우리는 더욱 빨리 완전함을 얻을 수 있을 것이다.

1981년 3월 10일 빛은 어둠이 있기 때문에 필요한 것

빛은 어둡기 때문에 필요한 것이다. 사랑은 일이 잘 되지 않을 때, 불편하고 또는 괴로울 때 더욱 절실히 필요한 것이다.

하늘이 내리신 가장 으뜸가는 계율 — 사랑은(다른 계율도 마찬가지지만) 소위 고해라고 불리는 세상사가 있기에 실천할 곳이 있는 것이며, 이 세상사 속에서만 연습이 되고 결국 그 훈련을 통해 인간은 완성되어가는 것이다.

1981년 4월 16일

지위, 환경이 달라도 노력하면 모두 훌륭하고 아름다워질 수 있다

깨끗하고 소담스럽게 피어 그 아름다움의 절정을 보이고 있는 한 송이의 목련꽃을 바라본다. 장미, 백합, 국화……. 이루 셀 수 없이 많은 종류의 꽃들과 비교해 볼 때 목련은 목련만이 지니는 고귀한 향기와 순결함을 지니고 있다. 그러나 튤립은 튤립대로, 장미는 장미대로 독특한 아름다움을 지니고 있다.

서로 비교하여 질시할 필요도 없고 모방하려고 애쓸 필요도 없다.

사람도 사람마다 지위, 환경, 생김새가 모두 다르지만 각자의 환경 안에서 최대한 노력한다면 각각의 꽃들이 독특하게 빛나듯 그 훌륭함이나 아름다움이 돋보일 것이다.

튤립이 목련이 되려고 하지도 않고 그럴 필요조차 없듯이, 인간도 부질없는 근심에 사로잡혀 꽃도 피우지 못하고 썩어버리는 씨앗이 되지 말고 선택 받은 은혜를 최대한 반사하기 위해 노력해야 한다.

1981년 5월 14일 인간의 사명은 하늘의 뜻을 깨닫고 실천하는 것

이 세상에 사는 인간의 가장 으뜸가는 소중한 사명은 하늘의 뜻을 바르게 깨닫고 그 깨달은 바를 진실하게, 정성으로 실천하는 일이다.

이 세상의 그 어떤 직업도 일도 이보다 더 중요할 수는 없으며, 자기의 직업도 위의 깨달음의 한 실천 방법이고 표현인 것이다. 맹자도 천작(하늘이 준 벼슬)과 인작(인간이 준 벼슬)을 구분하여 이야기하였다.

1981년 5월 16일 역사는 하늘의 뜻대로 움직인다

인류의 놀라운 업적과 그 업적보다 더 큰 잠재능력에도 불구하고, 최근의 역사 연구를 통해 가다듬어야 할 우리의 태도는 프라이드가 아니라 겸손이어야 할 것이다.

역사적으로 볼 때 인간이 거대한 사건에서 자기가 바라는 이익만을 얻어내는 일은 좀처럼 없었다.

인류의 아무리 어려운 곤경도 전문가들이나 예언자들의 가장 정교한 청사진에 의하여 해결되는 것보다는 내키지 않는 양보를 강요하는 사건들의 연속적인 압력에 의하여 해결되는 수가 더 많았다.

아무도 제 뜻대로 역사의 사건을 지배할 수는 없다. 잘 협조된 국제적 노력도 전혀 예기치 않았던 결과를 낳을 수 있다. 그리고 예견할 수 없는 사건들이 하룻밤 사이에 전혀 새로운 사태를 만들어낼 수도 있다.

우주와 인간에게 그리고 역사의 주인은 인간이 아니고 하늘이다. 인간은 고집하고 바동대지만, 결국 그 흐름은 하늘의 뜻대로 움직여 나간다.

1981년 5월 23일 정의는……

"Justice is the best keeper."

"정의는 국왕의 최상의 호위자다."

중국에서도 순천자와 역천자의 얘기가 있다. 결국 신 이외에 보호를 받을 수 있는 곳은 없다. 신에게 의지한다는 뜻은 신의 뜻을 따르기에 정성을 다한다는 말이고, 그 뜻 안에 바로 정의가 있는 것이다.

1981년 5월 26일 만족은 훌륭하고 아름다운 덕

"Contentement passe richesse."

"만족이 부보다 낫다."

만족이 얼마나 훌륭하고 아름다운 덕인가를 생각하게 된다. 태양이 찬란하게 비추는 날씨는 누구의 것인가, 누구의 편인가. 그것은 어떤 지위나 재물로도 마음대로 할 수 없는 것이다. 그 자연을 기쁨으로 바라보고 음미할 수 있는 사람들만의 것이 되기 때문이다.

지금 이 순간에 충실할 수 없는 사람은 만족이라는 것을 영원히 모르고 세상을 마치게 될 것이라고 나는 생각해왔다. 그것은 환경이 문제가 아니라 만족, 기쁨을 음미할 줄 아는 도의 터득의 문제이기 때문이다.

신의 은혜와 가호, 선택 그리고 인간의 노력은 어떤 관계가 있는 것일 까. 아버지께서 하신 일이 바로 그 모든 관계를 알려주는 대표작이다. 우리나라에 내리신 하늘의 축복, 재건의 모든 계획이 이미 정해진 것이었다 하더라도, 그것을 이루기까지 아버지 그리고 어머니의 노고와 수고를 어찌 글로 표현할 수 있겠는가.

1981년 5월 31일
한발 멀리, 또는 높이서 보는 자가 진정한 삶을 산다

자신의 감정을 버리고 이성을 따라 사는 생활, 지혜로 사는 생활은 자기의 만족을 희생시켜야 하기 때문에 때로 힘들고 어렵다. 그러나 이성과 지혜를 버리고 자기감정을 따라 사는 생활은 더 힘겹고 어렵다. 자기 코앞만 보고 가는 사람은 중심이 흔들리기 마련이고 이성을 따를 수 없다.

한발 멀리, 또는 높이서 볼 수 있는 자만이 진정한 삶의 길을 걸어갈 수 있다.

열반이란 자기 안의 모든 감정의 불꽃이 꺼진 상태라고 한다. 이 불꽃은 인생 고해의 원인이 된다고도 하지만, 해탈과 열반의 길로 밀어주는 역할도 할 것이고, 하늘의 뜻을 향해 나아가는 사람을 갈고닦아 더욱 빛나게 해주기도 하고, 어떠한 삶을 지금 살고 있는가 하는 시금석의 역할도 할 것이다.

1981년 6월 10일   고통은 마음의 때를 씻어내는 역할을 한다

몸에 더러운 때를 씻어내듯이 마음의 때도 씻어내야 한다. 그 씻어내는 역할을 하는 것이 바로 '고통'이라는 생각이 들었다.

후회도 일종의 고통이다. 뼈저린 후회는 더 큰 고통이지만 그 고통에 마음은 더 깨끗이 씻긴다. 양심의 가책, 수치, 모욕에 대한 분노,

배신에 대한 가슴 아픔…….

정말 고통의 종류는 헤아릴 수 없을 만큼 많고 다양하다. 게다가 신체적인 고통까지 합치면…….

'걱정 안 하는 날이 죽는 날.' 이라는 말도 있지만 걱정, 고민, 고통은 살아 있는 인간의 속성이고 살아 있다는 증거일지도 모른다. 걱정이 없을 때, 평화 시에 위기를 걱정하는 것은 현명한 사람의 행동이라는 말이 있는데, 이 뜻은 고통이라는 매체를 거치지 않고도 스스로 마음을 닦고 있음을 의미한다.

인간은 강한 듯하면서도 얼마나 나약한가. 얼마나 허점이 많은가. 걱정 없다고 생각될 때 이 허점들은 침략 당한다. 일생 한시도 긴장을 늦추지 않고 사는 태도가 중요하다.

1981년 7월 1일　인생의 계획, 인생관이 필요하다

내일은 고사하고 때로는 한 치 앞도 점치지 못하는 인간에게 있어 미래란 구름같이 허망한 것이기도 하다.

그러나 아무리 지나칠 정도로 미래를 걱정하는 사람이라도, 오늘 하루를 즐겁고 충실하게 사는 사람 이상으로 미래를 알차게 준비할 수는 없다. 1층이 없으면 2층이, 2층이 없으면 3, 4, 5……층이 있을 수 없는 것처럼, 오늘이 없으면 내일도 1년 후도 있을 수 없는 것이다. 더구나 수명에 대한 100% 보장도 받지 못하고, 산다 하더라도 그 미래가 어떻게 전개될지 상상도 못할 인간에게 있어 오늘 하루를 마치 인생의 마지막같이 생각하고 즐겁고 충실하게 보낸다는 것은 얼마나 중요한 일인지 모른다.

그러나 한편 그날 하루의 계획 못지않게 일생에 대한 계획도 필요하다. 그리고 일생 추구해야 할 가치관도 필요하다. 그것은 많이 변화해

나갈 수 있다. 그러나 그런 계획과 인생관을 갖고 있다는 자체가 하루를 충실히 살 수 있게 해준다.

1981년 7월 9일   허욕에 팔려 정신을 못 차리면

도토리 키재기와 같은 어리석은 싸움. 누가 옳은가, 누가 더 많이 아는가, 누가 더 훌륭한가, 부질없는 곳에 정신을 팔고 있는 동안 적은 쳐들어온다. 비로소 쓸데없는 허욕에 팔려 정신을 못 차리고 그보다 더 크고 중요한 일을 등한시하고 있었다는 어리석음을 때늦게 깨달으며 뼈아프게 후회하는 인간.

1981년 7월 14일   이겨내고 말겠다는 의지

우리가 세균과 함께 살고 있다는 사실은 그리 놀라운 일이 아니다. 우리를 죽음에까지 이끌 수 있는 병균과 같이 살면서도, 그 물을 마시고 그 공기를 마신 어떤 사람은 멀쩡하고 어떤 사람은 죽기도 한다. 면역성이 없거나 허약한 사람에게 병균이나 작은 충격은 치명적이 될 수도 있다.

우리는 의학의 발달을 찬양하고 그 기술을 크게 의존하고 있다. 그러나 병은 몸이 치료하고 돈은 의사가 받는다는 농담이 있듯 우리 스스로가 몸 안에서 항체, 면역을 기르지 않으면 아무리 훌륭한 의학기술도 아무 역할을 못한다. 또한 의학 기술이 하는 역할도 고작 우리 몸안의 'immune system(면역 체계)'을 도와주는 일뿐이라는 것이다.

정신세계도 마찬가지이다. 훌륭한 경제이론이 있다 하더라도 그것은 자립의지, 잘 살아 보겠다는 의욕이 있을 때에만 도움을 줄 수 있지 결코 만능은 될 수 없는 것이다. 개인에 있어서도 마찬가지.

우리는 괴로움을 도처에서 만날 수 있다. 병균과 같이 또 그것과 이미 함께 살고 있는지도 모른다. 그러나 그것이 그 사람을 절망으로 빠뜨리든가 그 사람에게 영향을 미칠 수 있는가 없는가 하는 것은 그것을 불행이라고 감정적으로 처리하지 않고 이겨내고 말겠다는 의지가 있는지 없는지의 문제일 뿐이다.

돛이 배를 움직인다고 생각할 수 있을까. 바람이 불기에 돛이 제 구실을 할 수 있는 것이다. 그러나 많은 사람들은 '돛'이 배를 움직인다고 생각하며 살고 있다.

1981년 7월 16일   참되게, 아름답게, 슬기롭게 살고 싶다

참되게, 아름답게, 그리고 슬기롭게 살고 싶다는 욕망은 성실한 사람에게 있어 공통으로 느껴지는 희망일 것이다.

그러나 참된 진리와 슬기는 무엇이고 어디에 있는가. 이것을 잘 안다는 것은 너무나도 힘든 일이다. 인생은 셀 수 없이 많은 단면을 갖고 있다.

많은 단면을 갖고 있는 다이아몬드가 더 빛나고 아름답듯이 인생도 그래서 아름답고 귀한 것인지 모르겠으나 이것이 바로 인생이구나, 이렇게 살아야 하겠구나 하고 느끼는 다음 순간 또 다른 단면의 도전을 받는다.

사람은 자기 마음의 평화를 얻기 위해 꾸준히 움직이게 된다. 물이 경사를 따라 제일 낮은 곳에 도달해야 비로소 머물듯, 사람의 마음도 평화를 얻지 않고는 가만히 있을 수가 없다.

인생을 겪고 겪어 배우고 연구하고 고달픔, 쓴맛, 단맛을 겪고 난 후 그 감상을 얘기하려면 '인간이 알고 있는 것은 극히 적은 부분에 지나지 않는다.'는 사실, '배우고 또 배워도 다 배울 수 없다.'는 사실. 그것을 느꼈다고 말할 것이다.

1981년 7월 17일 마음 단속을 잘하지 않으면 마음에 도둑이 든다

문단속이 철저하지 않으면 도둑맞기 쉽고 소중한 물건이 아무 데나 어질러져 있으면 도둑의 유혹을 오히려 초래하듯, 험한 세상일수록 마음 단속을 잘하지 않으면 마음을 도둑맞기 쉽다.

이 세상에서 가장 소중한 것을 지키지 못하면서도 눈앞의 조그만 이익을 위해 다투는 인간들, 마음의 결의가 굳고 행실이 단정하지 못하면 유혹의 손길이 쉽게 접근한다.

그 누구도 역사의 주인이 될 수는 없다. 어찌 역사의 주인이 될 수 없는 것뿐이랴! 자기 자신의 주인조차 아닌 것이다.

주인이라면 어째서 자기가 태어나는 일, 죽는 시간, 죽는 방법조차 제 마음대로 할 수 없으며 자기 마음조차 제 마음대로 할 수 없는 것인가. 또한 자기 자신의 주인이 아닌 이상 자기가 가지고 있는 모든 것, 심지어 지혜까지도 자기 것이 아닌 것이다. 그렇다면 '나'라고 표현되는 존재는 어떤 한 인생을 살아주고 있는 셈인가…….

1981년 8월 7일 관 뚜껑을 덮을 때가 되어야

관 뚜껑을 덮기 전까지, 아니 관 뚜껑을 덮은 후까지도 그의 인생이 과연 어떠했다고 말할 수는 없다.

한때 행복한 미소를 띠고 있던 그 소녀가 과연 어떤 과정 과정을 거쳐 죽음이라는 종착점에 도착할 것인지, 그리고 죽은 후 어떻게 기억이 될 것인지 말할 수 있는 사람은 이 세상에 아무도 없다.

그때가 오기 전까지, 겪어보기 전까지 자기가 얼마나 어리석고 바보였는가를 깨달을 수 없으며, 해보기 전에는 자기가 얼마나 현명하게 위대한 일을 성취할 수 있는가를 깨닫지 못한다. 결과가 나오기 전에는 지금 일의 종점이 어디가 될지 모르며…….

그러니까 수용을 하고 심신도야를 한 사람, 인생의 깊이를 느끼는 사람은 애써 일을 도모하여 빛을 내보고자 하지 않는다. 허망한 것이기에 많은 것을 관찰하면서 살아온 생의 지침은 무엇일까.

그것은 물과 같이 되자는 것이다. 깊은 곳에서는 깊게, 낮은 곳에서는 낮게…… 넓은 곳, 좁은 곳, 가파른 곳, 구석진 곳, 곧바른 곳, 구불구불한 곳을 따라, 계곡의 다양성을 따라 그곳에 순응하며 흐르는 물이 되는 것이다.

1981년 8월 8일   물과 같이 살아가자

생의 종착점에 오기 전까지. 그가 얼마나 도움이 될 것이며, 어떤 경우에 어떻게 만나게 될 것이며, 어떻게 배신할 것이며, 또는 어떤 아첨꾼이 될 것인지, 사랑했던 사람을 어떻게 증오하게 될 것이며, 믿었던 사람을 얼마나 불신하게 될 것인지, 똑똑하다고 믿었던 사람이 얼마나 바보로 둔갑할 것인지 이 모든 것을 말할 수는 결코 없다.

그들 역시 원해서건, 무의식중이건, 본의 아니건 간에 그들 나름대로의 자취를 남기면서 흘러가고 있는 것이다. 그들이 결국 인생의 높낮이, 깊이, 넓이를 다양하게 마련해주므로, 언제 어디서나 계곡의 다양성을 따라 흐르는 물과 같이 살아가면 되는 것이다.

1981년 8월 20일   관대한 사람은 지혜롭고, 지혜로운 사람은 관대하다

사랑이란 대부분 관용을 의미한다고 생각된다. 굳이 가르치지 않아도 사랑하는 자식을 어떻게 돌보는지, 또 연인은 서로 어떻게 위하는지 알고 그 실천을 기쁨으로 삼는다. 그것은 소인이나 대인이나 누구나 할 줄 아는 일이다.

그러나 미운 감정이 생겼을 때 한 발만 더 물러날 수 있고, 상대방보다 단 한 뼘이라도 더 넓게 마음을 쓸 수 있는 일은 소인이 할 수 없는 일이다. 이 관용은 또한 지상 최고 최대의 지혜이기도 하다.

그러므로 관대한 덕을 지닌 사람은 지혜롭고, 진정으로 슬기롭고 지혜로운 사람은 관대하다.

1981년 9월 2일   결코 '절대' 라고 말하지 마라

인생의 많은 문제를 상담해온 한 여성이 노년에 들어 그 경험을 종합하고 되돌아보면서, "결코 '절대' 라고 말하지 마라."라고 충고해주었다.

빳빳하던 벼가 결국 이삭이 패면서 조용히 고개를 숙이듯, 인생이 무엇인가 많이 느끼고 깊이를 알면 알수록 인간은 겸허해지지 않을 수가 없게 된다. 일의 결과에 대해서도 최선의 노력은 하되 뜻과 같이 될 것은 장담하지 말 일이다.

오히려 최소한의 성과를 기대하면서 최대한의 노력을 기울이는 겸허함에 자연이나 신은 더 호감을 갖고 도와주고 싶어 할지도 모른다. 잘못되어 간다고 한탄하는 그 길에서 성공을 발견하고, 잘되어 간다고 춤추고 노래하는 즐거움에 빠져 있을 때, 깊은 수렁이 또는 막다른 골목이 나타나기도 하는 것이다.

1981년 9월 19일   남을 도와주고도 자화자찬이 지나치면 허사가 된다

어떤 일을 성취시키는 일, 성공하는 일보다 더 어려운 일은 그 상태를 유지하는 일이다. 일에서도, 인간관계에서도 마찬가지이다.

성공했다고 높아졌다고 아부와 칭찬에 휩싸이려고만 하면, 친근하다고 말을 함부로 하고 품위를 존중하지 않으면 인간은 흉측하게 변하고 만다. 그 결과 인간관계가 변화하고 성취된 일이 변화한다.

남을 도와주고도 생색, 자화자찬이 지나치면 그 공은 허사가 된다. 항상 아름다운 모습을 간직하기 위해서 얼마나 삼가고 신중해야 할까.

1981년 9월 26일 자기 자신을 살펴야

자기에게 예를 지키지 않았다고 흥분하는 만큼, 자신은 행여 모르는 사이에 예를 어겨 남의 마음을 상하게 하지 않았나 살펴볼 수는 없을까.

깍듯하고 정중한 대우를 받으면 좋은 줄 알고 건방지고 무시하는 언행은 역겨워할 줄 알면서도, 사람들의 병고는 자기 자신만이 그것을 알고 남은 그렇게 느낄 줄 모른다고 착각하는 점이다.

1981년 9월 27일 인생의 지혜는 웃는 생활 속에 있다

인생 최고의 지혜는 웃는 생활 속에 있다. 또 고생을 웃음으로 소화하고 어떤 어려움이 있더라도 즐겁고 명랑하게 지낼 수 있는 능력이 있는 사람은 생의 완전한 주인이다.

1981년 10월 3일 기쁨과 평화는 스스로 심고 가꾸는 것

벼농사에 알맞은 봄여름가을이라는 날씨, 알맞은 비, 햇볕, 더위가 주어진다 해도 씨를 뿌리고 가꾸는 노력이 없는 사람에게는 신의 어떤 축복도 받을 수 없을 것이다. 신은 결코 햇빛, 비, 알맞은 온도를 주지 않고서 인간의 힘만으로 벼농사를 하도록 내버려 두시지 않는다는 사실을 우리는 음미해볼 필요가 있다.

홍수, 가뭄은 극복할 수 있는 시련일 뿐이지 우리를 기아선상에서 헤매게 하지는 않는다. 홍수, 가뭄, 병충해가 으레 있듯이 생에 어려움 없기를 바라지 않음이 현명하다 하겠다.

철이 든다는 말은 과연 부모님 앞에서만 쓰여지는 말일까. 철이 안든 사람의 공통점을 추려보면 그들은 (부모님께) 고마움을 느끼지 못한다.

그리고 아무리 잘해준다 해도 불평불만이 많고 참을성 없이 해달라는 것이 많다. 그리고 10 중 9를 해줘도 1이 안 되면, 그 투정이 보통이 아니다. 자신의 노력을 통해 무엇을 얻으려하지 않고 해주기만을 바라는 것이다. 노력 없이 얻으려 하는 것이다.

하느님이 보시기에 철들지 않은 인간이 얼마나 많을까. 자기 생의 환경 그 무엇에나 고마움을 느끼지 못한다. 항상 남과 비교하여 자기가 가장 불행하다고 자처하면서 불평하고 불만을 갖는다. 그리고 자신의 노력을 기울일 생각 없이 무조건 해내라는 식이다. 그러나 가만히 생각해보면 우린 그 어떤 것을 잃더라도 뺏겼다고 할 수는 없다. 어차피 모든 것은 주어진 것이고 주어지지 않은 것은 잃을 수도 없으니까. 내 생명, 사랑하는 부모님, 내가 가지고 있는 어떤 것에 대해서도 나는 주인일 수 없다. 그 어떤 것도 나는 영원히 지닐 수 없으며 내 마음대로 처분할 수 없기 때문이다.

모든 인간이 바라고 목표로 하는 평화, 행복, 기회, 기쁨 등은 누구보고 만들어내라고 해서는 안 된다. 외부에서 가져다주는 기쁨이 있다면 그것은 선물일 뿐이다.

인간은 선물에 의존해서 그런 소중한 것들을 항상 소유할 수는 없다. 그것은 자기 마음 안에서 만들어지는 것. 밖으로부터 오는 것이 아니라 안으로부터 나가는 것이다. 자기 노력으로 심고 가꾸어야 하는 것이다. 주위 사정이 불운하고 않고는 별문제이다. 참 기쁨과 평화는 배움과 깨우침, 그리고 깨우친 것의 독실한 실행, 책임의 정성스런 완수와 그 노력 안에 있다고 생각한다.

단 한 뼘의 양보라 하더라도 그것이 그렇게 어려운 것이고 그것이 그토록 커다란 결과의 차이를 보여주는 것이기에, 그 한 뼘이 소인과 대인을 가른다.

1981년 10월 7일
인생의 허무를 느낌으로써 즐거운 인생을 살 수 있다

사다트 대통령의 서거. 중동평화의 영웅으로, 위대한 지도자로 부각되어 비극적으로 일생을 마쳤다 하더라고, 영웅으로 키우신 그 뜻이 바로 영웅적인 죽음까지 마련하신 것은 아닐까. 평범한 죽음은 세인의 관심을 끌지 못할 것이기 때문에.

고통과 안락, 영웅적인 행위의 성취, 죽음. 이 모든 것은 그 자체를 떼어서 볼 것이 아니라 긴 역사 또는 인생의 흐름 안에서 보아야 할 것이다. 그 고난, 그 안락(현세의), 그 업적, 그 죽음이 결국 무엇을 의미하게 될 것인지, 무엇과 연결되어 영원히 남게 될 것인지, 역사 안에서 어떤 위치를 차지하게 될 것인지, 어떻게 평가 받게 될 것인지 그 누가 알 수 있겠는가…….

인생은 허무 그 자체라는 것을 절실히 느낌으로써 오히려 적극적인 인생, 즐거운 인생을 살 수 있는 것이며, 비로소 나무 때문에 숲을 보지 못하는 오류를 벗어날 수 있다.

1981년 10월 14일　중용의 지혜

지혜는 중용이다.

지혜가 깊을수록 중용의 심오한 의미가 눈앞에 명확히 나타난다. 그리고 극단의 어리석음이 명약관화하게 된다.

어떻게 하면 보다 편안한 인류의 생활을 위해 자연과학을 이롭게 이용할 수 있을까 생각하던 서구문명이, 이제 와서는 어떻게 해야 자연과학이 인류에게 해를 주지 않는가를 연구하게 되었다.

여기서도 자연을 존중하고 이용보다는 자연과의 조화 속에 살려고 했던 동양과 이용가치를 높게 보았던 서양의 중용을 택했더라면……하는 아쉬움을 갖게 된다. 자연을 존중하지 않고 그 소중함을 귀히 여기지 않으며 그것과의 조화를 생각하지 않고 오직 이용하려고만 했을 때 자연은 결국 날카로운 발톱을 갖고 달려든다. 어찌 자연뿐이랴.

도스토옙스키는 "인간에게는 행복만큼의 불행이 반드시 필요하다."고 말하였는데, 이 불행, 이 불완전함에 대한 긍정적인 자세가 이것들을 극복하는 길인 것 같다. 완전한 원이 되고 싶어 하는 인간, 인간의 마음, 그러나 그것은 좀처럼 이루어지지 않는다.

한쪽을 밀면 한쪽이 오그라들고, 장점이 크면 단점이 크고, 장점이 때에 따라 단점이 되는 불완전 상태의 연속이다. 그러나 이런 불안정, 불완전성, 불행은 인간에게 생각하고 움직이게 하고 발견, 발명하게 하고 사랑과 덕을 쌓게 한다.

1981년 10월 20일 자기를 위하는 일과 남을 위하는 일

우리의 일생은 아주 작은 '자기'에서부터 큰 '자기'로의 성장 과정이다. 인간에게 주어진 '자기'를 위하는 본능은 그 성장에 필요한 도구이다. 자기를 위함을 알기에 그로 미루어 이웃을 위하는 방법을 알고 이해심도 갖게 된다. 자기만을 위하는 사람은 성장이 제대로 되지 못한, 성장이 중단된 사람일 뿐이다.

1981년 10월 21일 배운다는 것은

배운다는 것은 무엇인가. 무엇을 위해 배우는가. 학식을 자랑하기 위해서? 학위를 뽐내기 위해서? 부귀와 명예를 얻기 위해서? 비록 지금 세상에서 많은 사람들이 위의 목적을 위해 배우고 있다고 해도, 배움의 참뜻은 보다 나은 인간이 되고자 하는 데 있다. 더욱 겸손해지고 예의 바르며 진실해지고 소박해지며 슬기로워지고자 하는 데 있다.

그런데 많이 배웠다는 사람이 그 반대의 행동을 한다면 그것은 차라리 아니 배움만 못하다. 그는 결국 아무것도 배우지 못했다는 이야기가 된다. 글을 읽었으되 그 참뜻을 알아듣지 못했다는 이야기.

1981년 11월 3일 뭐든지 자기 것을 만들면

시간이란 열심히 쓰면(부지런하면) 온통 자기 것이요, 그렇지 않으면 지나가버린다. 진리도 마음에 익혀 실천하면 자기 것이요, 그렇지 않으면 무용지물이다. 주위환경도 만족할 줄 알면 궁전보다 더 좋지만, 대궐도 만족이 없고 근심사가 많으면 오두막집만도 못하다. 이웃도 자기가 사랑하면 자기 주변을 사랑이 에워싸지만, 미워하고 냉담하면 자기 주변은 한기만이 감돈다.

1981년 11월 6일 고통을 거쳐야만 인간다워지는 것일까?

세상만사가 뜻대로 안 되어 한풀 꺾였던 사람. 큰 고통 속에 한 번 빠져서 자기 능력의 한계를 절실히 느꼈던 사람을 만나면 그전보다 훨씬 인간미가 있고 남에 대해 생각하는 이해심이나 겸양, 예의 모든 면에서 몰라보게 훌륭히 행동한다는 것을 느끼게 된다. 한마디로 더 호감을 주는 인간으로 변모해 있다.

고통을 거쳐야만 비로소 인간다워지는 것일까. 확실히 하느님은 고통 중의 인간을 더 사랑하시는 것 같다.

또한 이러한 변화는 인간이 평소 얼마나 뭘 모르고 으스대며 오만한가를 보여주는 동시에 인간에게 있어 겸손이라는 것이 얼마나 아름다운 덕인가를 새삼 깨닫게 한다.

1981년 12월 9일   언행을 갈고 닦자

그 사람의 그릇됨, 모든 됨됨이는 남이 정해주는 것이 아니라 자기 자신의 언행이 결정적으로 정해주는 것이다.

소심하고 옹졸한 언행은 그 당사자 스스로의 한계를 나타낸다. '그는 그 정도의 인물밖에는 안 된다.', '큰일을 해낼 위인이 못 된다.' 등등⋯⋯.

거짓을 일삼는 사람에 대해서는 '그와는 아무것도 의논하지 마라.', '그를 믿었다가는 큰 코 다친다.' 등등⋯⋯.

성실하고 예의 바르고 정직한 사람에 대해서는 이 일을 그에게 맡기자. 그는 틀림없이 해낼 거야, 그와 친구가 되었으면 좋겠다⋯⋯.

용감하고 식견이 높고 올바른 언행을 가진 사람에 대해서는 '우리 지도자가 되었으면 좋겠다.' 든지⋯⋯.

이렇게 중요한 언행을 갈고닦을 생각보다 행동은 부실하게 하면서 좋은 일, 높은 자리를 탐내고, 명예, 부귀만을 무조건 바라는 사람들이 세상에는 얼마나 많은가.

3. 어머니의 유지를 잇다 (박근혜 30~33세)

엄청난 양의 사색과 사유, 철학서나 종교 서적이라고 해도 좋을 만큼 인생의 깊은 맛을 느끼게 하는 주옥같은 사유를 엄청나게 토해내던 1981년의 일기. 이와 대조적으로 1982~1985년 사이의 일기는 거의 없다. 공개할 만한 내용이 많지 않았을 것이라 추측한다.

1982년, 박근혜는 어느 정도 연금 상태에서 벗어나 대외 활동을 시작할 수 있게 되었다. 그리고 육영재단 이사장으로 취임했다. 그것은 어머니인 육영수 여사의 육영사업을 잇는 일이었다. 아버지에 대한 매도가 계속 이어지고 있었지만, 이 시기에 박근혜가 할 수 있었던 일은 어머니의 유지를 잇는 일뿐이었을 것이다.

육영사업은 주로 빈곤 때문에 교육의 기회를 얻지 못한 아이들과 청소년들에게 경제적·사회적 원조활동을 하는 것을 말한다. 이는 봉사란 '자립'과 '재활'이 중심이어야 한다는 육영수 여사의 신조이기도 하다.

생전에 육영수 여사는 "성의 없는 봉사나 구제는 상대에게 혐오, 열등 의식, 의타심을 길러 도와주지 않느니만 못하다. 단지 베푸는 것이 봉사와 사랑이 아니다. 진심으로 성의가 있어야 한다."고 말했다.

어떤 일이든 한 번 시작하면 사명감을 갖고 자신의 모든 것을 던지는 것이 박근혜의 스타일이다. 게다가 어머니가 '진심으로 성의'를 갖고 해야 한다는 봉사와 구제 활동인 '육영사업'을 맡게 되었으니 얼마나 일에 몰두했을까 짐작이 간다.

박근혜는 정치인이 된 뒤에도 말을 많이 하지 않는다. 살가운 말, 실없는 말을 많이 하는 것이 인기에 도움이 될 수도 있지만, 박근혜는 말을 아끼며 단아함을 유지한다. 일기를 통해서 알 수 있는 것은, 박근혜는 스스로 납득할 만큼의 결론이 나오지 않을 때면 '자신과의 대화'인 일기에도 말을 삼가는 스타일이라는 점이다. 쉽게 요약해서 정리하거나 남의 생각을 따르는 대신, 한 개의 화두를 수십 년 동안 놓지 않는 스님처럼 사유하고 또 사유한다. 공개된 일기가 많은 시기는 정신적으로 큰 고통을 겪으면서, 고통의 치유를 위해 사유를 많이 한 때였다.

어머니의 유지를 이어 육영사업을 시작한 뒤로는 사색과 사유를 할 시간이 많지 않았을 것이다. 그보다는 실제로 벌어지는 일에 '진심으로 성의'를 갖고 대처하고 처리해나갔을 것이다. 육영사업을 시작한 때이므로 이 시기의 일기에는 참된 교육이 무엇인지 심각하게 고민한 흔적이 보인다.

1985년의 일기도 양은 그리 많지 않다. 이 시기 역시 육영재단 이사장 일을 수행하고 있었지만, 일기의 테마는 개인적인 사유나 교육이 아니라 사회에 대한 관심으로 확장되어가는 경향을 보인다.

퍼스트레이디 대행 역할을 하던 시절, 박근혜는 아버지의 대의를 이해하기 위해 힘썼다. 아버지가 돌아가신 후에는 사색을 통해 자신만의 인생관과 철학을 정립하는 데 많은 시간을 보냈다. 그리고 대의를 이해하고 인생관이 정립되자, 그것을 바탕으로 한 박근혜의 관심사가 사회와 국민을 향하기 시작했다는 것이 드러난다.

1982년 1월 5일   평화, 행복을 추구하는 본능

인간의 마음을 신께로 움직이며, 신의 뜻을 이해하고 따르려고 노력하게 하는 근원은 행복의 추구라는 인간 본능에 있다.

의문이 풀리기까지, 호기심이 채워지기까지, 불안이 없어지기까지, 괴로움을 이기기까지 인간의 마음은 물이 높은 곳에서 낮은 곳으로 필연적으로 흐르듯 끊임없이 평화, 행복을 추구하여 나간다. 그래서 바르게 찾게 되는 것이 진리이고 신께 귀의하는 것이다.

1982년 1월 10일 자기 자신을 경계해야

자신은 잘못이 없다고 생각될 때, 자신은 누구보다도 똑똑하고 옳다고 생각될 때, 그 사람은 가장 자기 자신을 경계해야 할 것이다.

1982년 1월 12일 교육은 토론의 도와 예를 가르쳐야

누구나 편견을 가지고 있으며 자신의 환경, 교육의 영향, 성격의 영향을 벗어날 수 없다. 가르치는 교사조차도 이 테두리의 산물이며 모든 것을 다 가르쳐줄 수는 없다.

그러므로 특히 교육은 기본적으로 토론의 도(道)를 가르쳐야 하고, 예(禮)를 가르쳐야 한다. 이 두 가지를 알고 있다면 편견이나 환경이 진리로 가는 길을 방해할 수 없다.

자기의 권위, 자기의 우월성을 주장하기 위한 토론이 아니라 논리적으로 또는 진실 되게 진리를 찾으려는 자세를 갖고 서로가 서로의 인격을 존중할 줄 안다면 이 두 가지 자세가 실지 구체적인 교육보다 훨씬 많은 배움을 줄 것이다.

1982년 6월 3일 이성과 지혜를 언행으로 옮기자

이성으로써 자기 자신의 감정을 완전히 지배할 수 있는 사람. 지배된 자신에게 지혜의 옷을 입혀 언행으로 옮길 수 있는 사람.

1982년 6월 4일 게으르면 후회와 부끄러움이 열매 맺는다

게으르면 잡념이 생기고, 일단 생긴 잡념은 잡초와 같아 끈질기게 자라게 된다. 완전히 뽑아버리면 아무것도 아닌 것을 사람들은 무척 힘들게 생각하여, 후일 후회와 부끄러움이 열매를 맺게 된다.

1982년 8월 3일 참된 명예란

참된 명예란 높은 자리나 부귀영화가 만들어주는 것이 아니다. 남이 아무리 칭송한다 하더라도 자신이 스스로를 돌아보아 부끄러운 일이 많다면 그것은 물거품보다도 못한 명예이다.

참된 명예란 남이 알아줄 필요도 없이 스스로가 떳떳하고 자랑스럽고 슬기롭게 살아간다고 자부할 수 있는 데에서 비롯된다. 참된 부(富)란 스스로 만족하는 데 있는 것과 마찬가지이다.

1985년 6월 22일 마음을 바로잡아야 언행을 바로잡을 수 있다

마음속에서 증오, 원망, 복수심 등의 끈질긴 집념을 수시로 지워버리고 내쫓는 일은 그 순간순간이 기도이며 생(生)의 원리원칙이 될 것이다. 말과 행동에 대한 지침은 그것의 근원이 되는 마음부터 바로잡지 않고는 헛수고가 될 뿐이다. 근원인 마음이 깨끗하고 바로잡히면 언행은 다 스스로 바로 잡히게 마련이다.

만인 앞에서 떳떳하고 바른 언행을 갖추고 그럼으로써 생(生)에 후회를 남기고 싶지 않다면, 우선 만인 앞에 마음을 활짝 내보였을 때 부끄러움이 없어야 할 것이다.

그러고 나면 그 나머지는 모두 자동적으로 이루어질 것이다.

1985년 7월 26일 식민사관으로 70년대를 보면 안 된다

일본 사람들은 식민사관을 만들어 우리 민족에게 열등하다는 생각을 심고자 했고, 그럼으로써 자기들의 식민정책을 합리화하려 했던 잘못을, 지금 현재 한국 사람이 자신의 나라에서 저지르고 있다.

70년대의 한국 역사에 대해서 아직도 한국민이 일제시대의 왜곡된 역사관에서 완전히 벗어나지 못하고 있는 것을 보면, 현재 왜곡시키

고 있는 우리의 역사는 자라나는 지금의 청소년들의 의식을 얼마나
오염시키고 있는 것일까.

외국인도 아니면서 어떻게 자기 나라의 역사와 사회에 대해 이렇게
큰 죄악을 저지를 수 있을까. 역사는 발전의 과정이며 성장에는 반드
시 시간이 필요하고 순서가 있는 법이다. 시대에 대응해서 달라져가
야 한다. 외국도 마찬가지이다. 그리고 대를 지나면서 이어받아 계속
발전시켜나가는 것이다.

현재 우리나라는 이와 같이 당연하고 엄연한 사실을 무시하려 하고
있다. 마치 70년대에 지상천국이 이룩되었어야 하는데 그것이 안 된
것은 일부러 나라를 망치려 했기 때문인 것처럼……

70년대의 노력과 땀이 없었다면 지금 우리 민족이 설 땅이 과연 어
디에 있겠는가.

"언제나 역사의 발전은 일시에 이루어지지 않는 법이다. 새로운 사회
발전의 씨앗을 뿌렸다는 그 자체만으로도 역사적 의의는 큰 것이다."

1985년 9월 27일   민주 국민이 민주국회를 만든다

정치면에 있어서의 비근대화(국회의 엉망진창인 토론광경 등)는 정
치문제에 앞서 국민 수준의 반영으로 보아야 한다. 국민이 민주적 생
각을 갖는 바탕에서만 민주국회도 가능하다. 비판하던 자도 한자리하
거나 국회의원이 되면 마찬가지가 되는 풍토가 문제이다.

1985년 9월 28일   사회와 이웃을 위해 일한 사람은

눈에 보이는 것만을 추구하는 세상이다. 쓸데없는(결국은) 것만을
얻기 위해 애쓰는 세상이다. 명예, 부귀가 무엇인지도 모르면서 그것
을 얻으려고 기를 쓰는 세상이다.

사람에 대한 평가는 그가 물질적으로 무엇을 소유하고 있고 어떤 사회적 지위에 있느냐가 아니라, 그가 이웃과 사회에 어떤 이로움과 도움을 주었는가로 평가되는 것이다.

　특히 죽은 후에는 왕(王)조차도 금세 잊혀지겠지만 사회를 위해 일한 사람은 오래오래 기억될 것이다.

1985년 10월 2일　양심과 신용을 팔아서 출세하는 자들

　건강을 해치면서까지 하는 일은 결국 손해라고 봐야 한다. 부모님이 지어 주신 자기 이름을 빛내지는 못할망정 더럽히면서까지 얻는 향락, 재물과 명예는 결국 손해라고 봐야 한다. 그것도 영원히 회복이 불가능한 손실이 되는 것이다.

　현대 풍조는 양심과 신용을 팔아서까지 출세하는 자들을 똑똑하다고 생각하고 부러워하기까지 하는 것이다.

4. 독한 마음을 먹으며 (박근혜 34~36세)

1986년과 1987년은 공개된 일기가 없다. 1988년에 가서야 몇 가지가 공개되는데, 이는 앞으로 벌이려고 결심한 크나큰 일을 준비하는 마음가짐과 관련이 있어 보인다. '용기', '시간낭비', '고난은 생의 추진력' 같은 구절은 박근혜가 무엇인가 독하게 추진하려는 마음을 가졌다는 것을 엿보게 한다.

1988년 2월 24일   진정한 용기

진정한 용기는 어디서 솟는 것인가. 그것은 평소에 다져온 욕심 없는 마음, 떳떳한 생활 속에서만 나올 수 있는 것이다.

1988년 2월 26일   시간낭비는 돈을 길에다 버리는 것과 같다

우리는 작은 액수라도 돈을 잃어버리면 무척 아까워하고 속상해하면서, 돈 못지않게 오히려 그보다 더 중요한 시간을 잃어버리는 일은 별로 대수롭게 생각하지 않는 것 같다. 더구나 시간을 낭비하는 사람은 그때마다 할 일이 있게 마련이다. 공부할 때가 있고 일할 때가 있다.

'나중에 하면 되지.' 라고 생각하지만, 그 나중이 되면 그때 할 일이 또 따로 있기 때문에, 그 나중은 영원히 만들어지지 않는다.

1988년 3월 15일   언행은 마음을 비춰주는 거울

먼저 마음을 바로잡지 않고 어떻게 언행을 바로잡을 수 있을까. 마음에 들어 있는 생각이 어찌 겉으로 드러나지 않고 배길 수 있을까, 마음을 깨끗하게 가지면 자연히 언행이 바로잡힌다. 아무리 꾸미려 해도 언행은 결국 마음을 그대로 비춰주는 거울일 뿐이다.

1988년 3월 21일 마음을 깨끗하게

남보다 더 좋은 집에 살기를 바라면서 남보다 더 아름다운 옷을 입고 싶어 하고, 더러운 옷을 싫어하고 더러운 방도 싫어하면서, 그 무엇보다 소중한 자신의 마음을 남보다 더 깨끗해지고, 맑아지고, 밝아지고 아름다워지게 만드는 데에는 무심하다.

1988년 10월 17일 국가와 이웃을 위해 일하는 사람들

자신을 아끼고 보호하고 위할 줄 아는 본능은 결국 그러한 앎을 가지고 어떻게 이웃을 위해야 하는가를 실천하라는 뜻일 것이다. 위대한 사람은 큰 '자기'를 가지고 있다. 왜냐하면 그 본능이 자신에만 머물지 않고 많은 이웃에게 적용되므로.

그러므로 이웃에 대한 사랑으로써만 스스로는 더욱 커진다. 국가를 위해 목숨 바친 사람은 국가를 자기와 동일시했으며 곧 국가의 주인이다. 자신의 주인인 것처럼.

1988년 10월 19일 '고난'은 생의 추진력

하느님은 그 어떤 누구를 통해서라도 들으려고 하는 자에게는 지혜와 깨우침을 주신다.

어려움이야말로 모든 활동의 원동력이 된다. 생(生)의 방향을 잡아주고 추진력이 된다. 감정을 버리고 이성으로 받아들일 때 더욱 그러하다. 모든 고난, 안락까지도 그 자체만 떼어서 보지 말고 긴 역사, 인생의 흐름 안에서 보고 파악하려는 습관이 필요하다. 결국 그 행, 불행이 무엇을 의미하게 될지 무엇과 연결되고 있는지 아무도 모르는 것이다.

빛은 어둡기 때문에 필요한 것이다.
사랑은 일이 잘 되지 않을 때,
불편하고 또는 괴로울 때 더욱 절실히 필요한 것이다.

역사왜곡을 **바로잡기** 위해 뛰어들다 제3기

묘소까지 가는 도중 마음의 울렁임을 참기 힘들었다.
추모사에서 "아버지!" 하고 부르고 나서 감정이 폭발하면
자제키 어려울 것이라는 생각이 들었다.
차 안에서 어머니께 기도드렸다. 감정을 억제하게 해주십사 하고.
덕분에 차분히 추모사를 읽을 수 있었다.

《참을 수 없는

존재의 가벼움》의 저자인 밀란 쿤데라는 "역사는 망각에 대한 기억의 투쟁."이라는 말을 했다. 1989년은 전두환 정권이 말기에 접어든 시점이다. 박정희 대통령에 대한 왜곡과 매도는 김대중 납치 사건이나 정인숙 사건처럼 날조의 수준을 넘어서고 있었다. 1960~1970년대의 기적 같은 경제성장이 어떻게 가능했는지는 사람들의 망각 속으로 사라지고, 현 정권의 왜곡과 매도만 남는 상황이었다.

1989년은 박정희 대통령 서거 10년째 되는 해였다. "10년이면 강산도 변한다."는 속담도 있듯이, 10년이란 무척 특별한 시간이다. 창조적 대가를 연구한 사람들은 '10년 주기론'을 말한다. 10년간의 준비를 거쳐 창조성이 성숙하고, 10년간 창조성을 발휘하며, 다음 10년간 그 창조성을 다시 다른 분야로 확산시킨다는 것이다.

박정희 대통령 서거 10년. 박근혜의 10년도 특별한 것이었다. 그 사이 20대 후반의 나이가 30대 후반이 되었다. 여성이 원숙미를 띠게 되는 시기에 접어든 것이다. 일기를 통해서도 생각이 원숙해졌다는 것을 느낄 수 있다.

하지만 박근혜의 10년은 그보다 특별한 것이었을 것이다. 한마디로 '강한 사람'이 된 것이었다. 고통을 삭이고 승화시키는 것을 넘어서 고통의 원인을 뿌리 뽑을 생각을 하게 되었다.

저명한 정치철학자 이사야 벌린은 "자유에는 '부정적 자유'와 '긍정적 자유'가 있다."고 말했다. 부정적 자유는 '벗어나는 자유(freedom from)'로서 제약이나 다른 사람의 지시에서 벗어나는 자유이다. 긍정적 자유는 '할 수 있는 자유(freedom to)'로서 자신의 삶을 통제하고 의미 있는 삶으로 만들 수 있는 능력이다.

10년간의 사색이 고통을 철학으로 승화시키는 '벗어나는 자유(freedom from)'를 주었다면, 사색을 통해 강해진 박근혜는 '할 수 있는 자유(free-dom to)'를 적극적으로 실천하게 되었다. 앞서 등장한 일기의 말, '용기', '시간낭비', '고난은 생의 추진력' 같은 말, 다른 일기에서는 발견하기 힘들었던 독한 말이 현실에서 펼쳐지게 되었다. 박근혜의 '망각에 대한 기억의 투쟁'이 시작된 것이다.

아버지에 대한 왜곡에 맞서고 역사를 바로잡기 위해 박근혜는 사회운동을 시작했다. 이는 자식으로서 아버지가 폄훼되는 것에 대한 개인적 동기라고만 볼 수는 없는 일이다. 전두환 정권의 매도는 박정희 대통령의 업적, 그리고 그로 인한 대한민국의 역사 자체를 부정하는 것이기 때문이었다. 한번은 숙명처럼 어쩔 수 없이 공적인 역할을 맡았지만, 이 순간은 박근혜가 자신의 의지로 사회에 참여해 '역사 바로잡기'라는 공적인 일을 시작하는 기점이 되었다.

1. 전쟁 같은 하루하루를 보내며 (박근혜 37세)

1) 박정희 기념사업에 뛰어들다.

국내에서도 베스트셀러에 오른 《인생수업》의 저자 엘리자베스 퀴블러 로스는 또 다른 저서 《죽음과 죽어감》에서 죽음을 마주한 사람들이 거치는 '죽음의 5단계'에 대해 말했다.

죽음의 5단계는 '부정과 고립 ▶ 분노 ▶ 협상 ▶ 우울 ▶ 수용'이다. 죽음에 대한 거의 모든 사람들의 첫 반응은 '부정─그럴 리가 없어'이며, 두 번째는 '분노─왜 하필이면 나일까?'이다. 세 번째는 본인의 죽음을 인지하지만 인정하고 싶지 않기에 신과 타협하려는 단계(제발, 살려주세요), 네 번째는 현실을 직시하고 잃을 것과 헤어질 것을 안타까워하며 극도의 '우울'을 겪는 단계다. 어느 정도 시간이 지나면 마지막 단계인 '수용'에 이르는데, 죽음을 완전히 받아들이면서 편안해진다. 죽음을 앞둔 사람들의 심적 변화이지만, 남겨진 가족들도 이와 비슷한 과정을 겪는다고 한다.

하지만 박근혜는 어머니도 아버지도 비명에 돌아가셨다. 부정할 틈도, 분노할 틈도, 제발 데려가지 말라고 신에게 애원할 틈도 없었다. 그리고 극도의 우울이 찾아왔다. 게다가 아버지에 대한 왜곡과 매도와 배신까지 겹치면서 극에 달한 분노에 시달려야 했다. 보통 사람이라면 결국 수용을 하는 단계, 즉 '어쩔 수 없는 일이야. 언젠가 역사가 평가해줄 거야.'에 이르렀을 것이다.

하지만 박근혜는 달랐다. 어머니의 죽음에서도 아버지의 죽음에서도 마지막 단계는 수용이 아니라 행동이었다. 어머니의 뜻을 잇기 위해 퍼스트레이디라는 중책을 대행했다. 그리고 아버지의 명예를 회복시키기 위해 역사를 바로잡는 일을 행동으로 옮겼다.

1989년 박근혜는 육영수 여사를 추모하는 단체인 근화봉사단을 조직하였고, 박정희 대통령과 육영수 여사를 추모하는 월간 신문인 〈근화보〉도 발행하기 시작했다. 부모님의 매도하는 일에 정면으로 맞서는 운동을 시작한 것이다. 1989년과 1990년은 아버지의 죽음을 행동을 통해 '수용'하는 2년간이었다.

1989년 4월 3일   내 나이 37세, 천리(天理)에 맞게 살고 싶다

수천 년 수백 년이 지난 지금에도 역사에 이름이 기록되고 사람들의 입에 널리 오르내리는 영웅들을 생각해본다.

그들 가운데서도 비범한 지혜와 선견지명, 그리고 용기를 가지고 사심 없이 깨끗하게 살다 간 위대한 사람들을 또 생각해본다.

한 번밖에 주어지지 않는 이 삶, 지금 이 시간에도 시계는 똑딱똑딱 쉬지 않고 조금 전의 시간은 이미 영원히 돌아오지 않는다. 하루하루의 시간이란 얼마나 소중한 것인가.

내 나이 이제 37세. 그동안 나는 무엇을 배웠고, 무엇을 할 수 있으며, 무엇을 했는가.

훨씬 더 많은 것을 배웠어야 하지 않았을까. 지금쯤 더 많은 것을 할 수 있어야 하지 않을까? 스스로 많이 부족함을 느낀다. 항상 시간을 아끼며 열심히 살아왔다고 생각하면서도 지금의 이 안타까운 심정은 어인 일일까?

언제나 지혜를 지니고서 자신의 생각과 말과 행동이 언제 어디서나 천리(天理)에 꼭 들어맞게 살아갈 수 있는 사람이 되고 싶다.

1989년 9월 27일   기념사업으로 바쁜 하루를 보내다

마치 전쟁터의 한가운데서 싸우듯 정신없이 바쁘고, 신경 쓸 곳 많고, 할 일이 너무 많은데 시간은 없고…….

이렇게 사는 것이 내 팔자인 모양이다.

어제만 해도 하루 종일 그렇게 바쁠 수가 없었다. 어제 기념회를 찾아온 기자는 〈근화보〉가 짜임새 있게 잘 만들어졌다면서 그 내용을 기사 속에 많이 인용했다고 한다. 왜곡에 대한 문제, 이제 다 해결된 것이나 마찬가지이니 걱정할 필요가 없다면서.

1989년 10월 18일   쉴 새 없이 일에 쫓기다

일, 일, 일. 쉴 새 없이 너무 일에 쫓기다 보니 긴장 때문에 잠이 오질 않는다. 상이용사회에선 역대 대통령의 업적평가 조사결과를 실은 이번 〈주간조선〉지를 1,000부나 사서 회원들에게 돌렸는데, 모두 기뻐하며 이번 10주기 행사에도 참석 의사를 밝혔다고 한다.

연금에서 어떻게 성금을 내는 방법이 없겠는가 하며 회원들이 전화를 많이 해온다고 한다. 그 말을 듣고 눈시울이 뜨거웠다. 80년도 이전에 새마을 운동에 참여했던 지도자들의 모임에서도 찾아와 우리 홍보책자들을 많이 가져갔고, 전라도, 경상도 지도자들도 모두 올라온다고 한다.

그 명단을 받아서 우리가 초대장을 전부 내기로 했다. 기념사업회 사무실은 완전히 시장 바닥 같다. 행사를 앞두고 그 분위기와 열기가 정말 대단하다. 임원, 회원 들도 너무나 바빠서 죽으래야 죽을 시간도 없다고 한다.

한쪽에선 〈근화보〉를 발송하기에 바쁘고 하늘나라에서 아버지, 어머니께서 이것을 다 보고 계시는지, 알고 계시는지, 영혼이 계신다면 흐뭇해하시겠지…….

1989년 10월 20일　긴장의 연속

어제도 잠이 잘 안 와서 애먹었다. 긴장의 연속 속에서 자려 해도 신경이 풀어지지 않는 느낌이다.

아침에 비교적 맑은 정신임에도 불구하고 글이 써 있는 서류는 들여다만 봐도 골이 아플 지경이 되었다.

신경을 좀 누그러뜨리려고 아침나절은 쉬었다.

1989년 10월 25일　이날을 잘 맞이하기 위해 1년을 뛰었다

아! 10주기! 이날을 잘 맞이하기 위해 나는 지난 1년여 뛴 것이나 마찬가지였다. 그러한 노력이 없었을 때 과연 아버지는, 역사는 어찌 되었을 것인가. 다만 아찔한 생각이 들 뿐이다.

1989년 10월 27일　아버지! 어머니!

어제 10주기 행사는 온화하고 청명한 날씨 속에 무사히 끝났음을 하늘에 감사드리는 마음이다.

묘소까지 가는 도중 마음의 울렁임을 참기 힘들었다.

10년만의 추도식이니 어찌 그렇지 않겠는가. 그러나 추모사에서 "아버지!" 하고 부르고 나서 감정이 폭발하면 자제키 어려울 것이라는 생각이 들었다. 차 안에서 어머니께 기도드렸다. 감정을 억제하게 해주십사 하고. 덕분에 차분히 추모사를 읽을 수 있었다.

분향하고 내려오는데 장군 묘소까지 빽빽이 들어선 추모 인파는 잊을 수 없는 광경이었다.

모두 손을 흔들고……. 강 변호사의 전언에 의하면 그분은 산소 꼭 대기 쪽에 있었는데, 너무나 너무나 사람이 많았고 새마을 지도자, 상이용사 등 훈장 받은 사람들이 대거 참여했으며 내가 추모사를 읽을 때 많이 울더라고, 눈에 비친 모습을 전해왔다.

1989년 11월 6일 내가 가장 좋아하는 사람은 성실하고 진실한 사람

내가 가장 좋아하는 사람은 성실하고 진실한 사람이다.

겉과 속이 다르지 않고 소신 있는 사람은 친근감을 갖고 대하게 된다. 가면이 없는 사람끼리의 만남은 무엇보다 유쾌하고 즐거운 일이다. 그러나 어떤 사람들은 아첨을 해야 친해지는 줄 알고, 생색내는 일을 해줘야만 자기를 높이 평가해주는 줄 알고 있다.

10주기 추도식 광경을 담은 영화를 보았다. 편집이 아직 안 되어 좀 어수선했지만 그 수많은 인파는 다시 보아도 감동적이었다(국립묘지 관리소에서는 그날 인파가 15만 이상이라고 추정했다).

10년 전에 세상을 뜨신 지도자, 10년간 매도의 세월을 보아오면서도 앞다투어 분향하고 정성껏 기도하는 참배객들의 모습에서 아버지는 정말 헛되지 않은 인생을 사셨다고 다시금 느꼈다.

그리고 10년 전 서거하신 지도자를 잊지 않고 마음속에 그 업적을 느끼며 살아가는 국민의 마음이 아름답게 느껴졌다.

1989년 11월 5일 어머니와 나의 인생행로는 달라

어머니와 나는 많이 닮았다고 사람들이 말한다. 그러나 가는 인생행로는 무척 다르다는 것을 느낀다.

어머니도 힘든 인생을 사셨다. 그러나 대통령 부인으로 생을 마치셨고, 그 위치에서 일을 하셨기 때문에 나보다 세파는 덜 겪으셨다고 생각된다. 나는 일을 해야 하는 운명이라, 그것도 비범하신 아버지를 모셨고, 생전이나 서거한 후나 평범하지 않은 관심과 혹독한 비난에 시달리셨기 때문에, 그래서 그것을 바로잡는 일을 해야 하기 때문에, 나 자신 또한 평탄하지 못한 길을 가고 있다.

겪을 수밖에 없는 일이라면 어쩔 수 없는 것이다. 너무나 끊임없이 겪게 되는 어려움이라 이제는 어느 정도 만성이 되었다. 옛날 같으면 도저히 견딜 수 없다고 생각되는 고통일 텐데도 지금은 눈물 한 방울 없이 담담히 받아들이고 있는 나를 발견한다. 책임, 사명이란 정말 무서운 것이다.

사명을 다해야 한다는 그 책임감이 나로 하여금 어떤 어려움도 마다하지 않고 극복하게 만드는 것이다. 팔방미인 노릇을 하면 당장은 편할 수도 있으나 사명 완수에 크게 어긋나는 일이기에 나는 굳이 험한 길을 택한 것이다. 그리고 험한 세파가 나로 하여금 결국 내가 도달해야 할 목적지가 어디인지를 선명하게 가르쳐주고 있다.

그리스도교는 종교 박해 때문에 오히려 사방으로 그 종교가 전파되었다고 한다. 현실의 어려움이 나로 하여금 자구 활동의 폭을 넓혀가지 않을 수 없게 만든다.

1989년 11월 7일   초겨울에 내리는 비

초겨울에 웬 비가 연일 오는지…….

청명했던 (10월) 26일의 날씨와 비교되어 그날은 정말 축복을 받았다는 감사함이 새삼 느껴진다.

1989년 11월 9일   왜곡된 역사를 바로잡고자 보낸 시간을 돌아보며

이 세상에서 가장 두려워해야 할 것은 무엇인가. 바로 자기의 마음이다. 항상 깨어 있지 않으면, 또 깨어 있으려고 노력한다 하더라도

제때 남이 깨우쳐주지 않으면 괴물로 변하여 자존, 자기 과시, 자기도
취에 빠지기 쉬운 것이다.

항상 바른 판단을 하던 사람도, 자기도 모르게 자존해지면 엉뚱한
실수를 하게 되고 경망스럽게 변하기도 한다.

겸손하고 진실 된 마음을 가진 사람을 만나면 그토록 유쾌하고 기쁠
수가 없다. 그 어떤 보석이나 꽃보다 아름답게 느껴진다. 그러한 마음
자세와 상태를 항상 유지하고 어떤 상황에서도 유혹 당하지 않고 깨
어 있기 위해서 우리 인간은 얼마나 스스로를 자주 돌아보며 노력하
여야 할까.

어떤 의미에서 인간에게 주어지는 고통은 그 마음을 정화하는 역할
도 하는 것 같다. 고통 중에 인간은 신중해지고, 남을 깔보지도, 잰 체
하면서 꾸미지도 않게 된다.

반면 항상 칭송을 듣고 모든 것이 잘 되어가고 아무도 자기에 반대
하는 일을 꾀하거나 거역하거나 하는 일이 없을 때, 인간은 가장 자기
자신을 경계해야 하고 두려워해야 한다.

그때야말로 자기 마음이 자기를 배신하고 반역을 일으키기 쉬운 순
간이 되기 때문이다. 어떤 기쁨을 얻기 위해 일하는 것이 아니다. 책
임을 다하기 위해 일하는 것뿐이다.

지난 1년간은 억울하게 자꾸 만들어 뒤집어씌우는 누명, 왜곡시킬
대로 시켜진 역사 인식을 바로잡는데 힘쓰면서 언론 매체를 통해 활
발히 알리고 홍보해왔다.

10주기를 맞아 응한 인터뷰만도 십여 군데나 된다. 10주기가 지난
오늘, 이제는 조용히 출판 등을 통해 내실을 기할 때다. 그리고 한(恨)
을 풀었다고 할 수 있을 정도의 성과를 가져온 오늘이 있도록 해주신
하늘에 감사를 올리는 마음이다.

1989년 12월 8일　삽교호에 다녀오다. '염량세태' 다

기억에 남을 만한 날이다. 너무나 오랫만에, 거의 몇 년 만에 서울을 떠나 지방을 다녀왔다. 〈근화보〉 12월 호에 낼 사진을 찍기 위한 것이었다. 그 장소는 다름 아닌 삽교호. 방대한 그 개발 사업은 아버지께서 마지막으로 남겨 놓으신 업적이다.

날씨는 청명하기 그지없었으나 바닷가라서 더욱 바람이 세차 사진을 찍는데 무척이나 추웠다. 그곳 관리소 직원들이 알고 우리가 온 것을 너무나도 기뻐했다.

그곳에 왔던 한 방문객이 〈근화보〉를 주고 가서, 서로 돌려보고 있다고 했다. 물개 3마리가 있는 탑 밑에 '삽교호'라는 아버지 휘호가 새겨져 있었다. 그해 10월 26일 제막식 때 있었던 일들을 열심히 나에게 설명해주었다. 그곳에는 방문객이 많아 버스 2백 대가 늘어설 때도 있다고 한다.

마침 관광버스 손님들이 나를 알아보고 모두 손을 흔들고 무척 반가워했다. 전망대가 있는 그곳 음식점에서 혹시 방을 빌릴 수 있는가 문의하니(우리는 도시락을 싸갔기에), 마침 오늘은 손님들이 별로 없어 빈방이 많다고 전부 다 써도 좋다고 주인이 친절하게 응낙을 했다. 음식을 사 먹는 것이 아닌데도 불구하고.

10년이 지난 지금 아버지께 향하는, 그래서 또 딸인 나에게 쏟아지는 그 따뜻한 인심이 바로 가장 빛나는 보배인 것이다. 국가 지도자의 보람과 기쁨이라는 것은 생시나 사후나 바로 여기에 있는 것이리라.

더구나 일부에서 또는 권력자들이 그토록 아버지를 깎아내리기에 광분했던 10년의 세월이 있었음에도 불구하고.

오랫만에 눈에 들어오는 고속도로는 줄곧 아버지 생각이 나게 했다. 그리고 소박한 자연 속의 논, 밭, 농촌의 모습, 유난히 눈에 많이 띄었던 갈대 등은 내 마음을 푸근하게 하였다. 왕복 4시간이었는데도 멀미를 안 했다.

또 한 가지 오늘 들은 얘기. 그곳 관리소에서는 방문객들을 위해 삽교천에 대한 필름을 돌리는데, 아버지께서 준공식에 참석하신 모습 등을 비롯하여 아버지에 관한 모든 부분을 삭제하라고 시킨 적이 있어 그 부분을 빼고서 영화를 돌렸다고 한다.

그런데 그곳을 찾은 방문객들이 그 빤한 사실을 없애려 한다고 크게 반발, 항의하여 지금은 그 부분을 다시 넣어 영화를 돌린다고 한다. 염량세태이다.

※ 염량세태(炎凉世態) : 권세가 있으면 아첨하고 몰락하면 냉대하는 세상의 인심

1989년 12월 16일   목표한 일은 많은데 한 일은 적어

간간이 비를 뿌렸던 음침한 날씨였다.

연말까지 해야 할 일은 너무나 많고 하루하루는 너무나도 빨리 지나가고…….

매일매일 열심히 일하면서 살아가고 있으나 하루를 보내고 나면 한 일이 아무것도 없었던 것 같은 허전한 느낌이 들곤 한다. 목표로 정하고 해야 할 일들은 끝없이 많은데 비해 막상 그날 한 일의 양은 그렇게 적을 수가 없으니 상대적으로 느껴지는 허전함이라는 생각이 든다.

지난 1년도 돌아보니 거의 이러한 느낌으로 시간에 쫓기며 살아왔지만 막상 결산을 해보면 참으로 많은 일을 해냈고 이루어왔음을 느끼게 된다.

1989년 12월 30일   아버지에 대한 역사왜곡의 85%는 고쳐졌다

1989년은 그 누구보다 나에게는 감사하고도 잊혀질 수 없는 해다. 수년간 맺혔던 한을 풀었다고 표현해도 좋을 한 해이다. 아버지에 대한, 그 시절 역사에 대한 왜곡이 85% 정도 벗겨졌다고들 말한다.

그동안 인터뷰한 횟수도 많았고, 손님도 많이 만났고, 노력도 많았고, 방해 받았던 일, 속상했던 일도 많았다.

그러나 무엇보다도 오늘의 성과는 하늘의 뜻하심이 계셨기에 가능했던 것이다. 근화봉사단의 발족과 성장 자체도, 지난 수개월 이루어진 일들은 작년 이맘때만 해도 불가능하다고 느껴지리만큼 거의 기적에 가까운 변화인 것이다.

역사가 바로잡혀야 사회 질서가 바로잡히게 되는 이치를 생각해볼 때, 하늘이 우리나라를 버리시지 않았다는 뜻도 되는 것이다.

오로지 감사하고 기뻐해야 할 내 마음은 사실 몹시 울적하다. 그리고 왜 태어났을까, 태어나지 않았으면 이와 같은 마음의 고통도 없었을 것이 아닌가 등등 꼬리에 꼬리를 무는 침울한 생각뿐이다.

또한 80년대에는 나에게 어떤 의미를 주는 연대인가. 89년의 뜻 깊은 마감으로 그 연대 자체도 나에게는 나쁘다고만 할 수는 없을 것이다. 그러나 80년대의 마음의 고통과 아픔이 얼마나 크고 깊은지, 두 번 다시 돌아다보기도 싫은 소름 끼치는 연대라고 느껴지는 것이다.

2) 사회운동을 리드한다는 것

역사왜곡을 바로잡는 기념사업회 일은 박근혜에게 새로운 세상이었을 것이다. 이 시기의 박근혜는 이미 육영재단 이사장으로서 9년간 조직을 이끌어온 경험이 있었다. 육영재단이 아무리 사회사업을 하는 사단법인이라지만, 직원의 입장에서는 월급을 받는 회사와 큰 차이가 없다. 회사는 규율에 의해 움직이고, 봉급과 자리라는 수단으로 비교적 사람들을 움직일 수 있다. 또한 매일 접하는 직원이라 사람을 파악하기 쉽고, 인사고과 등을 통해 사람을 평가하는 것도 어렵지 않다.

하지만 사회운동은 다르다. 금전이나 지위 같은 보상을 통해 사람들을 끌어나갈 수 있는 사기업과 달리 비전과 대의로 사람을 감화시켜야 하는 것이 사회운동의 근간이다. 일반 기업을 이끌어가는 것보다 몇 배는 어려운 일이다.

게다가 박근혜가 주도한 사회운동은 사회운동 내에서도 주류에 속하는 운동이 아니었다. 정부의 방해공작, 일반 시민들의 무관심. 힘을 보태줄 것으로 기대했던 사람들의 외면. 박근혜의 자서전에는 "사막을 건너는 낙타처럼 묵묵히 젊은 날을 건너왔다."는 구절이 있다. 연애 한 번 제대로 하지 못한 젊은 날에 대한 회환만은 아닐 것이다. 아버지를 매도하던 시기에 겪은 외로움, 역사 바로잡기라는 사회운동을 하면서 겪어야 했던 외로움. 그 외로움을 묵묵히 견뎌내며 한 발 한 발 발걸음을 디뎠을 것이다.

이 시기의 일기에는 기념사업이 힘들다는 부분 외에도 삶에 대한 성찰이 많이 담겨 있다. 사회운동의 리더라는 새로운 일을 겪으면서 새롭게 사유해야 할 영역이 발생했기 때문일 것이다. 특히 사람에 대한 사유가 많은 것은 사회운동이 모래알처럼 흩어지기 쉬운 사람들을 이끌고나가는 일이므로, 사람 문제로 고생을 많이 했기 때문이라고 보인다.

이런 부분은 박근혜가 매력적인 정치인으로, 뛰어난 리더로 성장하는 데 큰 도움이 되었을 것이다. 기업체 사장 출신보다 학생운동 및 사회운동의 리더 출신들이 정치판에서 두각을 나타내는 것은 이 때문일 것이다.

말을 하지 않아도 사람들로 하여금 따르게 만드는 '신비로운 카리스마'

라 불리는 오라를 박근혜가 지니게 된 것은 묵묵히 사회운동을 리드해본
경험에서 나온 것이라 생각한다.

1989년 1월 13일   열 길 물속은 알아도 한 길 사람 속은 모른다

"열 길 물속은 알아도 한 길 사람 속은 모른다."는 말이 있다. 몇 번
만나만 보아도 그 됨됨이를 훤히 알 수 있는 것이 사람이지만, 몇 년
을 보아도 그 진짜 모습을 모를 수도 있는 것이 또한 사람이다.

어수룩한 체하면서 속으로는 딴마음을 먹고, 뒤로는 음모를 꾸미고
음흉했던 사람을 기억하게 된다.

말도 곧잘 하고 뱃심도 꽤 있다고 (주관이 있다고) 생각되었던 사람
도 몇 번 가까이서 그 모습을 진실로 알고 보니 보통 주책이 아니고,
말도 그렇게 헤플 수가 없었다.

옛날 한 철학자가 (진정 인간다운) 인간을 찾겠다고 낮에 등불을 밝
히고 찾아 돌아다녔다는 이야기가 생각난다. 진실하고 슬기로운 인간
이란 그렇게도 귀하고 희귀한 것일까.

1989년 1월 17일   실망을 주는 사람들

계속해서 인간에 대해 실망을 하게 되는 일이 생긴다.

충성을 얘기하고 뭐가 어떻고 말이 많았던 그도 결국 마음에 있는
것은 자리 하나였다. 도저히 능률을 내지 못해 다른 자리로 옮기라고
하니까 반발하고 속 좁은 얘기들을 쏟아놓는다. 정말 이토록 진실한
사람, 슬기롭고 교양 있는 사람, 사심 없는 사람은 드문 것인가?

요즘 바겐세일로 말썽을 빚고 있는 백화점을 보면 알 수 있다. 경영
학 박사 학위를 딴 사람이 유치원에서 배운 기본적인 양식도 실천할

줄 모르고 있는 것이다. 그렇다면 배워서 뭘 하나, 알아서 뭘 하나.

중년이 넘은 나이에, 그 사람의 말이라면 누구나 믿어주는 사람이 되어 있다면 그는 성공한 삶을 산 사람이요, 그 반대면 그 외양이 어떻든 간에 그 삶은 실패한 삶이다. 그런 사람을 마땅히 비판해야 한다.

그러나 요즘 세상은 그런 데에 가치나 관심을 크게 두지 않는 것 같다.

1989년 4월 5일 은혜를 갚는다는 것

자기에게 은혜를 베푼 사람을 기억할 줄 알고 그 은혜를 갚으려고 노력하는 마음은 반드시 예전에 받았던 은혜의 크고 작음에 비례해서 더 간절해지는 것이 아니라, 때로는 아니 왕왕 은혜를 받은 사람의 인품에 비례한다고 생각된다.

아무리 큰 은혜를 입었다 하더라도 인품이 그릇된 사람은 그 은혜를 잊는다. 은혜를 원수로 갚지나 않으면 오히려 다행일까……

인품이 올바른 사람은 작은 도움이라도 기억할 줄 알고 보답하고자 마음속에 간직한다.

그러므로 보은하고자 노력하고 고마운 마음을 잊지 않고 있는 사람을 보면 과거 그 은혜가 어떤 것이었는가를 생각하기에 앞서 고마움을 잊지 않고 있는 그 사람의 인품이 더 인상에 남는 것이다.

1989년 7월 10일 희생과 봉사

오늘 TV에서 집게벌레의 생태에 관한 프로그램을 보았다. 좁쌀 크기의 알을 낳아, 곰팡이의 해를 입지 않도록 한 알 한 알 정성껏 침을 발라 땅속에 차곡차곡 쌓아 놓는다. 알이 부화하기 시작하면 새끼들이 알에서 쉽게 나올 수 있도록 껍질을 찢어주기도 하며 열심히 거들어준다. 새끼벌레들은 겨울에 부화하기 때문에 땅 위로 나와도 먹을 것이 없다. 어미벌레는 자기 몸을 한겨울 동안 새끼들이 먹을 수 있는 영양분으로 제공하고 죽는다.

자연의 섭리에 따라 본능적으로 생활해가는 미물에 관한 이야기지만 '희생'이라는 두 글자가 한참 머릿속을 맴돌게 했던 장면이었다. 헤아릴 수 없이 많은 집게벌레들이 그 겨울에 '봉사'니 '희생'이니 하는 말 한마디 없이, '선전'도 없이 그렇게 새끼들을 위해 땅 밑에서 기꺼이 죽어가고 있다.

인간이 어떤 희생을 하더라도 그 벌레를 따라갈 수 있을까. 하찮은 미물의 생태를 가지고 너무 거창하게 생각하는 것 같이 느껴지지만 참으로 인상 깊은 이야기요, 장면이었다.

1989년 7월 12일   '이미지'가 좋은 사람

어제부터 백일홍이 꽃망울을 터뜨리기 시작했다.

'고양이 앞에 쥐'라는 표현이 있다. 하지만 만약 고양이를 묶어놓고 그 앞에 쥐가 지나가도록 하고, 쥐가 지나갈 때마다 고양이에게 전기 충격을 가하면 그 고양이는 쥐만 봐도 도망가려 한다는 조건반사에 대한 실험 이야기가 재미있게 생각되었다.

인간 사회에서도 우리 인간들의 많은 행동이 조건반사에서 기인되는 것이 아닌가 하는 생각이 든다.

자기를 괴롭혔던 사람을 만나면 우선 그 옆에 같이 있기도 싫어지고 또 괴롭힘을 당하지 않을까 하는 피해의식 때문에 대화도 제대로 되기가 어렵다. 그동안의 경험을 통해 자기에게 성실하고 정직한 사람으로 인식된 부하 직원에게는 자꾸 일을 맡기고 싶어질 것이다. 이것이 소위 '이미지'라는 것이다.

1989년 8월 22일　생각을 함부로 하면 언행으로 나타난다

언행을 바로잡으려면 우선 마음을 바로잡아야 한다.

상한 음식을 먹으면 탈이 나고 나쁜 음식을 먹으면 건강할 수 없듯이 생각을 함부로 하고 마음속에 솟아나는 생각들, 자리 잡아가는 생각들을 잘 다스리지 않으면 결국 그것은 언행으로 나타나고 만다.

'생각'이란 사람 눈에 보이지 않기 때문에 감출 수 있다고 생각할 수도 있겠지만 언행은 생각의 정확한 반사경일 뿐이다.

1989년 10월 16일　가을이 깊어감을 느끼며

바람이 몹시 불고 음산한 날이다. 잎이 노랗게 변해가는 마당 한가운데의 백일홍을 바라보면서 가을이 깊어감을 느낀다.

나뭇잎이 노랗기 때문에 가을인 것이 아니라, 가을이기 때문에 나뭇잎이 노랗게 변한 것이다.

1989년 10월 10일　도움이 되어야 할 사람들이 고통을 주고

가장 도와야 할 사람들이 고통의 원인이 되고 있다는 것은, 북한이 그 어느 곳보다도 가장 남한을 괴롭히고 남한에게 고통을 주고 있는 이 국가적 현실과 흡사하다.

1989년 11월 3일　위대한 사상은 고통의 밭을 갈아야 만들어진다

"위대한 사상은 고통이라는 밭을 갈아야 만들어진다."는 옛말이 기억난다. 위대한 일도 마찬가지일 것이다.

그러나 위대한 일이 아무리 찬란하다 할지라도 그 일을 이루고자 일부러 고생할 사람은 이 세상에 아무도 없을 것이다. 그것은 운명적으로 주어지는 것, 피할 수도 선택할 수도 없는 것이다. 불구덩이 속에 던져지는 것 같은 양상이다. 우선 뜨거우니까 발버둥을 치게 되는 것이다.

나는 생각해본다. 이 세상에서 위대한 업적이 얼마나 크든지, 그 보람이 얼마나 많든지 간에 그 길을 가기 위해 겪어야 할 고통을 생각하면 그것은 매력이 없는 일이다.

저울에다 보람과 고통을 올려놓고 저울질할 때 나의 저울에선 보람이 고통을 상쇄하지 못한다. 그러나 운명 앞에서는 한없이 속절없는 것이 인간이다. 아무리 고통스러워도 나는 목적을 향해 끝까지 나아가게 될 것이다. 왜냐하면 운명이 지워준 책임과 사명을 다하지 않고 외면할 땐 더 고통스럽기 때문이다.

권력의 남용, 판단의 착오로 인해 빚어진 한 인간의 끊임없는 고통을 나는 보고 있다. 권력이란 얼마나 무서운 것인가. 정말 두려운 것이다. 아무 죄 없는 사람의 가슴에, 그 가족의 가슴에 영원히 지우기 힘든 상처를 남길 수도 있고 생사람을 잡을 수도 있다는 것이다.

아첨을 잘하고 간사한 사람에게 사람들은 얼마나 속기 쉬운가. 그러나 그 달콤한 이야기는 결국 독이 되어 자신도 모르게 온몸에 퍼져 멸망을 가져오는 힘을 가지고 있다.

관록은 분명히 인간을 평가할 수 있는 한 가지 척도는 된다. 사람을 돋보이게 한다. 그러나 관록은 사람을 훌륭하게 성숙시키기보다는 추잡하게, 비겁하게 만드는 경우가 왕왕 있다는 것이 지금까지 내가 보아온 현실이다. 관록 없이 훌륭한 분들도 있다. 그러나 한국에선 그것이 안 통한다. 통탄스러운 일이다.

1989년 11월 13일   발갛게 타오르는 난로 옆에서
오랜만에 맑은 날씨이나 바람이 많이 불고 온도도 많이 내려갔다.

가스히터를 들여놓았다. 겨울에는 발갛게 타오르는 스토브 옆에서 책을 읽고 이야기를 나누는 낭만이 있다.

따뜻하게 전해 오는 열기가 마음과 분위기마저도 훈훈하게 해준다.

1989년 11월 14일　여성들이 마음으로 한데 묶이면

오늘 명랑하고 활발하고 활기 넘치는 젊은 단원들의 모습을 보니 이런 여성들이 많이 모이면 나라는 저절로 안정을 이루며 발전할 것이라는 느낌이 들었다.

이런 여성들이 모이면 못할 일이 없는 무서운 저력을 발휘한 것이라고 느꼈다. 그리고 권력이나 돈에 의해 모이는 것이 아니고 마음으로 묶이고, 인간적으로 한 가족이 되니 이것이 바로 무서운 힘인 것이다.

1989년 11월 18일　첫눈이 온 날

올겨울 들어 첫눈이 온 날이다. 그러나 바람이 온종일 세차게 불어 첫눈이 가져다줄 수 있는 낭만과 푸근함을 앗아가 버린 듯한 느낌이다. 조용하고 여유 있는 시간을 가져봤으면 좋겠다.

1989년 11월 20일　말을 번드르르하게 잘하는 사람일수록

말을 번드르르하게 잘하는 사람일수록 겉과 속이 크게 다른 법이다. 말은 자기의 속마음을 표현하기 위해 있다고는 하나, 내가 경험한 여러 사람들을 보면 그들은 자기 속을 감추기 위해 말을 한다.

어제 저녁 경우만 해도, 뭐 도울 일이 없느냐고 안타까운 표정까지 지어가며 그럴싸한 말을 늘어놓던 것이 엊그제 같던 사람에게 막상 일을 맡기려 하니, 그것이 그에게는 결코 힘든 일이 아님에도 불구하고 이 핑계 저 핑계 대며 빠지고 만다.

어떤 의미에선 이렇게 빨리 그의 속마음을 알게 된 것이 다행이라는 생각이 든다.

그런 사람들과의 교제는 시간이 흘러도 깊이나 넓이를 늘려갈 수 없고, 그러한 상대방의 겉치레는 대화 가운데 은연중에 느껴지게 되어 피곤하기만 할 뿐이다.

진실하고 꾸밈없는 마음과 마음끼리의 만남 그리고 대화. 이것같이 신선하고 유쾌한 것이 이 세상에 있겠는가. 이것처럼 기쁨과 행복을 주는 것이 있겠는가.

1989년 11월 29일 평범한 인생이 부럽다

평범하게 산다 해도 행과 불행은 있기 마련이겠으나, 평범한 인생이 부럽기만 하다. TV를 통해서도 평범한 사람들의 생활 모습을 보면 마음까지 편안해진다.

보람? 성취? 다 좋은 것이다. 그러나 그 어떤 것도 마음의 평온만 할 수는 없다. 항상 폭풍우, 비바람, 번개 등 바람 잘 날 없이 불안하고 위태위태하여 마음 한번 푸근하게 가져보기 힘든 것이 내 운명인가 하고도 생각해본다.

1989년 12월 1일 운명의 변화가 없었다면 교수가 되었을 것

〈중국어 회화〉, 〈서반아어 회화〉, 〈Sadrina Project〉 등 저녁때 보는 TV 프로그램의 등장인물들이 부러울 때가 많다. 그들도 생의 고비고비가 있겠지만 어쩐지 평화로운 생활을 이루고 있다고 느껴진다.

나도 내 운명의 급격한 변화들이 없었던들 저와 같은 교수의 생활을 하게 되었을 것이다.

나의 생은 한 마디로 투쟁이다. 가장 내가 원하지 않은 생(生)의 방식, 그러나 받아들일 수밖에 없는, 선택의 여지가 없는 것이다.

1989년 12월 20일　돈 앞에 공사의 구별이 없어지는 경우

하늘이 어떤 사람을 망하게 하려면 우선 그를 돈에 미치게 만든다는 말이 기억난다. 하는 일 하나하나가 경우에 안 맞고 돈을 보면 공사의 구별이 전혀 없어져버린 그녀를 보면, 결국 스스로가 아무 일도 맡길 수 없게 만드는구나 하고 느껴진다.

자기는 결국 자신의 가장 큰, 무서운 적이 될 수 있으며 자기가 스스로를 배신하기 전에는 그 누구도 자신을 망하게 할 수 없다고 생각한다.

2. '조국의 등불'을 밝힌 고난의 행군 (박근혜 38세)

1) 박근혜는 철인(鐵人)인가, 철인(哲人)인가

'철인'이라는 말에는 두 가지 뜻이 있다. 하나는 '철인(哲人)'으로, '어질고 바른 사람'이라는 뜻이고 '철학가'와 같은 의미로 사용되는 말이다. 또 하나는 '철인(鐵人)'으로, '몸이나 힘이 무쇠처럼 강한 사람'이라는 뜻이다. 박근혜는 이 두 가지를 모두 갖춘 사람이다.

박근혜 일기의 대부분은 철인(哲人)의 사고를 보여주는 것이지만, 1990년의 일기에는 철인(鐵人)으로서의 행동력을 보여주는 부분이 무척 많이 담겨 있다. 그런데 대단하다는 생각보다는 안타깝다는 생각이 더욱 많이 든다.

박근혜가 겪어온 심적인 고통은 인간이 감내할 수 있는 수준을 훌쩍 뛰어넘는 것이었다. 하지만 박근혜는 그에 대해 힘들다거나 고통스럽다는 말을 하지 않았다. 그러나 일기에는 육체적인 피로나 고통 때문에 힘들다는 독백이 많이 나온다.

심적인 고통은 정신력으로 버틸 수 있다. 10년의 고통을 승화시킨 박근혜에게는 그 누구보다 강한 정신력이라는 자산이 있다. 하지만 육체적인 고통, 그것도 피로에서 오는 고통은 휴식 외에는 답이 없다. 쉬면 해결되는 간단한 문제지만 박근혜는 쉬지 않는다. 박근혜의 사명감은 휴식조차 마음대로 못하게 하는 것으로 보인다.

유명한 정신과 의사인 카렌 호나이는 "내 마음속에서 내게 명령하는 폭군."이란 말을 한 적이 있다. 무엇을 해야만 하고, 하지 않으면 안 되고, 틀림없이 그래야만 한다고 마음속에서 외치는 폭군. 박근혜에게 사명감은 '내 마음속의 폭군'인 것 같다.

1990년 1월 2일 휴일이지만 한가롭지 못해

아침에 눈이 조금 내렸으나 다 녹아버렸다.

모처럼의 휴일이기는 하나 할 일이 많아서 마음은 도무지 한가롭지 못했다. 오후에는 〈근화보〉의 1월 호 사설을 썼다.

1990년 1월 3일 아버지의 업적과 뜻이 바르게 알려지도록

올해 원단에 아버지, 어머니 묘소를 찾은 참배객 가운데는 현직 국회의원들이 많았다고 한다. 새벽에, 아침 일찍, 단체가 아닌 개인적으로 묘소를 많이 참배했다고. 또 새벽같이 다녀온 분은 오늘 전화해서 오히려 구인사들 화환은 없고 대통령부터 시작하여 현직 인사들 화환이 많았다고 전한다.

묘소 앞에 서서 올리는 나의 기원도 작년 이때와는 판이하게 다른 것이었다. 지난 해 10월 26일 10주기 행사가 끝나고부터 달라진 것이다.

아버지의 업적과 뜻이 바르게 알려지고 기록되도록, 그러한 일에 적어도 노력이라도 할 수 있는 기회를 주십사고 10년 가까이 올렸던 한(恨) 맺힌 기도가 감사로 바뀐 것이다.

한강변을 따라 오가는 출퇴근길. 지금도 그곳을 지나 어둑어둑해질 무렵 집으로 돌아올 때면 작년 10주기 행사 준비를 위해 매일 밤늦게 강변 불빛을 보며 돌아오던 때가 아련한 추억으로 떠오르곤 한다.

그때 정말 얼마나 얼마나 일이 많았던가. 얼마나 바빴던가. 그래도 추도식 바로 전날까지 기적적으로 준비를 마치고 그 뜻깊은 행사를 15만이 넘는 추도객들과 성대히 가졌던 것이다. 오래도록 잊지 못할 해가 될 것이다.

1990년 1월 8일 할 일은 많고 시간은 부족하고 하루는 짧고

할 일은 너무 많고 시간은 너무 부족하고, 하루는 너무 짧고…… 이 것이 바로 내가 매일매일 직면하는 고민이다.

솔직히 말해 남을 미워하고 속상해할 시간조차도 없는 것이다. 그런 시간조차도 아까운 것이다. 그리고 나의 마음을 어둡게 하거나 괴롭히는 일, 분노케 하는 일 등은 바쁜 내 시간에 쫓겨 순간순간 내 머릿속에서 떠나기도 하거니와, 굳이 기록에 남겨 훗날 다시 기억에 되살리고 싶지도 않은 것이다.

TV 프로그램인 〈동물의 세계〉는 나에게 푸근한 위로를 준다. 살기 위해 노력하고 고생하는 것은 인간 세계와 비슷하나 이토록 복잡한 생각을 해야만 한다든지 이토록 복잡한 사회 구조 속에 살아야 한다든지 하는 얽매임이 없기 때문일 것이다.

오늘 저녁 〈신비의 세계〉에서 본 코알라의 여러 가지 생태는 참 재미있었고 한때나마 인간 세계를, 만사를 잊게 하였다.

1990년 2월 7일 아버지에 대한 중상이 다시 시작되다

돌아가신 아버지에 대한 중상이 또 시작된 것을 보면 역시 기념사업의 한계를 느끼게 된다.

애써 왜곡을 벗겨놓으면 또다시 새로 만들어 왜곡을 시작한다. 그리고 국가에 대해 품으셨던 그 원대한 꿈, 그 꿈을 이루기 위해 피땀 흘리셨던 노고, 이 모든 것은 제대로 계승되지도 못하고 내팽개쳐져 있는 것이다.

운명은 항상 내가 원하든 원하지 않든 조금도 아랑곳하지 않고 내가 가야만 할 길로 선택의 여지도 없이 몰아넣는다. 여태까지 그래왔다. 지금도 예외 없이.

1990년 2월 17일   근심 고통 속에 짓밟히는 내 마음이 불쌍했다

오늘은 마음을 편히 달래고 상처를 어루만져 주는 하루가 되어야 할 것 같다. 그러나 고통이 잇따르니 심장이 감당을 못하는 것 같다.

가슴이 이상해지고 피부가 타들어가는 것 같고, 어제도 거의 한숨 못 잤다. 부슬부슬 내리는 비를 바라보는 강아지들의 무심한 표정을 보고도 마음을 달래보려 하는 나.

근심 고통 속에 너무나 짓밟히는 내 마음이 불쌍한 생각이 들었다.

이 상태로 계속 되다가는 무슨 큰일이라도 날 것같이 건강에 자신이 없어졌다.

1990년 4월 8일   아침에 마시는 한 잔의 커피

아침에 마시는 한 잔의 커피.

살아가는 즐거움이 무엇 무엇인가 하고 물으면 내가 만드는 목록에는 꼭 끼워지게 될 것이다.

오늘은 〈조국의 등불〉 시사회가 있었다. 3시간 43분짜리 영화이다. 남은 1시간 정도는 내일 보기로 했다. 그 시절 아버지를 중심으로 뭉쳐 흘린 국민의 피땀으로 인해 이 나라의 기초가 만들어지고 뼈대가 서고 모든 모양이 갖추어졌다는 사실이 실감나게 느껴지는 기록 영화였다.

1990년 5월 12일   몸은 무리하면 휴식을 받아내고 만다

기운이 좀 회복되는 것 같긴 하나 조금만 글을 들여다보아도 피곤해진다. 나도 모르게 급한 마음에 무리를 하고 말았지만, 내 몸은 무리하면 꼭 그에 해당하는 휴식을 받아내고야 마는 성질이 있나 보다.

1990년 5월 15일　박 대통령, 84.7%가 잘했다고 평가

〈조국의 등불〉을 보았다. 생기 넘치고 절도와 질서가 있었고 희망 속에 지도자를 구심점으로 단결하고 힘을 합해 조국을 건설했던 당시의 분위기를 다시 느낄 수 있었다. 지도자의 역할, 능력이 얼마나 중요한 것인지를 여실히 보여주고 있었다.

그런 지도자를 국장으로 장사 지내고서 매도해온 10년의 세월……. 어이가 없을 지경이었다. 화염병을 던지며 반항하고, 선배 알기를 개떡만도 못하게 생각하고, 도덕, 질서, 가치관 등을 온통 뒤죽박죽으로 뒤집어놓은 오늘의 현실은 그동안의 역사의 왜곡으로 인한 기성세대의 자업자득이었다.

그리고 이 사회는 그에 대한 대가를 지금 단단히 치르고 있는 것이다. 5·16과 유신 등 지난 인터뷰를 통해 나는 할 말을 다했고 이제 영화도 완성되었다. 또 작년에 있었던 역대 대통령 평가에서도 84.7%가 "박 대통령이 잘했다."고 답하였다.

그런데도 현실은 또 다른 왜곡과 저질스런 장난으로 흐려지려 하고 있다. 왜곡이 또 시작되고 되풀이되는 이 현실은 돌아가신 아버지에 못지않게 아니 오히려 우리 세대, 다음 세대에게 더 큰 불행이다. 이래 가지고는 절대로 나라가 바로 될 수 없기 때문이다.

1990년 5월 22일　책 서문을 완성하니 홀가분하다

오늘같이 홀가분함을 느낀 날도 드물 것이다. 아침에 《겨레의 지도자》 단행본의 서문을 완성하고 나니 마음의 큰 짐을 벗은 듯했다.

쓰는 것 자체도 힘이 들었지만 이 글은 한 달 이상이 걸린 것과 마찬가지이다. 쓰다 아파서 중단하고, 바빠서 중단하고, 발간 날짜는 점점 다가오고…… 계속 마음에 부담을 안고 있었다.

1990년 5월 25일 〈동물의 세계〉는 내가 가장 좋아하는 프로그램

오늘 일을 마치고 오는 길이 무척 피곤했다. 기력이 완전히 회복된다는 것은 시간이 걸리는 일인 것 같다.

〈동물의 세계〉는 내가 가장 좋아하는 프로그램이다. 뭔가 인간 세상을 잊게 해주는 순간이라 더욱 그렇다. 그들에게도 싸움과 침략이 있고 끊임없는 생존경쟁이 있기는 인간과 마찬가지이다.

오늘은 벌에 대해 보여주었는데 일벌들은 하루도 쉬지 않고 온종일 일만 한다. 인간으로 말하자면 아침에 눈을 떴다 하면 밤늦게까지 일하고 다음 날도 마찬가지인 것. 그래도 그들은 바캉스가 필요하지도 않고 스트레스가 쌓이지도 않는 것 같다. 끊임없이 일만 하는 모습이 유난히 인상에 남는다.

1990년 6월 1일 내가 평생 걱정하지 않아도 되는 일은

아버지의 어록을 발췌하는 등 《겨레의 지도자》 마지막 작업에 오늘도 무척 바빴다. 내가 평생 걱정하지 않아도 되는 일은 "할 일이 없으면 어떡하나." 하는 고민일 것이다.

이번에 책 발간, 영화 제작 등의 일에서 새삼 느낀 것은 내가 이 세상에 왜 태어났는가 하는 이유이다.

그동안의 고군분투가 아니었더라면 부모님을 어떻게 평가했을지 아찔한 생각마저 든다. 정인숙 사건에 대해 그의 오빠가 인터뷰한 내용이 라디오 뉴스에까지 나왔다고 한다.

"그 아이 아버지는 아직 살아 있다." 등등. 이외의 숱한 거짓말이 지난 2년을 노력 없이 보냈다면 정말 당치도 않게 활개를 치고 다녔을 것이다.

1990년 6월 2일　여론과 민심의 힘

오늘 잡지 기사를 읽으면서 여론 또는 민심이 어떻게 반영되며 어떤 힘을 갖고 있는가를 배울 수 있었다.

어떤 사람이 대중에게 호평을 받고 인기가 있으면 사람들은 자연히 관심을 갖게 된다.

신문, 잡지 등의 언론 매체는 판매 부수를 늘려야 하니까 그런 사람의 기사를 자꾸 실으려고 한다. 또 여론의 생각과 맞추어야 호평을 받으니까 글의 흐름도 그렇게 된다. 오늘날 민심은 이러한 방식으로 힘을 발휘하고 그 뜻을 드러내는 것 같다.

이것은 물론 자유라는 분위기가 전제되어야겠지만. 돈 또는 권력 등을 써서 억지로 매체를 타려는 사람도 있으나 그것은 공연히 거부감만 주면서 반짝하고 말 뿐이다.

정치가들은 자기가 이러저러한 사람으로 국민에게 비춰지기를 바라고 그런 이미지를 심으려고 노력한다. 그러나 틀림없는 사실은 자기의 인생은 자기 마음이 그대로 드러난 것일 뿐이라는 점이다.

아무리 위선을 떨어도 그 속마음은 조만간 드러나고 만다. 그러니 그러한 홍보에 애를 쓸 것이 아니라 자기 마음을 곧고 깨끗하게 바로잡는데 힘쓰는 것이 가장 정확한 방법이요, 헛수고를 하지 않는 길일 것이다.

1990년 10월 22일　기념사업일은 끝났다, 기념관만 남았다

내가 해야 할 기념사업의 일은 이제 끝났다. 왜곡을 바로잡기 위한 수도 없는 인터뷰와 성대한 추도식, 수많은 기념사진, 영화, 책, 신문, 기타 홍보 활동 등등.

기념관 짓는 일만이 남아 있을 뿐이다.

1990년 11월 7일 기념사업을 마치자 인터뷰가 밀려들고

오늘 인터뷰를 했다. 일간신문 17군데, TV 방송 등에서 27명이 취재했다. 이런 대대적인 인터뷰는 난생처음이다.

내가 83년도에 기념사업 한다고 나설 때는 보도조차 제대로 되지 않았는데, 이제 조용히 물러나려 하니까 오히려 취재가 요란하니 이 무슨 아이러니인지…….

1990년 11월 9일 물러나는 일이 더 어렵다

오늘 인터뷰는 일간신문, 잡지, KBS, MBC 등등 자그마치 23곳에서 43명의 기자들과 하였다. 느닷없는 웬 난리인지 정말 알 수가 없다. 물러난다는 것이 이렇게 힘든 일일 줄이야. 인터뷰 중에도 어깨가 짓눌리듯 아팠고 집에 오니 기진맥진이다. 어제도 잠을 못 잤으니 이거 잠을 제대로 자본 날이 언제인지 까마득하다.

1990년 12월 2일 큰일이 있기 전엔 전주곡이 있다

어느 의미에선 큰일의 전개에 앞서 전주곡과 같은 일이 벌어지고 있는 판인데 그런 일의 전말을 기록이랍시고 일기장에 적기에는 내 마음이 너무 무겁다.

악몽 같은 일들을 적어 무엇하랴. 이번 일련의 사태는 하나같이 꼬여서 자꾸 큰소리가 나게끔 일이 전개되어 왔다. 세상이 벌컥 뒤집히게 떠들썩해야만 하게 되어 있는 각본같이 느껴질 정도이다.

1990년 12월 4일 왜곡을 바로잡고자 2년 동안 뛰었다

어쨌든 어제는 오랜만에 잠다운 잠을 잔 셈이다. 나무는 여름내 푸른 잎으로 왕성한 활동을 하여 가을에 열매를 맺는다. 그러나 그러한 결실과 더불어 잎이 노랗게 변하면서 떨어진다.

잎에 단풍이 드는 것은 말하자면 1년 일하는 동안 쌓인 노폐물이라고 한다. 오늘 문득 나의 신세가 바로 여기에 와 있는 것이 아닌가 하는 생각이 들었다. 왜곡을 벗긴다고 몸과 마음을 바쳐 일해온 2년, 그것은 어떤 의미에서 나에게 부모님을 위해 일할 수 있도록 한정되게 주어진 시간이었다. 영감이 작용했는지 이 기간 동안 나는 몸에 병이 날 정도로 서둘러 일을 했고 소기의 목적을 다했다.

그 모든 것들이, 이제 나의 일은 열매를 맺었는데, 낙엽이 되어 떨어지려한다. 피할 수 없는 일이리라. 이것을 굳이 이름 붙이자면 희생? 대가? 이제 봄이 되면 새싹이 돋고 새로운 한 해를 맞는다.

열매를 맺었으니 더 이상 잎을 유지할 수 없다. 이제는 새 일을 시작해야 한다. 지금은 어쨌든 휴식기이다. 겨울에 동면하는 나무처럼

1990년 12월 9일 2년간의 생활을 정리하며

정리를 하다가 지난 2년 동안 인터뷰를 하느라고 정리하고 고심하고 노력한 자취가 남은 노트, 서류 들을 발견했다. 지금 보니 또 감회가 새로운 내용이다. 그동안 쌓이고 쌓인 이야기를 지난 2년 동안 거의 다할 수 있었던 것이다. 내가 결론적으로 말을 해본다면 아버지에 대한 온갖 누명은 벗겨진 셈이다.

그 한에 사무치던 시절의 생각과 할 말을 다하여 자식 된 도리를 하고 잘못을 바로잡기 위해 나에게 주어진 시간은 2년뿐이었다.

아마도 영감이 은연중 작용했기에 그 안에 모든 일을 완수해야 한다고, 내가 그토록 바빴는가 보다.

1990년 12월 14일   편안한 휴식, 정기적인 운동

내일이 15일, 회관에서 나온 지 한 달 된다. 이 한 달이 이상하게도 까마득한, 적어도 몇 개월이 지난 것같이 느껴진다. 왜일까?

요즘 비로소 식사도 맛있게 하게 되고 잠도 잘 자게 되었다. 운동도 꼭 빼놓지 않고 하고 있다. 정말 식사를 맛있게 해본 것도 몇 년 만이며, 방에 있는 내 물건들을 정리 정돈해본 것도 몇 년 만인지 모른다. 일을 그만두었다고는 하나 나는 하루 종일 바쁘다. 너무 바깥일에 쫓겨 그동안 손도 못 대었던 일들을 하느라 하루가 언제 지나가는지 모른다. 지난 세월에 그토록 많은 일들을 정신없이 해내었던 세월. 인터뷰다, 단행본 발간이다, 영화제작이다, 단체조직이다, 사설 쓰랴, 신문 제작하랴, 기타 등등……

그러니 신경이 곤두서서 잠도 못자고 식욕도 없었나 보다.

2) 시대에 맞는 새로운 정치를 생각하다

지금 우리 사회는 복지문제에 관한 논란이 한창이다. 보수는 복지보다는 성장이나 재정건전성을 생각하고, 진보는 다른 가치보다 복지를 우선한다는 것이 일반적인 인식이다. 박근혜는 보수의 진정성을 대표하는 정치인이지만, 진보에 못지않게 복지에 대한 관심이 강한 사람이다. 영부인이 된 뒤로 평생 봉사와 구제 활동에 주력했던 어머니. 그 뒤를 이어 그 역할을 대신한 경험. 아버지가 돌아가신 후 육영사업에 몰두했던 점. 이런 점들이 복합적으로 작용한 결과가 박근혜의 복지론의 기반이 되었을 것이다.

박정희 대통령 기념사업을 추진하며 박근혜는 다시 일기에 정치에 대해 글을 많이 쓰게 된다. 그 이전에 쓴 정치에 관한 글이 아버지의 훌륭한 점을 회상하는 것에 중심을 두었다면, 이 시기에는 아버지를 벗어나 글의 중심이 옮겨 가고 있다.

아버지가 정치를 했던 것은 1960년대와 1970년대. 그로부터 10여 년이 흐르면서 1980년대가 끝나고 1990년대에 접어들었다. 아버지가 쌓아놓은 경제적 토대와 잠재력은 그사이 꽃을 피워 대한민국은 선진국 문턱에 들어서고 있었다. 새로운 시대에는 새로운 정치가 필요하다고 생각했던 것일까. 이 시기의 정치의 글은 리더십에 관한 것보다는 화합과 소통, 그리고 복지로 옮겨지고 있다. 정치인이 된 후로 펼치게 될 박근혜식 정치의 씨앗을 볼 수 있는 부분이다.

1990년 1월 6일   권력자는 언젠가 권력을 잃게 된다

"젊은 사람은 자기가 언젠가는 죽으리라는 것을 믿지 않는다."라는 격언이 있다.

여기서 '젊은 사람'과 '죽으리라는 것'을 바꾸어 쓰면 또 다른 많은 진실이 나온다. 즉 권력에 탐닉하여 그것을 남용하는 자는 자기가 언젠가는 그 권세를 잃게 되리라는 것을, 행복에 겨운 자는 자기가 언젠가는 불행해질 수 있다는 것을, 건강에 자만한 자는 자기가 언젠가는 그 건강을 잃게 될 수 있다는 것을, 부자는 자기가 언젠가는 가난해질 수 있다는 것을…… 믿지 않는다.

1990년 4월 1일 요란한 구호보다는 국민에게 진정 도움이 되는 정책을

오늘 라디오에서 성장이냐, 안정이냐를 놓고 경제문제 토의가 있었다. 지금은 단어의 선택이 중요치 않은 시점이다. 문제는 안정을 택한다고 안정이 되느냐, 성장을 택한다고 성장이 되느냐가 문제이다.

과거 경제정책은 성장위주라고 하나 농촌은 풍요를 느꼈고 근로자들도 몇 년 저축하면 내 집 마련이 가능했고 실업자도 크게 줄었다.

경제는 물이 높은 곳에서 낮은 곳으로 흐르듯 되어야 한다. 사람의 마음을 움직일 수 있도록 하지 않고는 낮은 물을 위로 끌어올리려는 것과 같이 불가능한 일이요, 말을 우물까지 끌고 간다 해도 물을 마시게 할 수는 없는 격이 되고 만다. 힘만 들고 결국은 잘 되지도 않는다.

투자만 해도 그렇다. 돈을 스스로 투자하도록 해야 한다. 즉 그렇게 하는 것이 보람 있고 안정스럽고, 희망이 있고 이익이 되도록 해야 한다. 법을 만들어 억지로 투자하게 할 수는 없다.

저축문제도, 저금을 하면 집을 살 수가 있어야 한다. 땅값 뛰고 물가 뛰어 저축할 맛도, 맥도 안 나게 하면 자연 소비를 하게 된다.

물론 규제도 있어야 하고 내거는 목표도 있어야 하겠지만 그 못지않게 중요한 것은 그것이 공염불이 되지 않도록 해야 하는 것이다.

어떠한 정책의 수립과 시행에서도 마찬가지이겠으나 특히 경제적 문제에 사람들은 얼마나 예민하고 또 악착스러운가. 정책입안, 실천자들은 역지사지, 즉 내가 기업가, 근로자, 주부가 되었다면 과연 어떤 풍토, 어떤 시책을 원했을까를 잘 생각하여 정책을 실행해야 할 것이다. 당장 내거는 요란한 구호, 당장 큰 효과를 내야겠다는 조급함보다는.

1990년 4월 3일　사람들이 정치를 별로 의식하지 않는 정치

마음의 허점. 이것이 참으로 무서운 것이다. 이 마음의 허점을 타고 들어오는 가장 큰 유혹 또는 적은 바로 자만, 자존이다.

아담과 이브도 결국 이것 때문에 하느님을 배신하고 망하게 되었다고 한다. 자기를 방해하는 적들을 물리치고 나면(적이 있을 때는 그럴 경황도 없고 자기 능력의 한계를 끊임없이 느끼게 되므로) 가장 강력한 적이 자기를 기다린다. 그것은 바로 자기 자신이다. 강한 사람도 대부분 여기에 굴복하고 만다. 경계심을 늦출 때 평온함을 타고 들어오는 이 적, 이것이 바로 자만, 사치, 향락, 자존 등등이다. 악마의 가장 큰 무기이기도 하다.

연극배우는 연극을 하는 것 같다는 생각이 전혀 안 들게 연기를 해야 정말 훌륭한 연기자다. 정치를 하는지 안 하는지 사람들이 정치를 별로 인식하지 않을 때, 정치는 잘되고 있는 것이다.

1990년 6월 3일 나에 대한 남의 '조건반사'는 나의 언행의 거울

수영장 페인트 작업을 둘러보고 근화원에 들러 연못의 아름다운 잉어들을 보았다. 사람 발소리만 듣고도 습관이 되어 먹이를 주는 줄 알고 모두 몰려들었다.

사람도 조건반사에 의해 생각하고 행동하고 말하고 믿고 또는 의심하고 한다. 요즈음 정치인들에 대한 불신, 정부 시책에 대해 갖는 국민의 불신도 모두 조건반사이다. 그동안 쭉 못 믿게 행동했으니 무조건 안 믿는 것을 탓할 수는 없다.

좋은 조건반사를 일으키는 사람이 되어야 한다. 그래야 비로소 일이 된다. 그런 것이 소위 이미지라는 것 아닌가. 남이 보여주는 조건반사는 어느 의미에선 자기 언행의 거울이다.

1990년 6월 21일 중요한 직책에 가려는 사람일수록

지긋지긋하고 생각하기도 싫은 극심한 고통의 경험은 사람으로 하여금 생의 참된 행복이 어디 있는가를 알게 한다.

마음의 평화를 얻기 위해 얼마나 애태웠는가. 생활 속에 언뜻언뜻 느껴지는 감정의 엇갈림이 있고 또 불만, 불안 등등이 있으나, 그런 고통에 비하면 이런 것들은 아무 것도 아니다 하는 결론이 진심으로 순간순간 느껴진다.

최근 여론조사 결과를 보면 주한미군 철수에 대해, '자주 국방능력이 완전할 때까지 안 된다.'는 의견이 63.6%, '통일될 때까지 안 된다.'는 20.3%, 그래서 합계 83.9%로 집계되었다. 또 미군 철수 시 우리 자체 방위능력에 대해 '믿을 수 없다.'는 41.4%, '믿을 수 있다.'는 33.3%로 나왔다고 한다.

"한 송이 국화꽃을 피우기 위해 봄부터 소쩍새는 그렇게 울었나 보다." 어느 장소, 어떤 상황하에서든지 간에, 특히 그것이 국가적, 국제적 또는 시사성이 높아 유난히 눈에 드러나는 자리일수록 그가 한 언행, 사고방식은 단순히 그 순간의 언행이 아니라, 그가 그동안 살아온 인생의 전부를 드러내 보여주는 것이 된다.

그러니 평소의 생각, 언행을 잘 가다듬지 않으면 결코 중요한 순간에 아름답고 성실한 모습을 지닐 수 없다.

1990년 9월 2일
철학이 있고 수양을 쌓은 사람만이 큰 권력을 다룰 수 있다

권력은 칼이다. 권력이 크면 클수록 그 칼은 더욱 예리하다. 조금의 움직임으로도 사람을 크게 해칠 수 있다.

그러므로 큰 권력은 사람들을 두렵게 만들지만 정작 그 큰 권세를 가장 두려워해야 할 사람은 그것을 소유한 당사자이다.

깊은 철학을 지니고 수양을 많이 한 사람. 하늘의 가호를 받는 사람이 아니면 누구도 자기의 큰 권세를 제대로 다룰 수 없다. 그 칼을 마구 휘둘러서 쌓이는 원망, 분노, 복수심 등은 되돌아와 그의 목을 조른다.

1990년 9월 14일 유비무환

　비만 많이 왔다 하면 어김없이 잠기던 망원동이 84년에 그렇게 혼이 나고서 116억 원이나 들여 든든히 보수 수리를 해놓았다고 한다.

　이번 폭우는 84년보다 더 심했는데도 불구하고 그때는 온통 잠겼던 지역이 멀쩡했다고 한다. 절약이란 바로 이런 것이다. 116억 원을 들였기에 그 몇 배의 금액과 인명까지도 구할 수가 있었으니 말이다.

3) 평범한 삶과 사명 사이에서

　박근혜가 앞선 일기에 적은 것처럼 '아버지에 대한 왜곡은 85% 이상 고쳤고', 10년 만에 제대로 치른 추도식도 열기로 가득했다. 박근혜가 주도한 박정희 기념사업이 충분한 성과를 거둔 것이다.

　이제 박근혜는 앞날에 대한 새로운 고민을 시작한다. 어렸을 때부터 항상 꿈꾸어왔던 '평범한 삶' 속에서 행복을 추구하는 삶. 그런 삶을 살고 싶다는 욕망이 없어질 수는 없는 것이었다.

　"어머니가 돌아가시지 않았다면 나는 남들과 다를 게 없는 평범한 가정을 일구며 알뜰한 주부로 살았을지 모른다. 하지만 어머니의 자리를 대신해 퍼스트레이디가 되고 나서는 눈코 뜰 새 없이 바빴기 때문에 연애나 결혼을 꿈꿀 여유가 없었다. 대학생일 때는 대통령의 딸이라는 신분 때문에 자유롭지 못했다. 그러다 보니 내 인생에 그럴듯한 연애 한 번 없었다." (박근혜 자서전에서)

　하지만 이런 삶은 이미 젊은 날의 꿈으로 막을 내려버린 지 오래였다. "평

범한 가정에서 태어났더라면……."이라는 소박한 소망도 현실에서는 불가
능한 일이었다.

같은 여성이기에 지지한다는 사람들도 많지만, 박근혜는 대개의 여성이
가장 살고 싶지 않은 삶을 살아온 셈이다.

하지만 아직 38세, 가정을 꾸리기에 아직은 늦지 않은 나이. 지극히 평범
한 삶을 살 수 있는 마지막 시기였다. 하지만 박근혜는 또 고민한다. 개인의
삶을 살 것인지, 자신에게 주어진 사명을 따라야 하는 것인지……. 박근혜
에게 사명을 따른다는 말은 개인을 내려놓고 자신의 모든 것을 건다는 뜻
이다. 그런 선택이 쉬울 리는 없다.

개인의 삶과 사명을 항상 저울질해야 하는 삶. 아무도 강요하는 사람이
없지만 항상 스스로 고민을 하는 삶. 박근혜가 개인과 사명이라는 저울을
내려놓을 수 있는 시간은 과연 언제 올까?

1990년 1월 7일   마음의 평화, 내가 가장 바라는 것

평범한 가정에 태어났더라면…….

인간이 추구하는 행복이란 결국 평범함 속에 있다고 느껴진다. 비범
한 부모님을 모셨던 것부터가 험난한 내 인생길을 예고해주었던 것이
다. 마음의 평화, 내가 이 세상에서 가장 소중한 보배로 여기는 것이
며 가장 누리고 싶은 것이다. 그러나 이것은 좋은 게 좋다 하고 얼렁
뚱땅한다고 해서 얻어지는 것은 아니다.

올바르게 나가려는 길에는 마음의 평화를 깰 수밖에 없는 경우가 왕
왕 생기기도 한다. 그러나 그렇게 해야만 소신을 지켜 일을 이룰 수
있고 양심이 상처 받지 않는다.

그리고 때가 지나면 진정한 평화도 누릴 수 있을 것이다. 마음의 평

화, 올해는 아니 90년대는 이것이 항상 내 곁에 있어주기를…….

1990년 1월 10일 　배신과 고통을 딛고 올바르게 살자

나를 정말 지치고 피곤하게 하는 것은 일 자체보다도 마음이 편치 못함에 있다. 옛날에 본 검객 영화가 생각난다. '가시밭 인생길' 이라는 주제 가사가 말해주듯이, 올바르게 살아나가려는 그 검객에게 끊임없이 방해꾼이 따르고 배신과 고통 등이 이어진다. 그래도 그는 끝까지 그런 고통이나 역경에 굴하지 않고 자신이 해야 할 일을 이룬다.

그 악한들의 그치지 않는 도전과 방해 속에서도 끝끝내 올바름을 잃지 않고 그 길에서 벗어나지 않았던 그 주인공의 태도가 왜 그때 그토록 마음에 감동을 주었을까. 내가 겪었고, 겪고 있는 인생행로 또는 고통과 흡사하다고 느꼈기 때문일 것이다.

1990년 1월 30일 　좋은 점만 보여주고 싶지만

함박눈이 내려 온 천지가 아름답다. 비록 교통은 엉망이 되었다지만, 눈이나 비가 오는 날은 공연히 마음이 한가롭고 안정이 된다. 마치 급한 일이 모두 사라지기나 한 것처럼, 또는 모든 일을 천천히 느긋하게 해도 되는 것처럼 느껴지기 때문이다.

그를 가만 생각해보면 느끼는 바가 있다. 그는 질투, 심술이 있고 그런 성격으로 주위 사람들에게 못되게 군 적이 한두 번이 아니다. 자기 상사의 돈독한 신임을 받고 싶었을 것이다.

그러나 신임은 신용할 만한 행동을 꾸준히 해왔을 때에만 얻어지는 것이지, 주위 사람을 중상하고 그들을 경계한다고 해서 보장되는 것은 아니다. 주위의 그 누구도 그를 그의 상사에게서 멀어지게 하지 않았고 굳이 그러지도 않았다. 자기 상사의 신용을 완전 앗아간 것은 바로 그 자신이었다.

사람들은 모두가 자기의 좋은 점만 남이 보아주고 이러저러하게 알아주었으면 하고 바란다. 비록 그런 바람이 없다 하더라도 남이 자기를 그렇게까지 잘 알고 있다고는 생각지 않는다.

그러나 사람들은 무의식적으로 자기의 진면목을 반복하여 보이게 되고 자기 머릿속에 든 생각은 반드시 밖으로 표현되고 말기 때문에, 주위에서는 그가 어떤 성격의 소유자이고 신용은 어떠하며 아량은 어떻고 배짱이나 용기, 일을 처리하는 능력, 교양 등은 어떠한지 조만간에 모두 정확하게 알게 된다. 모든 언행의 출발점이 되는 마음, 바로 이것을 항상 바르게 잘 간직해야 한다.

1990년 3월 1일   사랑은 받을 때보다 줄 때 더 행복하다

사할린 교포들이 고국 방문을 마치고 다시 떠나며 공항에서 가족, 친척 들과 서로 눈물을 흘리는 장면을 TV에서 보았다. 헤어지기 너무 섭섭하여 눈물을 쏟을 상대가 있다는 것, 항상 그립고 보고 싶고 이야기 나누고 싶은 대상이 있다는 것, 좋은 선물을 사 주고 싶고, 기쁘게 해주고 싶고 위해주고 싶은 대상이 있다는 것, 존경심을 품을 수 있는 사람이 있다는 것……

이러한 것들은 인생에 있어 얼마나 값진, 소중한 행복이랴 하는 생각이 요즘 많이 든다. 사랑하는 것은 사랑 받는 것과 같은 비중으로, 아니 어떤 면에서는 사랑하는 것이 사랑 받는 것보다 더 행복하다고 느껴진다.

1990년 4월 4일   봄! 올 것은 오는 게 자연의 섭리

바람이 몹시 불고 기온도 내렸다. 소위 꽃샘추위다.

봄에 꽃 필 무렵이면 예외 없이 꼭 찾아오는 일시적 추위다.

봄에 대한 겨울의 시샘일까.

그러나 며칠 못 가 봄은 완연해진다.

발버둥 쳐도 어쩔 수 없이 올 것은 오게 되어 있는 자연의 섭리.

1990년 5월 7일 증오는 받는 자보다 하는 자가 더 고통스럽다

오늘 본 드라마는 인간 세상에 있어 증오의 역학을 보여줬다.

전에도 느낀 기억이 있지만, 증오는 증오 받는 자보다 하는 자를 더 고통스럽게 하며, 상대에게 복수하기 위해 일을 꾸미고 공작하는 것은 결국 상대를 더 유리하게, 좋게 만드는 뜻밖의 결과를 가져올 수도 있다. 또는 자신이 가장 원하지 않는 방향으로 바로 자기 자신이 일을 몰고 나가게 되는 경우도 있다.

어쨌든 사랑과 애정 속에서는 모든 것이 자연스럽게 흘러가는데, 증오 속에서는 모든 것이 어색하고 막히고 끊어지며 추하게 변하는 것이다.

1990년 5월 9일 자연스럽고 평범한 삶

오늘은 가능한 무리하지 않으려고 조심했다. 빨리 기력을 회복해야 하는데…….

요즘 KBS에서 방영하는 〈세계의 어린이〉라는 프로그램을 보면서 내가 추구하던 행복, 삶이 사실 바로 저러한 것들이었다고 새삼 깨닫게 된다.

설화 대리석이 많이 나는 이탈리아의 어느 고장에 사는 어린이는 어릴 때부터 아버지께 대리석 조각품을 만드는 기술을 하나하나 전수받으면서 훌륭한 조각가가 될 꿈을 키우며 살아가고 있다.

농촌 어린이는 또 그 환경에서 농사일을 차근차근 배우며 자신의 꿈을 키워가고 있다. 그러한 것들이 바로 극히 자연스럽고 평범한 삶이며 내가 생의 가장 큰 행복과 아름다움, 의미를 부여하는 바로 그런 모습인 것이다.

1990년 5월 16일 17세에 결혼해서 평생 밭일하고 싶다는 터키 소녀

어제 〈세계의 어린이〉 프로그램에 등장한 터키 소녀의 말이 인상에 남는다. 그곳은 여성들이 주로 밭일을 하며 목화도 따고 하는데, 커서 무엇이 되고 싶으냐고 하니까 17세에 결혼해서 평생 밭일을 하고 싶다고 했다.

나같이 복잡한 환경에서 사는 사람에겐 너무나 거리가 먼 얘기로 들렸지만, 그 소녀가 누리는 소박한 꿈과 행복이 부러웠다.

1990년 5월 20일
하늘은 인재에게 일을 시키기 전에 시련과 고난으로 단련시킨다

맑았다고는 하나 바람이 세게 불고 험상궂은 날씨였다. 인간 세상에서 돌아가는 일들이 하도 수상하니, 날씨도 변덕스럽고 주말마다 비가 오는 등 정상적이 아닌 것 같다. 단행본 서문을 쓰느라고 아침에 힘이 들었지만 아직도 완성을 못했다.

이것을 끝내야 마음이 홀가분해질 텐데…… 오후에 회관에서 돌아오니 또 피로가 몰려든다. 아직 완전히 기력이 회복되지 못했다는 증거다.

옛말에도 있는 얘기이다. 하늘은 어떤 사람을 선택해 일을 시키려고 할 때는, 그 일이 크면 클수록 그 사람에게 더욱 큰 시련과 고난을 먼저 안겨준다. 그 시련을 거쳐 닦인 사람만이 하늘이 하고자 하는 일에 쓸모 있기 때문이다.

그 시련에 던져놓고 하늘은 눈 하나 깜짝하지도 않는다. 발버둥 치며, 울부짖으며, 그리고 또 인내하며 그 시련을 겪고 난 후에야 인간은 비로소 그 시련의 의미를 깨닫게 된다.

그렇게 닦이지 않고는 도저히 쓸 만한 재목이 될 수 없다는 것이 인간의 슬픈 운명이니 어찌하랴. 그것이 하늘이 정해놓으신 길인 것을. 속 좁게 화를 내고 생각이 막힌 사람을 보면서 나는 오늘 생각해보았다. 그 사람도 고생을 더했더라면 그런 흠은 씻어낼 수 있지 않았을까 하고.

1990년 6월 22일   몸과 마음을 닦은 사람은 함부로 대할 수 없다

어느 한 곳도 빈틈없이 잘 정성스럽게 가꾸어진 정원에는 꽃나무 한 그루, 풀 한 포기도 함부로 생각 없이 심기가 어렵고, 또 심더라도 전체 균형을 깨지 않도록, 오히려 흠이 되지 않게 여러 번 생각하고 심사숙고하게 된다.

사람의 인품도 마찬가지이다. 빈틈없이 몸과 마음을 닦으며 정진해온 사람은 남이 함부로 대할 수가 없다. 유혹의 눈길조차 주기가 어렵다.

1990년 8월 31일   곡식이 익는 때에 태풍이 오는걸 보면

장마철이 다시 시작이나 된 듯 비가 주룩주룩 내린 하루였다. 꼭 곡식이 익는 이때 심술같이 태풍이 오는 것을 보면 이 세상에 쉬운 일은 없는 것 같다.

1990년 9월 12일   시대적 상황에 따라 가치판단이 달라진다

언제 그랬냐는 듯이 푸르고 높은 가을 하늘, 흰 구름, 밝은 햇빛이 눈부신 아침이었다. 그러나 어제 남긴 폭우의 상처가 너무 크기에 피해는 계속 늘어가고 있다 한다.

한강 위험 수위가 10미터 50센티미터. 불어나는 강물이 이 수위에 다다라 갈 때는 "큰일 났습니다. 이제 한강 수위가 10미터 40센티미터가 되었습니다." 하던 방송이, 오늘 아침에는 "기쁘고 반가운 소식이 들어왔습니다. 지금 한강 수위가 10미터 40센티미터가 되어 위험 수위를 하회하고 있습니다." 하고 말한다. 똑같은 10미터 40센티미터를 두고 하루 사이에 한 번은 위험하고, 나쁜 소식이 되고 몇 시간 후엔 반가운 소식이 되기도 한다.

모든 것은 상대적이고 시대와 시간과 상황에 따라 가치 기준, 판단이 달라진다는 단적인 예였다.

록 허드슨의 일생을 영화화한 프로그램의 거의 끝부분을 우연히 보았다. 한때 최고의 미남 배우로서 뭇 여성의 선망의 대상이 되었던 그 스타가 몰골이 흉하게 변하면서 수치스러운 죽음을 맞기까지의 과정이었다. 눈에 보이는 것만이 다인 것처럼 되어버린 세상에서 그것이 또한 얼마나 덧없는 것인가를 느끼게 해줬다.

남녀 간의 소위 불타는 사랑이라는 것도 하나의 커다란 착각인지 모른다. 불경에서 읽었던가? 몸에 뚫린 구멍마다 전부 더러운 것이 나오는 것이 바로 인간이라고. 그 사실을 한때 잊고 온통 찬란한 빛으로 상대방을 칠해놓고 환각에 빠져보는 열병이 아닐까……

1990년 10월 7일   연극은 인생처럼, 인생은 연극처럼

하늘은 각본을 꾸며놓고 그 각본대로 진행되는 연극을 관람하고 있다. 연극이 재미있으려면 악인도 반드시 있어야 하고 스릴도 있어야 하고, 전화위복에 극적인 반전 등등이 있어야 한다. 큰 실패와 성공, 증오, 복수 기타 온갖 세상사가 엮어져야 한다.

악인의 꿈에라도 나타나 양심을 일깨우려면 그렇게 할 수도 있는 힘을 충분히 가지고 있으면서도, 하늘은 절대 그렇게 하지 않는다. 왜냐하면 각본이 그렇게 되어 있지 않기 때문이다.

인생은 어느 의미에서, 연극하듯 살아야 하는지도 모른다. 연극배우가 연극을 마치 실제 하는 일인 양 연기하듯이 인생무대에 선 우리는 저 사람은 악역을 맡았고 저자는 희생양의 역할을 맡았으며, 해 가면서 연극에서 하듯 살아나가야 한다.

동서고금을 막론하고 왕실, 왕가를 둘러싼 이야기들은 평범한 가정에서는 있기 힘든 일들이 많다. 중국 당 태종의 세 아들, 태종 자신과 그 형과의 이야기, 태조 이성계와 그 자손들 이야기, 단종애사 등 소위 핏줄을 나눈 사람들끼리 암투, 암살, 음모…….

왜 그런가, 거기에는 엄청나게 달콤한 꿀단지가 있기 때문이다. 왕권을 잡아 세상의 일인자가 되고, 권세의 최고봉을 누린다는…… 인간은 대개 이 유혹 앞에서 눈이 뒤집힌다. 눈이 뒤집히면 부모고 조카고 눈에 보이질 않는다.

게다가 음식에 파리 떼 모여들듯 간신배, 자기 영달을 꾀하는 자들이 이리 붙고 저리 붙고 하면서 끊임없이 부추기고 일을 꾸민다. 왕실의 비애는 대개 이런 데서 연유하고 있다고 보여진다.

1990년 10월 9일 기쁘고 즐거우려면 노력해야

행복, 기쁨, 평화는 주어지는 여건이나 운의 문제가 아니라 능력의 문제라고 생각된다. 그리고 더 나아가 우리는 잠자고, 하루 세끼를 들고, 씻고, 일하는 것과 마찬가지로, 거기에 기울이는 노력만큼이나 기쁘고 즐거운 마음을 갖는 데에 힘과 정성을 쏟아야만 한다.

그것도 하늘 아래서 우리의 모든 다른 책임과 함께 중요한 의무일지도 모른다.

1990년 10월 14일   10%를 잃겠다고 하면 90%를 얻는다

전혀 자기는 손해를 보지 않겠다고, 몽땅 차지하겠다고 기를 쓰다가 모두 잃게 되는 경우를 본다. 인생의 10% 정도는 손해를 보는 것을 당연하게 여기는 태도가 필요한지도 모른다. 10%를 잃겠다고 생각하면 90% 얻는데, 단 1%도 잃지 않겠다고 생각하다가는 100%를 모두 잃게 될지도 모른다.

인간 사이에 애정과 우정을 해치면서까지 하려고 하는 일은 어리석어 보인다. 도대체 그것을 떠나서 무엇을 얻고 무엇을 이루겠다는 것인가. 한 사람의 마음이라도 상처를 주지 않도록 노력하고 살피는 마음보다 더 중요한 것이 있을까. 실컷 도와주고도 하찮은 0.1%의 서운한 대접으로 원수가 되는 경우는 놀라운 일이 아니다.

어제 드라마에서도 보니 이제 3개월 밖에 살지 못하게 되었다는 주인공에게 남편도, 시어머니도 모두가 잘 대해준다. 그처럼 시한부 인생을 선고 받지 않았더라도 서로에게 잘할 수 있지 않았을까. 그 선고 소식에 그렇게 잘해줄 대상이라면 평소에도 잘해줄 수 있는데…….

모든 것은 생각 먹기 나름이고 보는 관점 나름이다. 그럼에도 불구하고 그 생각 먹기가, 그 보는 방식이 변화되고 고쳐지기가 그토록 어려운 것이기에, 인생에는 기쁨과 보람보다도 많은 후회와 번민이 있는 것이다.

1990년 12월 8일   정, 그것은 인생의 아름다운 체험

사람은 선하고 예를 지키며 자주 만나는 기회를 가지면 자연히 정이 들게 된다. 누구에게 정을 느끼게 되는 것, 그것은 인생에 있어 하나의 아름답고도 소중한 체험이며 잘 간직하고 키워나가야 할 보배이다. 진실만이 사람의 마음을 열게 하여 감동시켜 강한 힘으로 마음을 묶어준다.

1990년 12월 15일 　유혹을 물리치면 좋은 습관이 선물로 온다

해서는 안 되는 일, 유혹 등을 잘 참고 이기면 그 보답이 온다. 그것은 바로 습관화가 되어 그런 것에 대해 유혹을 물리치는 일이 아주 수월해지고 더 나아가 그런 일을 하는 것 자체가 싫어진다.

유혹이 더 이상 유혹이 될 수 없고 마음을 흔들리게 하지 않는다. 이 얼마나 고맙고 큰 선물이랴.

1990년 12월 22일 　믿음과 신뢰를 바탕으로 나누는 대화

오늘 손님과 격의 없는 대화를 가졌다. 믿음과 신뢰를 바탕으로 한 격의 없는 대화 시간만큼 유쾌하고 즐거운 시간은 있을 수 없다. 또한 그런 대화만이 인간과 인간의 진정한 사이에 친밀감과 우정을 싹트게 한다.

1990년 12월 23일 　어려울 때 주는 도움이 진정한 도움

어려운 때에 도와주는 마음, 이것은 참으로 잊혀지지 않는 것이다. 그리고 진정한 친밀감도, 정도 이런 때 드는 것이다.

왜냐하면 이해관계를 떠나 상대방의 진정에 접할 수 있기 때문이며, 또 나에게 진정 어린 마음을 갖고 있지 않다면 어려운 때에 결코 도우려하지 않을 것이기 때문이다.

어쨌든 참으로 고마운 마음이다. 세상의 따뜻한 인정을 느끼며 살 수 있는 것, 이것이 나에게는 얼마나 큰 행복인지 모른다.

운명은 항상 내가 원하든 원하지 않든 조금도 아랑곳하지 않고
내가 가야만 할 길로 선택의 여지도 없이 몰아넣는다.
여태까지 그래왔다. 지금도 예외없이.

내가 그토록 도를 따라
어긋남이 없이 살려고 하는 목적은 무엇인가.
그것은 자신의 마음의 평화를 위해서이다.
그리 살지 않고는 결코 마음이 편할 수 없기 때문에
어쩔 도리가 없다.

1988년 어렵게

시작해서 치열하게 진행해온 박정희 기념사업. 하지만 불과 2년 만에 타의에 의해 중단할 수밖에 없었다. 박근혜 일기에서 느껴지는 감정은 분노나 좌절이 아니라 아쉬움이다. 기념사업의 속행에 큰 미련을 두지 않은 것이다. 담담하게 현실을 받아들인 것은, 지난 2년간 아버지에 대한 온갖 누명의 대부분을 벗게 했다는 자신감에 마음의 안정을 찾았기 때문일 것이다.

1990년, 기념사업의 성과를 뒤로 하면서 앞으로 어떤 삶을 살아야 할지에 대한 고민이 이어진다. 개인으로서의 삶과 공인으로서의 사명을 받아들이는 일……

개인적인 감정이나 욕망을 누르고 다른 이에게 모범이 될 모습으로 살아왔던 유소년기, 양친의 죽음을 겪어야 했던 청년기, 그리고 사적인 욕심이 아닌 공익만을 위해 살아온 중년기를 통해 박근혜는 아마도 자신을 제3자의 시각에서 관조할 수 있게 되었을 것이다.

평범한 삶인가, 사명인가? 역사에 흐름 속에 뒤엉킨 자신의 삶. 무척 불행한 삶이었지만, 그런 흔치 않은 삶을 이겨낸 자신만이 할 수 있는 무엇인가가 있지 않을까 생각하기 시작한 것으로 보인다.

예전의 고통을 잊은 채로 묻어둔다면 그저 불행에 불과할 뿐이다. 그러나 그 불행으로 단련되고 다져진 자신만이 할 수 있는 일을 구상한다면, 그것은 더 이상 불행으로만 남지 않을 것이라는 생각을 이 시기의 일기에서 엿볼 수 있다.

박근혜는 자신의 삶의 중심에 놓아야 할 것이 무엇인지 사유하고 고민한다. 개인이든 공인이든, 어떤 길을 선택하든 행복을 얻기 위해서는 삶에 중심이 있어야 하기 때문이다.

앞뒤를 떼어놓고 이 시기의 일기만 따로 읽으면, 어떤 철인(哲人)이 평생을 고민해온 화두에 대해 글을 쓴 명상록이나 수상록처럼 보이는 것 또한 이 시기의 특징이다.

1. 박근혜의 사생활이 알려지지 않는 이유 (박근혜 39세)

"머리를 풀고 화장을 지우고 방에 혼자 있을 때는 무얼 할까? 가끔 혼자 술도 먹고 울기도 할까? 대학 보낼 자식도 없고, 무능한 남편이나 얌체 같은 시댁 때문에 속 썩을 일 없어 부럽다가도 은근히 안쓰럽기도 했다. 낯모르는 이들이 실컷 만져 퉁퉁 부은 손이나 아프다는 발은 누가 주물러줄지……."

뉴스메이커 편집장이었던 유인경 기자가 박근혜에 대해 쓴 글이다. 박근혜의 사생활은 철저하게 베일 쌓여 있다고 한다. 일각에서는 '신비주의' 전략이라는 말을 한다. 과연 그럴까. 박근혜에게는 사생활이 없기 때문에 알려지지 않은 것은 아닐까.

사람들이 공인이나 연예인, 유명인의 사생활을 엿보고 싶어 하는 것은 사람들에게 알려진 것과 다른 모습을 볼 수 있을 것이라는 기대감 때문이다. 도덕적으로 보이지만 실제로는 엉망이라는, 순정파로 보이지만 실제로는 바람둥이라는, 생각이 열린 사람으로 보이지만 실제로는 보수적이라는……. 눈에 보이는 것과 보이지 않는 것의 격차를 즐기는 것이 유명인의 사생활에 대한 관심이다. 그 격차가 클수록 사람들은 호기심을 보이고 즐거워하고, 때로는 술자리의 안줏거리로 사용한다.

하지만 눈에 보이는 것과 보이지 않는 것이 거의 일치한다면 참 재미없는 일이다. 이런 것은 사생활이라고 여기지 않는다. 박근혜가 꼭 이런 상황인 것 같다. 박근혜의 사생활은 '바른 생활'이기 때문에 가십거리로 삼을 만한 '거리'가 없는 것이다.

이런 삶의 자세는 어렸을 때부터 몸으로 익혀온 것이지만, 개인과 공인의 삶의 갈림길에서 삶의 중심을 모색하던 이 시기의 일기에는 '바른 생활'에 대한 고민이 많이 보인다. 이전 시기에는 위대한 부모의 딸로 태어난 것에 대한 개인적인 고민과 부담이 담겨 있었지만, 이 시기에는 모든 것을 벗어 던진 한 개인이 삶을 고민하는 내용으로 바뀐다.

이때 박근혜의 나이는 39세, 우리 나이로 마흔. 불혹의 나이에 이르러서야 자신에게 가장 절실한 일은 마음의 평안을 찾는 것이라는 사실을 깨닫는다. 그 이전의 삶이 얼마나 치열한 것이었지 엿볼 수 있는 대목이다.

이 시기의 일기는 굳이 내용에 따라 분류를 하지 않기로 했다. 일기에 마음의 흐름이 있고, 그 흐름을 따라서 읽는 것이 독자들의 성찰에도 도움이 될 듯싶다는 생각이 들었기 때문이다.

1991년 1월 5일   경솔한 언행, 무례한 행동을 보는 안타까움

상대의 경솔한 언행, 무례한 행동 등은 사람의 기분을 상하게 한다. 그러나 이 세상을 살면서 그러한 사람들을 만나지 않고 산다는 것은 기적 같은 일이다. 아니, 노상 만나면서 살게 될 것으로 보는 것이 옳을 것이다. 타인의 자기에 대한 언행은 자기 거울과 같아 무시 받을 행동을 하면 무시 받기 마련이다. 그러니 자기 자신을 뒤돌아보는 계기로 삼을 것이며, 자신의 과오가 없다 하더라도 상대의 불손은 그의 낮은 품격을 드러낼 뿐임을 알아야 한다. 그런 정도가 그의 수준이니 타인이 어쩔 것이냐. 자기 인격에 상처만 내는 셈인 것이다. 하기야 이 세상에 깊고 높은 수양을 하고 인격을 바르게 가꾸고자 한결같이 노력하는 사람이, 또는 그 목표에 도달한 사람이 몇 명이나 될 것인가.

1991년 1월 6일   앞날에 대한 숙고

내가 그토록 도를 따라 어긋남이 없이 살려고 하는 목적은 무엇인가. 그것은 자신의 마음의 평화를 위해서이다. 그리 살지 않고는 결코 마음이 편할 수 없기 때문에 어쩔 도리가 없다.

왜 슬기롭고 도리에 맞는 판단을 그렇게 행하지 못했을까 하는 자책을 나는 제일 견디기가 힘들다.

또 한때의 곤궁은 있을지라도 결국에 가서는 그런 생활만이 자기 심신을 편안케 하는 환경을 만들기 때문이다.

우리 집 강아지 방울이가 무심히 바다를 바라보고 있는 모습을 담은 사진을 보고 무척 감동했다. 아무런 가식과 꾸밈없는 순박한 모습, 전혀 무엇을 의식하지 않는 그 모습은 우습게도 내가 이상으로 하는 모습이다,

인간은 쓸데없는 허욕과 잡념이 없고 평소 가진 마음이 깨끗할 때에만 그런 모습을 할 수 있다.

또 어떤 일에 정신을 쏟고 몰두할 때에도 그럴 수 있다. 내가 아는 한 인간의 가장 아름답고 숭고하기까지 한 모습이다.

수영을 잘하는 사람이 배 타기를 두려워 않는 것은 물을 의식하지 않기 때문이라고 한다.

왜곡을 바로잡기 위해 기념사업을 시작하기 이전의 세월, 나의 인생의 목표는 오로지 아버지에 대한 것이었다. 그 왜곡을 바로잡아야 한다는 일념 때문에 나 개인의 모든 꿈이 없어져버린 상태였다.

자나 깨나 꿈과 희망이 있다면 오직 그것을 바로잡아 역사 속에서 바른 평가를 받으시게 하는 것, 오매불망 그것만이 하고 싶은 일이었고 또 해야 할 일이었다.

이제 2년의 세월이 지나 기념사업은 타의에 의해 활동이 중단되었다. 그리고 지금에서야 비로소 나 개인이 앞으로 어떻게 살아가야 할 것인가, 나의 발전을 위해 무엇을 해야 할 것인가 하며 자신의 앞날을 생각하게 되었다.

1991년 1월 12일 진리는 체험을 통해서만 깨우칠 수 있다

오늘 아침에는 유난히 그동안 고생한 것과 마음 고생한 지난날에 대해 감사한 생각이 들었다.

물론 《논어》, 《맹자》 등 좋은 고전과 인간학을 연구한 책들을 볼 수 있겠지만 그것만으로는 절대로 진리를 깨칠 수 없을 것이다.

자신도 겪어보아야 비로소 고전에 나타난 글들의 참 의미를 뼛속까지 간직하고 실천할 수 있겠다는 생각이 들었다.

1991년 1월 24일 교만한 사람은

교만한 사람은 누구나 싫어한다. 그것은 마치 더러운 쓰레기 구덩이에서 뒹굴다 나와 온몸에 악취가 나면 사람들이 코를 막고 싫어하는 것과 같은 이치이다. 그 사람 근처에 가기조차 싫어한다. 눈에 보이는 더러움, 코로 맡을 수 있는 악취는 싫어하면서 정신적인 더러움은 기꺼이 몸에 붙이고 다니고자 하는 어리석음, 그러한 더러움에 휩싸이지 않도록 평생 긴장하고 노력을 게을리하지 말아야 할 것 같다.

그런 의미에서 자신은 스스로 가장 경계해야 할 무서운 존재이다.

1991년 2월 10일 옛 사진을 정리하며

오늘 옛 사진을 정리하면서 인생무상을 또 한 번 느꼈다. 그 한 사람 한 사람 당시 내가 알고 있었던 그들과 지금 내가 알고 있는 그들이 한결같은 경우는 그야말로 드물다.

모두가 변하고 또 변하여 그때 그 사람이 이러저러한 배신을 하고 이러저러하게 변할 것을 어찌 생각이나 했겠는가. 지금의 내 주변도 몇 년 후 어찌 변해 있을지 알 수 없는 일이다. 인간은 사회적인 동물이라 인간을 떠나서 살 수 없다.

그러나 사람들과의 만남이 허무하게만 느껴진다. 요즘 보는《열국지》에서도 인생의 무상함이 많이 나타난다. 애써 이룩한 나라의 부강도 그다음 대에 어찌 될지 아무도 모르는 것이다. 그 후손의 어리석음으로 신하의 무능함으로 완전 허사가 되고 마는 일들의 연속이다.

다만 그가 어떻게 살았는가 하는 행적을 그 이름과 천추에 함께 남는 것이 전부이다. 그러니 인생에서 가장 중요한 것은 무엇을 이루는가보다도 어떻게 하루하루를 살았는가가 중요하다.

비록 자기가 어떤 일을 크게 이루었다고 해도 그것은 영원하지 못할 가능성이 더 많다.

그러나 어떻게 살았는가 하는 행적은 역사와 함께 영원하다. 크게 이룸은 인간의 노력만으로는 안 되는 것이다.

하늘의 뜻이 함께해야 한다. 이렇게 볼 때 하늘 앞에서 인간의 가장 큰 의무는 어떤 일의 이룸보다 주어진 일생 동안 어떻게 생각하고 말하고 행동했으며 어떤 자세로 노력했는가일 뿐이다. 일의 성사는 어느 의미에선 부수적인 것이다.

1991년 2월 20일 나라가 망하기 전에 먼저 임금의 마음이 절단 난다

요즘 보는 역사책이 주는 한결같은 교훈, 나라가 망하기 전에 먼저 임금의 마음이 절단 난다. 임금의 마음에 망조가 들면 제일 먼저 교만해진다. 그리되면 자연히 충신, 간신의 말을 구별 못한다.

나라를 잘 이끌고 지키려는 지도자는 마땅히 자기 마음부터 잘 지키고 다스려야 한다. 그리하면 그 나머지는 자연히 이루어지게 되어 있다. 좀 극단적으로 말하자면 한 지도자가 이끌고 있는 나라의 모습, 그 현주소는 바로 그 지도자의 마음을 펼쳐 놓은 것일 뿐이다.

1991년 2월 21일 《열국지》를 읽고

오늘 《열국지》를 다 읽었다. 그 전체 소감을 어떻게 표현할까?

《열국지》는 어느 의미에서 지도자론이다.

수많은 나라의 갖가지 인간상을 보여주는데, 그것이 임금 중심의 이야기가 되다 보니 자연 그러게 되는 것이다.

지도자는 나라를 지키고 국민이 평안하게 살도록 다스릴 책임이 있는 사람이다. 정치의 요체란 무엇인가? 강태공은 "그것은 임금이 백성을 사랑하는 것"이라고 했고, 또 누군가는 "그것은 임금이 먼저 몸과 마음을 바르게 가지는 것"이라고 했다.

나라를 바르게 다스림에 있어 그 첫째 조건 내지 그 전제조건이랄 수 있는 것은 지도자가 자기 마음을 항상 바르게 갖는 것이다. 그것이 바로 선 후에야 비로소 나라를 바르게 다스릴 수 있다. 그 마음이 바르지 못하다면 나라에 망조가 드는 것은 시간문제이다. 자연스런 결과인 것이다. 항상 깨어 있는 지도자, 마음을 바르게 하고자 끊임없이 정진하는 지도자는 나라와 국민의 복이며 하늘의 축복이고, 지도자가 국가와 국민에게 바칠 수 있는 최대의 봉사인 것이다.

인간의 가장 큰 병통은 오만이라고 하였는데, 사람 마음을 병들게 하고 비뚜로 나가게 하는 근원은 거의 항상 여기에 있는 것이다.

우쭐하는 데서 시작되는 이 마음의 병은 사치와 향락을 부르고 색에 빠지게 하고 눈과 귀를 막아 간신, 충신을 구별 못하게 하고 충언과 아첨 등을 구분 못하게 한다.

극심한 분노도 어느 의미에선 오만함에서 나오는 것이다. 역사의 심판을 두려워하는 자는 항상 하늘을 두려워할 줄 아는 자이며, 그리되면 교만이 스며들 여지가 없다.

1991년 2월 22일 역사와 인간의 운명 모두 천명(天命)에 달려 있다

또 그것대로 일이 이루어진 예들을 볼 때 역사와 인간의 운명도 모두 다 천명에 따라 각본에 따라 이루어진다는 것을 인정하지 않을 수 없다. 이미 다 정해진 것을 인간들이 모든 것을 자기 뜻대로 할 수 있다고 생각하고 부질없이 무리를 하다가 결국 인생의 패배자가 되고 만다. 그러나 그리도 무모하게 분수 모르고 날뛰는 자체가 또 그 사람이 둘러메야 할 각본이라면 그 또한 어쩔 수 없는 지도 모른다.

1991년 3월 3일 오만은 극약

인간이란 존재는 사실 우쭐할 것도, 분노할 것도 없는 존재이다. 그 두 가지 모두 근원적으로 말하자면 오만에서 비롯된다.

즉, 오만의 손바닥과 등이다. 아담이 사과를 다 먹으려던 심보, 그 주제의 반복이 인간 세상에선 끊임없는 것이다. 오만일 뿐 아니라 엄청난 착각이다. 즉 모든 것은 결정된 대로 일어나고 사라지고 진행되는 것인데 인간은 그 모든 것을 자기가 이루었다고 또는 이룰 수 있다고 생각한다. 어떤 일이건 주위의 협조가 없이는 불가능한데 그것을 혼자 이루었다고 착각한다.

분노도 마찬가지이다. 마치 이 세상 일이 자기 뜻대로 이루어지거나 해야 할 것 같은 착각 속에서 분노의 불길이 일어난다.

마치 자신이 이 세상의 주인이거나 한 것처럼, 마치 이 세상의 주재자나 된 것처럼 착각한데서 비롯되는 것이다.

아무리 성이 나고 억울한 일이라도 하늘이 허용하지 않는 한 어찌 그런 일들이 가능했겠는가를 생각해봐야 한다.

1991년 3월 17일 모든 것은 변한다

이제까지의 경험에 비추어 볼 때 이 세상에서 변하지 않는 것이라곤 하나도 없는 것 같다.

산천이 변하는 것보다도 더 크게 인생살이가 허무하다는 것을 느끼게 해주는 것이 마음의 변화이다.

이제까지도 어김없이 그랬으니 앞으로도 어김없이 변하고 변하는 인간의 모습을 보게 될 것이다.

그러니 지금 내가 어느 사람에 대해서 갖게 되는 느낌이 무슨 의미 있겠는가. 그가 변할 것이고 그에 따라 내 느낌도 변할 것인데. 그러나 그때 가서 실망을 하든 환멸을 하든 어찌되든 간에 인생은 또한 순간순간을 살고 그 순간에 충실할 수밖에 없다.

적어도 나는 내 마음을 바르게 가꾸고, 죽을 때까지 변함없이 그것을 지키겠다는 생각과 결심이, 변화무쌍하고 허무한 이 세상에서 유일한 위로가 된다.

1991년 3월 31일 주어진 현실에는 하늘의 메시지가 있다

겨울바람이 봄바람보다 약해서 겨울이 물러나게 되는 것은 아니다. 단지 이제는 봄의 시간이 되었기 때문에 물러갈 수밖에 없는 것이다. 때란 이와 같이 중요하고도 무서운 힘을 갖고 있다. 모든 것은 정해진 때가 있어서 그때에 이르면 일이 이루어지게 되는 것이다.

아무리 강한 사람이라도 때를 어길 수는 없으며 아무리 조급히 굴어도 때를 앞당길 수는 없다. 그때를 잘 알아서 일할 때는 일하고, 쉴 때는 쉬고, 참을 때는 참고, 기다릴 때는 기다릴 줄 아는 사람이야 말로 지혜로운 사람이라 할 것이다.

"하늘의 뜻은 과연 어디에 있는 것입니까?" 하고 묻기 전에 현실을 잘 살펴보면 된다. 주어진 현실은 하늘의 뜻을 전달하고 있다. 주어진 현실은 하늘의 메시지이다.

1991년 4월 20일 세상이 혼탁해도 나만큼은 물들지 말자

실컷 일하고 애쓴 사람은 빛을 못 보고 오히려 욕까지 먹고, 애쓴 것도 없이 겉으로 광만 내는 사람은 사회적으로 훌륭한 인물이라고 인정받는 경우가 왕왕 있다.

어디 이런 경우뿐이랴. 하여튼 세상은 공평치 못하고 글 쓰는 사람들은 때로 깊은 내용도 모르고 자신의 편견과 겉핥기식의 지식, 정보만 가지고 마구 글을 써댄다.

그러나 결국 이런 모습이 바로 우리가 살고 있는 사회라는 것, 그 사실을 그냥 받아들여야 한다. 으레 인간 사회는 이런 모습을 하고 있는 것이다. 비분강개할 것도 새삼스러울 것도 없는 것이다.

그러나 사회의 모습이 이렇게 옳지 못하다고 느끼면 느낄수록 내 마음속에 강하게 용솟음치는 욕망이 있다. 꿈이 있다. 나에게는 거의 흔들리지 않는 신앙처럼 뚜렷하게 나타나는 인생의 목표가 있다.

그것은 이 세상사가 허무하다고 느끼면 느낄수록 더욱 가치의 빛을 발하며 내 앞에 나타나는 것이다.

그렇다. 세상이 어떻게 혼탁하다 하더라도 나만큼은 그런데 물들지 말고 살아가자. 바른 마음과 바른 언행을 항상 몸에 지니고 익히며 잠시도, 그 어느 순간도 한눈팔거나 유혹에 굴러 떨어지거나 하지 말고 한결같은 마음으로 살아가자.

이 세상에서 어떤 일을 이루고 못 이루고는 하늘의 뜻에 달려 있다. 큰일을 하고 안 하고도 다 부차적인 일이다. 오직 인간의 신성하고 유일한 의무, 온통 허무한 이 세상에서 다이아몬드처럼 영원히.

1991년 4월 28일   나이 40, 내 인생의 행로를 하늘에 묻고파

나는 지금 호젓한 산 깊은 곳에 들어와 세상일을 등지고, 지난날 있었던 일들도 머리에서 씻고, 맑은 물이 흐르는 계곡과 푸르름이 나날이 신선하게 느껴지는 풀밭과 나뭇잎을 바라보고 싶은 심정으로 글을 쓰고 있다.

이제 나이 40. 앞날이 적지 않게 남아 있는 나이이나, 장래에 인간 사회 안에서 하고 싶은 일이나 꿈이 없다. 그토록 모든 세상사, 인간사가 헛되고 또 헛되다고 느끼고 또 깨닫고 하다 보니 그 모든 일들에 대한 관심이나 애착이 없어져버린 것이다.

나는 생각해본다. 역사를 통해 그 얼마나 많은 성현들과 인재들이 제 뜻을 제대로 펴보지도 못하고 때로는 체념, 때로는 원망하면서 암울한 인생을 보냈는가를.

어떤 이는 체념 끝에 제자들을 가르쳐 장래에 희망을 걸고, 어떤 이는 자기의 답답한 심정을 시로 또는 소설로 써서 후세에 남기기도 하였다.

나는 또 수많은 충신과 간신 들도 생각해본다. 얼마나 많은 충신들이 간신들의 참언으로 비참하게 최후를 마쳤던가. 얼마나 많은 악인들이 떵떵거리고 잘살며 세상을 활개 치고 다녔던가.

오늘날이라고 해서 그러한 인간의 역사가 달라진 것은 없는 것 같다. 역시 이 세상은 선인들의 것이라기보다는 악인들의 것이다. 악인들이 세도를 부리며 살기에 딱 알맞은 풍토를 지니고 있다.

그럼, "그러하니 어쩔 테냐?" 하고 묻는다면 무엇이라 대답할 것인가. 그저 그렇다는 것뿐이다. 이 세상의 악인들은 '전지전능'하다는 하늘을 비웃고 있다. 과연 하늘이 존재라도 하는 것인가 하는 생각은 선인들에게도 마찬가지이다.

무능하고 무기력한 하늘, 이렇게 모든 악행을 방치하면서 왜 성경, 불경 등은 인간에게 선하게 살라고 가르치는가. 그러나 나는 헛됨으로 가득한 이 세상에서 영원한 것은 있을 수 없는 이 세상에서 생의 등대로서 한 가지 목표를 정하였다.

그것은 언제 어디서 무슨 일을 하건 간에 죽는 날까지 바른 마음을 지니고 바른 언행을 익히면서 살아가겠다는 것이다.

1991년 5월 9일　마지막 지푸라기가 낙타 등을 부러뜨린다

진시황이 그 혹독한 정치로 진나라는 15년 만에 망했는데, 그 멸망의 원인이 된 농민의 봉기는 작은 일에서 시작되었다.

그러나 그것이 도화선이 되어 대폭발을 일으키게 된 이유는 그 15년의 세월 동안 쌓인 백성의 원한에 있었다.

가스가 가득 찬 방 안은 눈으로는 언뜻 보이지 않으나 거기에 성냥불같이 작은 불이라도 갖다 대면 엄청난 결과를 초래한다. 바싹 마른 낙엽 위에 던진 담배꽁초가 어이없이 산불을 낼 수도 있는 것이다.

"마지막 지푸라기가 낙타 등을 부러뜨린다."는 속담과 같이 그토록 무리해서 등에다 계속 올려놓았던 그 전 과정이 낙타의 등을 부러뜨린 것이요, 그렇게 메마른 환경을 조성해온 모든 과정이 산불을 일으키고 만 것이다.

1991년 5월 18일　바른 생활이 아니면

하늘은 착한 사람에게 복을 주고 악한 사람에게 벌을 내린다지만, 내가 알기로는 적어도 내가 경험했고 경험하고 있는 이 세상은 그렇게 되어 있지는 않은 것 같다.

착한 사람이 얼마든지 고통 받고 억울하게 살아도 무심한 것이 이 세상이요, 악한 자가 얼마든지 떵떵거리고 살아도 너끈히 용납이 되는 곳이 이 세상이다.

훌륭하다고 존경 받는 인물이 반드시 그러하지 않은 수가 있고 나쁜 사람이라 욕을 먹는 사람이 진실한 마음을 갖고 있는 것을 보게 될 때도 있다. 이러한 것들이 나는 못마땅하고 겪기도 괴로우나 어찌하랴. 나에게는 어찌해볼 힘이나 능력이 없다. 다만 세상이 그렇다는 것을 깨닫고 인간의 힘의 능력이 극히 제한되어 있다는 것을 느끼고 모든 것은 다만 이미 정해진 각본에 따라 때가 되면 그 각본대로 이루어져 갈 뿐이라는 것을 느낀 이상, 그 작디작은 한계 내에서 이 인생을 나는 어찌 살아갈 것인가를 가늠해볼 뿐이다.

반드시 복을 받을 것이라고 믿어서도 아니다. 악한 일을 해도 아무런 재해를 당하지 않고 살 수 있다는 현실을 몰라서도 아니다.

단지 나는 향기로운 냄새가 좋고 악취 나는 시궁창이 싫듯, 바른 생활을 하지 않고는 나 자신이 괴로워서, 나 자신이 불편해서 살 수가 없기 때문에 세상의 어떤 악이 설쳐대도 나는 나의 길을 갈 뿐이다. 인간의 의지로 할 수 있는 일이란 극히 보잘것없으나 나는 단 하루를 살더라도 내가 할 수 있는 한 나의 의지를 펴며 살 것이다.

그것은 바르게 충실하게 그리고 즐거운 마음으로 사는 것이다. 세상이 주위 여건이 어떻든 그것이 나의 마음을 비뚤어지게 할 수도 없고, 허송세월로 보내며 우울과 고통 속에 빠지게 할 수도 없다.

원래 사람의 마음은 주위 환경에 의존해서는 단 하루도 제대로 편안히 살 수가 없는 것이다

흔히 마음먹기에 달렸다고 하는데, 그렇다. 바로 자기 마음에 달려 있는 것이며 그런 마음을 끊임없는 수양과 마음공부로 더욱 굳게 다져나가면 되는 것이다.

1991년 6월 15일　오만과 자만

역사에 어떻게 기록될 것인가. 역사를 통해 드러나지 않는 것은 없다. 끝내 드러나고야 말 적나라한 자기의 모습을 항상 잊지 않는다면, 그것은 특히 정치가들에게는 커다란 길잡이가 될 것이요, 마음의 거울을 될 것이다. 너무나도 당연한 이 사실을 그 얼마나 많은 제왕들이 잊고 살았던가. 그것은 오만과 자만이 그들의 마음의 눈을 가렸기 때문이다.

1991년 6월 17일　매일 열심히 살았는데 이룬 것이 없다

인생은 짧고, 크게 이룬 것도, 크게 몸에 익힌 것도 별로 한 일도 없이 세월은 자꾸 흐른다.

매일매일을 나름대로는 참으로 열심히 살아왔는데도 아무것도 이룬 것이 없다는 공허한 느낌을 갖게 되는 이유는 무엇일까? 하기야 인간이 무엇을 크게 이루어본들 지금부터 몇 십 년이 지난 후는 모두 마찬가지일 텐데, 그것이 무슨 의미가 있겠는가 싶기도 하지만.

1991년 6월 18일　대추나무 꽃향기처럼

대추나무에 꽃이 한창이다. 꽃이 작아서 별로 눈에 띄지는 않으나 은은한 향기가 그만이다. 사람의 인격도 그같이 향기로우면 모두가 자꾸 가까이 오고 싶어 한다.

1991년 6월 24일　61% 국민, 한반도에 전쟁 가능성 있다

오늘날과 같은 동서 화해 시대에도 한반도에는 전쟁이 날 가능성이 있다고 믿는 국민이 61% 이상 된다는 여론조사 결과가 오늘 뉴스에 나왔다. 하물며 70년대 초기야! 북한 노선은 예나 지금이나 그대로 변치 않았다고 믿는 사람도 50%가 넘는 것으로 나타났다.

1991년 6월 27일 남의 고통을 덜어주는 사람이 위대한 사람

남의 고통을 이해할 수 있는 사람, 남의 인생을 고통스럽게 하는 짐이 되지 않고자 힘쓰는 사람, 더 나아가 남의 고통을 덜어주고 완화해주고 제거해주려고 노력하는 사람은 삶의 가장 큰 보람과 아름다움 위대함의 가닥을 붙잡은 사람이다.

바로 그 중요한 길로 들어선 사람이요, 삶의 진정한 의미를 깨달은 사람이다. 세계를 정복한 칭기즈칸 등을 위대하다고 말할 수 있겠는가. 나에게 있어 영웅, 위대한 인물은 결코 그런 사람들이 아니다.

자신의 차지한 땅이 이만큼 넓은 대제국이라는 것을 과시하기 위해 얼마나 많은 사람을 전쟁터로 몰아넣었고 얼마나 많은 가족들은 울리고 고통스럽게 하였는가.

비록 넓지 않은 영토라도 이웃 나라를 침범하지 않고 (자기 나라가 침략 당하는 것을 원치 않는 것처럼 그 나라도 침략 당하고 싶지 않을 것이므로) 자기 나라 백성을 몸과 마음이 편하게 살도록 하는 사람이 더 위대하고 훌륭하다고 여기는 것이다.

1991년 7월 11일 40년의 인생을 정리하며

지난 세월 동안 인생에 대해 느끼고 사색한 것의 총결산이라고 할까, 그동안의 경험 특히 고통과 환란을 통해 배운 인생 공부의 결론이라고 할까.

요즈음의 사색을 통해 나는 그동안의 모든 배움을 정리하고 있는 느낌이다. 결코 단숨에 이루어질 수 없고 단계 단계를 밟아 착실히 배우고 쌓고 노력하여 이를 수밖에 없는 것이 자각이고 깨우침이란 것이다.

아! 인생이란 이런 것이구나. 이것이 바로 내 인생의 평생 지표가 되는 것이구나. 이렇게 살아야 되는 것이구나.

이런 모든 느낌이 한꺼번에 밀려와서 모든 답을 주고 있다. 이제 나이 40이 되어 이것을 확실히 깨달았으니 그동안의 인생 공부와 나름대로의 노력이 결코 헛되지 않은 것이다.

내가 깨달은 나의 인생철학은 생명이 다하는 날까지 밝은 등대가 되어 내 인생 한 걸음 한 걸음을 인도하고 비출 것임을 나는 확신한다.

바르게 산다는 것.

이것이 결코 어떤 대가나 보수를 필요로 하는 것이 아니다. 그런 것을 바라는 마음이 조금이라도 있다면 그는 진정 바르게 살고 싶은 것이 아니며, 바르게 산다는 것, 그 자체를 진정 즐기는 것도 아니다.

그래 가지고는 진정으로 살 수가 없다. 바람이 불어 향긋하게 미묘한 향기를 뿜고 있는 꽃을 보면 자꾸 그 곁에 가고 싶어진다. 이와 같이 바른 삶, 그 자체의 단정함과 고매함과 아름다움을 사랑하고 좋아해야만 바른 삶을 살 수 있다.

더러운 행위를 싫어하고 피하는 것도 벌이 무서워서가 아니라, 냄새나고 시커면 시궁창에는 근처에도 가기 싫은 것과 마찬가지로 그 자체가 싫어야만 하는 것이다.

왕위에 오른 사람도, 명예와 부귀를 누리고 있는 사람도 위와 같은 철학과 인품이 갖추어져 있지 않은 한 아무것도 아니다. 이 경우 그가 누리는 것은 부러울 것도 탐할 것도 없는 무가치한 것이 되고 만다.

어떤 지위에서 무슨 일을 하게 되든 간에 인품이 그 기초가 되어야 비로소 진가를 발휘할 수 있다.

1991년 7월 12일　권력, 명성, 명예 모두 중요하지 않은 것

아름다운 향기를 지닌 꽃은 누구에게 그 향기를 자랑하고 과시하기 위해 그 향을 지니고 있는 것은 아니다.

바람이 부니까 주위로 그 향이 퍼졌을 것이고, 그때 그곳을 우연히 지나는 사람이 있었기에 그 향기를 맡았을 것이다.

깨끗하고 고매한 더할 나위 없이 완성된 인품을 닦아 몸에 지니는 것은 그 지님 자체가 그 사람에게 큰 기쁨이요, 생(生)의 환희이다.

누가 알고 모르고는 문제가 아니다. 그러나 어느 때 우연히 알려지면 사람들에게도 기쁨과 부러움을 주게 된다.

이 세상에서 내가 이루고 싶은 것은 단 한 가지, 그것은 인격의 완성을 향하여 나아가는 것이다.

한 인간으로서 모든 면에서 가장 깨끗하고 빛나는 마음을 갈고닦아 몸에 익히는 일은 나의 최대 목표요, 소망이다. 그것을 갖추지 않은 자라면 이 세상을 지배하는 제왕이라도 나는 부럽지 않다. 둘 가운데 하나만 택하라 해도 나는 완성된 인품의 인간 쪽을 기꺼이 주저 없이 택할 것이다.

생의 진정한 참 가치가 눈앞에 나타나고, 그것을 발견하고 그것에 끌리게 되자 이 세상 다른 모든 것이 다 가치 없이 보이게 된 것이다.

역사에 이름을 남긴다는 것, 또는 어떤 큰 눈에 띄는 업적을 이룬다는 것, 기가 막힌 어떤 재주와 기술을 가진다는 것, 기타 이 모든 것들은 나에게는 부차적인 일로 생각된다.

신 앞에 인간이 잘났으면 얼마나 잘났고, 역사에 이름이 남았으면 어떻고 안 남았으면 또 어떠하며, 아무리 위대했다 하더라도 그것이 긴 역사의 흐름 속에 얼마만 한 비중이 있겠는가.

하늘이 일을 시키시면 그 일을 충실히 묵묵히 완수하여 하늘을 기쁘시게 하고 자기 생을 충실하게 하는 것으로 보람과 기쁨은 충분한 것이다. 결국 명성, 명예도 부수적인 일일 뿐이다.

1991년 7월 14일　인생에서 숭고하고 아름다운 것 두 가지

인간의 가장 숭고하고 아름다운 모습은 무엇인가.

그것은 바르고 단정하게 살면서 자기의 할 일을 열심히 부지런히 하는 모습이다. 그 이상 더 아름다운 인간의 모습이란 없을 것이다.

위대한 일의 성취, 희생, 부귀, 권세 그 모든 것은 근본적인 가닥이 바로잡힌 연후에 그것의 발전 또한 확대일 뿐이다.

겉으로 보기에 그럴 듯한 모습을 갖추었다 해도, 한때 명성을 날렸다 해도, 자기 자신이 이 두 가지에 충실하지 않는다면 무가치한 것이다. 비록 역사에 이름은 남지 않는다 하더라도, 이 두 가지를 평생 실천하면서 자기에게 충실한 인생을 사는 그런 삶이 나는 가장 소망스럽다고 여긴다.

1991년 7월 23일　타산지석의 지혜

다른 사람이 저지르고 있는 잘못을 자기는 전혀 저지를 염려가 없다고 장담하는 것은 어리석고 무모한 일이기까지 하다. 가만 생각해보면 타인의 잘못은 전에 자기가 저질렀던 또는 저지를 뻔했던 잘못이었고, 앞으로 저지를 수도 있는 잘못인 것이다.

남의 잘못을 보고 그것을 비판하고 욕하고 경멸하는 데에 열을 올리기보다, 자신을 돌아보고 마음을 다지는 계기로 삼아야겠다.

신(神)이 아닌 이상 우리 인간은 그 누구나 끊임없이 반성하고 조심하지 않는 한 그 어떤 잘못이나 죄악에도 면역되어 있다고 할 수 없다.

1991년 7월 31일 지위, 명예, 부귀영화는 가치 없고 매력도 없다

자신이 건너야 할 인생이라는 큰 바다를 앞에 놓고 나를 생각해본다. 과연 인생이라는 테마 앞에 선 인간은 무엇인가. 비록 '자기'의 인생이라고 표현할지는 몰라도 일생 동안 자기 뜻대로 되는 것이 과연 얼마나 되는 것일까.

태어남과 죽음은 자기 뜻과는 상관없이 이루어지는 것이요, 그 시작과 끝의 중간을 흐르고 있는 인생행로마저도 마치 마련된 각본을 따라가듯 자신에게 이미 주어진 범위를 크게 벗어날 수 없는 것이 인간의 적나라한 본래 모습이다.

간단하게 말하자면 인생 앞에 무기력하고 속수무책인 것이 인간인 것이다. 그러나 그러한 인생을 어떠한 관점에서 바라보고, 어떻게 받아들이느냐에 따라 인간은 더 이상 무기력하지도, 속수무책도 아닌 큰 힘을 얻게 된다.

그러한 자세란 바로 이러한 인생을 그 모습 그대로 바라보고 인정하고, 그대로 받아들이는 데에 있다. 그것은 마치 골짜기의 모양을 따라 흐르는 물과 같은 자세이다. 그 높낮이, 그 넓이, 그 빠르고 느린 흐름을 그대로 따라가는 물의 모습인 것이다.

그리하여 자기가 가는 길이 이리저리 꼬이고, 방해를 받고 좌절될 때에는 그 세월을 불평하지 말고 묵묵히 인내하면서 지나가고, 자기 일이 승승장구 잘되어나갈 때는 속절없던 시절의 자기의 모습(자기 본연의 모습이기도 하다)을 잊지 말고, 따라서 오만하지 말고 자기에게 하늘이 주신 소명이 무엇인가를 깨달아 그 뜻에 잘 부응하도록 성실히 일하고 노력하는 것이다.

어떠한 계곡을 지나더라도, 그곳이 밝은 곳이든 어두운 곳이든 반드시 명심하여 마음과 몸에 간직해야 할 것이 있으니, 그것은 바로 바른 삶의 자세이다.

그 어느 때, 어느 곳에서도 인간은 인간이 마땅히 걸어야 할 길만을 걸어야지 거기서 이탈해서는 안 된다. 결국 인생이란 하루하루 주어진 시간이 아닌가. 그러니 주어진 나날의 값진 시간을 자신이 해야 할 일을 열심히 하면서 충실하게 보내야 한다. 이 두 가지는 어느 순간에도 잊어서는 안 된다.

솔직히 나의 지금 심정은 인간이 애써서 얻으려고 노력하는 지위와 명예, 부귀영화 그 어떤 것에서도 절대적인 가치와 매력을 느끼지 못한다.

역사에 이름 한 줄을 남기고 안 남기는 일조차 중요하게, 가치 있게 생각되지 않는다. 이런 것들은 물론 다 좋은 것이다. 그러나 아무리 좋게 보인다 하더라도 그것들은 부수적인 가치밖에 가질 수 없는 것들이다. 나에게는 올바르고 충실하게 산다는 것이 최고의 가치이며 추구할 이상이다.

이 바탕에서 위의 일들이 주어진다면 모를까, 가장 소중하고 아름다운 이상이 실현되지 않은 가운데 '부차적인 것들'이 주어진다는 것은 나에게 아무런 의미도 기쁨도 될 수 없을 뿐 아니라 인간에게 이런 것은 때로 위험한 것이기도 하다.

생각해보면 인간이 이룬 일들이 그렇게도 대단할 것이 무엇인가. 한때 이름을 날리고 죽은 사람이나 평범한 생을 마치고 죽은 사람이나, 오랜 세월이 지나고 나면 다 마찬가지가 되고 마는 것이다. 그리고 잊혀지는 것이다. 그러니 바른 생활을 희생해가면서까지 인간들이 얻으려고 발버둥 치는 이 세상의 모든 부귀영화 등이 무슨 그리 대단한 것들인가.

그 어떤 자리에 앉았거나 그 어떤 부나 명성을 얻었다 하더라도 나는 내가 그리워하고 도달하려고 하는 이상에 미치지 않는 한 내가 본받고 싶은 존재가 될 수 없다.

나는 반드시 내가 이상으로 하는 그러한 인간이 되련다. 그러한 인생을 살련다. 누가 알아주건 모르건 그것이 문제가 아니다.

자기 자신을 돌아보다 그 올바름과 성실함에 만족할 수 있다면 그것이 가장 값진 인생이 아니겠는가. 그 나머지 세상에서 어떤 일을 하고 어떤 이름을 남기고 하는 일들은 하늘이 시키시고 안 시키시고에 달린 것이다.

1991년 8월 3일   오만과 분노를 경계해야

"사랑하는 사람을 만들지 마라. 못 만나면 괴로울 테니까. 미워하는 사람을 만들지 마라. 만나면 괴로울 테니까."

스페인어로 쓴 시(詩)로, 간단한 말이지만 불교의 정수가 담겨 있다고 느껴진다. 큰일을 이루는 것 못지않게, 크게 자선을 베푸는 일 못지않게 어려운 시절, 인욕하고 인내하는 것, 이것도 인간의 큰 의무이다.

어려운 시절, 인내가 항상 마음에 새겨야 할 명심 사항이라면 좋은 시절에는 비참했던, 무기력하고 무가치했던 시절을 잊지 말고 항상 겸허함을 마음에 새기는 것이 그 시절의 인욕 못지않게 중요한 명심 사항이다.

어느 의미에선 인욕보다 겸허함이 더 어려운 일일지 모른다. 어려운 시절에는 곳곳에서 시시때때로 자신의 한계를 느끼므로 모든 행동이 억압 받고 제약 받아 인욕의 길만이 남는다. 그것을 못하고 좌절, 타락하는 사람들도 많긴 하지만 걸을 수가 없다.

그러나 모든 것이 잘 되어가는 시절에는 자기도 모르게 일어나는 자만심을 억누르기 힘든 것이 인간이다. 게다가 제약이 없으니 까닥 생각을 잘못하면 멋대로 날뛰기 쉬울 것이다. 그러니 최고의 승리는 자신과의 싸움에서 이기는 것이다.

하루하루를, 시간 시간을 금싸라기같이 만들 수도 있고 지푸라기같이 만들 수도 있는데 그것은 모두 자기 자신에게 달렸다. 그 한 시간 한 시간이 모여 하루가 되고 그 하루하루가 모여 어떠한 인생을 살았는지를 결정하게 된다.

충실한 나날을 보냄이 정말 중요하다.

이 세상을 살면서 분노로 이성을 잃게 되는 사람들을 종종 본다. 분노로 인해 이성을 잃고 증오심으로 정신을 못 차린다면 그들은 분노를 유발한 사람보다 별로 나을 것이 없다.

그런 일이 자기 주변에서 일어나는 것은 문제가 아니다. 하기야 그런 일을 겪지 않았던 사람이 동서고금을 막론하고 있기나 한가? 그런 일을 참고 받아들이지 못하고 결국 이성까지 잃고 마는 자기 자신이 바로 문제인 것이다.

역사를 살펴보면 왜 그렇게 억울한 백성이, 억울한 충신이 많은가. 그들은 양심대로 살고도 중상모략을 당하는 정도가 아니라 부지기수로 목숨을 잃었다. 역사는 그러한 사람들의 죽음의 행렬이었다고 해도 과언이 아닐 정도이다. 그러니 어찌 자기만은 이렇게 되어 먹은 인간 역사의 흐름에서 예외가 될 수 있다고 생각을 하는가 이 말이다.

1991년 8월 6일 돈과 권세에 가치를 부여하는 세태

《보리행경》에 이르기를 만일 남에게 어려움과 괴로움을 주는 것이 어리석은 사람의 자성(自性)이라면, 그것에 대하여 성을 내는 것이 어울리지 않음은, 마치 태우는 것이 본질인 불에 대하여 성을 내는 것이 어울리지 않음과 같다고 했는데, 주위를 둘러보아 나를 실망시키는 사람들의 모습이 바로 그렇다.

돈과 권세를 따라 이리 가고 저리 가고, 마치 파리가 똥만 보면 모여
드는 것과 같은 그것이 그들의 자성(自性)이니, 돈과 권세, 그 이상의
다른 곳에선 가치를 찾을 줄 모르는 그들이니 어찌하랴.

또 그러려니, 그들답게 행동하고 있는 것뿐이라고 생각하고 잊어버
리는 것이 상책일 것이다.

1991년 8월 7일　하루를 살더라도

어떤 사람은 다른 것이야 어찌 됐든 무조건 높은 자리에만 오르려고
하고 또 어떤 사람은 국회의원 되는 것만이 지상 목표이다.

과장은 국장이 되려 하고, 국장은 사장이 되려 하고, 그 외의 다른
것에서는 가치를 발견하지 못한다.

그것이 인생의 온통 단 한 가지 목표이다. 많은 사람들이 권세와 명
예와 돈을 좇아 우왕좌왕, 마치 생에 있어 그것이 모든 것인 양 난리
를 치는 세상이다. 그러나 내가 보기에 위의 모든 것이 아무리 좋은
것이라 해도 근본적이고 절대적인 가치요, 목표가 될 수 없다. 어디까
지나 부수적인 것일 뿐. 그러나 이 부수적인 것들을 절대적인 목표로
착각하는 데에서 엄청나게 많은 잘못이 빚어지고 있다.

나에게 있어 가장 중요한 것은 예를 들면 모욕이나 아니꼬운 일 등
을 잘 참고, 그런 경우를 겪어도 마음이 흔들리지 않고 금세 평온을
회복할 수 있는 것, 일이 잘 되어가도 오만하지 않고 한결 같은 마음
씨를 갖는 것, 이런 것들이다.

이러한 일이 나에게는 제일 중요하다. 단 하루를 이 세상에 살아가
도 바르게 살고, 어떠한 환경에 처해도 마음의 평화와 고요를 잃지 않
고 사는 삶이어야 한다.

그것은 인생 최고의 목표이며 가치이다. 자기를 잘 억제하고 욕망을 잘 다스리지 못하는 사람이 어찌 남을 다스릴 수 있단 말인가. 자기를 완전히 이기고 절제할 수 있는 자는 이 세상에 부러울 것이 없다. 자기를 지배한 자가 무엇을 다스리지 못할 것인가. 그는 이미 최고의 인간이 되어 있는 것이다.

마음이 고요한 평온함과 즐거움을 간직하는 것은 누구나 바라는 일이지만, 그것은 주위 환경이나 남이 가져다주는 것이 아니다.

그렇게 해서 평화를 누리려고 한다면 평생을 기다려도 그 소망을 이룰 수 없을 것이며 비록 한때 잠깐 누릴 수는 있을지 몰라도 곧 사라지고 말 것이다. 그것은 자기가 자기 마음을 완전히 지배함으로써 스스로 만드는 것이다. 환경이 문제가 아닌 것이다. 환경이 문제가 되어서는 안 되는 것이다.

아첨도 하지 않고 위선이나 허풍도 없이 있는 그대로 말하고 행동하고 소박하고 꾸밈없는 인간의 언행은 마음이 바로잡힌 연후에만 비로소 나타날 수 있는 아름다움의 극치이다. 그러한 인간의 모습은 이 세상 그 어느 꽃보다도 아름답고 그 어느 꽃의 향기보다도 향기로운 것이며 그 어떤 보석보다도 빛나는 아름다움이다.

1991년 8월 8일   평소 마음을 잘 가꿔야 유혹에 흔들리지 않는다

평소 몸을 잘 단련하면 추위도 더위도 잘 이기고 웬만큼 힘들어도 병에 걸리지 않듯, 마음의 단련도 평소 수양을 게을리하지 않으면 어려운 일이 닥쳐도 큰 동요나 흔들림, 큰 고통과 흥분 없이 견디어낼 수 있다. 평소 몸 단련을 게을리하면 쉽게 병에 걸리는 것과 마찬가지 이치로, 평소 마음을 잘 가꾸지 않으면 분노와 욕심과 그 밖의 많은 유혹에 쉽게 떨어지고 만다.

막상 일이 닥쳐서 어찌 마음 단련을 하겠는가. 이미 구멍이 숭숭 뚫린 허점투성이 마음이 어찌 세상사 어려운 일을 하나라도 제대로 감당할 수 있겠는가. 치료보다 예방이라는 말도 있듯이 몸과 마음은 평소에 부지런히 갈고 닦아야 하는 것이다.

건강과 마음의 평화같이 소중하고도 귀한 것을 어찌 아무 대가 없이 앉아서 얻을 수 있겠는가. 항상 반성하고 살피고 깨어 있는 그 정신이 어떤 환경에 처하더라도 우리를 지켜줄 것이다.

1991년 8월 11일 　고통과 분노의 기억은 떨쳐내면 아무것도 아니다

순간순간을 사는 지혜가 필요하다. 불쾌한 일, 분노할 일을 막상 겪는 시간은 얼마 안 되는데 그 기억을 곱새기느라 인간들은 계속 고통 속에서 빠져나올 시간이 없다.

그러나 이 순간순간을 사는 지혜를 발휘하려야 할 수 없는 불행이 있으니, 그것은 자기의 잘못된 생각이 저지른 잘못으로 인해 양심의 가책을 받을 때이다. 그것은 지우기 힘든 것이다.

지금 어떠한 고통을 겪는다 하더라도 그것은 일 년, 아니 몇 개월만 지나면 아무것도 아닌 일이 되어버린다.

지금 이 순간 그 일 년 앞을 미리 살 수는 없는가. 만일 지금 분노로 경거망동한다면 그 일 년 후도 결코 편치 않고 '아무것도 아닌 일'이 되어버릴 수 없을 뿐 아니라 자기 행동에 대해 후회와 부끄러움을 남길 뿐이다.

1991년 8월 18일 　마음 가꾸기

마음 가꾸기도 정원 가꾸는 것과 같이 해야 되지 않을까 싶다. 어느날 손님이 갑자기 방문했을 때 그때부터 정원을 손질한다고 부산을 피워봤자 결코 단정하고 아름다운 모습을 갑자기 만들어낼 수 없다.

평소 잔디밭에 끊임없이 자라고 퍼지는 잡초들은 제거해줘야 하고, 나뭇잎에 벌레가 생기면 잎을 많이 갉아 먹기 전에 약을 뿌려줘야 하고, 너무 가물면 물을 주고 가지치기도 해야 한다.

날씨가 차가워지기 시작하면 월동준비도 해줘야 하고, 이 모든 것은 그때 그때 평소에 해주어야 한다. 오랫동안 방치했다가 한꺼번에 하려면 무척 힘이 들고 정원의 모양도 많은 손상을 입는다.

잡초도 그때 그때 뽑아주면 오히려 수월하고 간단한데, 한참 두었다가 하려면 온통 뜰을 덮어버리다시피 한 그 풀을 없애는 일이 보통 일이 아닌 것이다. 마음도 항상 닦고, 굳히고 다짐하고 반성하면서 평소에 꾸준히 노력하면 악이 뿌리를 내릴 수도 없고 유혹에 흔들리지 않고 어려움을 겪어도 꺾이지 않고 분노도 잘 다스릴 수 있는 맑고 깨끗한 모습을 유지, 간직할 수 있을 것이다.

1991년 8월 21일   사색했던 생각을 책에서 재발견하다

요즘 읽고 있는 《인간 석가》는 나에게 많은 생각을 하게 해준다. 어제 저녁에는 '제바달다'의 모반 부분을 읽었는데, 역시 불타 같은 분도 이런 고통을 당했구나 싶어 마음의 위안이 되기도 했고, 인간 세상은 사람들에게 어김없이 이런 시련을 주는구나 싶기도 했다.

내가 그 동안 사색을 통해 얻은 여러 가지 생각이 그 책 속에서 읽혀질 때는 반갑기도 하고 흥미롭기도 했다. 책같이 좋은 친구도 드물 것이다.

1991년 8월 23일   하늘 아래 인간에게 주어진 유일한 의무

인생에서 가장 소중하고 좋은 것은 무엇일까?

그것은 바른 생활이다. 그리고 그 바른 생활이 가져다주는, 그 누구도 침범할 수도 빼앗을 수도 없는 마음의 진정한 평화와 즐거움이다.

나의 생의 목표는 바로 여기에 있다. 바르게 생각하고 그것을 그대로 충실하게 실행하는 생활, 그 자체에 있다.

그러면 인생을 어떻게 바라보고 무엇을 실천한다는 말인가. 우선 인간 세계에 일어나는 모든 일들을 허무하고 영원하지 못하며 그 벌어지는 일 앞에서 인간은 십중팔구 무기력하고 속수무책임을 깨달아야 한다.

그래서 그 어떤 것에도 집착하지 말고 살아가야 할 것이다. 근본적으로 명예와 부, 공적 등은 탐낼 필요도 없고 가치도 없는 것이다. 결국 허무한 물거품과도 같은 이 세상사를 양파 껍질같이 벗기고 보면 무엇이 그 진가를 가지고 남을 것인가. 위대한 일을 할 사람은 그 사람대로, 평범한 생을 살 사람은 그 사람대로 가장 중요한 가치가 남는다면 그것은 평생을 얼마나 올바르고 슬기롭고 진실 되게 생각하고 말하고 행동했는가 하는 그 행적, 그 자취일 뿐이다.

쌓은 일이 물거품이 되기도 하고 친구가 배신을 할 수도 있다. 가졌던 것을 잃을 수도 있고 한때의 오해와 모함으로 명성이 더럽혀질 수도 있다. 그러나 자신의 마음을 굳게 지켜 평생을 한결같은 마음으로 진실 되게 사는 사람은 가장 큰 인생의 선물, 마음의 평화를 향유할 것이며 죽어서도 지워지지 않을 아름다운 행적과 이름을 남길 것이다. 하늘 아래 인간에게 주어진 유일한 의무가 아닐까……

1991년 8월 29일   <u>스스로 만든 마음의 평화가 진정한 평화</u>

간신의 말만 듣는 임금은 머지않아 자신과 나라를 망치고 만다. 그러나 충신의 말에 항상 귀 기울이고 그 말을 옳게 여기는 임금은 자신과 국가를 이끌고 흥하게 한다.

'소우주'라고도 표현하는 각 개인의 내면세계에는 악마와 천사가 공존한다. 악마는 끊임없이 부추기고 꼬드기면서 그 우주를 멸망시키려 한다. 그 악마의 가장 큰 무기이며 동시에 인간이 잘못 말려들었다간 맥을 못 추게 되는 것 세 가지가 있으니, 그것은 분노와 색(色)과 오만이다.

예를 들면 분노의 경우, "그가 너를 이렇게 해코지하지 않았느냐, 그것은 얼마나 너를 무시한 행동이냐, 그래 그걸 그냥 보고만 있을 것이냐, 분하지도 않아?"라며 자꾸 분노의 불길을 돋우려 한다.

'니르바나'는 '불어서 끈다.'는 뜻이라고 한다. 불꽃이 꺼진 마음에 악마가 그 어떤 불길을 돋우려 해도 그것은 불가능한 일일 것이다. 인간 만사가 그 근원을 또, 그 전체적인 모습을 깊이 통찰해 보면 허무와 고통일 뿐이다.

누구나 평화, 기쁨, 만족을 얻으려 애쓰고 분망히 왔다 갔다 하지만 주위 환경과 타인에 의해 그것을 얻으려 한다면 얻으려는 애씀 그 자체가 고통과 허무의 씨앗이므로 그 결과 또한 허무와 고통일 뿐이다.

자기 스스로 만든 평화, 언제 어떤 환경에 처하더라도 결코 잃을 수 없는 그런 평화만이 진정한 평화이다. 그리고 그것을 마음에 지닐 수 있는 오직 한 가지 길은 바른 도(道)의 실천에 있다. 바른 생활, 알뜰하고 충실하게 채워나가는 시간, 그리고 즐겁고 쾌활한 마음을 항상 지닐 수 있다면 이 세상에 더 바랄 것이, 부러울 것이 없다.

1991년 9월 2일   바른 생활

평소 바른 사색과 각오, 그에 따른 바른 언행의 실천은 언제 어디서나 안정되고 평화롭고 흔들림 없는 바른 생활을 하는데 커다란 힘을 발휘한다. 평소 혼자 있을 때에도 생각과 언행을 바르게 행하는 일이야말로 하루하루를 그리고 더 나아가 일생을 후회 없이 충실하게 사는 지름길이요, 아마 유일한 길이 아닐까.

1991년 9월 7일
언제나 남의 입장에서 자신을 살펴보는 것이 인(仁)이다

자기 마음의 상태를 항상 단단히 지켜보고 감시하고 행여 허점이 있을까 살피며 잘 다스리는 일은 이 세상에서 제일 중요한 일이다.

그 어떤 다른 것을 지키려고 하기에 앞서 자신의 마음을 지켜야 한다. 마음을 잃은 상태에서 다른 그 어떤 것이 가치를 지닐 수 있겠는가. 남의 마음을 상하게 하는 말, 이기적인 행동, 신경질, 중상모략, 오만심, 아첨, 이성에게 건네는 추파, 허풍…… 기타 셀 수 없이 많은 그릇되고 아름답지 못한 모습은 모두 마음을 바르게 지키지 못하고 잘 다스리지 못한 결과의 허점이 드러난 것뿐이다.

항상 평온하고 쾌활한 마음의 상태. 이것은 모두 도(道)가 추구하는 이상적 경지요, 니르바나이며 지상의 천국이다. 그러나 문제는 인위적으로 겉만 그리 꾸미는데 있는 것이 아니라, 마음속에서부터 그렇게 우러나오는 데에 있는 것이다.

그리고 그러한 마음의 상태에 그 어떤 주위 환경이나 사람도 영향을 줄 수 없는 데 진정한 의미가 있는 것이다. 그러나 '평온함'이라는 이 단순한 한 마디가 의미하는 그 경지를 얻기 위해 얼마나 많은 수양과 인생 경험과 그리고 깊은 깨달음이 필요한 것일까! 얼마나 굳은 결심과 한결같은 실천이 있어야 하는 것일까!

바른 생활은 그 자체가 생의 최고 최대의 목표인 동시에 그러한 생활 자체가 최상의 즐거움이어야 한다. 그 자체를 즐기고 거기서 그 무엇과도 바꿀 수 없는 정도의 기쁨을 느낄 수 있어야 한다.

눈에 보이는 것과 보이지 않는 것, 달리 말하면 정신과 물질의 바른 관계는 무엇일까. 이 관계가 바로잡혀야 세상이 바로잡힌다.

선물을 주고받는 데도 먼저 마음의 정성스런 뜻이 전달되는 것이 가장 중요하다. 뇌물은 우선 주고자 하는 뜻부터 잘못되었으니 말할 것도 없고, 아무렇게나 한 포장은 성의가 없는 마음을 드러낸다.

예를 들어 어느 대관식이 있다고 하자. 그 행사의 화려함 자체가 나쁜 것은 아니다. 그러나 그 화려함이 과연 그 국가가 처한 여러 환경, 경제사정, 국민의 기대에 맞는 화려함인가, 이것이 먼저 고려되어야 한다.

왕관에 얼마나 많은 다이아몬드가 박혔는가가 중요한 것이 아니라 그 즉위가 어떠한 즉위인가가 중요하다. 많은 사람을 살상하고 그 피와 눈물 위에서 열리는 축하식인가, 아니면 국민의 진정 축복하고 따뜻한 마음으로 바라보는 연회인가.

또 왕관을 받는 그 주인공의 마음 자세는 어떠한가. 자만에 가득 차 있는가, 아니면 위대한 경륜을 펼 희망과 봉사정신으로 충만해 있는가. 눈에 보이는 것보다는 그 뒤에 드러나지 않는 것이 더 중요한 것이며 눈에 보이는 것은 보이지 않은 정신의 드러남일 뿐이다.

그리고 이 정신이 바르고 아름다울 때, 그때만이 그 해당된 물질이 진정한 의미를 지니게 되는 것이다.

우리가 가지고 있는 본능, 좋아하고 싫어함, 욕망 등등은 자기 자신보다도 남을 위해 필요한 것이고 또 그래서 우리에게 주어진 것일지도 모른다. 이웃을 위하는 마음과 그 실천은 인류 사회의 가장 바람직하고 숭고한 이상일진대, 어떻게 하는 것이 이웃을 위하는 길인 줄을 모르면 어찌 되겠는가.

자기가 남에게 바라는 바와 같이 남에게 해주고, 자기가 남에게 바라지 않는 것은 남에게도 행하지 않는 이 기준은 바로 우리의 본능과 욕심이 있기에 미루어 알 수 있고, 이웃에 대해 바른 판단의 기준이 되는 것이다. 그리고 어찌 보면 그것만이 유일하고 틀림없는 판단 기준이 될 것이다.

공자도 "나의 도(道)는 하나로 꿰뚫었다."고 하였다. 공자 가르침을 대표하는 인(仁)도 바로 여기에 뜻이 있다.

"자기 자신을 언제나 남의 입장에 두고 살펴보라. 이것이 바로 인(仁)이다."

인생이라는 도도한 물결이 흐르는 계곡에 서서 그 흐름을 지켜본다. 그리고 한 가지를 느낀다.

저 흐름은 인간 그 누구의 뜻과도 상관없이 진행되고 있다는 것을. 그 흐름 속에 일단 몸을 던지고 나면 인간은 그 흐름을 따라 흐르든지, 또는 자기의 알량한 뜻대로 바꾸기 위해 계속 발버둥 치든지 그중 한 가지 자세를 택한다.

그 어느 쪽을 택하든 인간은 그 흐름이 의도한 코스를 바꿀 수는 없다. 다만 차이가 있다면 흐름에 순응한 사람은 비교적 평온한 삶을, 그렇지 않는 사람은 비참하고 고통스런 삶을 살 것이다. 그러나 두 사람 다 깨달음의 결론은 같을 것이다. 즉, 도도한 생의 흐름 앞에 인간은 무기력하고 속수무책인 존재라고.

그러나 흐름에 순응한 사람은 그것을 알고 살기에 그 무기력함을 극복할 수 있었을 것이고, 그렇지 않은 사람은 일생 발버둥 치고 나서 겨우 그 진리 하나를 깨달을 것이다.

진리를 일찍 깨달은 사람은 잘 알고 있다. 자기 항해의 순풍이나 역풍이나 모두 자기 뜻과 상관없이 진행되고 있다는 것을. 그래서 역풍일 때는 불평 없이 묵묵히 인내의 도를 마음에 품고 살아가고, 순풍일 때는 방종과 자만과 독선적인 모든 악이 마음에 스며들지 않도록 겸허함을 마음에 간직하고 삼가며 살아간다.

"천명을 깨닫고 그것에 만족하여 즐기는 마음가짐이 되었을 때 사람은 근심을 하지 않게 된다."

1991년 9월 21일　과거, 미래가 아닌 현재를 잘 산다는 뜻

순간순간을 사는 지혜가 필요하다. 즉 현재를 사는 슬기가 필요하다는 뜻이다. 사람들은 누구나 현재를 살고 있다. 당연한 일 아닌가 하고 말할지 모른다. 그러나 천만의 말씀이다.

정말 현재를 산다고 하면 그것은 이미 선(禪)의 깊은 경지까지 도달한, 그야말로 보통 일이 아닌 것이다. 어떤 깨달음을 얻은 이에게 누가 물었다고 한다. 깨달음을 얻은 후 어떻게 살고 있느냐고, 그는 대답했다. 배고플 때 밥 먹고, 목마를 때 물 마시고 졸음이 오면 잔다고.

"그렇다면 그것은 보통 사람과 다를 바가 없지 않느냐?"고 반문하자, 깨달은 이가 이렇게 말했다고 한다.

"그렇지 않다. 보통 사람들은 배고플 때 밥 먹으며 딴 생각하고, 일할 시간에 일 안 하고 공상하고……." 그런다는 것이다.

정신을 집중하라. 마음을 비우라. 욕심을 버려라. 분노를 잊으라……. 기타 정신 수양을 위해 가르치는 그 많은 이야기들은 결국 현재를 현재대로 살라는 뜻이다.

호수에 날아가는 기러기가 비추어 보이지만 날아가고 나면 아무런 자취도 호수 위에 남지 않는 것처럼 살라는 말이다.

사실 '현재'는 사람들의 머릿속에 발 디딜 틈이 별로 없다. 사람들 마음을 지금 이 순간 채우고 있는 것은 현재 이 순간이 아니라 며칠 전

속상했던 일, 한 시간 전에 누가 했던 모욕적인 말, 내달 있을 승진 심사 결과에 대한 초조함, 내일 만나 사랑의 고백을 하면 퇴짜나 맞지 않을까 하는 생각 등등으로, 과거와 미래가 온통 차지하고 있는 것이다.

한 시간 전의 분노도 잊어버리고 말면 이미 분노가 아닌 것을, 그 좋지도 않은 짐덩어리를 계속 마음속에 품으면서 못내 고통을 안고 살아가고 있는 것이다. 5분 전에 있었던 일도 이미 과거인 것이다.

자꾸자꾸 마음을 닦고 단련하여 단 하루를 살더라도 최고의 인간이 되어 살아야 한다.

1991년 9월 22일 마음의 고통은 깨달음 부족의 소산

인간의 욕망을 부추기는 이 세상의 모든 것, 그래서 인간이 미친 듯이 달려들어 얻고자, 이루고자 하는 모든 목표, 그것들은 결국 고통과 허무의 씨앗이 될 뿐이다. 마치 물고기가 미끼를 꽉 물듯 그 욕망에 한 번 사로잡히면 그는 그 욕망의 노예가 되고 만다.

사람들은 그 미끼가 맛있어 보이고 또 맛있다는 것만을 알고 그것만을 생각할 뿐, 그 미끼를 일단 물었을 때 그 후의 결과나 과정에 대해서는 대개 생각지 못한다.

마치 불빛을 보고 정신없이 달려드는 하루살이처럼, 인간이 추구하는 대부분의 목표가 사실은 스스로의 자유를 억압하고 마음에 번뇌와 고통을 안겨주는 원인이 된다는 사실을 꿰뚫어 안다는 것은 말할 수 없는 축복일 것이다.

어떤 의미에서 고통으로 얼룩진 인생사의 대부분은 인간 스스로가 깨달음의 부족으로 인해 스스로 만들어내고 있다고 해도 과언이 아닐 것이다.

바른 생활-사실 무엇이 바른 생활인가를 제대로 안다는 것도 쉬운 일이 아니지만―만이 우리 인간을 미끼에 걸리지 않도록 인도해주며, 이 고통의 바다를 제대로 안전하게 건널 수 있도록 이끌어주는 등대가 된다. 이 세상의 그 어떤 세속적인 일이 성취되고 얻어진다 하더라도 바른 생활이 바탕이 되지 않고는 아무런 의미도 없고 실제 얻는 것도 없다고 생각된다.

1991년 9월 26일   제갈공명이 후대에 기억되는 이유

눈에 보이지 않는 것만큼 잘 드러나는 것이 없다고 하였는데, 이에 더하여 눈에 보이지 않는 것만큼 영원한 것도 없다.

아니, 적어도 눈에 보이는 것보다는 오래 지속한다. 한 나라를 다스렸던 왕이 그의 재위 기간에 얼마나 큰 영토를 차지했고, 얼마나 화려하게 살았으며, 얼마나 많은 나라의 조공을 받고, 큰 잔치를 즐겼는가 하는 등등의 일은 곧 허무하게 사라지고 만다.

심지어 애써 이룬 나라가 몇 십 년 후, 혹은 다음 대에 어찌 될지조차 아무도 알 수 없는 것이다.

그런 것들은 결국 없어지고, 잊혀지고 마는 것들이다. 그러나 그가 어떠한 정신을 가지고 그 나라를 다스렸는가 하는 그 정신만은, 특히 그것이 깨끗하고 사심 없고 슬기로운 것이며 그럴수록 오랜 세월 빛을 발하면서 잊혀지지 않는다.

제갈공명이 힘이 다 바쳐 일했던 촉나라도 그 옛날 이미 없어졌다. 촉은 삼국을 통일하지도 못했으며 그 삼국 가운데서도 제일 작은 나라였다. 게다가 제갈공명은 왕도 아니었다.

그러나 그 시대를 살았던 그의 사심 없는 봉사정신, 지혜로운 마음 씨는 수많은 세월이 지난 지금도 사람들 사이에 회자되면서 그 빛을 잃지 않는다. 당시, 또 그 후 그 많은 왕들 가운데 이름이 지금까지 기억되는 사람들은 몇 명이나 되는가. 제갈공명과 같은 인물은 인류 역사가 있는 한 영원히 기억될 것이 아닌가.

1991년 10월 10일   물질적 풍요와 정신적 가치

흔히 세상에서 사람들이 추구하는 욕망이 대부분 고통과 허무라는 결과를 안겨주는 이유는 무엇인가?

또 한 사회나 국가가 잘살아보겠다고 열심히 노력하여 물질적인 풍요를 달성했다 싶으면, 그다음은 대부분 타락과 사치 등으로 치닫고 마는 이유는 무엇인가?

가다가 길이 막히면, 그 뜻은 그리로 가지 못한다는 것을 의미한다. 불에 손이 닿으면 덴다는 뜻은 불 속에 손을 집어넣지 말라는 것을, 거기에 손을 집어넣으면 안 된다는 것을 의미한다.

우리의 어떤 삶이 궁극적으로 우리에게 평안을 주지 못한다면 그 뜻은 그러한 삶을 살지 말라는, 또는 그렇게 살아서는 안 된다는 것을 의미할 것이다.

우리는 우리가 원하고 얻고자 하는 것을 위해 지금 힘쓰고 있다고 생각하며 살고 있겠지만, 진정 자신이 원하는 것이 무엇인지를 정확히 인식하지 못하고 있는 상태가 대부분이고, 그 인식이 확실하지 못하기 때문에 거기에 도달하는 길도 모르고 엉뚱한 골목에서 헤매고 있는 경우가 십중팔구일 것이다.

그것이 개인이든 사회든, 인간이 궁극적으로 추구하고 얻고자 하는 것은 마음의 평안이며 평화이다. 물질적인 번영 사실은 이 평안을 이루어보고자 하는 한 방편인 것이다.

종교에 귀의하는 많은 사람들의 목표도 바로 여기에 있다고 생각한다. 그러나 방편은 결코 최고의 목표가 될 수 없다.

그런데 이 방편을 최고 목표와 혼동하는 데서, 인간은 기껏 애쓰고 고뇌하며 얻는다는 것이 고통과 허무인 것이다.

테니스 시합에서 공을 잘 받아넘기려면 공을 라켓으로 치는 그 순간까지, 즉 끝까지 공을 봐야만 한다. 그렇지 않고 조금이라도 방심하면 공이 제대로 맞지 않는다. 이것은 테니스를 아주 잘 치는 사람에게도 해당되는 원리이다. 공을 잘 치는 선수는 공을 끝까지 보지 않아도 공을 잘 맞출 수 있는 것이 아니라, 공을 끝까지 보는 습관이 잘 된 사람이다.

인간 사회에서 사람과 사람의 대결은 그것이 겉으로 어떠한 형태를 띠었든 간에 결국은 인격의 대결이 되는 것이다.

인생의 가장 큰 보배는 마음의 평온이다. 의식적·무의식적으로, 모든 인간이 추구하는 바는 바로 이것이기 때문이다. 더 넓게 말하면 전 세계 인류의 가장 큰 진리는 평화이다.

국가 간의 모든 노력이 결국 이것을 목표로 하기 때문이다. 그러나 이 '평온', '평화'를 실현하기 위해서는 얼마나 많은 공을 들여야 하는지 모른다. 모든 것이 조화를 이룬 바탕에서만 가능하기 때문이다.

몸의 병을 치료하려면 제일 먼저 그 병에 대한 정확한 진단이 필요하다. 몸을 괴롭히는 이 병의 원인은 어디에 있는가를 알아야 한다. 그 실상을 바르게 볼 수 있어야 한다.

남녀노소, 빈부귀천을 막론하고, 이 괴로운 인생살이를 벗어나 행복해 지고자 모두 발버둥 치고 있다. 그러나 소기의 목표에 도달하려면 먼저 이 인생의 적나라한 실상부터 먼저 정확히 직시해야 한다.

때로는 생이 핑크빛으로 곱게 물들기도 하고 반짝반짝 빛날 때도 있는 것 같지만, 그것들은 변하기 쉽고 영원할 수 없는 일시적인 모습일 뿐이다. 생은 그 밑바닥까지 철저히 파헤쳐 보면 세 가지의 참모습을 드러내게 된다.

먼저 생의 흐름 속에서 인간은 무기력하고 속절없는 모습으로 서 있음을 보게 된다.

아울러 생의 흐름 자체가 어느 개인의 의지에 따라 흐르는 것이 아니고, 그 의지와는 전혀 별개인 까닭에 때로는 순경을, 대로는 역경을 만들어주면서 무심히 흐르고 있으며 또한 본다. 그리고 생은 인간의 고뇌와 노력의 대가로 고통과 허무감을 종종 안겨준다는 사실을 배우게 된다.

이 세상에서 변하지 않고 영원한 것이 무엇이 있는가. 자기가 성취한 일, 인간관계, 기타 모든 것은 변하고 사라지는 것이다. 그러면 이러한 진실 앞에 인간은 주저앉고 말 것인가? 두 손 바짝 들고? 결코 그럴 수는 없다. 그래서 사람들은 찾게 된다.

생이 역경을 만들어 주건 순한 환경을 제공하건, 그에 따라 울었다, 웃었다, 비참함에 젖었다, 오만함에 빠졌다 하는 그런 생이 아니라, 어떤 환경에서건 흔들림 없이 추구할 수 있고 실행할 수 있고, 그리하여 마음의 등대가 되고, 생의 목표가 될 수 있는 삶의 방식을 발견하고자 하는 것이다.

그 숨겨진 보물은 동서고금을 막론하고 모든 성현들이 가르치고 실천해 왔듯 '바른 생활'에 있는 것이다.

자신의 직업이 무엇이든, 사회적 지위가 어떠하든 간에 바른 생활은 자기가 추구하는 다른 모든 목표에 앞서야 한다.

자기 직업이 우선하고 바른 생활에 대해선 "뭐 그렇게 사는 것이 좋겠지." 하는 정도가 되어서는 안 된다. 오히려 의사이건 변호사건 교사, 사업가, 기술인 그 누구를 막론하고 자기의 직업도 '바른 생활'을 실천하는 하나의 도장으로 인식해야 한다. '바른 생활'은 생의 최고 최대의 목표이며 살아가는 방도이다.

이보다 더 큰 생의 목표도 있을 수 없고, 이 외에 달리 살아가는 방도라는 것도 생각해서 안 된다. 이것이 바로 생을 바르게 보고 거기서 가장 값진 보물을 발견하여 궁극적으로 평온을 이루는 길인 것이다.

1991년 10월 15일   신용과 명예는 천금과도 바꿀 수 없다

돈 1억 원을 뇌물로 받고 쇠고랑을 차는 사람을 본다. 일생 쌓아온 모든 것이 폭삭 꺼지고 마는 순간이다.

사진에 찍히지 않으려고 얼굴을 숙이고 끌려가는 그 사람에게 그 순간 100억 원이라는 돈을 준다 한들 그 모든 것에 대한 보상이 되겠는가. 또 그 돈을 원하는 마음이 생길 건인가. 그 이상을 오히려 내놓고라도 땅에 떨어진 명예를 찾고 싶을 것이다.

인생의 시곗바늘을 되돌릴 수만 있다면 그 무엇이 아까우랴 싶을 것이다. 신용과 깨끗한 명예는 이처럼 천금과도 바꿀 수 없는 소중한 것인데, 일이 막상 터지기 전에는 깨닫기가 그토록 힘든 진리인가 보다.

오직 한결같이 바른 생활을 추구하고 실천하는 사람만이 간직할 수 있는 슬기요, 지혜인가 보다. 바른 생활은 물질 만능의 현시대에선 그 소중한 가치를 제대로 인정받지 못하고 있다.

대부분 물질이 최고라는 생각에 자기도 모르게 빠져들고 또 그렇게 행동하고 있지만, 수단 방법을 가리지 않고 물질을 추구하다가 일을 저지르는 사람을 보면 누구나 그것이 잘못된 것임을 알고, 또 비난한다.

물질 만능이 참으로 인간이 추구해야 할 좋은 길이라면 돈을 얻기 위해 부정을 저지르건, 심지어 살인을 해도 그것은 당연하고 성공적인 일로 보여야 할 것이 아닌가.

바른 길이 항상 모든 것을 이루어주지는 못한다 하더라도 궁극적으로 인간이 걸어야 할 유일한 길이며, 한때 어려움을 겪을 수 있다 해도 마음의 평온을 가져다주는 유일무이한 길인 것이다.

바른 생활의 참맛을 아는 사람은 결코 그 길을 포기하지 않는다. 생의 가장 좋고 아름다운 보석을 발견했는데 무엇이 감히 그 보물에 견주어 돋보일 것인가.

공기는 아무리 조그만 구멍이라도 다 뚫고 들어온다. 햇빛은 그 어떤 틈새도 비춘다. 마찬가지로 마음의 작은 허점도 유혹은 뚫고 들어올 수 있다. 마음에 구멍이 없으면 유혹은 그 어떤 것도 인간에게 할 수 없다.

주위 환경이야 자기 마음대로 되지 않는 경우가 허다하지만, 자기 마음을 잘 다스리는 일은 자기가 할 수 있다. 이 세상에서 제일 힘든 일이라고도 한다. 자기를 다스리는 일이.

주위 여건이 어떠하든 자기를 잘 다스리는 일은 이 세상에서 제일 중요한 일이다.

1991년 10월 23일 내 인생에서 가장 소중한 것

나에게는 이 세상에서 소중한 것이 두 가지 있다. 그 하나는 시간-그것도 오늘이라는, 현재라는, 바로 이 순간이라고 불리는 시간-이고, 또 하나는 내가 생의 길을 바르게 인도하는 등불같이 인식한 그 실천 목표를 언제 어디서나 성실하게 실천하는 것이다.

어제보다도 내일보다도 오늘이 덜 중요하다고 해야 할 이유는 없다. 성실한 오늘이 있기에 또한 그와 같은 미래가 있을 수 있는 것이고, 성실한 오늘이 모여 바로 그와 같은 과거가 될 수 있기 때문이다.

시간을 슬기롭게 부지런히 활용하는 자세가 성실하고 후회 없는 오늘을 만들어나간다. 또 무슨 직장에서 무슨 일을 맡아 하든, 생의 어떤 즐거움, 어려움을 겪게 되든 그 모든 환경은 바른 생활의 실천 도장일 뿐이다.

그래서 얻게 되는 결과는 그것이 아무리 좋은 것이라 해도 부수적으로 얻는 기쁨일 뿐, 그 기쁨, 그러한 결과 자체가 생의 목표가 될 수는 없다.

그러한 목표와 부차적인 것들의 우선순위가 바뀜으로써, 우리는 더 나아가 우리 사회는 얼마나 많은 모순과 악에 휩싸이게 되는 것인가.

1991년 10월 24일 아름다운 인격은 향기롭다

아름다운 인격은 그 어떤 보석보다도 찬란하고, 그 어떤 꽃보다도 향기롭다. 그 어떤 아름다움이 인품의 아름다움에 비교될 수 있을 것이며, 그 어떤 위대함이 또한 이에 비교될 수 있을 것인가?

운동을 잘하려면 원리나 기본도 잘 알아야겠지만 그다음에는 익숙하도록 끊임없이 반복, 노력함이 중요하다. 기본적인 이론을 모르고 공을 치면 향상이 없고, 기본을 잘 알아도 연습이 부족하면 생각한 바를 실천에 옮길 수가 없다.

바른 생활도 마찬가지이다.

무엇이 바른 생활이고 어떻게 하는 것이 바른 길의 실천인지 잘 인식하고 있어도, 매일매일의 생활에서 그것을 잘 실천하고자 끊임없이 노력하지 않으면 알찬 실행이 되지를 않는다.

'충서(忠恕)'의 도(道)를 예로 들어보자. 이것의 실천 원리는 의외로 간단하다. "아들에게 구하는 것으로 아비를 섬기고, 신하에게 구하는 것으로 임금을 섬기고, 벗에게 구하는 것으로 먼저 그에게 베풀고……." 즉 항상 남의 입장이 되어 생각해보고 내가 원하는 바를 남에게 하고, 내가 원치 않은 바는 남에게도 하지 말아야 하는 것이다.

그러나 그것에 대한 진정한 실천을 위해 노력하지 않으면 우선 남의 입장이 되어본다는 자세 자체를 잊어버리게 되니, 입장을 바꿔놓고 보고 그에 따른 실천을 한다는 것은 더더욱 까마득한 일이 되고 만다.

한두 번의 연습으로 운동을 잘할 수 없는 것과 마찬가지로 꾸준한 실천, 그것만이 확실하게 우리를 바른 길로 이끌어줄 것이다.

1991년 10월 29일 지도자는 국민이 바라는 바를 자신과 일치시켜야

기술자가 어떤 기술을 잘 연마하려면 오랜 세월에 걸친 노력, 경험 그리고 고생이 수반된다. 그 과정에서 기술은 서서히 능숙하게 되어 간다. 지도자도 어느 의미에선 인간을 잘 알아야 하는 기술인이다.

사람을 안다는 것 또한 많은 노력, 경험 그리고 역경, 괴로움 등을 겪고 헤쳐 나오면서 익어가는 기술이다.

배신도 당해보고, 권모술수에 빠져 고통도 겪어보고, 허무함도 느껴보고……. 이런 어려움을 겪어보지 않고서 어찌 인간을, 인간 사회를 안다고 할 수 있으랴. 어찌 남을 지도하는 위치에 설 수 있으랴.

사업가가 큰 이윤을 목적으로 일하듯이, 정치를 하는 사람은 사람을 얻고 사람의 마음을 얻는 일을 가장 큰 목표로 해야 한다.

그렇게 할 수 있는 오직 한 가지 길은 자기 몸과 마음을 바로하고 지극히 성실할 것이며, 인(仁)－충서(忠恕)의 도(道)－을 실천하여 넓고 큰 자기(自己)를 가져야 한다. 자신이 국민의 한 사람이 되었을 때 무엇을 원하고 또 무엇을 원치 않을 것인가를 알아서 그대로 독실하게 실천한다면 이는 국민을 자기와 동일시했으므로 국민이 자기 자신이 되는, 즉 큰 자기(自己)를 갖는 바가 되는 것이다.

1991년 11월 20일 세상만사를 자기중심적으로 보지 마라

지구를 중심으로 천체가 돌고 있다고 믿었던 천동설. 그러나 지구는 태양을 중심으로 돌고 있다는 진실이 밝혀져 큰 충격이 되었던 때가 있었다.

세상만사를 자기중심적으로 생각한다는 것은 진리를 향해 나아가는 길이 아니다.

세상만사는 어느 의미에서 정해진 코스가 있어 그 항로를 따라가고 있는 것이지 어느 개인을 중심으로, 그 뜻대로 움직이는 것은 결코 아니다. 그러한 사실을 외면하고서 자기중심적으로 만사를 받아들이고 생각할 때 인간은 얼마나 많은 갈등과 고뇌를 겪게 되는 것일까.

진리만이 우리를 자유롭게 하리라는 말도 있듯이 진리를 떠나서는 인생의 그 어떤 문제도 바른 해결을 기대할 수 없다. 왜냐하면 남쪽으로 간다고 생각을 하면서 계속 북쪽을 향해 가는 격이 되기 때문이다. 진실을 진실대로 받아들이고 그 안에서 살 때 우리는 비로소 마음의 평온과 안식을 얻을 수 있다.

1991년 11월 26일
결국 한 줌의 흙으로 돌아가는 우리가 지켜야 하는 것

사람은 우선 떳떳한 마음으로 살 수 있어야 한다. 조금도 마음에 꺼림칙하거나 부끄러운 일이 남지 않도록 살아야 한다.

막되는 대로 아무렇게나 단 하루도 살아서는 안 되는 소중한 인생! 하루하루 자기의 마음을 잘 가다듬고, 생각과 말과 행동이 모두 성실하고 아름다워야 한다. 살아가면서 각자 사람들이 하는 일은 지극히 다양하다 할지라도 그 근본은 여기에 있어야 한다. 또 결국 그 근본은 우리 생의 최종 목표이며 살아가는 유일한 길이 될 것이다.

떳떳한 삶이란 자기 자신과 남에게 모두 거짓이 없고 성실할 때 가능하다. 예를 들어 누구와의 약속을 비겁하게 어겼다고 하자. 그 상대방이 그것을 가지고 굳이 탓하거나 욕하지는 않았다고 하자. 그러나 약속을 어긴 사람에 대한 이미지와 평가는 이미 내려진 것이다.

그 사람은 저런 식이구나, 믿을 수 없는 사람이구나 하면서 그를 보는 눈은 달라질 수밖에 없다.

그에게 한때 쏟았던 진실한 우정도 식을 수밖에 없는 것이다. 물질이 모두가 아니라고 외치면서도 결국 물질이 다인 것처럼 살아가는 현재의 이 세상. 그러나 아무리 이것이 세상의 흐름이라 해도 나의 이상과 꿈은 정신세계에 확고히 자리 잡고 있음을 느낀다.

누구의 말이라면 사람들의 절대적인 신뢰를 받는다고 할 때, 나에게는 그 사람이 쌓아온 신뢰가 그 어떤 좋은 보물보다 값지게 보인다.

굉장히 큰 사업을 벌이는 유명 인사가 있다고 하자. 그러나 그는 자기 명성에 도취되어 자만하고, 남의 의견은 들을 생각도 없이 독단적이고, 진실한 친구보다는 아첨꾼에 둘러싸여 즐거워하고 부정한 방법을 마다 않고 일을 성사시키려 한다고 하자.

또 여기 조그마한 사업을 종사하는 평범한, 이름 없는 사람이 있다고 하자. 그는 자기 사업에 찾아오는 사람들에게 모두 친절, 성실하고 부정한 방법은 어떤 이익을 준다 해도 거부할 수 있는 마음의 단단한 핵이 있다. 신용을 지키며 분수에 어긋나는 생활을 하지 않는다.

과연 누구의 생이 더 값지고 아름답고 떳떳한 것인가?

모두 결국은 한 줌의 흙으로 돌아가고 사람들 기억 속에서 잊혀지고 마는 것이 인생이다.

어떤 운명이 짊어지고 나왔던 간에 하루하루 바른 생활 속에 되돌아 보고 부끄러움이 없고, 그 바른 생활이 가져다주는 평온 속에서 기쁜 마음으로 살다가는 인생. 그 이상으로 우리가 추구할 것이 무엇인가. 추구한다 하더라도 모두 부차적인 일이 될 뿐이다.

1991년 12월 19일   악의 근원은 집착과 오만

인간이 범하는 모든 악, 그릇된 언행은 애착심과 오만에서 비롯된다고 생각한다. 그리고 이 두 가지는 우리를 잘못 인도할 뿐 아니라 엄청난 착각이기도 한 것이다.

이 세상 그 어떤 것에 마음을 쏟고 집착하고 욕심을 가져본들 결과적으로 허망함을 안겨줄 뿐이라는 것을 깨닫지 못하고 때문에 생기는 착각이다. 또는 그 어떤 영광을 얻고 인기를 얻고 어려운 일을 성취할 능력이 있다 해도, 파도같이 밀려오는 운명의 기운 앞에 속수무책으로 비참하게 서 있을 수밖에 없는 것이 인간임을 미처 경험하지 못했거나 잊었기 때문에 생기는 착각인 것이다.

1991년 12월 21일   운명의 파도 앞에 선 인간은

사람들은 자신이 남들보다 더 잘났다는 것을 느끼기 위해 그리고 그것을 증명해 보여주기 위해 쓸데없는 짓을 얼마나 많이 하며, 얼마나 부질없이 애를 태우고 자기 마음을 괴롭히는가. 그래 봤자 인간이 잘난 것이 무엇이 있는가. 우리가 갖고 있다고 하는 모든 것 중에 정신적이든 물질적이든 부여 받지 않은 것이 하나라도 있는가. 그런 것들이 진정 그리고 영원히 자기 것이라면 죽을 때 왜 단 한 가지도 가져갈 수 없으며, 우리 몸까지도 한 줌 흙으로 사라져버리고 마는 것인가. 뭐니 뭐니 해도 인간에게 가장 중요한 것이 생명일진대, 그 생명조차 인간이 할 수 있는 것이 무엇인가. 있다 해도 얼마나 제한적이고 미미한가.

자기의 그 '소중한' 생명을 자신이 직접 만들었는가? 정해진 운명의 시간을 더 연장할 수나 있는가? 영원할 수 없는 것은 고사하고라도, 인간이 자랑하는 지혜, 미(美), 커다란 성취, 기타 그것이 무엇이든 인간이 갖고 있다고 하는 것, 이루었다고 하는 것이 끝에 가서 결국 보여주는 것은 단 한 가지, 허망함뿐이다.

또 모든 것이 잘 되어간다고 생각할 때에 갑자기 거센 파도처럼 밀어닥치는 불운한 운명의 각본 앞에서 인간은 얼마나 무방비 상태이며 무능하고 비참한가. 무서운 병마 앞에서 아무리 의학이 발달한 현대라 할지라도 인간은 무력함을 느낄 수밖에 없다. 그러나 인간의 이 무력하고도 비참한 모습은 비참하다기보다 인간의 가장 근본적인 참 모습인 것이다. 다만 평소 인간은 자기의 진면목을 너무나 모르고 또는 잊어버리고 또는 착각하고 살고 있을 뿐인 것이다.

1991년 12월 28일　인생이 고해라고 하는데

"제가 고생하는 것은 괜찮습니다. 당신께서 편안하시기만 하다면." 하면서 평소 끔찍이 희생적인 말을 했던 사람도, 막상 작은 불이익이라도 당하면 그때 그 말은 어디로 갔나 무색할 정도로 불평을 토로한다.

"난 도저히 더 참을 수 없어요. 이제 견딜 수 없어요." 물론 당시 한 말이 적어도 그 당시로는 진심일 수도 있고 또는 입에 발린 말일 수도 있으나 조그마한 고통 앞에서도 허망하게 무너지는 것을 볼 때 결과는 마찬가지이고, 인간이란 얼마나 약한 존재인가를 또 한 번 느끼게 된다. 나약할 뿐 아니라 그리도 쉽게 변할 수가 없다.

인간과 인간과의 관계에서, 어떤 일을 성취코자 바삐 움직이고 추구하는 과정에서, 그리고 그 결과에서 오로지 인간이 얻게 되는 것은 무엇인가. 한 마디로 '허망', 이 두 글자뿐이다.

인생은 고해라고 했는데, 과연 맞는 말이다. 그 고해를 항해하여 도달하는 곳은 어디인가. 바로 '허망'이라는 항구이다. 그러므로 흔히 세속에서 얻고자 하는 것을 추구하며 살다 보면 고해를 거쳐 허망에 도달하는 오직 한 가지 코스만 있을 뿐이다.

그러나 흔히 사람들이 보지 못하는 것을 보고, 듣지 못하는 것을 듣고, 추구하지 않는 것이 추구하는 사람에게 남이 느끼지도, 알 수도, 상상할 수 없는 평화와 즐거움이 있고 그의 목적지는 결코 허망함을 안겨주지 않을 것이다.

그 길을 찾았다는 것은 생의 가장 큰 축복이며, 그 길을 따라 걷는 것은 생의 기쁨이며 목표가 되는 것이다.

타인의 인격이 잘못되어 있다 해서 자신이 그리 속을 끓일 이유는 무엇인가. 그들의 옹졸함과 권모술수. 그들의 부정과 변신, 나약함, 비겁함…… 기타 이 모든 것은 그들의 문제이다. 나는 나의 길을 걸을 뿐이고, 그들은 그들의 길을 가고 있을 뿐이다.

엄청난 자연의 재난 앞에 사람들은 넋을 잃는다. 감히 누구를 원망하고 누구에게 불평을 할 것인가. 어차피 인생살이의 모든 것은 자신의 생명으로부터 시작해서 다 주어진 것이다.

재난으로 무엇을 잃었건 그것은 주어졌던 것을 가져갔을 뿐이지 '나의 것'을, '우리의 것'을 빼앗긴 것은 아니다.

동시에 그것은 원래 우리의 것이 아니었다는 사실을 명확하게 알려주는 순간이기도 하다. 이렇게 큰 시련 앞에서, 자기 목숨같이 사랑했던 사람을 저승사자가 데려가도 항의 한마디 할 수 없는 인간이, 이웃이 자기에게 가한 손해, 고통을 놓고 분노의 불길을 끌 수 없는 것이다. 복수를 하지 않고는 견딜 수 없는 것이다.

인간들은 자신에게 주어지는 생의 고통을 '시련' 또는 '시험'이라고

달리 표현해본다. 적어도 신(神)이 허용하지 않는 한은 악마가 설쳐댄
다는 것도 불가능할 것이다.

그렇다면 인간에게 주어지는 '고통'도 결국 신(神), 즉 운명의 허락
을 받고 이루어지는 것이 아니겠는가.

축복이 '주어지는 것'이라면 고난도 '주어지는 것'이다. 다만 태풍
은 자연이라는 매개체를 통해, 배신은 그것을 행한 사람을 통해 전달
되는 차이가 있을 뿐이다. 축복스러운 기간 동안 인간은 기뻐하고, 고
난의 기간 동안 인간은 성숙하는 것이다.

뜻하지 않은 기쁨이 도래했을 때, 가족이 모두 평안하고 일이 잘 풀
려나갈 때, 사람들은 그것을 당연한 것으로 생각한다.

그것은 내가 당연히 누려야 할 기쁨이요, 행복이기 때문에? 그러나
그런 기쁨을 누려야 할 무슨 공을 특별히 세웠던 것은 아니다. 뜻하지
않은 슬픔과 재난이 닥쳤을 때 사람들은 원망하고 운명을 저주한다.
도대체 내가 무슨 죄가 있다고 이 고생이냐며.

이 세상의 모든 덕을 앞서는 위대한 가운데 위대함이 있다면 그것은
마음을 비우는 일이다. 이것만큼은 절대 양보할 수 없다고, 한 가지라
도 마음에 애착을 갖고 붙들고 있지 않는 그러한 텅 비움이다.

공이 없어도 기쁨이 온다면 자신이 죄가 없다고 생각해도 슬픔은 올
수 있다. 온통 기쁘고 행복한 것이 당연한 인생살이라고 그 누가 정했
던가. 그 어느 책에 써 있던가.

오히려 다양한 인생살이의 나열이라고 볼 수 있는 인류의 역사책을
보면 평안과 행복만이 인생의 모습이 아닌 것을 명명백백히 볼 수 있
는 것이다. 우리를 앞서간 모든 사람들이 동서고금을 막론하고 그렇게
살았고, 우리가 그렇게 살고 있고 우리 후손도 예외는 아닐 것이다.

하느님의 뜻을 온전히 받들고자 하는 성직자는 자신의 마음을 온통

비울 때, 오직 그런 때만 자신의 소명을 완수할 수 있고, 나라를 다스리려는 정치가도 오직 그럴 때만 진정으로 국민을 위해 사심 없이 일할 수 있다. 그 직업이 무엇이건, 그 소명이 무엇이건 자신을 온통 비울 때 그 소명은 완성의 길을 갈 수 있다. 신(神)이 소명을 인간 각자에게 주시면서 요구하시는 가장 큰일이 아닐까.

슬픔이 와도 기쁨이 와도, 사회적으로 큰일을 하건 평범한 일을 하건 지위가 높건 낮건 간에 마음을 비운 사람은 모든 것을 받아들일 수 있고 능히 감당할 수 있다.

그리고 그러한 사람에게 서서히 찾아드는, 잃어버릴 수 없는 신(神)의 선물이 있다. 그것은 안정되고 소멸될 수 없는 생의 참 기쁨이요, 평안인 것이다.

2. 나의 바름이 세상의 바름이고,
남의 평안이 나의 평안이다 (박근혜 40세)

1991년, 1년간의 사색의 결과 박근혜는 마음의 평안을 얻기 위해서는 바른 생활을 하는 것이 가장 중요하다는 것을 깨닫는다. 개인으로서의 삶의 중심을 얻은 것이다.

1992년의 사색은 외부로 향한다. 바른 생활을 하는 주체가 사회 속에서 살아나가면서 다른 사람들과 어떤 관계를 맺어야 하는 것인지, 혹은 다른 사람과 어떤 관계를 맺는 것이 바른 생활인지에 대한 사색이 시작된 것이다. 그 해답으로 찾은 것이 '이타심'이다. 바르게 사는 것, 바른 관계를 맺는 것에는 다른 사람에 대한 이타심이 꼭 필요하다는 것이 1992년 사색의 중심 테마 중 하나였다.

과연 박근혜다운 결론이라는 생각이 든다. 어린 시절부터 봉사와 구제, 육영사업에 몰두해온 사람, 끊임없이 개인과 공인의 삶을 고민해온 사람, 그 무엇보다 사명감을 중시하는 사람. 사생활이 바른 생활인 사람. 그런 사람의 관심이 사회 속에서 향할 곳이 '이타심' 외에 무엇이 있을까.

삶의 중심을 잡은 덕분일까. 이 시기의 일기에는 행복, 기쁨, 즐거움이라는 단어가 자주 등장한다. 항상 거친 파도와 맞서 싸워야 했던 박근혜의 삶. 가슴이 시리도록 공감은 가지만 읽는 내내 마음이 편하지 않은 일기. 처음으로 안정을 찾은 박근혜의 모습은 읽는 이로 하여금 잠시 숨을 고르고 함께 안도의 기쁨을 누릴 수 있게 한다.

간간이 정치에 관한 대목도 보인다. 박근혜는 이 시기부터 이타적인 관점에서 정치를 바라보기 시작했다. 정치를 단순하게 보자면 국민과의 관계를 맺는 것이고 사람과의 관계에서 해답은 이타심이라는 것이 자연스럽게 연결된 것이다.

어머니 육영수 여사의 유지를 받들어 육영사업을 하고 장학 사업을 하는 것이 어려운 이에 대한 이타심이라면, 올바른 정치를 하는 것은 온 국민에 대한 이타심일 것이다. 이 시기의 사유가 위기에 빠진 나라를 구하기 위해 정치권의 정치참여 요구를 받아들인 1997년의 결정에 큰 영향을 주었을 것으로 보인다.

1992년 1월 12일 타인의 평안을 생각하는 마음은 최고의 예술

자신을 잊고 타인의 평안을 생각하는 자세는 마음이 이룰 수 있는 최고의 예술이다. 그 마음이 바로 하늘의 뜻을 자기 마음 안에 온전히 받아들일 수 있게 하는 경지가 된다.

1992년 1월 13일 이타(利他)의 삶 – 고통과 허무를 극복하는 방법

언뜻 보기에는 똑같아 보이는 인간의 언행은 그것을 어떤 마음가짐으로 실천하느냐에 따라 엄청나게 다른 의미를 가지며 또한 그렇게 다른 결과를 가져온다.

같은 친절한 행위도, 추구하는 사업도 그 시작과 과정에 소명 의식을 가질 때, 하늘의 뜻을 받들어 실행한다는 뜻으로 할 때, 반대급부를 바라지 않고 이타의 정신으로 할 때에만 허망함을 벗어날 수 있다.

세상사 모든 일, 인간관계, 도무지 허망할 뿐이지만 그 허망함을 극복할 수 있는 묘안이 바로 여기에 있는 것이다.

오로지 사욕의 발동으로 하는 일이란 예외 없이 그 과정과 결과가 고통과 허무, 이 두 가지일 뿐이다.

1992년 1월 14일 　이타(利他)의 삶은 하늘의 사업

　자기의 이익을 따져가며 하는 일이 아니라 무조건적으로 행한 이타적인 행위는 사람들에게 무한히 아름답게 보이며 깊은 감동을 준다. 그것은 하늘의 사업이기 때문이다.

　영원하지도 않을 뿐 아니라 항상 변하고 있는 이 모든 세상사와 인간사는 허무감과 고통을 주는 것으로 끝을 맺을 수 있다. 하지만 똑같은 세상사를 겪고 이루며 살더라도, 그것을 예를 들어 소명 의식을 갖고 한다면 허무감과 고통은 극복될 뿐 아니라 참 기쁨까지도 될 수 있는 것이다.

　주위와 세상이 그대로라도 마음의 전환은 엄청나게 세상을 변화시킨다. 그 소명을 내리신 하늘은 영원불변하기 때문에, 하늘이 내리신 진리에 뿌리를 두고 사는 사람의 나무는 자연 영원불변할 수밖에 없다.

　나의 소명은? 나의 천직은? 그 진리를 매일 마음에 새기고 밝히면서 바른 생각, 바른 언행을 성실히 실행하는 것뿐이다. 이러한 생각을 가진 사람은 자기의 세상 임무에 불성실할 수도 없고 게으를 수도 없다.

　바른 생활, 바른 일, 그 어떤 성취도 다 내가 느끼는 이 소명의 실천에 포함된다. 그러나 근본을 깨닫고 그 근본을 쥐면 저 세상 끝까지 꿰뚫을 수가 있는 것이다.

1992년 1월 16일 　뿌리가 없는 나무를 땅에 꽂은들

　사욕과 이기심의 발동으로 추구하는 모든 세상사는 한때 그것이 아무리 기가 막히게 좋은 것으로 보인다 해도 결국은 고통스럽고 허망할 뿐이다. 당연한 일이다. 뿌리가 없는 나무를 땅에 꽂은들 그 가지에 붙은 꽃이 얼마나 갈 것인가.

　사욕에 근거를 둔 일은 마치 이와 같다. 사욕, 즉 자기에 기초한 일들은 자기 자신이 영원불변할 수 없는 존재이기 때문에 자연히 그에 따른 결과가 나올 뿐이다. 그러나 뿌리가 깊이 박힌 든든한 나무에서 뻗은 가지와 잎은 오랜 생명을 누린다. 영원불변한 진리, 하늘에 뿌리를 둔 일은 그 영원불변한 축복을 함께 누릴 수 있는 것이다.

1992년 2월 4일   '나는 오늘 즐거웠고 행복했다.'고 일기를 쓴다

불교의 팔정도에서 첫 번째는 정견인데, 이것은 인간이 자기 스스로의 진면목을 바르게 보는 것이 중요하다는 사실을 말해준다.

이렇게 인간이 스스로의 모습을 바로 볼 수 있는 데서부터 자기 수양이나 도를 닦는 일은 비로소 진정한 의미에서 시작되는 것이다.

인간은 대개 이 세상을 자기중심적으로, 이기적으로 살려고 한다. 나, 나, 나, 나를 위해, 내 것을 위해 살아가게 되는데, 그것이 결국은 자기를 위하는 길도 되지 못하고, 남을 위하는 길은 더더욱 되지 못하고, 자기를 지으시고 이 세상에 보내신 하늘에 끊임없이 배신행위만 저지르게 되는 것이다.

결국 하늘이 내리신 말씀을 사사건건 어기다가 고통스럽고 허망한 생을 살고, 사라져갈 뿐인 결과를 낳게 되는 것이다.

자기중심적인 생이 자기 주변과 이 사회에 그 얼마나 많은 부조리와 악과 고통을 만들어내고 있는가.

각박한 현실이라느니, 눈 뜨고 코 베어 가는 세상이라느니 하면서 인간들은 스스로의 환경을 지탄하고 조소하면서도, 그것이 바로 인간 스스로가 만들어내고 있음을 잘 인식하지 못하고, 그러니까 이렇게 살아서는 안 된다는 것을 절실히 깨닫지도 못하고, 악은 악대로 만들어내면서 새해가 되면 무조건 복만 빌고 또 빌면서 모든 것이 잘되어 행복해지기만을 소원한다.

이 모든 세상의 부조리가 보여주는 한마디의 진리가 있다면, 그것은 인간은 결코 그렇게 자기 위주로 이기적으로 살아서는 안 된다는 것, 그것은 인간이 걸어갈 길이 아니라는 것이다.

1992년 2월 5일   행복과 기쁨

내가 이런 일기를 쓰게 되리라고는 정말 생각지도 못했다. 어떻게 내가 행복과 기쁨이라는 단어를 내 일기장에 쓸 수 있겠는가. 그러나 나는 오늘 하루가 참으로 즐거웠고 행복했다고 쓸 수 있다. 모든 것을 잊고 그렇게 운동에 재미있게 몰두할 수 있을 줄은 미처 몰랐다.

그와 같이 동심의 세계에서 뛰며 웃을 수 있는 날이 내게도 있을 수 있다는 사실이 오직 신기하기만 할 뿐이다. 항상 어느 경우에 처해서나 감사하고 기쁜 마음으로 하루하루를 살겠다는 것은 내가 지탱하는 중요한 생활 자세이기도 하다. 그렇다면 마음가짐으로 살아온 하루하루가 쌓여 가져다준 축복일까?

1992년 2월 8일   이기적인 삶과 이타적인 삶

자기중심적으로, 이기적으로 생각하고 살아가는 방식에서 점차 하늘 중심으로 이타적으로 생각하고 살아가는 태도를 익혀나가는 것, 이것이 수양하는 사람들이 마땅히 지향해야 할 것이며, 그 수양이 잘되었을 때 당연히 귀결되는 목적지인 것이다.

1992년 2월 11일   '증오, 이기심, 오만'은 악의 영역이다

악마의 관할 지역이 있고 하나의 지역이 있다. 사람이 악마 영역에 발을 들여놓으면 그곳의 풍토에 휩쓸리게 되고 하늘의 땅에 속하게 되면 또 그것의 법대로 생각하고 말하게 된다.

증오, 이기심, 오만 등등은 말할 것도 없이 악의 영역에 퍼져 있는 풍토이다. 악마는 끊임없이 낚시와 그물을 던져 인간을 걸려들게 하고는 자기네 영역으로 끌어들인다. 그 유혹의 형태가 어떠하든 그 꼬임은 같은 성질을 갖고 있다.

즉, 술이나 약 등에 중독된 것 같은 특징을 갖고 있다. 그것이 떳떳하지 못하고 부끄러운 일이며 숨어서 해야 하는 일이며 자기 자신을 망치는 일이라는 것을 알면서도 그 순간의 쾌락을 잊지 못하여 자꾸 얽매여 들어간다. 발버둥 칠수록 더 조여든다.

그 순간의 향락은 곧 사라지고 그것을 다시 얻기 위해 더 초조하게 애를 태우며 고통을 받는다. 결국 그 과정의 연속일 뿐이다. 그리고 그 결과로 남는 것은 몸과 마음의 황폐화, 후회, 수치, 끝없는 고통뿐이다.

1992년 2월 12일   '바른 생활' 과 '이타적인 생활'

생각하면 할수록 잘난 게 없는 것이 인간이다. 그 모순투성이에 나약함과 비참함.

그것은 인간의 숨길 수 없는, 피할 수 없는 모습이다. 그러나 인간이 비참한 상태를 벗어나 아름답고 숭고한 상태로 들어갈 수 있는 길은 오직 두 가지가 있다. 바른 생활과 이타적인 생활.

이 둘은 손등과 손바닥같이 불가분의 관계에 있고 같은 이야기가 되기도 한다. 세상의 풍파는 험하다. 여러 가지 세상사가 안겨주는 고통은 다양하고 가는 골목골목마다 도사리고 있다. 믿었던 사람의 배신, 일의 좌절, 중상모략과 시기, 질투.

이런 것을 일생 피해서 살 수 있는 사람은 단 한 사람도 없을 것이다. 그런 것은 살아 있는 사람들에게 끊임없이 도전장을 보내려 든다.

그 도전 자체를 없앨 수는 없다. 그것은 인생의 한 가지 **빼놓을 수 없는** 속성이니까.

그러나 그것을 그때마다 대처해 나갈 수 있다. 그 길은 바른 생활에 있다. 무슨 일이 있어도 바른 길만을 가야 한다.

1992년 2월 14일 양심은 하늘과 연결된 통신망

인간은 양심을 통해 하늘과 연결되어 있다. 양심은 하늘과 연결되는 중요한 통신망이다. 많은 인간들은 그것을 스스로 차단시키거나 끊어버리고 항로를 잃은 배처럼 방황하며 살아가고 있다.

1992년 2월 18일 세상이 타락한 것은 모범을 상실한 때문

가르쳐주는 사람 없이, 그 시범을 보여줄 수 있는 사람 없이 어떤 기술을 연마한다든지, 어떤 운동을 배운다든지 하는 것은 불가능하지는 않더라도 무척 힘든 일이다.

잘 알지도 못하는 어설픈 지식이나 기술을 가지고 잘해보려고 백 번 연습하고 애쓰는 것보다, 완벽한 기술을 지닌 사람이 보여주는 시범 한 번을 보는 편이 더 효과가 있다.

그것이 좋게, 아름답게 보이면 사람들은 자연히 그것을 따라 하려 한다. 모방하면서 자연히 기술을 익혀 나가는 것이다. 어떤 분야에나 그 모범을 보여줄 수 있는 사람이 필요하다.

한 사회가 도덕이 무너져 내리고 사람들이 중구난방으로 헤매면서 이기적 행위, 타락적 행위로 치닫게 되는 근본 이유 중 하나는, 그 본을 보여줄 수 있는 모범을 상실했기 때문이다. 마치 한밤중에 등대 잃은 배처럼, 제 갈 길을 전혀 알 수 없는 상태와 같다.

특히 그 모범은 보일 수 있는 또 보아야 하는 위치에 있는 사람들이 보여야 한다. 따라서 누구나 바라다볼 수 있는 위치에 있는 사람은 그 책임이 막중하다. 자기 생각, 언행의 영향이 그만큼 크기 때문인 것이다.

1992년 2월 22일   인생의 핵을 단단히 쥐고 살아야

동계 올림픽에서 금메달을 딴 선수에 대한 뉴스를 듣고, 그 금메달의 영광에 앞서 그 정도로 완숙한 기량을 몸에 익혀 모든 동작을 여유 있고 노련하게 할 수 있는 실력 자체가 더 부럽게 생각되었다.

인생의 핵을 단단히 쥐고 살아가야 한다. 그 핵은 자기의 의존하고 있는 모든 것을 벗어던졌을 때에도 자기에게 남는 바로 그것이다.

그 누구도, 어떠한 상황도 자신에게 빼앗아 갈 수 없는 바로 그것이다. 그것은 인생살이에서 역경에 처하든 곤경에 놓이든 주위 환경이 어찌 변하든 실천할 수 있는, 또 실천해야만 하는 것이어야 한다.

그것은 타인의 비난이나 칭찬에 좌지우지되지 않는 것이라야 한다. 즉 스스로가 돌아보아 부끄러움이 없고, 마음에 흡족할 수 있는 그런 가치를 지닌 것이어야 한다.

그것은 생이 끝날 때까지, 어쩌면 사후까지도 지속될 수 있는 것이며 변할 수 없는 것이어야 한다.

그 외의 일들은 있을 수도 있고 없을 수도 있는 것들이지만 이 핵을 쥐지 않고는 인생이 무의미할 뿐이다. 그 핵을 마음에 단단히 지니고 오늘 하루, 바로 이 하루를 성실하게 산다는 일이 얼마나 소중한 일인가.

"타인이 이렇게 음모를 꾸미고 이렇게 나를 해코지하고 이렇게 무례하게 이토록 못되게 굴었다."

그러나 그것은 인생의 코스를 잘못 선택하여 잘못 가고 있는 그들의 문제일 뿐이다.

그들은 그들의 길을 가고, 나는 나의 길을 갈 뿐이다. 그들은 내 인생에 영향을 미치고 있다고 할 수 있지만, 그러나 진정한 의미에선 결코 어떤 영향도 미칠 수 없으며 해롭게 할 수도 없다.

그들로 인해 나는 내 생의 핵을 잃지 않았고, 바른 길을 이탈하지도 않았기 때문이다.

1992년 2월 24일 　어느 명창의 인터뷰

우리나라의 명창 한 분의 인터뷰를 들었다.

창을 할 때 사람들이 한구석에서 잡담하면서 잘 듣지 않으면 그들을 원망하거나 욕하지 않고 자신을 더 돌아본다고. 내가 더 기가 막히게 창을 잘해서 그들을 매혹할 수 있었다면 저들이 저러지 않았을 것 아닌가 한다고. 아직도 내가 많이 부족한 탓이라고, 그래서 더 열심히 닦는다고.

1992년 2월 29일 　바르게 생각하고 바르게 행하기

몸이 고통스러움을 느낀다는 것은 인체에 뭐가 잘못되어 있다는 신호이다. 마땅히 치료를 요한다.

마음에 고통을 느낀다는 것, 즉 좌절을 느끼고 평온을 잃어버렸다는 것은 우리 정신 상태에 뭔가가 잘못되어 있다는 신호이다.

그 잘못된 상태를 호소하고 있다는 뜻이다. 뭔가 고쳐야 한다는 것을 의미한다. 그것은 또 어떤 뜻에서는 우리가 가야 할 길을 걷지 못하고 잘못된 길을 가고 있다는 표시이기도 할 것이다.

인간이 이 세상의 나서 마땅히 걸어야 할 길은 자기의 몸과 마음을 바르게 닦고 이 인류 사회를 더 평안하고 이롭게 하고자 힘쓰는 데 있다.

왕이 되는 사람도 있고 법관이 되는 사람도 있다. 교사도 있고 기술자도 있다. 부자도 있고, 가난한 사람도 있고, 유명하게 된 사람도 있고, 평범한 생을 꾸려나가는 사람도 있다. 각기 이 거대한 인생 무대에서의 맡은 바 역할, 운명은 다 다르더라도 생의 핵심은 위의 진리를 마음에 깊이 새기고 실행하는 데 있다.

그러한 삶만이 인간을 고통과 허무에서 구원해줄 수 있고 치료해줄 수 있는 길이다.

하늘은 믿는 데 구원이 있다고 하지만 진정으로 하늘을 두려워하고 믿는다면 이러한 바른 길을 걷지 않고는 못 배길 것이다. 그리고 이 길을 걷는 출발점은 바로 오늘, 바로 내가 처한 이곳, 이 상황에서 나 자신을 가다듬고 행함에 있다.

맑고 따뜻하고 바람도 없는 좋은 날씨는 오래 계속되지 않는다. 흐리고, 비 오고, 바람 불고, 춥고, 덥고, 꼭 우리 인생살이 같다.

그러나 우리는 비가 온다고 외출도 못하고, 춥다고 얼어버리고, 덥다고 한없이 축 늘어지고, 밤이 되었다고 글을 못 읽지는 않는다.

우비도 있고 난로도 있고 선풍기도 있고 전깃불도 있다. 내일 혹은 5일 후 날씨가 정확히 어떠할지 아무도 장담할 수는 없다. 그저 그 날씨에 맞추어 그때 그때를 우리는 살아간다.

인생도 그렇게 살아야 하지 않을까? 성현들의 가르침도, 주역의 가르침도 여기에 있는 것이 아닐까?

불교에서 '각자' 란 '생의 흐름을 거역하지 않고 그와 함께 움직이는 사람' 이라고 한다. 도교 역시 '사람은 흐름을 역행해서는 안 되며 그의 행동을 그것에 일치시켜야 한다.' 고 주장한다.

우주의 움직임과 우리 인간은 일찍 상통하는 데가 있고, 모든 성현들의 가르침은 같은 방향을 향하고 있다고 느껴진다.

1992년 3월 2일　마음을 자유자재로 다루기

좋아하고 편애하는 것이 생김으로 인해 싫어하고 꺼리는 것이 생기며, 그것은 마음의 평상심을 흐트러뜨리고 자유를 앗아가고 이성적인 바른 판단을 부지불식간에 흐리게 만든다.

도에 마음을 둔 사람은 모름지기 마음이 목석같아야 한다고 했는데 백 번 맞는 말이다. 감정에 얽매인다는 것은 바로 자기중심적이고 이기적인 사고방식의 출발점이 된다.

이 세상에서 제일 두려운 것은 사람의 마음이다. 자신의 마음이다. 항상 경계해야 하고 한시도 감시의 눈길을 돌릴 수 없다.

자기 마음을 완전히 자유자재로 다룰 수 있고 완전히 복종시킬 수 있는 그 사람은 누구인가.

1992년 3월 4일　좋은 습관, 바른 목표, 끊임없는 실천

구기 종목에서 기량을 닦는다는 뜻은 자기에게 오는 공을 자유자재로 다룰 수 있게 됨을 뜻한다. 테니스만 봐도 우선 라켓을 바르게 잡는 방법이 있고 자기가 취해야 할 여러 가지 자세가 있다. 그런 것이 익숙할 때 날아오는 다양한 공들을 받아넘길 수 있는 것이다.

즉, 그때 그때 상황에 따라 잘 처리하게 되는 것이다. 다른 분야에서도 마찬가지이다. 숙달이 되면 그 일에 휘둘리지 않고 느긋하고 평온을 잃지 않는 상태가 되며, 그때 그때의 상황을 능숙하게 자유자재로 다루어나갈 수 있는 경지가 된다.

우리가 도를 닦고 수양한다는 목표는 바로 우리의 정신에 있다. 좋은 습관과 삶의 흔들리지 않는 바른 목표, 끊임없는 실천 등으로 생각, 언행을 갈고닦아 자기 마음을 자기 뜻대로 할 수 있는, 자기 마음의 진정한 주인이 되는 것이며, 그럴 때만 비로소 굽이굽이 다양한 인

생의 여러 상황을 꿋꿋하게, 지혜롭게, 바르게 견디어나갈 수 있는 것
이다.

1992년 3월 16일　현재에 충실하면 미래도 충실히 꽃핀다

마치 장애물 경주같이 인생살이에도 도처에 장애물이 있다. 그런 것
들을 잘 피하고 이겨 나가야 끝까지 바른 인생을 살 수 있다. 장애물로
나타나는 형태는 다양하지만 그 장애의 출발점, 근원은 바로 자기 자
신이다. 즉 자기 자신이 자기 인생살이의 장애물을 제공하고 있는 것
이다.

그 장애물은 바로 오만, 분노, 집착, 애착 등이라 할 수 있다.

테니스와 골프 등도 마찬가지라고 한다. 공을 정확히, 끝까지 잘 보
고 쳐야 원하는 대로 공을 보낼 수 있다. 그러나 마음이 급해지면 공
이 어디에 도달했나 하는 결과를 보려고, 공을 끝까지 보기보다는 공
이 날아가 떨어질 자리로 먼저 눈길이 가버린다. 그럴 경우 공은 엉뚱
하게 날아가기 쉽다.

현실에 충실하면 미래는 자연히 현실의 바탕 위에서 충실하게 꽃필
수 있다. 굳이 궁금해하고 초조해하지 않아도. 현실, 바로 이 현재에
성실하지 않으면서 어찌 알찬 미래를 기대할 수 있는가.

1992년 3월 25일
하늘을 섬긴다는 것은 자기를 버리고 이웃을 섬기는 것

이기심에서 이타심으로 옮겨 가는 과정, 자기중심에서 하늘 중심으
로 세상을 바라보고 받아들이는 과정, 이것이 바로 인간 수양의 길이
며 마음과 언행을 닦아나가는 길이다.

언제나 자기 자신을 남의 입장에 두고 살펴보는 것이 인(仁)이라고

했다. 그것은 바로 하늘을 지성으로 섬기는 가장 확실하고 가까운 방법이 된다. 그것이 바로 하늘의 뜻에 따라 자신을 닦고, 이웃을 대하고 자기의 할 일을 하는 바가 된다.

하늘을 섬긴다고 하지만 그것은 바로 자기를 버리고 이웃을 섬기는 것이다. 그 이웃은 하늘의 이웃이고, 소위 자기가 해야 할 일은 하늘의 일이다. 어찌 무성의하게 대할 수 있겠는가.

1992년 3월 27일　과거에 연연하지 말고 현재 순간에 충실하자

어제에 이어 오늘도 화창하고 포근한 봄 날씨이다.

흐르는 시간을 잡아 둘 수 없듯이, 흐르는 물을 막고 서 있을 수 없듯이, 시시각각 변하고 흘러가는 세월은 인간에게는 영원불변한 것이 있을 수 없다는 것을 잘 말해주고 있다.

지나간 1분 전은 바로 과거에 속하고, 곧 다가올 1분 후는 현재가 되어버릴 미래이다.

그 미래는 또 어느새 과거가 되어버리고, 붙잡아 둘 수 없는 시간에 대해 우리가 할 수 있는 최선의 길은 그 시간 시간을 알차고 성실하게 채워나가는 것일 뿐이다. 우물쭈물하지 말고, 망설이지도 말고 그 시각 시각을 최고의 바른 인간으로 살아가야 한다.

1992년 3월 29일　인간은 두 번 태어나야 한다

인간이 삶에서 '고통스럽다', '허무하다'고 표현할 수 있는 그 모든 것보다 삶의 진면목, 진실을 더 잘 보여주는 것은 없다. 그것을 직시함으로써 인간은 비로소 자기가 가야 할 바른 길을 찾게 된다.

인간은 반드시 두 번 태어나야 한다. 그 첫 번째는 부모님께로부터 육신을 받아 태어나는 것이고, 두 번째는 하늘의 진리의 말씀 안에서 깨우침을 얻어 다시 태어나는 것이다.

그 뜻은 하늘의 큰 섭리 안에 자기를 조화시키는 것이다. 그것은 자기가 중심이 되는 생이 아니고 하늘이 중심이 되어 사는 삶이다.

그 섭리 안에서, 자기에게 주어진 위치에서 그 도리를 다하며 살아가는 것이다.

인간은 도저히 그럴 위치에 있지도 못하면서 자기를 중심으로, 자기가 주인인 것처럼 살아가며 얼마나 많은 고통의 원인을 만들고 있는 것일까. 생을 직시해볼 때 그것은 엄청난 착각인 것이다. 아담과 이브의 이야기도 바로 그 점을 말하고 있는 것 아닌가.

1992년 4월 3일   국민의 뜻을 생각하고 언행을 닦아야

하늘이 중심이 되고, 하늘을 주인으로 모시고, 그곳에서 펴시는 섭리 안에서 자신을 본다.

자기에게 주어진 위치, 사명, 운명은 우주같이 광활한 세계에서 한 부분일 뿐이다. 그 전체와의 조화를 이루는 것, 그것이야말로 섭리 안에서 마땅히 인간이 해야 할 일이다.

바람은 시원함을 주기도 하지만 먼지도 일으킨다. 불은 주위에 있는 것은 뭐든지 태우려 한다. 연약한 나뭇가지는 쉽게 부러지며, 태풍은 지나간 자리를 쑥대밭으로 만든다.

이런 사람 저런 사람, 모두 나름대로의 본성을 갖고 있다. 불같은 성격이 그의 본성이니 그것을 어찌 하랴. 워낙 굳은 의지라는 것이 무엇인지조차 모르니 그걸 어찌 하랴. 워낙 아첨이 습관화되어 이리 붙고 저리 붙으며 비굴하게 행동하는 자기 모습이 얼마나 흉한지 어찌 알 수 있으랴.

비가 와도 눈이 와도 바람 불어도 사람들은 그것을 탓하거나 욕하지 않으며 그런가 보다 하고 살아간다. 그것이 비바람의 본래 성질이니 어쩔 것인가. 다만 비 오면 우산 쓰고, 태풍이 지나가면 여러 가지 방비를 하며 조심할 뿐이다. 자연의 여러 현상이 인간들을 갖가지 상황에 처하게 하고 갖가지 상태로 몰아가는 것과 마찬가지로, 이런 사람 저런 사람들이 있기에 인생살이에 모퉁이도 있고 골짜기도 있고 시궁창이 있는가 하면 맑은 폭포수도 있게 되는 것이다. 자연을 대하듯 그렇게 살아가야 하지 않을까.

자기를 미루어 남의 입장을 생각해보고 거기에 맞춰 언행을 갖추어 나가는 것을 인(仁)이라고 하는데, 그러한 인(仁)의 실천이 바로 하늘의 뜻을 잘 살피고 그 뜻에 맞게 살아가는 가장 가까운 진리 실천의 길이 된다.

이웃, 사회 구성원의 뜻을 잘 살펴보고 이로움과 발전을 위해 노력하는 것이야말로 하늘의 뜻을 살피고 하늘의 사업에 참여하며 그 일원으로서 자기의 최선을 다하는 길이다.

자기 멋대로 행동하는 것이 아니라, 이웃의 뜻, 국민의 뜻을 생각하며 자신의 언행을 조정하고 닦아나가니 "군자는 항상 삼가고 조심한다."는 옛말은 당연한 결과이다.

1992년 4월 9일   이웃을 위해 소명을 완수한다

고통을 통해, 고통을 묵상함으로써 인간은 비로소 생의 진면목을 보게 되고, 진리를 깨닫고 자기가 나아가야 할 바른 길이 찾을 수 있게 된다. 고통은 진리를 향해 들어가는 문이다. 고통은 하늘의 가장 강력한 메시지를 담고 있다.

"네 자신을 알라."는 유명한 말처럼, 자기를 진정 바르게 안다는 것이야말로 진리를 향해 나아가는 첫 걸음이다. 그러나 인간은 흔히 거품과 안개 같은 것에 가려 자신을 잘 보지 못한다.

고통은 그 모든 것을 깨끗이 걷어내어 자기의 참 모습을 보게 한다. 그것도 물론 고통을 받아들이는 사람 나름이긴 하지만. 하늘이 내리신 진리의 말씀을 따라 자기의 마음을 깨끗이 바로 하고, 자기의 언행을 바르게 갈고닦는다.

하늘의 뜻에 따라 이웃을 대하고, 또 그 뜻에 맞게 자기의 맡은 바 소임을 정성껏 완수한다. 이것 이상으로 값지고 아름다운 인간의 사명을 생각할 수 없다.

1992년 4월 17일
집착은 무지에서, 분노는 오만에서 오며, 오만은 착각이다

하늘 앞에서 인간이 집착과 애착으로 자기 욕망을 억지를 쓰면서 추구하는 일은 참으로 무지한 일이고, 멋대로 분노하고 화내는 일은 건방진 일이며, 자만하고 오만하게 구는 일은 엄청난, 실로 엄청난 착각인 것이다.

1992년 4월 19일　　언행이 깨끗하고 바르려면

물은 높은 데서 낮은 곳으로 흐르기 마련이다. 높은 곳의 물은 안정감이 없다. 더 이상 내려갈 곳이 없으므로 낮은 곳에 이르러서야 비로소 안정된다. 마음의 평온도 자기가 있어야 할 곳에 마땅히 이르러서야 비로소 이룩된다.

마음이 아직도 불안하고 꺼림칙하고 불편하다면 그 뜻은 물은 더 낮은 곳이 있는 데도 중도에 머무르는 것과 같이, 마음이 아직 제자리를 찾지 못하고 있다는 증거이다.

물이 계곡을 굽이굽이 흘러 저 아래에 도달하는 과정을 지켜보는 것도 재미있는 일이다. 큰 바위는 그냥 지나가면 될 것을 바위 보고 비키라고 맞서고, 깊은 골에서는 그 깊이를 낮추어야만 지나가겠다고 버티고, 더러움이 끼어 있는 곳에선 그것이 제거될 때까지 마냥 기다리면서.

그러나 물은 그리하지 않고 무엇이 계곡에 존재하든, 그 높낮이가 어떠하건 유연하게 흘러내려 간다. 물의 그와 같은 모습을 닮아 저 아래 마음의 본향에 이르고자 하는 것이 도를 닦는 것이고, 수양이 아니겠는가.

한 마디 말, 한 가지 행동이 소중한 것이라면 그보다 먼저 머릿속을 스치는 생각부터 그 중요함을 알아야 한다.

생각은 멋대로 하면서 언행이 바르게 되기를 바랄 수는 없다. 언행이 깨끗하고 바르려면 머리를 스치는 생각부터 깨끗하고 바르게 되어야 한다. 시작은 거기서부터 되어야 한다.

1992년 4월 21일   자만심은 능력 부족보다 훨씬 자주 일을 그르친다

자만심은 '능력의 부족' 보다도 훨씬 자주 일을 그르친다. 상대보다 앞서고 경쟁에서 이기려고 사람들은 발버둥 치지만 진정한 승리의 조건은 남을 이기기에 앞서 자신을 먼저 이겨야 한다는 것이다.

자신을 이기고 나면 자만심, 무절제한 욕망, 분노 등을 꺾고 나면 남도 이길 수 있다. 아니, 더 정확히 말하면 남을 이기든 말든 상관치 않게 된다. 눈에 보이는 승리의 월계관보다 그러한 마음 상태가 더 값지고 빛나는 승리가 아닐까. 흔히 남의 유혹에 빠졌다고 하지만 사실은 스스로 파놓은 함정에 빠진 것이다.

남의 유혹이 있기 전에 이미 자기 마음에 엉성한 구멍이 뚫려 있는 것이다. 다만 계기가 주어져 그 마음의 허점이 드러난 것일 뿐이다.

아담과 이브도 뱀을 원망하기 전에 자기를 먼저 책할 수밖에 없었을 것이다. 뱀이 나타나기 전에 이미 마음 안에는 자만심이 자리 잡고 있었던 것이다.

1992년 5월 12일 중용은 수양의 극치

자기 자신을 속이지 않는 일, 자기 자신을 정리할 수 있는 마음을 기르는 일은 수양의 근본이 된다고 생각한다.

자신에게 정직하면 남에게도 또 자기가 하는 일에도 정직, 성실할 수 있다. 남을 속이는 일은 먼저 자기 스스로를 속이는 것이다.

중용을 지킴은 수양의 극치라 할 수 있다. 예를 들어 친절이 지나침은 아첨이 되는데, 이는 이미 친절이 아니고 자기의 이득을 얻기 위해 남을 속이고 이용하는 것이다.

알맞은 몸단장은 예절 바른 모습이지만 짙은 화장은 자기과시 내지는 상대를 유혹하겠다는 표시이다.

언제 어디서 어떤 환경에 처하든 지나침도 모자람도 없는 마음가짐과 언행은 바로 선이며 지혜이다.

자신을 돌아보아 아무런 흠이나 꺼림칙한 생각이 없다면 그것은 바로 중용을 한결같이 실행했다는 뜻이 된다.

선행은 그 자체 안에 기쁨과 보상을 포함하고 있다. 남이 알아주고 칭송해주고 훈장을 달아줘야 비로소 기쁘다면, 그 사람은 선행의 참맛을 모르는 것이다. 훈장이 아무리 좋은 것이라 할지라도, 이 세상에 자신이 태어나 이웃을 그만큼 편안하고 기쁘게 해주었다는 데서 느끼는, 그만큼 이 세상을 이롭게 하였다는 즐거움에 비길 바가 아닌 것이다.

1992년 5월 18일
피카소도 경지에 이르기까지는 수만 장의 소묘를 그렸다

피카소도 그러한 경지에 이르기까지 엄청난 노력을 기울였다고 한다. 수만 장의 소묘를 그렸다고…….

내일 죽을지도 모르고 사는 인간이 또 10년 후에 죽는다 할지라도, 상대와 말다툼하여 굳이 이기고 결론을 낸들 도대체 그래서 어쩌겠다는 것인가. 상대를 이기고 누르고 똑 떨어지게 결론을 내는 일보다 더 중요한 것은, 인간으로서 그 올바름을 언제 어디서나 잃지 않고 전체와의 조화를 이루며 상대의 마음을 편안하게 해주는 일이다.

친선 운동경기를 한다면서 굳이 몇 대 영(zero)을 만들어 상대방이 속이 상하고 무안하고 소화도 안 되게 하는 것보다, 비록 그러고도 남을 실력이 있다 해도 몇 게임을 양보하여 져주고, 그래서 시합이 끝나서로 유쾌한 마음이 될 수 있도록 하는 것이 훨씬 값진 일일 것이다.

1992년 5월 21일 남들은 불행하게 보지만, 나는 사는 게 기쁘고 고맙다

자기 자신에게 조금도 거짓이 없이 성실하다는 것이 얼마나 중요한 일인가를 사색하게 되었던 하루였다.

자신을 속이면서 남을 속이지 않겠다는 것은 거짓말이다. 그 자체가 모순이며 불가능한 일이다. 자신에게 참으로 정직함으로써, 오직 그러함으로써 이웃에게도 하늘에게도 성실할 수 있는 길로 들어서는 것이다.

지나간 40년을 돌이켜 보면 그 많은 보람에도 불구하고 그 세월이 가져다준 고통과 슬픔이 너무 컸기에 고통스럽게 추억될 뿐이다.

그런 생은 다시 살라고 한다면 차라리 죽음을 택할지도 모른다. 지난 세월은 태어났기 때문에, 사명과 의무가 있기 때문에 산 것이다.

태어나서 삶을 누린다는 것에 이런 즐거움도 있구나 하고 느낀 기억이 별로 없다. 보람이 있었다고는 하나 너무나 큰 고통이 그것을 짓눌러버려 그 보람을 느낄 여유조차 없곤 했다.

나는 왜 태어났을까? 태어나지 않았더라면 얼마나 좋았을까? 이것이 생이라면, 새 생명을 또 탄생시킨다는 일은 그 아기에게 끔찍한 짐을 지워주는 일이 될 것이라고도 생각했다.

그런데 요즘에는 난생처음으로 산다는 것이 기쁘고 고마운 일이라는 생각이 든다. 눈에 보일 수 기쁜 일이 없고, 오히려 객관적으로 볼 때는 내 생활이 불행해 보일 수도 있겠지만, 나는 난생처음으로 느껴보는 마음의 평온 덕분에 하루하루가 그렇게 소중할 수가 없다.

내 생에 다시 또 이런 기회가 있을까 싶어 하늘의 선물이라고 감사히 생각하며, 정말 하루하루를 소중하고 아까운 물건 쓰듯 없어질까 두려워하며 순간순간을 기쁘게 살고 있다.

1992년 5월 22일　사색의 결과 평화를 얻다

저녁 식사 후 뜰을 거닐었다. '춥지도 덥지도 않은 참으로 좋은 계절이구나.' 하고 감탄도 나왔고 마음도 상쾌했다. 살다 보면 나도 이러한 마음의 평온을 가져볼 때가 있구나 생각되니 신기하기조차 했다.

이러한 산책은 나에게 참으로 좋은 사색의 시간이다. 그동안의 사색에서 얻은 결실이 마음속에 착실히 뿌리내려 마음의 양식이 되고 언행과 모든 생활면에서 지침이 되어, 푸르른 여름의 신록처럼 나날이 성장해가고 있음이 느껴지기도 했다.

지금 누리고 있는 이 마음의 평화도 그동안의 사색이 가져다준 결실 가운데 하나이다. 물론 주위가 변했다는 근본적인 원인이 있기는 하지만. 이 세상에서 제일 두려운 것은 무엇인가? 이 세상에서 제일 강

한 것은 무엇인가? 제일 약한 것은? 가장 추할 수도 있고 가장 아름
다울 수도 있는 것은?

바로 인간의 마음이다. 즉 자기의 마음인 것이다.

1992년 5월 24일   러시아 마지막 황제 니콜라이 2세의 죽음

타인의 결점이나 잘못을 보면 반드시 거기서 배우고 깨닫는 바가 있
어야 하겠다. 타인을 비방하기에 앞서 자기를 돌아보는 계기를 삼아야
하겠다. 그것은 결코 그만의 잘못일 수가 없기 때문에.

다른 사람이 저지른 잘못은 인간의 한 속성이 드러난 것이다. 삼가
고 조심하지 않으면 그 누구라도 저지를 수 있는 것이다.

러시아의 마지막 황제 니콜라이 2세가 러시아 혁명 후에 무력하게
지하실로 끌려 들어가, 법도 무엇도 아닌 것도 없는 상황에서 비참하
게 가족과 함께 살해되었다는 사실이 밝혀졌다고 한다.

태어나서부터 황제로 즉위하기까지, 그리고 황제로 있는 동안 그 얼
마나 극도의 사치를 누리고 떠받침을 받았을까. 말 한마디로 이루지
못한 일이 있었을까. 자신은 다른 사람들과는 다르게, 특별한 축복을
받고 선택을 받아 이승의 영화를 누리고 있다고 생각했을 것이다. 아
니 누구나 그렇게 생각할 수밖에 없을 것이다.

그러나 그 마지막 순간 쓰레기같이 내팽개쳐졌을 때, 황제나 길에서
천대 받는 거지나 서로 다른 점은 무엇인가. 하늘 앞에서 인간이란 자
고로 그런 것이다. 그 누구도 우쭐하거나 자만할 수 없는 존재인 것이
다. 그럼에도 불구하고 한 번도 왕 노릇을 하지 않았던 성인들, 즉 공
자, 석가모니, 예수 그리스도는 몇 천 년이 지난 지금까지 꺼지지 않
는 빛을 인류에게 발하고 있다.

정약용 선생은 18년 가까이 귀양살이를 했다고 한다. 그러나 그는

귀양살이를 하지 않은 사람들보다 더 많이, 더 훌륭한 책을 저술했고 우리 역사가 계속되는 한 영원히 잊혀지지 않을 인물이 되었다.

살다 보면 사람은 뜻하지 않은 운명에 휩쓸려 이러저러한 상황에 처하기도 하고 죽을 뻔하기도 한다.

그것은 인간의 힘으로는 도저히 어찌 해볼 수 없는 것들이라, 반항하며 거부해보았자 자신만 더 비참해질 뿐 그 길을 벗어날 수는 없다. 그러나 귀양살이를 그렇게 오래 하면서도 흐르는 시간을 허비하지 않고, 자기 운명을 저주하며 슬퍼하지 않고 이 세상에 태어나 자신이 할 일을 꾸준히 행한 사람은 결코 이 인생을 헛살다 가는 게 아니다.

가까운 사이일수록 더 예의 바르게 삼가고 서로 존중해야만 그 가까움이 유지될 수 있다. 또 더 가까워질 수 있고 더 깊이 서로를 신뢰하게 된다.

1992년 6월 5일 사람들이 진정 바라는 건 마음의 평안

반쪽의 빵으로도 충분한데 사람들은 한 쪽을 다 얻으려고 그 고생을 한다는 속담이 생각난다.

사람들이 이 세상에서 진실로 원하는 것은 무엇일까. 그 욕망은 다양하겠지만 사실은 거품 같은 그 욕망에 비해 정말 바라는 바는 잘 인식되지 못한다고 생각된다. 그것은 바로 마음의 평안이다. 그리고 신체의 건강.

예수의 가르침, 부처가 내놓으신 진리, 공자의 말씀, 이 모든 것의 궁극적인 목표는 바로 마음의 진정한 평안을 이 힘든 세상에서 이루어보자는 것이라고 나는 이해하고 있다. 그리고 그 목적지에 이르는 길은 바로 바른 마음과 바른 언행에 있다고 성현들은 가르치신 것이 아닐까.

사람들이 흔히 부러워하고 추구하는 모든 것들－칭송, 인기, 권세 등등－이 마음의 평안을 위해 그토록 필요한 것인가.

오히려 그로 인해 기쁨과 쾌락보다는 더 많은 고통이 초래되었다고 생각한다.

인간은 바로 자기 자신의 욕망의 노예가 되어 밑도 끝도 없이 그 욕망을 채우려고 바동거리지만 실은 그 욕망의 쇠사슬을 자신이 '탁' 하고 놓음으로써 마음의 평안은 달성되며, 가만 생각해보면 바로 그 평안만큼 인생에 큰 즐거움은 없다는 것을 결국 깨닫게 되는 것이 아닐까.

1992년 6월 8일   마음의 평안을 얻으려면

자신을 바르게 하는 것 외에는 아무것도 구하지 않는 데서, 남을 존중하고 편안하게 해주는 데서, 자기에게 주어지는 시간 시간에 충실함으로써, 그리고 매 순간 이것을 명심하고 실천하려고 끊임없이 깨어 있음으로써 생의 목표와 진정한 마음의 평안은 달성된다.

1992년 6월 12일   노르웨이와 덴마크

북유럽의 노르웨이는 경작할 수 있는 토지 면적이 전 국토의 3% 정도라고 한다. 그래서 자연히 바다로 눈을 돌리게 되었으며, 그 덕분에 수산업이 발달하게 되었다. 덴마크는 국토가 원래 매우 척박했다고 한다. 하지만 덴마크 사람들은 오랫동안 노력한 끝에 토질을 바꾸었으며, 마침내 전 국토의 70%를 경작지로 만들어냈다.

그 나라의 환경이 어떻든 하늘의 뜻에 따라 그 환경에 맞추어 살아가는 실례는 노르웨이에서, 아무리 어렵게 보이는 환경이라하더라도 노력 여하에 따라 다양한 발전을 이룰 수 있다는 실례는 덴마크에서 보는 것 같다.

1992년 6월 14일 많은 것을 놓으면 마음에 평안이 온다

인생에서 인간이 누릴 수 있는 최대의 기쁨은 마음의 평안이다. 이것은 많은 것을 소유하고 가짐으로써 이룩되기보다 많은 것을 놓아버림으로써 오히려 달성된다.

1992년 6월 21일
평안을 얻기 위해 반성, 각오, 실천, 마음 닦기를 계속해야

강물 위를 미끄러지듯 유유히 떠가는 오리는 사실 물밑으로는 물갈퀴를 열심히 움직이고 있다.

모든 것이 안정되어 보이는 편안한 모습은 그저 모든 여건이 편안해서 이룩된 것이 아니다. 끊임없는 반성과 각오와 실천, 순간순간의 마음의 다스림 등을 통해 비로소 얻어지는 것이다.

1992년 7월 12일
나무 기둥이 사람의 지위라면, 나무뿌리는 내면의 수양

세상에서 흔히 부러워하는 높은 자리는 사실 끊임없이 크고 깊은 희생이 요구되는 자리이다. 그러나 대개는 겉으로 드러나 보이는 영화만을 보고서 서로 얻으려고 치열한 경쟁을 벌인다.

눈에 보이는 화려함 뒤에는 그에 못지않은 자기 절제와 수양과 희생이 있어야만 지위나 그 얻음을 부끄럽지 않게 감당할 수 있다. 그렇지 않는 경우 그 부귀영화는 자신을 파멸시키는 결과를 초래할 뿐이다.

나무는 거대하면 거대할수록 가지가 무성하고, 높이 뻗을수록 눈에 보이지는 않지만 깊게 그리고 넓게 퍼져 있는 뿌리가 있기 마련이다. 약하고 보잘것없는 뿌리라면 그 나무를 지탱하지도 못하고 나무에 영양을 공급하지도 못한다.

땅 위에 솟아 있는 나무의 거대함이 위대하게 드러나 보이는 인간의 모습이라면, 그 뿌리는 바로 눈에 보이지는 않지만 그 위대함을 가능케 하는 인간의 숨은 노력이다. 극기와 절제와 수양과 배움과 희생…….

1992년 8월 2일　진시황의 제국도 다음 대에 무너졌다

갑자기 정전이 되자 각 아파트에서는 더워 어찌할 바를 모르고, 미처 초를 준비 못한 집에서는 밖의 치한들이 무서워 나가서 사지도 못하고 어둠 속에 갇혀 고생을 했다고 한다.

또 돌연 물 공급이 끊기자 수세식 화장실을 쓸 도리가 없어 회사까지 참고 가서 일을 본 사람 등, 현대 문명은 참으로 편리하기가 옛날에 비해 그지없지만 그 취약점 역시 편리함만큼이나 크다. 그래서 어떤 이는 현대 문명을 풍선에 비교했다고 한다. 색깔과 무늬가 아무리 그럴싸해 보여도, 가는 바늘 끝만 닿으면 '탕' 하고 터져버리는 풍선에.

그러한 비유는 인간에게도 적용되는 것 같다.

중국의 그 넓은 땅을 통일하고, 절대 권세를 휘두르며, 아방궁을 짓고 불사약을 구하고, 천세 만세 그 왕조를 이어가려 했던 진시황은 장수조차 하지 못했으며, 그다음 대에 무너지고 말았다.

거창하게 진시황까지 들먹이지 않더라도 인간의 인생살이가 그다음 순간 어찌 될 것인지 누가 장담할 수 있으랴. 아무리 기가 막히게 누리고 소유하고 다스렸던 것이라 해도 그것은 항상 그렇게만 되지 않는 법.

변하고 만 다음에 변하기 전의 모습과 비교하면 운명 앞에서 속수무책이요, 무기력하기 그지없는 인간의 적나라한 모습이 나타난다. 편안할 때 위태로워질 것을 잊지 말라는 옛 말씀은 그래서 인생살이의 중요한 지침이 된 것이다.

지휘자가 악단을 지휘하여 각 악기가 제 소리를 제때에 내고 그것이 다른 악기들과 조화를 이루어 아름다운 화음을 만들어내듯, 한 나라 지도자의 역할도 그런 것이 아니겠는가.

여기서 어느 한 악기도 중요치 않은 것이 없을 것이다. 아무리 한두 번 소리를 내고 끝내는 역할의 악기라 해도 제때 제 소리를 내지 못하면 그것으로 음악 전체를 버릴 수도 있다.

지휘자가 잘하지 못하면 좋은 연주를 할 수 없을 것이나, 그 악기들이 없다면 지휘자 또한 아무것도 아니다. 그것은 또한 지도자나 국민의 관계이기도 하다.

1992년 8월 3일 불쾌한 일을 당할 때, '왜 불쾌한지' 원리를 연구한다

요즘은 불쾌한 일을 겪을 때마다 그것으로 인해 화를 내고 속 썩기보다는 '이러한 언행은 상대를 불쾌하게 만드는구나' 하고 연구를 하게 된다.

인간의 속성은 대개 마찬가지라고 생각한다. 그러한 속성이 교육과 교양, 수양 등을 통해 조절이 될 뿐이지 기분 나쁜 일은 그 누구에게나 기분 나쁜 일일 뿐이다.

내가 그와 같이 이러저러한 언행을 했다면 상대도 분명 이러저러한 감정을 느낄 것이다. 그러니 그러한 언행은 결코 삼가야 할 일이구나 하며 생각하는 사이에 자신이 불쾌해질 이유가 없어진다. 또 하나의 인간 공부, 인생 공부를 하는 기분이다.

1992년 8월 12일 수양이란 남에 대한 배려를 깊이 하는 것

수양이란 결국 무엇인가? 교양이란? 교육이란? 사회, 정치적 성숙

도란? 그것은 종국에 가서 남에 대한 이해와 배려를 깊이 하는 것일 뿐이다. 남을 편하고 이롭게 해줄 수 있는 힘을 키우는 것일 뿐이다.

그 안에는 오만심을 버리고 감정을 자제하고 이기심을 지우는 것 등 자신을 바르게 하는 모든 행동 지침이 포함되어 있는 것이다.

1992년 8월 17일　어느 국가 국민도 운명 앞에 무력하다

어제 우연히 TV에서 낚시 미끼에 걸려 바동거리며 줄에 딸려 올라오는 물고기를 보고서 불쌍하다는 느낌과 함께, 얼마나 많은 우리 인간들도 저 모양이 되어 사는 것일까 하는 생각이 들었다.

1992년 9월 27일　중국의 후한 말 도참사상과 황건적이 날뛴 까닭은

중국의 후한 말에는 도참사상과 오행설이 유행하고 황건적이 날뛰었다. 도참사상의 유행, 여기서 가장 문제가 되는 것은 도참사상 자체보다도 그것에 당시 사람들의 마음이 쏠린 데에 있었다.

황건적의 출현, 여기서도 문제는 그런 무리에게 민심이 쏠리고 따라서 그들이 힘을 얻게 된 원인에 있을 것이다.

한마디로 말해 후한 왕조는 민심을 잃었고, 민심은 새로운 변화를 갈구하고 있다는 것이 문제의 핵심이다.

자연의 변화를 보고 계절이 다가온 줄을 알듯, 징조를 보면 무언가 깨달음이 있고 거기에 따른 각성과 새 출발이 있어야 할 것인데, 그게 그렇게 되지 않는 것이 거의 예외 없는 역사의 법칙인가 보다.

1992년 10월 2일
나의 바름이 세상의 바름이고, 남의 평안이 나의 평안이다

나 자신을 바르게 함이 바로 세상을 바르게 하는 길이다. 남을 편하고 복되게 함이 바로 자신을 편안케 하는 길이다.

나 자신의 바름이 바로 세상의 바름이요, 타인의 평안함이 바로 나의 평안이다. 이 세상 모든 사람들은 너 나 할 것 없이 근본적으로 자기 위주로, 자기 본위로 살아가고 있다. 무슨 일이 벌어지더라도 그것이 자신과 어떤 관계가 있으며 어떤 영향을 받을 것인가를 생각하고 그에 따라 찬성도 하고 반대도 하고 좋아하기도 하고 싫어하기도 한다.

목이 마르면 물을 마셔야 하고 추우면 옷을 더 껴입어야 하는 것과 같은 이치를 인간의 본성에 비추어 본다면, 한 인간의 삶, 언행, 지식, 기술 등 모든 것은 가능한 한 만인을 위해, 이웃을 위해 도움이 되고 이로움이 될 때 비로소 이웃의 사랑과 찬성을 얻게 된다는 당연한 결론이 나온다.

다시 말하면 인간의 삶과 앎은 바로 이웃에게 도움과 복이 되도록, 그 방향으로 꾸준히 노력해나가야 함이 당연한 원리라는 것이다.

그렇지 못한 경우 그 앎은 자만을 키우고, 타인의 질투를 불러일으킨다. 혼자서 자기 기술이 좋다고 이리 뛰고 저리 뛰며 으스대보았자 그것이 다른 사람에게 무슨 관계가 있겠는가.

큰 기술을 가진 것은 아니라도 그것이 이웃에 도움이 되도록 힘쓰고 자기보다 못한 이를 이끌어주는데 조금이라도 관심을 기울인다면, 그 앎은 진가를 발휘할 수 있고 이웃의 따뜻한 눈길을 받는다.

인간의 도덕과 수양 등에 대해 말을 이리해보고 저리 표현해봐도 그 근본 원리는 단 한 가지이다.

인(仁), 즉 타인에 대한 사랑이며 진실한 배려일 뿐이다. '민주주의 사회의 성패는 각자가 자기 자신 이외에 다른 사람도 각기 목적을 갖고 있다는 것을 서로 이해하는 것에 달려 있다.' 라는 말이 있다. 이 말도 결국 인(仁)의 정치적 표현이며 실천 사항일 뿐이라고 생각한다.

인간의 위대함이란 결국 얼마나 자신을 바르게 할 수 있는가. 또 얼마나 남을 깊이 이해하고 배려하며 편안히 해줄 수 있는가 하는 그 능력에 달려 있다고 나는 생각한다.

그런 의미에서 아무리 넓은 제국을 건설한 칭기즈칸이라도 내게는 위대한 인물이 될 수 없고, 진시황이 중국 통일이 중국사에 아무리 큰 의미를 가져왔다 하더라도 나는 위대하다고 평가할 수 없다.

우선 한 가지만 꼽는다면 한 사람이 그 넓은 영토의 왕이 되어보겠다는 꿈을 채우려고, 그것이 도대체 백성들에게 무슨 의미가 있기에 그리도 많은 사람을 죽이고 그들을 고통 속에 몰아넣어야 했는가 하는 것이다. 기가 막히다고 여기지 않을 수 없는 점이다.

아무리 머리끝부터 발끝까지 휘황찬란하게 보석으로 꾸몄다 해도 얼굴에 가득 담은 소박한 미소와 친절한 마음, 타인에 대한 따뜻한 이해와 배려만큼 아름답고 인상적인 여인의 장식품은 없다.

그것은 아무리 많은 돈을 들이더라도 살 수 없는 것이며 하루아침에 만들어지는 것도 아니다. 오랜 세월 한결같이 마음을 갈고닦으며 곱게 간직해온 여성만이 지닐 수 있는 보석인 것이다.

1992년 10월 7일 사람의 인상에 대하여

어떤 사람이 약속을 잘 안 지키고, 거짓으로 꾸며대는 말을 잘하고 돈도 슬쩍 가로채는 등 옳지 못한 행동을 한다고 할 때, 상대방이나 주위 이웃들이 당장은 눈감아준다고 하자. 그가 그러한 일들로 인해 책망을 받지 않았다 해서 그 문제가 다 끝난 것은 아니다.

또 다행이라고 생각할 일도 못 된다. 무언중에 주위 사람들의 마음에 새겨진 그의 인간성과 이미지는 지워질 수 없는 것이다.

그는 이러저러한 사람이구나 하고 남겨지는 인상은 그를 그림자처럼 붙어 다니면서 그의 앞날에 영향을 주게 된다.

더 나아가 생각해볼 때 자기의 떳떳치 못한 언행이 노출되거나 되지 않았다는 것이 문제가 아니다.

인간은 얼마든지 시원하게 뚫린 넓은 인생 대로를 상쾌하고 떳떳한 마음으로 걸어갈 수 있다. 그러한 인생길을 굳이 외면하고 스스로 어둡고 비좁은 뒷골목을 택하여 가슴 조이며 고개 숙이고 걸어갈 필요가 어디에 있겠는가.

한 번 살다 가는 인생을 어깨를 펴고 편한 마음으로 가보는 그 보람과 기쁨을 느끼지 못하고 살아가는 그 자신의 처지가 비참한 것이다.

1992년 10월 9일　동양란의 은은한 향기처럼

동양란이 뿜어내는 은은한 향기가 방 안에 그득하다. 조용히 말없이 한 구석에 놓여 있는 저 난이 어쩌면 이 방 전체를 그렇게 기막힌 향기로 가득 차게 할까. 이 세상의 많은 문제들은 내가 남을 못 다스려서라기보다, 자기가 자신을 못 다스려서 일어난다고 봐야 할 것이다.

1992년 10월 19일　왕이 나라를 망치는 것은 자기를 잘못 다스린 결과

'그 임금은 나라를 잘못 다스려 나라를 망하게 하였다.'는 역사책에서 자주 볼 수 있는 내용이다. 하지만 그 임금은 나라를 잘못 다스리기 전에 먼저 자기 마음을 잘못 다스렸을 것이며, 그 자리가 임금의 위치인 만큼 '자기가 자기 마음을 잘못 다스리는 바람에 나라를 망쳤다.'고 해야 더 정확한 표현이 될 것 같다.

양귀비에게 빠지고 사냥 놀이에 몰두하는 등 향락에 젖고, 백성을 깔보고 혹사시키는 자만심 등, 이 마음의 병이 결국은 나라를 병들게 한 것이다.

가정을 책임진 가장의 마음의 병은 가정을, 회사 사장의 마음의 병은 회사를 망하게 한다. 어찌 이 세상에서 제일 두렵고도 소중한 것이 자기 마음 아니냐.

1992년 10월 30일　바른 마음, 바른 생활, 이타적인 삶

험난한 이 세상을 살아가는 데 가장 자신을 확실하게 지켜줄 수 있는 것이 무엇인가.

그것은 티끌 하나 없이 맑고 바른 자신의 마음이다. 바른 마음, 바른 생활만이 그 어떤 상황하에서도 변함없이, 배신 없이 자신을 지켜준다.

복잡하고 속임 많은 이 세상을 바로 보고 바르게 나아갈 수 있는 지혜는 어디에 있는 것일까. 바로 자기의 바른 마음에 있다. 마음이 바르게 되어 있을 때 비로소 세상을 바르게 볼 수 있다.

사리사욕에, 엉뚱한 환상에, 허욕에 젖어 있는 마음은 다른 사람이 모두 빤히 볼 수 있는 진리도 보지 못하게 가려버리고 밝은 대낮에도 암흑 속을 걷듯 끊임없이 사람을 비틀거리게 한다.

고난과 고통이 많은 이 세상을 그래도 편안한 마음으로 즐겁게 살아갈 수 있는 길은 어디에 있을까.

그 길 역시 바른 마음과 바른 생활에 있다. 그리고 진정으로 바른 마음이란 남을 위해주고 편안히 해주려는 마음과 결코 별개일 수가 없다.

그 마음이 바로 그 마음인 것이다. 마치 손의 등과 바닥처럼.

이 세상에 태어나 한평생을 살아가며 이런 일도 할 수 있고 저런 일도 할 수 있다. 길게 살다 가기도 하고, 짧게 살다 가기도 한다. 세상을 바꿀 만큼 큰일을 할 수도 있고 평범한 생을 살다 갈 수도 있다.

그러나 그 어떤 형태의 삶도 결코 외면할 수 없는, 그리고 그 모든 생의 기본이 되어야 할 진리가 있으니 그것이 바로 항상 바른 마음을 갖고 언제나 이웃이 편안하게 되도록 마음을 쓰면서 자기에게 주어진 시간을 충실하고 알차게 보내는 것이다.

이것이 바탕이 되어 있지 않을 경우에는 이 세상에서 그 어떤 역을 맡아 하든, 또 그것이 아무리 겉으로는 휘황찬란해 보인다 해도 나에게는 아무런 가치가 없어 보인다.

내 마음이 그동안 갈고닦아 가꾸어낸 이 진리는 내게는 생명과 똑같은 것이다. 내 생의 모든 의미이다.

이 진리가 실천되지 않는 생이란 내게는 죽음과 같을 뿐이다. 큰일을 맡은 사람이 이것을 바르게 실천하지 않으면 그는 두고두고 크게 수치를 당할 것이다. 그러나 작은 일을 맡은 사람이 이것을 진실 되게 실천하면 그는 위대한 인간을 위대하고 가치 있는 생을 살고 있는 것이다. 누구나 평안하고 기쁜 마음으로 이 세상을 살고 싶어 하고 이 세상이 더 바르게 되기를 바란다.

그렇게 될 수 있는 비결도 여기에 있다. 즉 자신을 바르게 함이 곧 세상을 바르게 함이요, 이웃을 평안하고 기쁘게 함이 바로 자신을 평안히 하는 길인 것이다.

1992년 11월 11일
이웃에 잘하는 것 이상으로 하늘에 잘하는 길은 없다

겉으로만 꾸며서 세상살이를 꾸려가는 사람들이 있다. 진실하지 못한 마음가짐과 그에 따른 불성실한 언행은 필연적으로 자기 자신과 남을 속일 수밖에 없게 되는데…….

그것이 얼마나 부질없는 일인가.

아무리 꾸미고 치장하고 요술을 부려도 결국 그 사람의 속마음은 그 언행을 통해 다 드러나고 마는 법이다. 하다못해 눈빛에서조차 그 마음을 숨길 수는 없는 것이다. 타인이 뭐라고 평가하는가, 뭐라고 말하는가 하는 것도 사람을 알아보는 한 가지 척도는 되지만 사람의 말이란 그것이 칭찬이건 비난이건 항상 진실을 말한다고 볼 수는 없는 것이다.

듣기 좋게 말하고, 개개인의 이득을 위해서 말하고, 밥줄이 위태로울까 봐 말하고. 또 비난할 일이 아니더라도 자기의 사적인 이득에 조금이라도 손상이 갈 것 같으면 기를 쓰고 욕설을 퍼부을 수도 있는 것이다.

그러므로 입에서 떨어지는 말보다 더 중요한 것은 시간의 흐름에 따라 각 사람의 마음속에 자연스럽게 스며들어 자리 잡게 되는 인상인 것이다. 그 이미지는 결국 어떤 개인의 진면목이 될 수밖에 없다. 왜냐하면 그 어떤 것도 시간의 흐름 속에 드러나지 않는 것은 없기 때문이다.

이런 의미에서도 바르고 깨끗한 마음을 가지고 자기 언행을 충실히 하는 것보다 더 좋은 자기 관리는 이 세상에 없을 것이다.

1992년, 올해는 지난 세월 동안 느껴보지 못했던 삶의 또 다른 면을 느껴본 해이다. 소박한 생활 속에서 나는 생을 부여 받은 것이 참으로 큰 축복이구나 하는 것을 느꼈고, 생명이 있어 이런 생기 넘치는 기쁨도 느낄 수 있는 것이기에 생명을 받은 것이 감사하게 생각된 해였기도 하다.

정말로 내가 이런 느낌을 일기에 적을 수 있는 날이 올 줄은 상상도 하지 못했었다.

하늘과 내가 몸담고 있는 이 인간 세상은 둘이 아니고 하나임을 느낀다. 이웃을 소중히 생각하고 정중히 대함이 바로 하늘을 그렇게 받드는 것이요, 사람들의 비난이 바로 천의 질책이며, 사람(이웃)을 편안하고, 기쁘게 함이 바로 하늘을 그렇게 섬기는 것이다. 자기의 이웃은 바로 하늘이다.

이웃에 잘 하는 것 이상으로 하늘에 잘할 수 있는 길은 없으며, 자기 마음을 바르게 하는 것 이상으로 더 훌륭한 기도는 있을 수 없다.

이 세상을 살아가는 사람들은 그 어떤 예외도 없이 모두 행복과 평안을 추구한다. 그러나 그렇게 원하는 것과 실지로 그 평안을 찾아 누릴 수 있는 능력과는 완전히 별개의 문제인 것이다. 왜냐하면 진정한 평안은 최고의 지혜를 가진 자가 아니면 이룰 수 없는 것이기에.

그러면 최고의 지혜란 무엇인가? 최고의 지혜란 바로 바름이다. 이 지혜를 하늘은 각 시대를 통해, 성인들을 통해 누누이 계시해주셨는데도, 잘난 인간들은 그것을 귓등으로 듣고 무시하면서 오히려 그 바름의 반대편에서, 또는 다른 데서 그 지혜와 평안을 찾으려 한다. 결코 찾지 못할 것이다. 어찌 인간이 하늘을 능가할 수 있는 지혜를 가질 수 있단 말인가.

나는 죽은 후의 문제에는 별로 관심을 갖지 않는다. "호랑이는 죽어서 가죽을 남기고 사람은 이름을 남긴다."는 속담이 있긴 하지만, 죽은 후에 이름이 남든 말든 그것은 나의 관심사가 아니다.

나의 관심은 생을 누리고 있는 현세에 있다. 이 현세에서 하루하루의 생활, 이 순간순간에 내가 어떤 마음을 가지고 어떻게 살아가고 있는가가 나의 관심사인 것이다.

하기야 현세의 바르고 충실한 삶이 그대로 내세에 자기가 갈 곳을 정하고 후세인들에게 기억된다고 볼 때, 관심이 내세에 있건 없건 그 말 또한 그 말이 된다고도 볼 수는 있다.

어쨌든 나의 천국은 내세, 저 멀리 있는 것이 아니라 바로 이 현세에 있으며 자기가 만들어나가는 것이라고 생각한다. 자신이 어떤 마음가짐을 가지고 어떻게 살아가는가가 바로 자기의 천국도 만들고, 자기의 지옥도 만드는 것이다.

지위가 높고 학식이 많다고 반드시 이 같은 천국을 만들 수 있는 능력이 있는 것은 아닐 것이며, 지위나 배움이 낮다고 해서 그런 능력을 가질 수 없다고도 결코 말할 수 없다. 그 능력은 우선 깨달음에서 비롯되어 꾸준하고 한결같은 실천에서 배양되는 것이다.

이 세상에 수많은 사람들이 있지만, 내게는 이 능력을 가진 사람이 가장 위대하게 보인다. 그런 사람만이 진정 생을 알차고 보람차게 살다 간다고 할 수 있을 것이다. 세계를 이끄는 지도국의 하나로 인정받던 나라가 경제 전쟁을 세계에 선포했다면, 그와 동시에 세계 대국의 지위도 포기해야 한다. 아니, 그 선포와 동시에 그 지위도 잃게 된다.

가난한 나라를 돕고 세계 평화를 지키는 기둥이 되는 나라가 아니라 전 세계를 상대로 주판을 튀기면서 장사의 실속만을 따지려 든다면, 다른 나라들도 그 나라를 그 이상도 이하도 아닌 나라로 대할 것이다. 경제력이 막강하다 하여 세계 제패를 꿈꾸는 또 다른 나라가 그리도 장사로 실속만 차리려 한다면, 그 꿈을 이루기는 영원히 불가능할 것이다.

이 세상의 모든 국가나 개개인은 누구나 자기 본위로 살아가고 있다. 자기가 우선 잘 살아갈 수 있는 세상을 바라기 때문에 많은 사람들을 살릴 수 있는, 또 잘 살아가게 할 수 있는 국가만이 지도국이 될 수 있고, 그러한 사람만이 지도자가 될 수밖에 없다.

모든 강물이 바다로 흘러들어 가는 것도, 그 넓은 바닷속에 많은 생물이 살아가고 있는 것도, 바다는 그 모든 것을 받아들이고 살아가게 해주기 때문인 것이다.

1992년 11월 16일   테니스와 인생

테니스를 칠 때는 한 번 공을 쳐 넘기고 반드시 다음 공을 칠 준비를 해야 한다. 한 번 잘 받아넘겼다고 잠시 방심하고 다음의 준비를 게을리 하면 결정타가 날아올 수도 있다. 치고 나서는 준비, 치고 나서는 또 준비. 게임을 하는 내내 긴장의 연속이다. 계속 상대방과 공만 주시하면서.

이 인생살이를 마음의 수련장이라고 볼 때, 하루하루 순간순간을 바르게 지혜롭게 살아가려고 노력하는 우리의 자세도 잠시의 방심을 허용치 않는다. 불씨 한 점이 그동안 정성껏 잘 가꾼 숲 전체를 태울 수도 있듯이, 자기 마음과 언행을 잘 닦아온 사람도 항상 또 돌아보고 또 마음을 가다듬고 하면서 끝까지 한 점 부끄러움이 없는 인생을 살 수 있도록 두려운 마음으로 노력에 노력을 거듭해야 한다.

1992년 11월 18일   바른 마음은 세상이 변해도 자신을 평안케 한다

전생에서 원수로 인연을 갖게 된 사람이 이승에서는 자기 자식으로 태어난다는 끔직한 이야기가 있다. 무자식이 상팔자란 말도 있고. 오죽하면 이러한 이야기들이 속담같이 전해 내려오는 것일까. 한마디로 자기가 집착하고 애착을 갖는 것은, 그것이 기쁨도 주고 보람도 준다고 하겠지만 결국은 이 세상을 살아가는데 근본적인 고통의 원인이요, 그 씨앗이 되고 있다는 뜻일 것이다.

사람이 의식적으로 또는 무의식적으로 애착을 갖게 되는 것은 바로 자신을 망치고 있는 경우를 종종 보게 된다. 명예, 사랑 등을 악착같이 좇다 보면 범죄까지 저지르게 된다. 이 세상 모든 고통은 근원인 동시에 악의 근원이 되는 것이다.

사람들은 입에서 떨어지는 말에서보다 무언중에 더 많은 것을 마음에 새긴다. 오히려 말은 정확하지 못할 경우가 더 많을지도 모른다. 남이 뭐라고 말하는가를 굳이 들으려 하지 않고 우선 자기의 바른 마음을 믿고 의지할 일이다. 자기의 바른 마음은 변화무쌍한 세상에서 결코 자기를 배신하지 않을 것이며 언제 어떤 환경하에서도 항상 자신을 떳떳하고 평안케 할 것이다.

주위 사람들의 마음도 변하고 세상사도 변한다. 이렇게 변하고 또 변하는 것을 변치 않을 것이라고 억지로 엉뚱한 가정을 하고서 거기에 마음을 맞추다 보면 계속 울다 웃다 하다가 나중에는 자기가 어느 골짜기에 처박히는 신세가 되는지도 모르게 끝장이 나고 말 것이다. 오로지 자신의 마음을 바르게 지키는 것만이 인생의 믿을 수 있는 유일한 등대이다.

1992년 11월 19일 몸의 병과 마음의 병

몸이 아프다는 것은 몸 어딘가에 고장이 나 있다는 증거요, 신호이다. 그 원인을 알아내야 하고 그에 알맞은 치료를 해서 고쳐야 한다. 마음의 고통도 마찬가지이니 그 고통은 마음의 어딘가에 병이 났다는 신호이다.

이 마음의 병도 방치하면 안 된다. 마땅히 우리 육체와 같이 고장 난 원인을 찾아내어 치료해야 한다. 마음을 닦아 바르게 하고 또 그 상태를 한결같이 유지한다는 것이 인간에게 얼마나 어려운 일인가.

그 바른 마음과 바른 생활이 가져다주는 깊은 평안, 그 향기와 참맛을 느껴본 적이 있다면 애써 그 바른 마음의 자리를 유지하기 위해 끊임없이 노력할 수도 있겠지만 그 진가를 깨닫기가 어디 쉬운 일인가.

일생 동안 닦아도 도달하기 어려운 그 마음의 자리인데, 이리저리 부딪히며 바삐 살아가는 많은 사람들이 그 자리에 도달해 있기를 기대할 수는 없는 일이다.

그러므로 남에게서 그것을 기대하지 말고 오로지 자기 마음을 닦고 또 닦으면서 타인에 대해서는 끊임없이 이해하는 자세를 가져야 할 것이다.

1992년 11월 21일   마음의 유혹

인간은 누구나 약점을 갖고 있다. 그리고 그 약점은 어느 의미에선 공통된 점이 있다. 좋은 물건을 보면 탐이 나고, 남이 잘되면 질투심이 생기고, 해를 입으면 복수심이 생기고, 권력자에게 아첨하고…….

본능과도 같은 이런 약점들은 약점이기에 앞서 인간의 속성이라고 봐야 할 것이다. 목이 마르면 물을 찾고 뜨거운 것에 손이 닿으면 얼른 피하듯이.

그러나 그렇다고 해서 이런 속성이 그대로 행해지는 것을 방치해서는 절대로 안 된다. 또 행해졌을 때에도 '인간의 속성이니까.' 하면서 용서되는 것은 결코 아니다.

오히려 그런 것들은 인간의 마음속에서 '그러면 안 되니까 이렇게 해야지.' 하는 자극을 끊임없이 일으켜, 인간이 나갈 길을 바로잡아 주는 역할을 하고 있는지도 모른다.

그 누구라도, 나는 어떤 유혹도 이겨낼 수 있다고 자만해서는 안 된다. 그것은 허세일 뿐이다.

술, 도박 등에 한 번 중독되거나 빠지면 끊기 힘들다고 한다. 아예 그 근처에도 안 가는 것이 상책이다. 그리되면 중독자들처럼 가까이 않겠다고 고통스럽게 애쓸 필요조차 생기지 않는 것이다.

불륜 등의 남녀 문제도 그런 환경이나 상황 근처에는 아예 얼씬거리지도 않아야만 예방할 수 있으며, 행복한 결혼 생활을 지켜나갈 수 있는 것이다.

유혹을 피할 수 있다고 자만하지 말고, '남은 그래도 나는 아니다.' 라며 허세 부리지 말고, 항상 두려워하는 마음으로 악의 소지를 만들 수 있는 상황에 아예 접근하지도 않으려는 마음 씀씀이, 노력, 그 자체가 바른 삶의 자세이며 결국은 바른 삶이 되는 것이다.

1992년 11월 22일   자기 마음을 훤히 열어 보여도

자기 마음을 훤히 열어 보여도 세상에 부끄러움이 없는 상태. 이것이 바름이요, 또 하늘에 한 점 부끄러움이 없는 길이다.

1992년 11월 25일   육체의 건강과 정신의 건강

한 줌의 흙으로 변해버리고 나면 그만이어서 신체의 그 어떤 것도 남을 수 없고, 세상에서 소유하고 누렸던 그 어떤 것도 죽을 때는 가져갈 수 없다는 사실은, 결국 이 세상에서 '내 것'이라고 하는 것은 아무것도 없다는 것을 말해주고 있다.

이 세상에서 생을 누리는 기간 동안 소위 '갖게' 되는 모든 것은 정확히 말하자면 잠시 맡고 있는 것일 뿐이다. 그것을 어떻게 하면 하늘의 뜻에 맞게 쓰느냐 하는 것이 중요하다. 그 점을 우리 인간들은 항시 잊어서는 안 된다.

육체의 건강을 지키는 것과 정신의 건강을 지키는 일에는 비슷한 점이 많은 것 같다. 머리가 띵하고 콧물이 나는 감기가 한 번 낫고 나면 그 당장의 느낌으로는 다시는 감기에 안 걸릴 것 같지만, 부주의하면 어느새 또 감기 기운이 얼씬거린다.

한순간의 성급함이나 실수로 삔 허리는 두고두고 통증과 불쾌감을 가져온다. 한편, 평소에 꾸준히 적당한 운동을 하고 알맞게 먹고 술,

담배 등을 절제하면서 규칙적인 생활을 하다 보면 자신도 모르는 사이에 건강이 좋아지고 계속 그 상태를 유지해나갈 수 있다.

정신세계에서도 비록 반성과 참회를 통해 마음을 깨끗이 하고 새 생활을 시작했다고 해도, 긴장이 늦춰지면 그 마음은 또 오염되고 만다. 한순간 유혹에 빠진 마음은 일생 돌이킬 수 없는 실수를 저지르기도 한다.

그러나 항상 자기 마음을 살피고 반성하면서 바른 마음을 지니고 양식이 되는 책을 읽으면서 언행을 잘 가다듬어 나간다면, 자신도 모르게 인격이 형성되고 마음이 평안해지면서 살아 있는 참맛과 기쁨을 내내 누릴 수 있을 것이다.

1992년 11월 27일   늘 조심하는 태도

위장이 약한 사람은 위장병이 생기기 쉽고, 어떤 음식을 먹고 심하게 체했던 사람은 한동안 그것만 먹으면 십중팔구 또 체하게 된다.

신체적으로나 정신적으로 자신의 허약한 부분을 잘 파악하여 대비하는 자세가 필요하다. '다시는 이 병에 안 걸릴 거야.' 하고 자만하지 말고, 그 약한 점이 침해 받을 상황을 아예 극력하게 피하는 태도가 중요하다. 사람들에게는 공통적인 약점이 있고 개개인에 따라 특히 이 점이 약하다고 하는 부분이 있다.

불에 손을 집어넣으면 예외 없이 데는 이치와 마찬가지로, 인간의 약점은 그러한 상황에 놓이게 되면 거의 예외 없이 반복해서 상해를 입게 된다.

미끼를 문 물고기가 물고 난 후 백 번 후회하고 상황을 되돌리려 해도 이미 때는 늦은 법. 아예 그 미끼 근처에도 가지 않는 것이 중요하다. 오직 그 길만이 미끼를 물게 되지 않는 유일한 방법이기도 하다.

그래서 바른 생활은 끊임없는 조심성이 필요하다.

한 생각, 한 마디, 한 행동이 일생 쌓아온 모든 것을 허물어버릴 수도 있기 때문에.

1992년 11월 29일　신체의 평안과 마음의 평안

우리는 하루 세끼 음식을 먹고, 운동을 하고, 때로는 약을 먹는다. 이 모든 것은 결국 신체의 평안(건강)을 지키겠다는 데에 목표가 일치한다. 마음의 양식이 되는 책을 읽고 반성하고 새로이 각오하고 노력하는 이 모든 것은 궁극적으로 모두 마음의 참된 평안을 그 목표로 삼고 있다.

건강한 신체에, 마음에는 참된 평화—모든 인간의 이상이다.

1992년 12월 1일　미끼를 문 물고기 같은 신세

마음의 평화는 인간들이 추구하는 모든 이상의 정점에 있다. 하기야 출세 하고자 발버둥 치는 것도 마음의 기쁨을 얻고자 함에 있다.

그러한 것이 참으로 마음의 평화에 참된 기여를 하는가 하는 것은 또 별문제다. 오히려 만족과 기쁨을 얻고자 추구했던 많은 것들이 사람들에게 전혀 그 반대의 결과인 고통을 주는 경우가 때때로 있기 때문이다.

그는 올바름을 잃었기에 많은 것을 잃었다(사실 사람들은 바름을 잃음으로 인해 생의 모든 것을 잃을 수도 있다). 그러나 더 딱한 것은 그가 큰 것을 잃은 이유가 바로 자기의 바른 마음을 잃어버린 데에 있다는 것을 깨닫지 못하는 점이다.

그래서 '누구나 자기가 지혜로운 만큼 행복하고, 지혜롭지 못한 만큼 불행하다.'는 말이 있는지도 모른다.

당장 눈앞에 있는 그 유혹이 아무리 그럴싸해 보이고 강하게 끌어당긴다 하더라도 올바름을 버리고서 얻는 것은 모두 손해이고 고통의 씨앗일 뿐이다. 물고기가 물려고 하는 미끼, 그 이상도 이하도 아니다. 미끼를 물고 나면 그 물고기는 그것으로 끝장이다. 그것이 그리도 달콤하고 좋아 보였던가.

물고기를 낚고, 낚는 것을 보면서도, 또 괴롭게 몸부림치며 끌려 나오는 물고기의 고통을 수없이 보면서도 사람들은 생의 중요한 진리와 원칙을 배우지 못한다.

1992년 12월 5일 올바름을 잃으면 파멸이고 파국이다

오직 올바름만이 이 세상을 살아가는 데 자신을 지켜주는 유일한 방패이다. 올바름을 잃는다는 것은 모든 것을 잃음을 의미한다.

참되고 깊은 지혜도 올바름에서 비롯된다. 올바름을 잃으면 지혜도 잃게 된다. 그릇된 생각과 언행은 아무리 당장은 그 꾀와 술수가 그럴싸해 보여도 잔꾀에 불과할 뿐이며 결국은 다른 사람보다도 자신을 기만하는 결과를 가져오게 된다.

다른 사람들이 아무리 해코지를 하려 해도 자기 스스로 바름을 잃은 이상 그것보다 큰 해를 입을 수는 없다. 다른 이가 주는 해는 참을 수도 있고 시간이 지나면 벗어날 수도 있으나, 자신이 스스로 그릇된 길에 빠지게 되면 그 해는 치명적이다.

치유될 수도 없는 결정적인 파멸을 가져오기 쉬우며 그 괴로움은 견딜 수 없는 것이 된다.

수치와 가책을 동반하기 때문에.

1992년 12월 7일　정의를 이루기 위해 맺어진 인간관계의 힘

　친인척은 핏줄로 연결되어 있다. 피는 물보다 진하다는 말도 있듯이 그러한 연결은 강한 인연이지만, 그것도 배신 등으로 인해 끊어질 수 있는 법이다. 우리나라 역사를 보더라도 왕이 되기 위해 조카를 살해한 자도 있지 않았던가.

　그러나 핏줄 못지않게, 때로는 더 강하게 진정으로 인간과 인간 사이를 이어주는 것이 있으니, 그것은 정의에 입각하여 그것을 이루고자 뭉친 사람들의 유대이다.

　그렇기에 더욱 이러한 경우, 올바름을 잃었을 때는 그 강했던 연결이 하루아침에 물거품이 될 수밖에 없다. 올바름을 지키기 위한 끊임없는 노력은 인간관계에 있어서 필수적이다.

　물론 아무리 한쪽에서 그 올바름을 지켜도 다른 쪽의 그릇됨과 배신으로 관계가 끊어질 수 있다. 한쪽에서 스스로 떨어져 나간 것이다.

　그러나 가만히 생각해보면 그런 인간관계란 비록 한때 마음에 상처를 주기는 해도 차라리 잘된 일이 아닐까 싶다. 그런 '우정'은 더 지속할 가치가 없기에, 그런 인간은 더 접할 의미가 없기에.

　다른 이를 다스리는 사람은 먼저 자신의 주인이 되어야 한다는 말이 있는데, 이 말의 뜻은 더 나아가 자신을 다스릴 수 있는 사람은 바로 세상을 다스릴 수 있는 사람이라는 뜻으로도 생각된다. 자기 마음을 다스릴 능력이 있는 사람이 무엇인들 못 다스리겠는가.

　자기는 자존심이 강하다고 자랑하며 작은 일에 콧대를 세우던 사람이 부정한 짓을 저지른 경우를 본다. 진정한 자존심이란 바르게 사는 사람만이 가졌다고 할 수 있다.

　자신을 귀히 알기에, 하늘이 주신 이 삶의 소중함을 맡기에, 도저히 천하고 더러운 곳에 자기를 둘 수 없는 그 마음만이 진정 가치 있는 자존심인 것이다.

참된 나를 찾으려 함은, 바르게 살려고 노력함은 그 자세가 신을 부르고 찾는 것도 동일한 것이다.

하늘을 우리는 어디에서 만나는가. 하늘은 어디에 계신가. 바로 '참된 나'의 안에 계신다.

하늘을 우러러 한 점 부끄러움도 없고, 세상사 쓸데없는 곳에 그 어떤 집착도 없을 때, 그 바른 생각과 언행 안에서 우리는 하늘을 만나며 하늘은 그 안에 이미 존재하신다.

그 어떤 것을 추구하든 간에 그 방향으로 지나치게 밀고 나가면 자기가 원하는 것의 정반대의 것을 얻게 된다.

무대 위에서 하는 연극은 마치 실제인 것과 같이 해야 하고, 우리의 실제 인생은 마치 연극하듯 살아가야 한다. 즉 해야 되는 일들에 집착하지 말고 행해야 한다는 뜻이다.

1992년 12월 13일   음식보다 마음의 양식이 더 중요하다

결국은 자기가 먹은 것, 입안으로 들어간 것이 자기의 몸을 구성한다. 아무거나 막 먹으면서 건강할 수는 없다. 해로운 것을 먹으면 탈이 나기 마련이고 생명을 잃기조차 한다.

요즘같이 건강에 대한 관심이 고조되어 있는 풍토 속에서, 사람들은 무엇을 어떻게 먹을 것인가 하는 데에는 마음을 무척 쓰면서도, 자기의 정신을 구성하게 되는 요소, 즉 머리 안에 어떤 생각을 담고 키워나갈 것인가에 대해서는 음식의 절반만큼의 관심도 없는 것 같다.

결국은 자기 육신이 되는 음식물에 주의하듯이, 결국은 자기 정신이 되는 마음의 양식에 주의해야 한다. 아무 생각이나 마음에 함부로 심어서는 안 된다. 그것들은 다 씨앗이 되어 끝내 언행으로 나타나게 된다.

따라서 생각이 바르면 자연히 언행도 바르게 된다. 대개 눈에 보이는 언행에 조심하지만, 그보다는 마음에 들어앉게 되는 한 가지 한 가지의 생각에 주의해야 한다. 품은 생각은 눈에 안 보이는 것 같지만 그것보다 더 뚜렷이 나타나는 것은 없기 때문이다.

자기의 생각과 언행이 일치하지 못한다는 것은 도덕적이지 못하다고 표현되기도 하지만, 그보다도 그러한 현상은 정신적 고통의 원인이 되는 것이다. 우리 고통의 근본 원인은 생각과 언행이 서로 어긋나는 데 있다고 볼 때, 우선 생각을 잘 다스리면 언행이 자연 잘 다스려지고 그리하여 그 마음도 편안해지게 되지 않겠는가.

한 나라의 왕이 자기 마음을 잘 다스리면 나라도 자연히 잘 다스린다. 그리하여 나라가 평안해진다. 한 나라의 소란, 이것은 애당초 왕의 마음에서 시작되는 것이다.

금, 다이아몬드 등의 보석이 소중히 여겨지는 이유는 그 자체도 아름답지만 영원히 변치 않기 때문이다. 그만큼 사람들은 영원히 변치 않는 것을 좋아하고 소중히 생각한다.

우정도, 사랑도, 미모도, 변하고 사라지는 것을 결코 원치 않는다. 그러면서도 사람들은 우리에게 영원한 것, 우리에게 영원히 남는 것보다 일시적이고 반드시 사라져버리고 말 것에 더 애착을 갖는다.

재산, 명예, 권세. 이 세상에서 흔히 최고로 추구하는 그 어느 것도 영원히 우리 것은 될 수 없다.

아무리 재산이 많아도 권세가 하늘을 찌를 듯해도 그 어느 것 하나도 우리는 죽을 때 가져갈 수 없다. 이미 생전에 잃은 경우도 많지만, 죽고 나면 오로지 자기 평생의 행위만이 남는다.

그 사람의 이름 석 자가 의미하는 이미지가 오직 그가 남길 수 있는 것이며, 그와 영원히 함께하는 것이다.

그런데도 사람들은 물거품 같은 것을 위해 기꺼이 자기의 이름을 마구 더럽히고, 자기에게 영원히 수치를 안겨줄 그것들을 더 사랑하는 경향이 있다.

1992년 12월 15일 모든 일에는 '때(하늘의 뜻)'가 있다

시간의 흐름이야말로 하늘의 손길이요, 의지이다. 그 누가 시간의 흐름을 막을 수 있으며, 시간의 흐름과 함께 변하지 않는 게 어디 있을까. 모든 것은 때가 있다고 하였다. 그 '때'는 하늘의 뜻이다.

1992년 12월 20일 바른 생활의 시작

마음을 스쳐 지나가는 한 가지 생각을 삼가고 조심하는 데서부터 성스럽고 바른 생활은 시작되는 것이다.

1992년 12월 30일 집착과 애착

운동 시합을 할 때 이기겠다, 너무 잘 해보겠다는 등의 과욕을 버리고 공 하나하나를 정확히 맞추겠다는 자세로 임하면 더 좋은 시합을 치를 수 있으며, 야구에서의 홈런도 이런 경우에 나온다고 한다.

우리가 일생을 살아가는 자세도 이와 같아야 할 것이다. 주어진 하루하루를 성실하고 바르게 살겠다는 그 자세가 성실한 인생을 만들어줄 것이다.

집착과 애착, 그것은 인간에게는 가장 단단하고 빠져나오기 힘든 감옥이다. 자기를 가장 기쁘게 하는 것이며 자기가 가장 소중하다고 생각하고 있는 그 대상이, 실은 가장 자기를 구속하고 괴롭히고 있는 것임을 모르는 경우가 많다. 그것은 가장 소중한 것이 아니라 가장 빨리 없어져야 할 불필요한 것이다. 배움과 배움의 실천, 기술을 익힘과 그 익힌 기술의 활용, 자기 수양과 사회에 나와 일하는 것. 이 모든 것은 자기를 먼저 닦고 이웃을 위해 실천하라는 진리를 하나로 꿰뚫고 있다.

출세도 사실은 위의 진리를 실천할 수 있는 기회이다. 크게 출세할수록 이웃에게 더 넓게, 크게 이로움을 줄 수 있는 기회를 갖게 된다.

그러나 출세의 목적이 이웃을 위해 일한다는 데에 있지 않는 것에서 많은 부조리가 빚어진다. 그렇게 되면 자신도 이웃도 불행해지는 것이다. 그 누구보다도 자신이.

"살아 있다는 것과 생각한다는 것은 같은 뜻이다." 그러므로 어떻게 생각하고 있는가에 따라 어떻게 살아가는 있는가 하는 것이 정해지는 것이다. 또 어떻게 살았는가를 보면 어떻게 생각했는가를 알 수 있게 된다.

부모가 자식을 자식으로 생각하지 않고 그렇게 위해주지도 않는데, 어찌 자식이 부모를 진정 부모로 여기고 따르겠는가.

임금과 백성 사이도 마찬가지이다.

큰 자기를 실천한 만큼 자기의 세계는 넓어지고, 오직 사사로운 자기 욕심만 채우려고 하면 그 사람의 세계는 바로 거기서 그치고 만다.

3. 마지막 일기 (박근혜 41세)

박근혜의 사색이 완결에 가까워지는 시기다. 박근혜가 공개한 일기는 1993년 7월 26일의 것이 마지막이다.

마지막 일기 내용은 이렇다.

"인간에게 주어진 의무, 일상의 해야 할 일을 모두 자기완성을 이루기 위한 도구이다."

그 이전의 일기에는 이런 구절이 있다.

"내가 살아가는 데 그 무엇과도 바꿀 수 없는 세 가지 소중하고 고귀한 보물이 있으니, 그 첫째는 떳떳하고 밝은 나의 마음이요, 둘째는 나의 밝은 마음과 언행이 빚어나가는 이웃이 평안한 마음이요, 셋째는 충실하고 근면하게 순간순간, 하루하루를 채워나가는 내게 주어진 시간이다."

얼핏 이 세 가지를 얻으면 행복해질 수 있다는 소망처럼 들리지만, 곰곰이 곱씹어보면 이 세 가지를 얻는 것이 인간인 자신에게 주어진 의무이고, 그 의무의 수행이 '자기완성'을 이룬다는 의미가 아닌가 싶다.

이것이 박근혜와 여타 다른 인물들과의 차이점이다. 자신을 중심으로 세계를 바라보는 대부분의 사람들과는 달리, 박근혜는 어찌 보면 자기 자신을 커다란 대의를 위해 바쳐야 할 '도구'처럼 여기는 듯하다. 사명감이 달관의 경지에 이른 것일까.

박근혜 일기가 공개된 것은 《고난을 벗삼아 진실을 등대삼아》가 출간된 1998년의 일이다. 1993년 후반기에서 1998년 사이의 일기는 왜 공개하지 않았을까? 1993년 후반기 이후의 일기가 없는 것은 이 시기의 박근혜의 삶에는 공인보다 개인에 방점이 찍혀 있었기 때문으로 보인다.

1994년 박근혜는 한국문인협회회원이 되었다. 1995년에는 첫 책인 《내 마음의 여정》이 출간되었다. 그리고 1995년부터 정수장학회 이사장이 되어 사회활동에 복귀하였다. 이 시기의 박근혜는 사회적으로는 장학사업을 통해 이타적인 삶을 실현하면서, 개인적으로는 글을 쓰는 문인으로서의 삶을 살고자 했던 것으로 보인다.

모처럼 자기 자리를 잡은 삶. 하지만 평안한 삶이 오래 지속되지는 못한다. 이것이 박근혜의 운명일까.

1993년 1월 6일   치료보다는 예방

사람은 누구나 장단점이 있고 선한 점과 악한 점을 같이 가지고 있다. 주위의 모든 이들에게서 그의 가장 좋고 선한 점을 끌어낼 수 있는 사람은 이 세상을 밝게 할 수 있는 능력을 가진 사람이다.

그러한 사람이 되려면 우선 자신의 모든 점이 바르고 떳떳해야 하며 이웃을 최대한 존중하고 편안하게 해줄 수 있어야 할 것이다.

치료보다는 예방이라는 말이 있다. 건강하면 감기도 함부로 침범하지 못하듯이, 평소 마음도 관리를 잘해 악습이나 악에 빠지지 않도록 대비하는 자세가 중요하다.

몸과 마찬가지로 마음도 허점을 한 번 공격 당하면 그때 자기 마음 먹은 것과 같이 되지 않아 감정의 관리가 힘들어지고 치료 기간이 필요하게 된다.

1993년 1월 7일   모든 것은 변한다

잠시도 쉬지 않고 흘러가는 시간처럼 이 세상만사도 멈추지 않고 변해간다.

이웃의 마음도, 나의 마음도.

이웃이 변하니까 나도 변하고 내가 변하니까 이웃도 변한다.

모두가 서로 서로 변한다. 그러므로 살아가는 데 있어 가장 큰 착각 중 하나는 이 엄연한 사실을 부정하려는 데 있다.

마치 지나가는 시간을 붙잡아 둘 수 있다고 생각하는 것과 같은 착각이다. 그 변화를 항상 잘 살펴서 그때 그때에 맞는 자신이 되도록 노력을 게을리하지 말아야 한다.

1993년 1월 10일   이웃의 입장에서 필요한 사람이 되어야

작은 그릇이 자기보다 큰 그릇을 담을 수는 절대로 없다.

겸손, 지혜, 사려 있는 행동 등에서 한 발 더 앞서는 사람이 더 큰 그릇이다. 그런 점에서 남보다 단 한 발이라도 앞서려고 노력하는 것, 그것이 바로 이웃과 평화롭게 살아가는 길이다. 아울러 자기가 속한 사회에서 꼭 필요한 사람이 되려고 노력해야 한다.

상황도 사람도 변하기 마련이다.

한때는 꼭 필요했던 사람이었다 하더라도, 시간의 흐름과 함께 오히려 짐스러운 존재가 되어버리는 사람이 될 수 있다. 항상 자기 위주로 생각하지 말고 상대, 이웃의 입장이 되어 생각해보는 습관이 중요하다.

1993년 1월 13일   이타적인 언행도 습관이다

운동선수가 같은 동작을 반복해서 연습하여 숙달되는 것은 뇌에 그 동작의 기억이 남아 있기 때문이라고 한다.

처음에는 아주 힘들던 동작도 바르게 몸에 익혀 꾸준히 반복, 연습하면 능숙하게 될 뿐 아니라 거의 자동적으로 그런 동작을 하게 되어 훨씬 수월해진다.

착한 마음과 악한 마음, 좋은 습관과 나쁜 습관도 꼭 이와 같을 것이다. 바르게 마음먹고 바르게 행동하려고 항상 노력하면 그것이 굳어져서 어떤 상황하에서도 이기적이나 옹졸하게 행동하지 않고 이타적인 언행이 나올 것이다.

반대로 항상 남을 원망하고 불평하고 증오하면 그것도 습관으로 굳어져 평생 그런 마음으로 자신을 달달 볶고 남을 못 살게 굴면서 살아가게 될 것이다.

슬기롭고 바른 마음, 그리고 그런 마음가짐의 반복만이 바르고 평안한 삶을 약속해줄 것이다.

1993년 1월 16일　일생을 통해 매일매일 거듭나야 한다

우리는 매일매일 거듭나야 한다. 그렇지 않을 경우 자기도 모르는 사이에 달라져버리는 자신을 감당할 수 없게 된다.

마치 고여 있는 물이 어쩔 수 없이 썩어버리듯, 거듭나지 않을 경우 오늘의 아무개는 3년 전 아무개가 아니요, 심지어 3일 전 아무개도 아닐 수 있다. 비록 이름과 얼굴은 같아도.

인간으로서의 참된 가치는 그가 인간으로서의 품위와 위엄을 갖추고 있는 상태일 때에만 존재한다고 할 수 있다.

따라서 이것은 그 사람의 지위나 부에 좌우되는 것이 아니라 그가 얼마나 바르고 떳떳하게 살아가고 있는가, 얼마나 이웃을 존중하고 아껴줄 수 있는가 하는 데에 전적으로 달려 있다고 생각한다.

그러나 한때 아무리 인간으로서의 참 가치를 지녔던 사람이었더라도 시간의 흐름에 따라 그 가치를 거의 잃을 만큼 인간은 변할 수 있기 때문에, 일생을 통해 매일매일 거듭나고 일생 깨어 있는 자세가 그토록 중요한 것이다.

우리의 신체와 정신은 서로 뗄 수 없는 상호 관계를 갖고 있으며 동시에 서로 비슷한 점도 많이 가지고 있는 것 같다.

육류나 가공식품 위주의 음식보다 야채와 해조류 등의 음식이 우리 몸에 이롭다는 것은 거의 상식 같은 이야기다.

문제는 무엇이 우리 몸에 좋은가 하는 것을 몰라서가 아니라, 조미료, 가공식품, 고기, 단것 등에 너무 길들여진 입맛 때문에 그 습관을 버리기 힘든 데 있을 것이다.

그러나 야채나 현미밥도 자꾸 접하다 보면 그것의 참맛을 알게 되고, 그렇게 되면 굳이 건강에 좋다는 의무감 때문이 아니라 그 맛이 좋아서 건전한 식생활을 즐겁게 할 수 있게 되며, 오히려 불규칙한 식생활이나 조미료, 단것 위주의 가공식품이 끔찍하게까지 여겨질 수도 있을 것이다.

우리의 정신생활에도 많은 경우, 무엇이 옳은 것인가, 어떤 것이 바른 길인가를 잘 알고 있으면서도 그동안 비뚤게 길들여진 생활 습관, 사고 습관 때문에 바른 생활을 못하는 경우가 많다고 봐야 할 것이다.

이런 경우에도 위의 방법을 택해본다. 즉, 처음에는 힘들더라도 애써 마음을 바로잡아 나가는 노력을 하다 보면 그런 생활의 참맛과 참 기쁨을 느끼게 되고, 그렇게 될 때 바른 생활은 이 생을 살아가는 가장 편안하고 행복한 길이 됨을 깨닫게 될 것이다.

이렇게 자신이 그 참맛을 알고 기쁘게 그 습관을 택할 때에만 흔들리지 않는 소신이 서고 그것이 행동으로 강하게 연결될 수 있다.

그것을 못 느끼고 따라서 실천해보지도 못하고 인생을 마친다면 그 같이 슬프고 억울한 일이 어디 있을까. 바른 식생활과 바른 정신생활은 서로 깊이 영향을 미친다고 생각된다. 이 두 가지는 서로를 도와서 이 생을 밝고 맑고 기쁘게 가꾸어줄 것이다.

1993년 1월 25일   오늘을 잘 살면 인생을 잘 사는 것

인생은 중시하면서 왜 오늘은 중시하지 않는가.

인생을 어떻게 살 것인가, 어떻게 해야 잘 사는 길인가를 생각하면서 오늘 하루를 어떻게 해야 잘 사는 것인가는 왜 중시하지 않는가.

한 번에, 하루아침에 되는 세상만사는 없다. 바른 길에 들어서서 꾸준히 그 길을 걸어야만, 또는 바른 방법을 배우고 계속 반복해야만 뭔가가 이루어지고 따라서 결실을 맺게 되는 법이다.

아무리 몸에 좋은 음식이라도 그 효과가 나타나려면 일정 기간의 꾸준한 섭취가 필요하며, 일의 효과, 운동선수의 기량, 능숙한 기술, 이 모든 것이 결코 하루에 나타나거나 이루어지지 않는다.

심지어 얼굴의 주름살도 그것이 잡히어 눈에 띄게 될 때까지 얼마나 많은 시간이 걸리는가.

오늘을 어떻게 살 것인가-그것은 바로 인생을 어떻게 살 것인가에 대한 문제 제기이며, 오늘은 어떻게 살았다 하는 것은 바로 인생을 그렇게 살았다 하는 이야기가 될 것이다.

1993년 1월 30일   마음의 건강과 병

자신의 입으로 들어가는 모든 것은 그 사람의 신체를 구성하게 된다. 마찬가지로 자기의 마음속을 스쳐 지나가고 머무는 모든 생각은 자기의 언행을 구성하게 된다.

그것이 계속해서 쌓여나감에 따라 건강해지기도 하고 병들기도 한다. 신체적으로나 정신적으로나 계속되는 반복은 결국 풀려 해도 풀 수 없는 단단한 직물처럼 짜여져 습관이 되고 만다.

그것이 좋은 습관일 경우에는 평생을 건강하게 지내도록 해줄 것이며, 그 반대일 때는 일평생 자신을 병들게 하고 괴롭힐 것이다.

마땅히 입으로 들어가는 한 가지 음식, 마음에 자리 잡는 한 가지 생각을 삼가고 조심하며 중시해야 할 것이다.

1993년 2월 14일   백 가지 법령은 위정자가 솔선수범함만 못하다

백 가지 법력은 위정자가 자신을 바로 하고 솔선수범함만 못하다.

또한 위정자가 자신을 바로 하지 못하면 백 가지 법령이 소용없게 된다.

이런 상황에선 세상이 바르게 될 수 없으니 법령은 점점 많아지겠지만 그것이 많아질수록 세상은 점점 더 어려워진다. 진실로 바르게 살고자 하는 마음이 없을 때 법령이 무슨 쓸모가 있겠는가.

사람들은 법을 지키려 하기보다 교묘하게 빠져나갈 생각을 하게 될 것이며, 걸려도 부끄러움보다는 재수 없었다고 생각하게 될 것이다.

진실로 바르게 살고자 하는 마음이 충만한 사회의 시작은 바로 위정자의 마음에서부터 시작된다.

위에서 계속 맑은 물이 흘러내리면 아랫물은 자연 맑아질 수밖에 없고, 위에서 더러운 물이 계속 흘러내리면 아랫물은 더러워지지 않을 도리가 없게 된다. 물이 아래에서 위로 흐르는 기적이 일어나지 않는 한.

1993년 2월 17일   작은 이익, 큰 손해

작은 이익은 큰 손해이다. 오직 지혜로운 사람만이 그 이치를 깨달을 수 있다. 올바른 삶—그것은 오직 지혜로운 사람만이 영위할 수 있다. 올바름과 진정한 지혜는 결국 하나인 것이다.

1993년 2월 21일   하늘의 뜻

세상 사람들은 "이 일은 그들이 방해한 것이다. 그들이 나를 괴롭히고 못 살게 구는 것이다." 하고 말들 하지만, 실은 하늘이 그 일을 중지시킨 것으로 받아들여야 한다. 말하자면 그들은 도구요, 연장이라고나 할까.

1993년 2월 22일   방심하거나 게으르지 말아야

그의 마음에서 눈에 보이지 않게 싹튼 한 생각이 눈에 보이는 행동으로 옮겨져 나타나게 될 때는 이미 돌이킬 수 없는 상태인 것이다.

따라서 보이지 않는 것을 볼 줄 알아야 한다. 그러나 잘 보이지 않는 것을 굳이 보고 알아차리려고 애쓰지 않아도 되는 유일한, 더 좋은 방법이 있다.

그것은 항상 바른 마음을 굳게 간직하여 조금도 방심하거나 게을리하지 않는 것이다. 그리하면 언제 어디서나 부끄럽거나 후회되는 일이 없을 것이다.

1993년 2월 23일   세상을 바르게 하기 전에 자신부터 바르게

참된 지혜야말로 덕이며 행복이다. 그 지혜를 가리는 것이 바로 욕심이다. 따라서 욕심은 덕을 허물어버리고 행복을 앗아가 버린다. 결국은 행복해지고자 부려보는 욕심이 행복해지는 길을 가로막는 것이다.

세상을 바르게 하겠다고 하지 말고 먼저 자신을 바르게 할 일이다. 남이 자기를 위해주길 기다리지 말고 자기가 남을 위해줄 일이다. 그 길이 세상을 바르게 하고 따뜻한 이웃을 갖게 되는 길이기 때문이다.

1993년 2월 26일 인생을 연극처럼

이 인생살이는 하나의 연극이다. 그 인생의 각본은 이미 정해져 있고, 몇 막 몇 장인지도 정해져 있고, 무대에 들고 나는 때와 시간도 정해져 있다.

자기가 맡은 역할을 가지고 등장할 시간에 나아가 연기를 하고 끝나면 들어오고, 그 연기를 얼마나 잘하는가 하는 것은 자기 노력에 달려 있을지도 모른다. 그러나 자기의 배역과 각본까지 바꿀 수 있는 힘이나 권한은 인간에게 없다.

그러니 이 거대한 인생 무대에서 삶을 연극하듯 살아가는 자세는 중요한 것이다.

울지만 진정으로 울지 않고, 고통 속을 지나가지만 고통을 그냥 느끼는 척하고, 사랑하지만 이성을 잃을 만큼 집착하지 않고, 소유하지만 그것은 어차피 무대 뒤에 다시 맡겨질 소도구이니 애착을 갖지 않는다. 그 역할이 싫을 때도 해내야 하고 좋다면 다행이고.

죄와 벌? 권선징악? 현대사회는 이런 말을 비웃고 있다. 악한 행동을 하고도 더 큰소리치며 사는 사람들을 무수히 보아왔고 천벌 받을 짓을 해도 처벌 받는 것을 잘 보지 못했기 때문에 실감이 나지 않는 것이다.

죄라는 것이 정말 있는 것인지, 선한 행동과 올바름은 정말 하늘이 뜻하시는 바인지. 이른바 선한 사람도, 악한 사람도 이 인생 무대에서는 지극히 나약하고 무기력한 존재이다.

이러저러한 인생 코스를 제 마음대로 갈 수 있는 사람은 없기 때문이다.

선인과 마찬가지로 악인도 스며드는 병마, 정해진 죽음의 그 시각을 어길 수는 없다. 그 악한 마음이 결국은 자기를 수치와 파멸로 이끌고 만다 해도 그 욕망에 취해 날뛸 때는 그것이 얼마나 자신을 해치는 것인지 판단할 능력을 갖지 못한다.

그런 지혜를 갖고 싶지 않아서 안 갖게 되는 것은 아닐 게다.

의문은, 악인들에게보다 하늘에 더 갖게 된다. 예를 들어 기계가 작동이 잘 안 되고 쉽게 망가지면서 말썽을 부린다면 그것은 기계 잘못(책임)이기보다 기계 제작자에게 원인이 있다.

허술하게 또는 규격에 안 맞게 만들어놓고는 왜 기계가 그 모양이냐고 백 번 나무라 봤자 그리 생겨먹은 기계가 어쩌란 말인가. 아예 잘 만들어놓으면 속 썩을 일도 없을 것인데 …….

공자, 부처, 예수 그리스도……. 이같이 성인을 내어 인류를 바르게 가르치시려는 노고를 하늘은 베푸셨다.

또 인류는 그 말씀대로 바르게 살아보려고 무진 애를 쓰고 후회도 하고 갈등을 일으키며 고통스럽게 살고 있다.

이 무슨 장난이란 말인가.

소위 악이 판을 치는 이 사회는, 하늘이 원하신다는 그 도덕을 지키는 일이 인간들에겐 얼마나 힘겨운 일인지 보여주는 것이기도 하다.

악한 방향으로 치닫기 쉽게 기계를 조정해놓고는 왜 그렇게 하느냐고, 그러면 천벌을 받는다고 애쓰실 게 아니라, 아예 모두를 성인같이 잘 만드셨어야 하지 않았을까. 그러나 하늘의 뜻을 감히 인간이 이해할 수는 없는 일이니 이런 이야기들은 넋두리가 된다.

중요한 것은 무엇보다도 세상을 과장하지도 깎지도 말고 있는 그대로 보고 받아들여야 한다는 점이다.

장미는 향기로움을 발하고 시궁창은 악취를 풍긴다. 이 과일은 맛이 있고 저 버섯은 맛도 없고 독이 있어 몸을 해친다.

왜 그럴까? 왜 그래야 할까? 그 이유를 아무도 알 수는 없다. 그 향기의 성분이 무엇 무엇으로 되어 있다고 학자는 설명하겠지만, 그렇다고 해서 왜 그 향기가 기분 좋게 느껴지는 것까지는 결코 설명할 수 없다.

그런 의미에서 '고통'은 인생살이에 아주 커다란 의미를 지니고 있다. 단순히 '그것은 싫은 것이다' 하고 피하려고만 하기에는.

사실 '고통'은 행복보다도 오히려 더 강력한 힘으로 인생살이의 모든 것을 결정해주고 있는 것이다.

사람들이 이리 뛰고 저리 뛰며 움직이고 생각하고 발명하고 노력하는 모든 움직임의 원동력은 사실 우리가 그토록 싫어하는 '고통'에 있다. 그것을 벗어나고자 하는 노력이며 발버둥인 것이다.

요즘 현대사회에서는 이러저러한 음식과 식생활이 각광을 받고 있다. 왜냐하면 그렇게 음식을 취해야만 건강해질 수 있고 따라서 질병이나 쇠약의 고통으로부터 벗어날 수 있기 때문이다. 운동의 중요성도 강조되고 있다. 스포츠센터, 헬스클럽도 인기다. 그렇게 움직여야만 건강을 유지하기 때문에.

필요는 발명의 어머니라고 했듯이 새 상품은 불편했던 점을 보완하고자 자꾸 개발된다. 환경오염 방지를 위한 국제회의를 개최하고, 핵개발을 저지하려 하고……. 이 모든 것이 다 고통을 피해보고자 하는 노력이다. 왜 선이 있고 악이 있는지, 왜 고통이 존재하는지 인간은 알 수 없다. 그러나 고통을 피하고 싶다는 그 심정은 그 존재 이유를 모르더라도 매우 절박한 것이다.

하늘이 성인들을 통해 내놓으신 가르침, 그리고 '양심'이라는 것을 통해 들려오는 깨우침은 결국 누가 뭐래도, 세상이 어떻게 바뀌더라도 진정 고통을 면하고 평안으로 나아가게 하는 최고의 지혜이며 길인 것이다.

1993년 3월 15일　예측하고 대비하는 지혜

인생살이 만사를 나를 바라보는 마음으로 바라볼 수 있다면 그것이 이른바 도를 통한 경지라 할 것이다. 세상만사가 뜻대로 되는 일이 별로 없다고 불만스럽게 살고 있는 인간들에게 날씨만큼 뜻대로 할 수 없는 문제도 정말 드물 것이다.

농사에 알맞게 비가 오고, 덥고 춥고 하기고 쉽지 않다. 또 춥지도 덥지도 않고 습기도 알맞은 화창한 날씨가 가장 이상적이라고 생각되지만 1년 중 과연 그런 날들을 며칠이나 될까.

폭풍우로 인해 나무가 뿌리째 뽑혀도 우린 "야! 대단한 날씨구나." 하고 받아들일 뿐이다. 그리고 우리 힘으로 할 수 있는 범위 내에서 해를 입지 않도록 노력할 뿐이다. 외출을 삼간다든지 우산을 쓴다든지. 이러한 마음으로 인간사를 받아들일 수 있고 대처해나갈 수 있는 사람이라면 부러워할 만한 일이 아닐 수 없다.

기미를 안다는 것은 참으로 중요하다고 했다. 몸의 이상도 그것이 발생하고 난 후에 고치려 하는 것은 이미 때가 늦은 것이고, 고친다 해도 상당한 시간과 고생이 따르는 법이다. 미리 알고 대처하고 삼가는 것만이 이 인생을 그런대로 큰 탈 없이, 더 나아가 평화롭게 보낼 수 있는 길이 된다. 그러나 안락한 생활이란 결코 안락하게 이루어지는 것이 아니다. 흔히 "공짜가 어디 있어?"라고 말하는데, 이 평안함이야 말로 알게 모르게, 보이게 보이지 않게 그야말로 많은 노력과 지혜를 필요로 하는 것이다.

남들이 볼 때는 만사에 별일 없이 쉽게 살아가는 듯 보이는 사람의 생활도 사실 알고 보면 숨은 노력의 결심임을 알아야 할 것이다.

그 대화와 모임이 아무 탈 없이 잘 끝났다고 해서 모든 것이 쉽고 편안했던 것은 아닐 수 있다. 기분 나쁜 순간을 잘 참고, 사소한 잘못은 그냥 눈감아준 상대가 있었기에 가능했다고 봐야 한다. 너그러운 상대는 결국 자신을 잘 억제하는 노력을 기울여 큰 평화를 허물지 않았던 것이다.

테니스를 잘 치는 사람들을 보면 예상 밖으로 오는 공도 쉽게 잘 받아넘긴다. 옆에서 보면 마치 상대가 받기 쉬운 곳으로 공을 쳐주는 것같이 보일 정도이다. 때문에 그 게임이 참으로 편안하고 수월해 보이지만, 실력도 없고 구력도 짧은 사람이 게임에 임하면 계속 공만 좇아다니며 치느라고 허덕이고, 예상 밖의 공을 받게 되면 속수무책이 되다시피 한다.

게임을 많이 해본 사람들은 여러 장점이 있지만, 그 가운데에서도 가장 큰 장점은 공이 어디로 올 것인지에 대한 예측력이 상당히 발달되어 있다는 점이다.

공이 땅에 떨어진 후 그걸 보고 그때부터 몸을 움직여 치려고 하면 이미 때가 늦었다. 그냥 허둥대다가 공을 놓치고 만다. 미리 공이 오는 길목을 지키고 있으면 공을 쉽게 받아넘길 수 있고, 따라서 관람자들은 참 쉽게 게임을 한다고 느끼게 된다.

기미를 안다는 것, 예측하고 미리 대비하는 것, 병이 발생하기 전에 예방한다는 것. 이 모든 것은 지혜이며, 지혜 없이는 결코 바른 생활도 평안한 생활도 그리고 건강한 생활도 불가능한 것이다.

1993년 3월 21일   주는 것보다 얻는 것이 많으면 화근이 된다

먹는 만큼 활동하지 않으면 비만해지고, 비만은 많은 성인병의 원인이 된다. 뼈, 근육, 두뇌 등 우리 신체의 모든 기능은 쓰지 않으면 그 만큼 빨리 노화된다. 먹고 싶은 양의 80% 정도를 취하고 절제하면 위장이 편해지고, 운동 시합이 아무리 재밌어도 실컷 하고 싶은 양의

80% 정도만 하여 무리하지 않으면 큰 탈이나 피곤이 안 생긴다.

자연의 이치나 인간의 몸이나 모든 원리는 똑같이 적용되는가 보다. 그러기에 인간을 소우주라고 표현했을 것이고, 자연을 소재로 인간 생활에 대한 수많은 비유가 가능했을 것이다.

인간의 운명을 자고로 얻는 것이 주는 것보다 많으면 화근이 되는 법, 그 차이가 많을수록 탈은 더 커지는 법이다. 권력이나 재산이나, 음식이나, 사랑이나…….

받은 만큼, 그 이상으로 힘을 기울여 이웃과 사회를 위해 힘써야 한다. 그리고 누리고 싶은 만큼 욕심을 채우려 해서는 안 된다. 굳이 80%가 아니라도 적당한 선에서 자제하고 멈출 줄 알아야 한다.

원시시대에는 사람들이 사냥도 하고 나무에 기어 올라가 열매도 따면서 계속 움직여야 했기에 비만증이나 성인병이 없었을 것이다.

그렇게 움직여야 하는 것이 인간의 신체 구조이고 인간의 운명인데 현대로 올수록 점점 더 움직이지 않아도 되게끔 생활이 변하게 되었다. 사람들은 그것을 문화 발달이라고 부른다. 과연 이것이 진정한 의미의 발달일까?

대부분의 병은 마음에서 온다고 하는데, 스트레스 받는 일들이 점점 많아지는 현대 생활은 과연 제대로 발전해 가고 있는 것일까.

열 길 물속은 알아도 한 길 사람 속은 모른다고 했고, 현대 천문학이 그 머나먼 별들의 움직임을 정확히 예측할 수 있어도 자신의 며칠 후 마음을, 또 바로 곁에 남편이나 자녀의 마음은 반드시 예측할 수 있다고 볼 수 없는 세상이다.

무엇보다도 인간을 알고 바르게 이해함이 가장 힘들고도 중요한 일일진대, 그 분야에서 진정 얼마만큼 과거의 비해 진보했다고 말할 수 있는 것일까.

1993년 5월 14일 정직과 성실

자기 자신에게 지극히 정직하고 성실한 것, 그것이 바로 인간이 하늘에 바칠 수 있는 가장 깨끗하고 고귀한 기도가 될 것이다. 떳떳하고 바른 생활로 인도해주는 그 등대는 바로 자기 마음 안에 있다.

하늘은 우리를 과연 어디에서 찾을 것인가. 바로 자기 마음 안에서 계신 것이다.

1993년 5월 21일 내 인생에서 가장 소중한 것 세 가지

내가 살아가는데 그 무엇과도 바꿀 수 없는 세 가지 소중하고 고귀한 보물이 있으니, 그 첫째는 떳떳하고 밝은 나의 마음이요, 둘째는 나의 밝은 마음과 언행이 빚어나가는 평안한 마음이요, 셋째는 충실하고 근면하게 순간순간, 하루하루 채워나가는 내게 주어진 시간이다.

이 생에서 그 어떤 것이 되지 않아도 좋다. 그 어떤 일을 이루지 못해도 좋다. 그러나 위의 세 가지는 결코 한시도 잊을 수 없는 것이다.

건강과 마음의 평안을 누릴 수 있다면 이 세상을 참으로 족히 누리는 것이다. 나머지는 덤이요, 더 나아가 사치라고까지 부를 수 있다. 여기서 더 무엇이 그토록 욕심낼 만한 가치나 필요성이 있겠는가.

이 세 가지 보물을 마음에 단단히 간직하는 한 이미 나의 생은 더없이 충만하고 아름답고 행복한 것이요, 이 보물을 한 가지라도 잃는다면 세계의 제왕이 된다 해도 나의 생각은 가치 없는 것이요, 불행한 것이다.

세 가지 보물 중에서도 근본이 되는 것은 역시 자신의 마음이다. 저 하늘에 떠서 온 세상을 비추고, 온 세상이 바라봐도 한 점 감출 것도, 부끄러울 것도 없는 태양과 같은 밝은 마음으로 일평생 사는 것, 그것이 생의 최대 소망이며 가장 소중한 가치를 지니는 것이다. 집 안에서 살림에만 전념할 수도 있고 사회활동에 몰두할 수도 있다.

역사에 이름 석 자를 크게 남기는 일을 할 수도 있고 조용히 빛도 안나는 일에 애만 쓰고 사는 수도 있다.

이 세상에 직업 또한 얼마나 다양한가. 그 어떤 일을 하며 살게 되더라도 겉으로 보이는 그 일들이 중요한 것이 아니라, 그 일에 임하여 하루하루 살아가는 자신의 마음이 나에게는 무엇보다도 귀하게 느껴지는 것이다.

그러한 마음이야말로 이 삶은 부여 받은 기쁨을 가장 깊게 느낄 수있는 길이요, 온갖 고통과 악이 난무하는 이 세상을 그래도 가장 평안하게 헤쳐 나가는 유일한 길이다.

그러한 마음은 또한 인간이 하늘에게 온몸을 바치는 가장 고귀한 천리의 차이가 난다는 경구가 기억난다.

밝은 길에서 조금이라도 어긋나면 벌써 마음은 캄캄해지고 만다. 왜냐하면 그 마음이 바로 생의 등불이기에.

빛이 꺼졌는데 무엇이 제대로 보이겠는가. 그 밝음에서 한 치도 벗어날 수 없는 것, 그것이 내 마음의 운명이다.

1993년 5월 23일   삶을 부여 받은 데에 대한 감사

행복이나 기쁨은 군이 뒤쫓아 구해야 할 대상이 되기보다는 그 어떤 것을 진정으로 추구하고 이루어나갈 때 자연스럽게 떨렁이는 부산물 같은 것이다. 행복 자체를 추구할 때 행복은 오히려 사람들에게서 멀어지는 것 같다. 그렇다면 그 어떤 것이란 무엇인가?

바로 올바름이다.

진정한 지혜이다. 자기 자신에 대한 성실성이다.

밝고 바른 마음, 이것만이 추구할 가치가 있는 것이다.

그러한 마음이 이루어짐에 따라 이 삶을 살아가고 있는 참된 기쁨이 맑은 옹달샘이 솟아오르듯, 마음 저 깊은 곳에서부터 조용히 그리고 점점 힘차게 올라오는 것을 느끼게 된다.

날마다 좋은 날이고, 자기가 있는 곳마다 극락 아닌 곳이 없다는 말이 있던가. 바로 그렇다.

아침에 눈을 떠서 또 하루를 시작한다는 기쁨, 식사하는 즐거움, 신록을 바라보는 산뜻한 느낌…….

이렇게 즐거운 마음으로 시작해서 편안하고 노곤한 몸과 마음으로 또 하루를 마친다. 이제 밭을 그늘에 서서 신록을 바라보면서 살아 있는 기쁨이 조용히 마음에 차오르는 것을 느꼈다.

그 순간의 평화와 즐거움만으로도 삶을 부여 받은 데에 대한 감사함이 충분히 느껴졌다.

1993년 6월 12일　파멸과 불행의 근본원인

그 물고기가 가장 좋아하는 것이 미끼로 쓰이듯이, 자기가 극히 좋아하는 것은 어떤 의미에서 자기의 가장 큰 허점이고 약점이며, 따라서 자주 파멸과 불행의 근본 원인이 된다. 사람을 잡기 위해 악마가 드리우는 미끼가 된다.

집착, 애착이 없으면 없는 만큼 자유로울 수 있을 것이다. 두려울 것도, 잃을 것도, 애태울 것도 없을 것이기에…….

1993년 6월 18일　인류에 대한 봉사

남의 눈에 보이는 성취나 소위 성공보다 진정 값어치 있는 것은, 그 분야가 어떤 것이든 그 일을 하는 과정에서 그가 얼마나 기꺼이 관심과 즐거움을 가지고 그 일에 몰두하였는가 또는 할 수 있었는가에 있다고 생각한다.

어떤 한 가지 곤충에 대한 연구에 생의 많은 시간을 바친 사람이 한일에 대해, 거기에 관심이 없는 사람들은 어찌 그런 일에 일생을 보내나 의아해할 것이다.

그러나 학자 입장에서 보면 돈을 더 벌겠다고, 이름을 좀 날려보겠다고 아침부터 저녁까지 이 사람 저 사람을 만나고 뛰어 다니는 사람들이 이해되지 않을 것이다.

운동선수든 예술가든 또는 농부든 사업가든 언론인이든 자신의 일에 진정 큰 관심과 기쁨을 갖고 몰두할 수 있다면, 그것이 그 사람으로서는 가장 값어치 있게 시간을 보내고 생을 보내는 길이라고 생각한다.

더 나아가 그 기쁨을 통해 자기의 일이 이웃에게 큰 이로움을 가져다줄 수 있다면 금상첨화일 것이다.

실제 역사를 보면 인류에 대한 봉사는 이토록 자신이 그 어떤 문제에 대해 진정한 관심과 즐거움을 갖고 몰두한 데에 대한 결과인 경우가 대부분인 것 같다.

1993년 6월 24일 행복한 삶을 사는 법

삶은 소중한 것이기에, 그 한계가 있는 것이기에, 이 세상에서 생을 허락 받은 시간 동안 그 가치를 충분히 느끼고 그 기쁨을 만끽하고 그리고 후회 없이 마감해야 하는 것이다.

그렇게 하기 위해 필수적인 것은 소유와 할 일을 줄이고 줄여 가능한 간소화하는 것이라고 생각한다.

이런저런 것을 소유하기 위해 시간과 정력을 쏟고 그걸 간수하기 위해 신경을 쓰는 등의 일, 또는 갈 곳 안 갈 곳, 이 파티 저 연회에 참석

하고 그것이 무슨 그리 대단한 명예라고, 또 쓰고 살다 보면 막상 생의 참다운 가치는 보이지도 않고 참 기쁨은 느낄 시간도 없을 것이다.

생의 이 진면목, 샘물같이 솟아오르는 행복감은 또한 그 자체를 추구한다고 느껴지고 얻어지는 것은 아니다. 행복 자체를 추구하기보다 지혜로운 생의 원리 원칙에 충실하다 보면 자연 따라올 것이다.

지혜와 진리를 찾고자 한다면 우선 자기 삶의 주변을 간소화하고 간결하게 해야 할 것이다. 어려운 구기 종목에서는 공을 맞추려 하기보다 자세를 바로 하라는 주의를 듣는다.

공을 맞춰 넘겨보겠다고 하지 말고, 공이 라켓에 닿는 순간까지 철저히 주시하라고 한다.

간단한 문제도 공식을 모르면 한참을 헤매면서 풀지 못할 수 있고, 복잡하고 어려운 문제도 그 원리와 공식을 알면 의외로 간단하게 풀 수 있는 것처럼, 생의 핵심을 파악하면 굳이 애써 찾지 않아도 바람직한 생을 전개해나갈 수 있을 것이다.

1993년 7월 26일 자기완성

인간에게 주어진 의무, 일상의 해야 할 일 모두 자기완성을 이루기 위한 도구이다.

성실한 오늘이 있기에
또한 그와 같은 미래가 있을 수 있고,
성실한 오늘이 모여
바로 그와 같은 과거가 될 수 있다.

국민을 받드는 것이 **하늘**을 받드는 것 제5기

1. 모든 선택의 중심에는 애국심이 있었다
2. 아픔을 경험한 만큼 타인의 아픔에 공감할 수 있다
3. 사랑은……

청와대라는 공간에서
15년을 사는 동안
나는 애국자가 될 수밖에 없었다.

1997년 12월

대한민국 제15대 대통령을 뽑는 선거가 일주일 앞으로 다가온 날, 당시 만 45세였던 박근혜는 정치에 뛰어들었다. 반대쪽 진영에서는 이 일을 두고 '잃어버린 18년'의 '칩거 생활'을 끝내고 정치에 복귀한 출발점이라고 말한다.

'잃어버린 18년'이란 박정희 대통령 서거 후 박근혜가 청와대를 나와 정치에 뛰어들 때까지의 18년이라는 시간을 말하는 것이다. '잃어버린'이라는 수식어가 무척 악의적으로 느껴진다. 잃어버린 권력을 되찾기 위해 정치에 뛰어들었다는 이미지, 권력을 탐하는 사람이란 이미지를 덧씌우기 위한 것이기 때문이다.

'정치에 복귀' 역시 악의적인 표현이다. 박근혜가 정치를 한 적이 있었던가. 아버지가 정치인이었고, 어머니가 돌아가시는 바람에 퍼스트레이디 역할을 대행한 것을 정치를 했다고 볼 수는 없지 않은가.

'칩거 생활'이라는 말도 악의적인 표현이다. 이에 대해 박근혜가 직접 언급한 말이 있다.

"지금도 나는 내가 걸어온 18년이라는 세월이 은둔과 칩거로 치부될 때마다 쓴 웃음이 나온다. 그때도 나는 대한민국의 하늘 아래 살고 있었고, 하루하루 열심히 살아가는 국민의 한 사람이었다." (박근혜 자서전에서)

박정희 대통령에 대한 왜곡된 비방과 소문이 무성할 때, 어떤 이들은 박근혜에게 한국을 떠나서 사는 것이 어떻겠냐고 권유했다고 한다. 하지만 박근혜는 그럴 수 없었다고 한다.

"내가 태어나고 자란 내 나라, 내 땅이었다. 어디에 가서 산들 이 나라에서 사는 것만큼 당당하고 행복할까 싶었다. 괴롭고 힘들더라도 내 나라에 나의 인생과 뼈를 묻고 싶었다." (박근혜 자서전에서)

악의적인 표현에 분노하지 않고 넘겨버릴 수 있는 것이 바로 박근혜가 지닌 내면의 힘일 것이다. 박근혜는 국민을 만날 때 활짝 웃음을 짓는 일이 많다. 그런 웃음에 반해 박근혜 지지자가 되었다는 사람도 많다. 웃음의 힘은 박근혜가 지닌 내면의 힘, 즉 진심에서 나온 것이라 생각한다. 거짓된 웃음으로는 사람을 감화시키지 못하니까.

박근혜에게는 '얼음 공주' 라는 별명도 따라다니고 있다. 감정을 좀처럼 드러내지 않는다는 것이다. 아마 상대의 도발에 대해 얼굴 표정 하나 바뀌지 않는 것이 얄미워서 붙인 별명일 수 있다. 활짝 웃음과 '얼음 공주' 는 전혀 어울리지 않는 이미지다.

그런데 박근혜는 왜 정치에 뛰어든 것일까? 일기 어디에서도 정치를 하고 싶다는 구절은 보이지 않는다. 올바른 정치가 어떤 것인지 생각한 것은 많았지만 정작 본인이 정치를 할 생각은 없었던 것으로 보인다. 그렇지 않고서야 그 긴 세월 동안 써 내려간 방대한 분량의 일기에 정치 참여 욕구의 흔적조차 없다는 것을 설명할 길이 없다.

그런 박근혜가 정치에 참여하게 된 계기는 다름 아닌 1997년의 IMF 경제 위기였다. 나라가 망해가는 것처럼 보이고, 온 국민이 길거리에 나앉게 되는 것은 아닌지 걱정하던 시기였다. 박근혜는 정치참여를 선택한다.

"60~70년대 국민들이 피땀 흘려 일으킨 나라가 오늘과 같은 난국에 처한 걸 보면 돌아가신 아버님 생각이 나 목이 멘다…… 이러한 때 정치에 참여해 기여하는 게 부모님에 대한 도리라고 생각했다."

한나라당에 입당한 다음 날(1997년 12월 11일) 박근혜가 한 말이다.

지금은 선거 때만 되면 박근혜의 지원을 기대하는 정치인들이 많다. 하지만 정치참여 초기에는 그다지 위력이 없었다. 박근혜의 지원 유세에도 불구하고 이회창 후보는 김대중 후보에게 밀려 대통령 선거에서 떨어졌다.

다음 해인 1998년 4월에는 15대 국회의원 보궐선거가 치러졌다. 박근혜는 당으로부터 대구광역시 달성군의 보궐선거에 출마해달라는 요청을 받았다. 당시 달성군의 여당 후보는 달성군 출신으로 지역을 탄탄하게 관리해 온 사람이었다. 지금과 조직력이 풍부할 뿐 아니라 정부 여당인 새천년민주당의 대대적인 지원을 받고 있었다. 게다가 선거는 불과 15일을 앞두고 있었다. 어느 모로 보나 박근혜에게 불리한 상황이었다. 하지만 박근혜는 달성군 출마를 감행한다.

"설령 지는 한이 있더라도 이왕 한나라당을 돕기로 했다면, 가장 힘든 곳에서 가장 어려운 상대를 이겨야 당에 도움이 될 것이라는 판단을 내렸다."(박근혜 자서전에서)

눈앞의 작은 이익이 아니라, 큰 원칙과 대의에 따라 선택을 하는 박근혜다운 결정이었다.

돈도 조직도 없어 오로지 발로 뛰어다닌 박근혜. 하지만 박근혜는 기적적인 승리는 거뒀다. 이 승리는 흔히 '달성대첩'이라고 불린다. 1997년 연말에 정치에 발을 디딘 박근혜는 과감한 승부로 6개월 만에 국회의원이 되었다.

"정치를 위한 정치를 하기 위해 선거에 뛰어든 것이 아니었습니다. 다만 아버님과 국민이 피땀 흘려 이룩한 경제가 하루아침에 무너지는 것을 보고 제 작은 힘을 보태기 위해서 참여하게 된 것이었습니다."

국회의원이 된 박근혜가 던진 첫 한마디였다. 이때 박근혜는 46세였다.

2000년 4월 박근혜는 16대 국회의원 선거에서도 승리를 거두고 2선 의원이 된다. 한나라당은 당 지도부를 새로 구성하기 위한 전당대회 준비에 들어갔다. 박근혜는 미혼의 여성 정치인이라는 점 등으로 많은 주목을 받았다. 마스코트로 활용하기 쉬운 여성 정치인이었던 것이다.

당에서는 박근혜에게 여성 몫으로 주어지는 부총재직을 제안했지만, 박근혜는 단호하게 거절했다. 마스코트의 역할을 거부한 것이다. 박근혜는 부총재 경선에 출마하여 당당히 이겼고 한나라당의 부총재가 되었다. 어렵더라도 경선을 통한 승리를 원했던 것은, 그래야 정치개혁과 정당개혁을 주장하며 소신의 정치를 실천할 수 있기 때문이었을 것이다.

1993년 중단된 박근혜 일기. 그 이후의 일기는 공개되지 않는다. 박근혜의 생각은 미니홈피를 통해 간간이 엿볼 수 있다. 2004년 박근혜는 유명 정치인으로서는 처음으로 싸이월드 미니홈피를 적극 활용하여 지지자들과 교류하기 시작했다. 그의 미니홈피는 2012년 8월 현재 1,116만 명이 넘는 방문자를 기록하고 있다.

정치인이 된 이후의 박근혜의 생각을 가장 잘 알 수 있는 것은 미니 홈피의 다이어리일 것이다. 눈코 뜰 새 없이 바쁜 일정 중에도, 2004년 이후의 박근혜는 미니홈피를 통해 국민들과 직접 접하면서, 다이어리를 일기 삼아 자신의 생각을 적어놓았다. 정치 현안이 아닌, 사색과 사유를 통한 글이 많다는 것이 일기와 흡사하다.

1993년 공개된 일기의 마지막에서부터 11년 세월이 흐른 시점이다. 그 사이 박근혜의 생각은 어떻게 달라졌을까?

그다지 달라지지 않았다. 그녀의 사유는 치열한 삶을 통해 얻은 것들이다. 세월이 지난다고 쉽게 달라질 수 있는 것이 아니다. 그녀가 원칙의 정치인, 신뢰의 정치인으로 불리는 데는 웬만한 일에는 흔들리지 않는 자신만의 철학과 소신을 갖춘 뒤 정치에 입문한 것도 크게 작용하고 있다.

하지만 크게 변한 부분도 있다.

"박근혜는 말에는 군더더기가 없다. 헤프지가 않고 골자만을 꺼내 놓으므로 버려지는 말이 없다. 누구나 쉽게 알아들으므로 말 바꿈의 여지도 없다. 높낮이가 없어 대중을 휘어잡지 않는다. 다만 가는 방향이 뚜렷하다. 조용히 스며드는 물과 같다. 믿음은 거기서 생긴다."

강준만 교수가 《강남좌파》라는 책에 쓴 박근혜에 대한 평가다.

일기와 다이어리를 비교하면 다이어리가 훨씬 명료하고 이해하기 쉽다. 대중을 상대하는 정치인이 된 이후로 그녀의 말이 진화를 한 것이다. 온 국민이 자신의 입을 지켜보고 있고, 그 입에서 나오는 말에 귀를 기울인다. 모든 국민이 알아들을 수 있도록 쉽고 명료하게 말하는 습관이 글 쓰는 스타일에도 영향을 미친 것으로 보인다.

1. 모든 선택의 중심에는 애국심이 있었다 (박근혜 52~53세)

2004년 3월 12일, 한나라당이 다수이던 16대 국회에서 한나라당은 새천년민주당과 함께 노무현 대통령을 탄핵 소추하려고 단식농성을 벌였다. 하지만 국민들의 외면과 함께 한나라당과 민주당에는 비난의 화살이 쏟아졌다. 게다가 '차떼기 사건'으로 한나라당의 지지도는 유례없이 급락했고, 최병렬 대표마저 사퇴하게 됐다.

한나라당이 사상 최대의 위기에 처했을 때, 구원투수로 등장한 것이 바로 박근혜였다. 위기의 당을 구하기 위해 당대표에 오른 박근혜는 여러 차례 기자회견을 통해 국민에게 사죄를 표명했다.

국민에 대한 사죄라면 누구나 할 수 있는 일일 것이다. 하지만 사죄만으로 국민감정을 되돌리고 보수에 대한 신뢰를 되찾을 수 있을까.

진정한 사과는 정중한 사과의 말과 함께 그에 따른 적절한 행동이 뒤따라야만 한다. 잘못했다고 말하는 것은 진정한 사과의 시작일 뿐이다. 진정한 사과는 지금, 그리고 앞으로 어떻게 행동할 것인가에 달려 있다.

당대표인 박근혜는 사과를 행동으로 옮겼다. 이회창 후보가 부정하게 사용한 선거자금을 갚기 위해 한나라당 당사 건물을 팔고 당사를 천막으로 옮긴 것이었다. 그 유명한 '천막당사' 사건이다.

이런 일이 있으면 버티기로 일관하고 변명하기에 바쁘고, 마지못해 사과하는 이전의 한나라당 지도부와는 무척 다른 모습이었다. 한나라당 소속의 정치인이지만 박근혜가 한나라당을 넘어선 지지를 받고 있는 이유는, 정치인으로서 보여준 참신하고 소신 있고 사리에 맞는 행동 때문일 것이다.

17대 총선에서 한나라당은 원내 제1당의 자리는 내주었지만, 121석을 차지하여 예상외의 선전을 하였다. 박근혜가 '역풍위기'의 한나라당을 구해낸 셈이었다. 물론 이런 일은 한나라당을 지지하지 않는 사람들에게는 싫은 일일 수도 있다. 하지만 박근혜에게는 그 길밖에 선택지가 없었을 것이다.

사실 이 시기의 박근혜는 새로운 보수 정당을 만들 수도 있었다. 그 정당은 한나라당을 대신해 보수 진영의 핵으로 떠올랐을 것이고, 한나라당의 원죄로부터 자유로울 수도 있었다. 하지만 박근혜는 그러지 않았다. 신의와 원칙을 소중하게 여기는 사람이 '기회는 이때다' 식의 행동은 할 수 없었기 때문일 것이다.

2004년의 다이어리는 무척 내용이 많다. 항상 그렇듯이 박근혜는 심적으로 힘들 때 글을 많이 쓴다는 것을 다시 한 번 알 수 있는 대목이다. 노무현 대통령 탄핵, 위기의 한나라당, 17대 국회의원 선거. 굵직한 사건이 연일 벌어지는 와중에 박근혜는 한나라당 대표를 맡게 되었다. 하루하루 어려운 결정을 내려야 하는 이 시기. 박근혜가 정도를 잃지 않도록 중심을 잡아준 것은 무엇일까.

바로 '애국심' 이었을 것이다.

"청와대라는 공간에서 15년을 사는 동안 나는 애국자가 될 수밖에 없었다." (박근혜 자서전에서)

이순신 장군이 "신에게는 아직 12척의 배가 남아 있습니다."에 빗대어 "국민 여러분 제게는 애국심이 있습니다."라는 말을 할 수 있는 사람. 가장 어울리는 사람은 누구일까.

박근혜가 아닐까 싶다.

2004년 2월 21일 여가활동
바쁜 생활 속에서 즐거움만을 또는 취미만을 위한 여가활동은 선뜻 마음이 내키지 않는다.

테니스는 내가 좋아하는 운동일 뿐 아니라 건강을 지키기 위해 빠질 수 없는 조건이다.

그래서 비록 일주일에 한 번뿐이지만 내가 기쁘게 몰두하는 시간이다.

2004년 2월 24일   단전호흡

오래전부터 익혀왔다.

바쁜 일과 속에서 매일같이 할 순 없지만 지난 10년, 이것을 힘들어도 꾸준히 해온 것과 하지 않고 왔을 때의 내 건강에는 어떤 차이가 생겼을까.

세상에 공짜가 없다는 말은 건강도 거저가 아니라는 것을 말해준다.

2004년 3월 7일   존재 이유

부인 친구의 죽음을 접한 김대용 씨 사연을 읽고 위로드리고 싶네요.

삶과 죽음의 사이는 아주 얇을지도 모르는데 서로를 미워하고 아귀다툼하고……. 우리는 아름답게 살다가야 하지 않을까!

어머니가 돌아가셨을 때 당시 나는 프랑스 유학 중이었고, 학기가 막 시작하려는 즈음에 비보를 듣고 비행기 안에서 흐르는 눈물을 닦을 수도, 닦을 생각도 못하고 계속 울고 또 울고…….

아마도 그때 내가 흘린 눈물이 내 생애에 전부 흘린 눈물을 다 흘리지 않았을까…….

얼마나 참담하고 힘들었는지, 금방이라도 가슴이 멎을 것 같은 고통이…….

돌아와서 싸늘한 어머니를 뵙고 쓰러져 한없이 오열했던 내 모습……. 절망과 두려움이 앞을 가리고 아무것도 할 수 없도록 내 마음은 굳어져버리고 그대로 절대로 일어설 수 없는 내가 될 줄 알았는데, 그 옆엔 나를 기다리는 아버지가 있어 어머니를 대신해 슬픔 감추고 내 자신을 추스르고 일으키던 시절…… 그 어려운 시절을 딛고 일어서서 지금의 내가 있지 않을까…….

(싸이 미니홈피에 오른) 많은 글을 보면서 삶이 어렵고 힘든 사연들, 그러나 자기 자신의 주위에 내가 견뎌내야 하는 어려움과 싸워내야 하는 존재의 이유가 있지 않을까.

더 이상 잃어버릴 것도 없는 힘겨운 삶을 살아온 나도 이렇게 존재의 이유를 깨닫게 되어 우뚝 서 있질 않은가?

지금의 내게 있어 삶의 존재의 이유는 이렇게 나를 사랑해주는 여러분인 것을…….

오늘 당장 어렵고 힘들더라도 이겨내시길…….

꼭 밝은 미래가 우릴 기다릴 겁니다.

2004년 3월 9일   중심을 잡는다는 것

운동할 때 중심을 유지하면서 서 있는 것은 여간 어려운 일이 아니다. 살아가면서 중심을 잡는다는 것은 더더욱 어려운 일이다. 중용을 지킨다는 것, 때와 시기에 따라 가장 바른 판단과 지혜로운 행동을 해야 하는데…….

전체를 모르면 가운데를 짚지 못한다. 지금의 사회는 전체를 알고 가운데 점을 찾은 것인가. 우리 모두가 행복한 삶을 살기 위해선 어떤 가운데 점을 찾아야 할까?

오늘도 많은 사연 위로의 글들을 읽으면서 많은 생각과 고뇌가……. 그러나 이제는 생각의 결론을 내야 하지 않을까 생각하며, 오늘도 긴 밤을 위해서 잠을 청해야 할 것 같다.

2004년 3월 10일   준비된 마음

운동을 시작하기 전에 반드시 스트레칭이나 가벼운 운동으로 몸을 풀어야 다음 운동하는 데 몸에 무리가 가지 않듯이…….

모든 일에도 많은 생각과 준비를 하지 않고, 충동적이거나 즉흥적이면 무리가 따르고 고통 받게 되는 것을…….

무엇인가 가장 중요한 결정을 내릴 때는 오래 생각하고 후회 없는 결론을 내려야 하지 않을까? 오늘 나의 결정은 후일에 내 자신을 돌아볼 때도 아름다운 나로 남길 바라며…….

2004년 3월 22일   우리는 하나

이제 우리는 갈등과 분열을, 실망과 좌절을 딛고 일어나 하나 되어야 하지 않을까?

미움을 사랑으로 승화시키고 갈등과 분열을 화합으로 이끄는 우리가 되길 바라며…….

때론 나도 인간이기 때문에, 가끔은 사랑하는 사람들과 진솔한 대화를 나누는 쉼터를 가지고 싶다.

미니홈피는 서로 사랑하고 격려해주는 따뜻한 사랑의 나눔의 장으로 남길 바라며, 이제는 더 이상 잃을 것도 바랄 것도 없는 나에게 이런 소중한 쉼터만큼은 누릴 권리를 주길 바라며…….

언젠가는 모든 것이 허락하는 시간이 되면 나를 사랑하는 사람들과 지키지 못한 만남을 할 수 있는 시간이 있길 바라며…….

이런 시련 속에서도 저를 믿고 사랑해주신 분들, 언제까지나 내 마음의 향기로 남게 될 거라 믿으며…….

너무도 힘든 나날을 보내서 오늘은 정말 푹 잠자고 싶다…….

좋은 밤 그리고 희망찬 아침을 기대하며…….

2004년 4월 2일 긴 여로

여러 날을 2~3시간의 선잠으로 강행군을 하다 보니 충분히 잠자는 게 최고의 행복이 아닌가 싶다.

여러 곳에서 반가이 맞아주시는 따스한 손길마다 온정과 풋풋함이 마음속에 스며들고…….

그 온정에 에너지를 충전 받아서 하루하루를 무사히 넘기고…….

앞으로 남은 긴 여로의 길을 잘 보낼 수 있는 힘과 용기가 함께하길 빌면서…….

2004년 4월 25일 진정 강함이란……

우리나라 토종개인 진도는 우리 가족이 사랑하던 가족 중의 하나였다. 우리는 어머니가 없는 허전한 공간을 메우기 위해서 개를 키우고 무척이나 사랑했다.

방울이와는 달리 진돗개는 무척 사나웠다.

진도는 주인한테만 충성을 바치는 진돗개의 성격 그대로였다.

어느 날은 부속실의 비서 엉덩이를 물기도 하고, 사람들한테 사납게 덤벼들기도 했다.

결국 사납고 무서웠던 진도는 신당동 집으로 쫓겨나는 신세가 되었다. 너무 강하고 강직한 진도는 유연함과 사랑스러움으로 포근하게 안기던 방울이와는 대조적인 삶을 살다가 우리 곁을 떠나갔다.

이 세대에 진정 강함은 부러지는 대쪽이 아니라, 부드러움 속에서 강한 신념과 용기를 필요로 하지 않을까 생각하며…….

2004년 5월 7일 어머니

어머니는 내가 슬픈 일이 있으면 나보다 더 슬퍼하시고, 내게 기쁜 일이 있으면 나보다 더 기뻐하시던 그런 분이셨다. 그런 분을 잃고 나서 나는 한동안 아무것도 할 수 없었다. 황야에, 커다란 사막에 홀로 서 있는 그런 황망한 기분이었다.

어머니가 돌아가시고, 23세에 맡게 된 어머니 역할은 무겁고 힘든 일이었다. 그분의 역할이 워낙 크고 어렵고 힘든 사람 쓸어안은 흔적이 여기저기 묻어나 있었고.

어머니가 아버지를 챙겨드렸던 일상의 모든 것까지 나의 몫으로 남아 있어서 감당하기가 숨이 막힐 지경이었다.

그런 어머니의 빈자리를 조금씩 채워나가고 그분이 이승에서 인연이 다 끝났음을 인식해나가고 있을 때…… 아버지의 서거 소식은 순식간에 나를 벼랑 끝으로 내몰고 말았다. 우리에겐 한 말씀도 남기시지 못하고 두 분 다 그렇게 떠나버리셨다.

이 세상에서 가장 소중한 것을 다 잃고 남은 건 하나도 없었다.

단지 부모님의 사랑과 정은 세월이 흘러 중년이 되었어도 잊혀지지 않는다는 것만이 가슴에…….

그분들이 계셔서 오늘의 나도 존재하고, 우리 자손들도 이 땅에 태어나게 된 것을 알고 있기에, 언제나 최선을 다해 해드리지 못했다는 생각이 든다. 언제나 어버이날이 되면 두 분에 대한 그리움과 보고픔이 드는 것은, 살아 계실 때 못 다 한 효도를 안타까워하고 있는   내 마음의 여정이 아닐까 생각하며…….

2004년 5월 11일   책임감이란

사람이 이 세상을 살아가면서 가장 중요한 것은 자기가 한 일에 대해 책임을 질 줄 아는 게 아닐까?

눈앞의 이익에 따라 마음을 바꾸는 것은 자기의 마음에 중심이 없기 때문이다.

그런 사람은 모든 일에 진심과 충심이 있을 수가 없다고 생각한다.

예로부터 충신은 자기의 마음에 흔들림이 없고, 나라를 위해 옳다고 생각하는 것은 목숨을 내놓더라도 끝까지 지킬 줄 아는 충절이 있었다.

이 시대에 필요한 것이 바로 그런 마음이 아닐까…….

그러나 요즘은……

대의를 위하고, 앞날을 위해 긴 호흡을 갖기보다는, 현재 상황이 어떠냐에 따라 소신을 수시로 바꾸는 사람들이 많아지고 있는 것이 아닌지 걱정이다.

자기의 철학이 없이 소신을 자주 바꾼다면 나라의 앞날도 춤을 추고 말 것이다.

"신에게는 아직 12척의 배가 남아 있습니다."라고 하신 이 충무공의 말씀이 아직도 우리의 마음을 저리게 하는 것은, 그 마음의 진심을 알기 때문이 아닌가 생각하며…….

2004년 5월 22일 자존심을 지킨다는 것

사람이 살면서 중요하게 여기는 것 가운데 하나는 아마도 자존심을 지키는 일일 것이다.

좋은 감정을 가졌던 사람도 자존심을 건드리게 되면 극단으로 치닫게 된다.

자기 자존심을 지킨다는 것은 매우 어려운 일이고 누구나 자기 자존심을 지키고 살고 싶겠지만……. 불행히도 현실은 때론 자존심을 버리고 머리를 굽히면서도 살아야 한다.

국가의 경우도 마찬가지이다.

국가의 자존심 또한 그냥 지켜지는 것이 아니다.

과거 60~70년대 어렵고 힘들 때, 왜 많은 사람들이 조국을 떠나 독일에 광부로, 간호사로 파견 나가 외로움과 슬픔에 북받치며 자존심을 버리고 일해야 했나를 생각하면……. 나라의 자존심은 그 나라의 부강함과 밀접한 관계가 있는 것이다.

지금 우리가 자존심을 내세우며 살 수 있는 것도 그분들의 희생과 눈물이 있었기 때문이다.

세계는 열려 있고 다른 나라들이 빠른 속도로 발전해나가고 있는데, 우리가 내부의 싸움만 계속하면서 제자리걸음만 한다면, 우리는 세계화의 대열에 서보지도 못한 채 추락하고 말 것이다.

앞을 내다보고 가기도 바쁜 세상에 과거와 싸우면서 간다면, 이루어놓은 역사도, 존경할 만한 인물도 가슴에 얻지 못한 채 불행하고 암담한 역사를 갖게 되고, 세계 속에서 외톨이가 될 것이다.

개인의 자존심과 나라의 자존심은 우리 것이 지켜지고 본받을 게 있을 때 가능한 일일 것이다.

아무것도 없는 상태에서 자존심을 지키려고 한다면 그것은 무의미하고 스스로 지킬 수도 없는 것이다.

이제 우리는 미래를 열기 위해 서로를 용서하고 힘을 합해서 오직 나라가 부강하고 힘을 얻을 수 있게 하는데 한마음이 되어야 한다.

왜냐하면 우리는 뒤를 돌아다볼 만큼 앞장서 있지도 않고, 지금부터 열심히 가도 선진국가의 반열에 서려면 많은 시간이 필요하기 때문이다.

2004년 6월 4일 기다림

인생은 항상 기다림의 연속인 것 같다.

어릴 땐 어머니의 정을 기다리고……. 학창시절엔 시험 결과를 기다려야 하고, 좋은 사람을 만나기 위해 기다려야 하고, 말라가는 논과

밭을 보면서 애타게 비를 기다려야 하고…….

기다림의 결과에 따라 좌절하기도 하고, 기뻐하기도 하는 우리 인생이야말로 기다림의 연속이 아닐까.

오늘 제주도를 마지막으로 일정을 끝내고 결과를 기다리는 일만 남아 있다.

또 결과에 매여서 모든 것이 판단되고 결정될지 모른다.

결과를 기다리는 분들의 초조함에서, 새삼 처음 달성에서 선거 치를 때 나의 모습이 떠오른다.

보궐선거에 출마하여 달성을 처음 갔을 때, 선거일은 고작 15일 정도 남아 있었을 뿐이었다. 조직도, 사무실도, 남아 있는 것은 하나도 없었다.

당장 어디 갈 만한 곳도 없었다. 사무실을 간신히 얻어서 출발을 하고 선거에 들어가긴 했지만 어려움의 연속이었다.

당시 내가 믿을 수 있었던 거라곤 시장에서 따뜻하게 맞아주셨던 서민들이었다. 내가 할 수 있는 일이라곤 바로 그 서민들을 만나고, 그분들과 얘기하고, 부지런히 그분들께 호소하는 것뿐이었다.

그 당시 그분들의 사랑과 믿음에 항상 감사하며 좋은 정치로 보답하고자 노력할 것이다.

이제 또 많은 분들이 기다림 속에 있다. 선거결과를 기다리고, 보다 좋은 단체장이 탄생하길 기다리고, 보다 희망을 줄 수 있는 정치를 기다린다.

나 역시 그런 기다림 속에서 마음이 설렌다.

2004년 6월 6일   현충일을 기리며

조국을 위해 목숨을 바치신 님들에게…….

그 희생 헛되지 않게 하리라 다짐하면서도 지금의 현실에 낙담마저 하게 되는 것은 왜일까…….

그분들이 계셨기에 조국도 있고 우리도 있는 것을 잘 알고 있지 않는가?

그분들은 목숨을 아끼지 않는 애국심을 갖고 계셨고 가족과 본인을 기꺼이 희생하면서까지 조국을 지켜내셨다.

그런 분들의 희생 위에서 살고 있는 우리는 과연 그분들의 희생이 헛되이 돌아가지 않게 노력하고 있는지 스스로 자문해보아야 한다.

개인의 판단으로 나라 지키기를 거부하고 회피한다면 이 나라를 어떻게 지켜나갈 것인가.

나라를 지키기 위해선 개인의 희생도 있어야 하고 책임도 있어야 한다. 이스라엘 젊은이들은 자기 국가가 위기에 처한다면, 세계 어느 곳에 있든 조국을 지키기 위해 모여든다. 나라를 지키는 노력이 절실할 때만이 나라를 지킬 수 있고 그 책임을 다하고자 할 때 가능한 일이다.

아무리 시대의 흐름이 신개혁주의로 가더라도 바꿀 수 없는 게 있다면, 그것은 나라를 지켜야 하고 사랑해야 한다는 기본 국가관이요, 철학이다. 우리가 우리의 책임을 다하지 않고 회피하려고 한다면 우리는 모든 것을 잃게 되고 걷잡을 수 없게 혼란스러워질 것이다.

우리가 지금 해야 할 일은 역사 앞에서 떳떳하고 자손들에게 큰 빚을 남기지 않게 밝은 조국을 선사하는 일이다.

다시 한 번 조국을 위해 희생하신 분들과 유가족께 애도와 깊은 감사를 드리면서 그 희생이 헛되지 않게, 열심히 나라 위한 정치를 하겠다고 다짐하면서…….

2004년 6월 17일 진실과 거짓

진실과 거짓은 상반되는 말이다. 하지만 우리는 거짓을 진실이라고 알기도 하고, 진실을 거짓으로 생각하는 우를 범하기도 한다.

진실과 거짓을 가려낸다는 것은 진심 어린 마음과 눈으로 보지 않으면 불가능한 일이다. 그것을 가려낼 수 있는 힘이 우리에게 없다면 우리 사회는 걷잡을 수 없는 혼란에 빠지게 될 것이다.

때때로 우리는 사랑하는 사람들에게 거짓인 줄 알면서 속아주는 경우도 있다. 그것은 사랑을 위한 아름다운 마음이고, 진실 되길 바라는 절실한 바람이다.

하지만 그런 것과는 달리 거짓을 보고도 진실이라고 믿고, 진실을 이야기해도 거짓이라고 생각한다면……. 우리는 스스로의 모순에 빠져서 판단력을 잃었거나, 군중심리에 따라 자기의사와 관계없는 결정을 하지 않았나 생각해보아야 한다.

지금 우리 사회는 왜곡된 진실을 진심 어린 충정으로 생각하고, 나라를 순식간에 바꿔놓을 수 있다고 생각하지만……. 왜곡된 진실이 우리의 미래를 여는데 걸림돌이 되고 장애가 되어버린다면 우리에게는 큰 짐이 될 것이다.

우리의 가치관과 역사관은 시대 변화에 따라 바뀔 수 있는 것도 있지만, 결코 변하지 않아야 하는 것도 있다.

나라를 위한 일들이 깊이 있는 고민과 의견 수렴을 거치지 않고 인기에 영합해 성급히 결정해버리고, 원칙 없이 감당하지도 못할 것을 시대의 흐름에 편승해 결정하는 우를 범하게 된다면 그것은 후세에 큰 빚으로 남게 될 것이다.

비를 피하려고 우산으로 가려도, 비가 그치면 우산을 접어야 되는 것을…….

2004년 7월 2일   정도(正道)

지금 우리나라는 국민들이 마음의 갈피를 잡지 못하고 방황하고 있고, 사회를 믿지 못하고 신뢰를 잃어버린 사회로 되어가고 있는 것 같다.

이런 대립과 갈등이 지속되고 서로에게 신뢰를 주지 못한다면 이 나라는 어떻게 될 것인가?

모든 문제에 있어서 각자의 의견이나 견해가 다를 수는 있을 것이다. 그러나 가능하지 않은 일을 가능하다고 고집하거나 미래에 대한 충분한 검토 없이 지금 생각으로만 모든 것을 판단해버린다면 그것은 우리의 미래를 암울하게 만들 것이다.

우리는 어려운 시기일수록 바르고 올바른 길을 가야 한다고 생각한다. 무엇이든지 정도(正道)로 가면 그 길이 험난하고 길어도 반드시 진리를 터득할 수 있다고 본다. 자신이 이 진리를 터득하기 위해서 스스로 자신을 바로 세워야 한다.

누구의 책임을 묻기 전에 우리 스스로가 바뀌어야 한다.

현명한 판단과 바른 지적으로 무책임한 사람들은 스스로 부끄러워하도록 만들어야 한다.

가끔 내 의지와 관계없이 여러 가지 말들이 나를 움직이려고 압박하고, 결정을 재촉할 때도 있다. 이런 요구에 따라 수시로 마음을 바꾸고 소신을 바꾼다면 우리는 믿고 따를 것이 없을 것이다.

어려운 시기에도 우리의 마음이 통하는 것은 개개인 스스로 판단했을 때, 자신의 모든 일과 행동이 정도(正道)를 걷고 있다는 신뢰와 믿음을 갖게 되었기 때문일 것이다.

오늘도 나에게 믿음과 신뢰를 보내주신 많은 분들께 반드시 정도(正道)의 길을 걷겠노라 다짐하면서……

2004년 7월 17일   내 마음의 길

남을 인정할 줄 모르는 사람은 아마도 자기 자신도 인정할 줄 모르는 게 아닌가 하는 생각이 든다. 남을 인정하지 못하고 모든 일을 자기 관점에서 판단하고 부정해버린다면, 오히려 그것이야말로 큰 잘못이 아닐까.

가정에서 부부나 자식 간에 의견 충돌이 있을 때, 상대방을 인정하지 않고 자기만이 옳다고 주장한다면 스스로 모두를 멀어지게 하는 것을…….

이 세상을 살면서 자신만큼 자기를 잘 아는 사람은 없을 것이다.

요즘의 나 자신을 돌이켜 보면…….

그 어렵고 힘들었던 날들 속에서도 내가 견딜 수 있었던 것은 과거의 모든 것에 대해 용서하고 이해하고자 노력했기 때문이 아닐까.

어두웠던 과거든 화려하고 좋았던 과거든, 과거를 계속 돌아보다 보면 누구든 살아가기가 힘들 것이다.

보다 나은 미래에 대한 희망을 갖고 살아갈 수 있는 기대를 안고, 우리는 오늘도 이 어려움을 이겨내고 있지 않을까…….

모든 것을 잃고 더 잃어버릴 것도 없는 내가 무엇을 다시 찾기 위해서 지금의 길을 걷고 있는 것일까?

요란한 말보다는 조용한 실천이 스스로를 연마시키고 아름다운 사회를 만들어간다고 생각한다.

지금 내가 절실히 바라고 원하는 게 있다면 후손들에게 물려줄 아름다운 나라와 미래를 열어가는 것이다. 내 마음의 여정을 이해하고 진심을 알 수 있는 것은 우리가 서로를 진실 되게 알 때 가능한 일일 것이다.

후일에 모두의 마음에 향기 나는 정치인으로 남길 원하면서…….

어떤 비난과 어려움 속에서도 나는 나의 길을 묵묵히 갈 것이다. 모든 진실과 아름다움이 만나서 이 사회를 밝고 아름답게 만들길 바라면서…….

2004년 7월 28일 뿌리

나무가 잘 자라기 위해선 뿌리가 튼튼해야 하듯이 우리의 삶도 뿌리를 잊으면 모든 것이 흔들리지 않을까.

식물이 뿌리가 썩으면 금방 시들어버리듯이 우리의 문화도 모든 것을 뿌리째 흔들어버리고 인정하지 않으면, 성장해보기도 전에 주저앉을 것이다.

우리도 뿌리가 있었기에 자랄 수 있었고 나라마다 뿌리의 근간이 있듯이, 우리가 그것을 인정하지 않으려 한다면 구름위에 떠서 사는 것과 마찬가지일 것이다.

가정이나 사회에서 어느 누구든 잘하기도 하고, 잘못할 수도 있지만, 중요한 것은 그 모든 걸 인정하고 미래를 열어가야 한다는 것이다. 그렇지 않고, 그것이 쌓여서 서로에 대한 감정이 되고, 그것이 또 쌓여서 불신이 되어버린다면 가정도 파괴되고 사회생활도 더 할 수 없게 되는 것을…….

과거의 모든 것을 인정하지 않고, 뿌리를 흔들려고 한다면 우리는 후손들에게 무엇을 남겨줄 것인가?

후손들에게 우리 조상들은 무엇을 했다고 할 수 있는가?

지금의 우리에게 중요한 것은 우리의 뿌리를 흔들지 않고, 튼튼하게 하는 것이다.

2004년 8월 5일   페어플레이

며칠 후면 아테네 올림픽의 성화가 전 세계의 물결로 일어나 스포츠로 우의를 다지게 된다.

우리나라 선수들도 그동안 갈고닦은 기량과 실력을 충분히 발휘해서 좋은 결과가 나와 온 국민에게 기쁨을 안겨주었으면 한다.

어떤 경기이든 심판이 있어서 정해진 룰에 따라 경기를 진행하도록 되어 있다. 만약 정해진 룰이나 심판이 없다면 그 경기는 난장판이 되어버릴지도 모른다. 그래서 우리는 경기를 관전하면서 경기가 '페어플레이'로 잘 진행되길 바란다.

특히 세계적인 관심을 끄는 경기가 진행될 때는 더더욱 그렇다.

어떤 경기라도 반드시 지켜야 할 룰이 있고 그것을 따르지 않으면 제재를 받고 심하면 경기에 임할 수 없게 된다.

경기를 하면서 상대방에게 반칙만을 계속해서 하고, 상대방 선수에게 상처를 입혀서 이기고자 해도 많은 관중은 그 속임수를 알 수 있게 된다.

모두가 바라는 '페어플레이'를 하지 않고 반칙으로만 일관한다면, 한두 번 이길 수는 있어도 그 승리가 그 팀의 영원한 실력이 될 수는 없을 것이다.

실력이란 서서히 길러나가는 것이며 남모르는 훈련과 노력을 통해 얻어나가는 것이다. 그래야만 관중에게도 인정을 받을 것이다.

축구 황제 펠레가 우리에게 영원히 축구의 실력자로 인정받는 것은 축구에 한해서 그가 진짜 실력자이기 때문이다.

이번 아테네 올림픽에 우리나라 선수들도 좋은 실력과 '페어플레이'로 전 세계 사람들에게 사랑 받는 선수들이 되길 바라면서…….

앞으로 우리나라의 정치·사회 등 모든 분야 곳곳에도 '페어플레이' 가 이루어지는 그런 정의로운 사회가 되었으면 한다.

2004년 8월 22일 　오! 필승 코리아!

아 ! 대한민국 !

밤마다 각 가정에서, 그리스 아테네에서 응원의 함성이 터지고……. 양궁과 축구, 각 경기를 보면서 가슴이 쿵쿵 뛰고 설레는 마음을 가누지 못하는 것은 아마도 마음속에 흐르는 한민족의 피가 흐르고 있음이 아닐까…….

이렇게 하나로 통합된 우리의 마음들을 누가 갈라놓을 수 있을까. 2002년 월드컵 때, 우리는 하나 됨을 전 세계에 보여주었고, 우리가 하나 될 때 얼마나 큰 힘을 발휘할 수 있는지 세계에 보여주었다.

우리가 히딩크 감독을 아직도 그리워하는 것은 그가 우리나라의 숨은 인재들을 가려내고 훈련시켜서 최고의 실력을 발휘하게 했기 때문이다. 우리의 생활도 그런 감독과 선수들의 조화로운 힘과 리더십을 기다리고 있지 않을까…….

지금 아테네에서 열심히 온 힘을 다해 경기에 임하는 우리 선수들에게 아낌없는 박수와 응원을 보내며…….

아! 대한민국을 다시 한 번 불러보며…….

우리 이제 힘을 합해 아테네의 함성이 이곳 대한민국에도 널리 널리 펴져서 흩어지고 어려운 우리의 마음이 하나가 되길 바라면서…….

2004년 9월 5일 　자연의 법칙

"한 송이 국화꽃을 피우기 위해 봄부터 소쩍새는 그렇게 울었나 보다."

우리가 생을 살아 나가면서 꿈을 이루고 그것을 간직해나가기 위해 얼마나 많은 노력을 해나가고 있을까?

때로는 그 꿈을 이루지도 못하고 생을 마감하는 경우도 있을 것이다. 그런데 요즈음은 꿈을 이룰 생각도, 희망도 없이 사는 사람이 늘고 있다고 하니 참으로 서글픈 일이다.

사람마다 사는 방식에는 차이가 있겠지만 그 사람이 생각하는 것이나 언행, 사고방식은 단순히 그 순간의 언행이 아니라 그동안 살아온 그의 인생 전부를 말해주는 것이 아닐까 생각한다.

그래서 평소부터 생각이나 언행을 잘 가다듬지 않으면 아무도 그 사람을 믿지 않게 될 것이고, 주변의 모든 사람을 잃게 될 것이다.

우리가 모두 더불어 사는 삶을 살아가는 최고의 방법은 남을 인정하고 아낄 줄 알고, 배려하는 데 있다고 본다.

집안에서도 가장의 생각과 언행이 건전하고 미래 지향적일 때만이 그 가정은 아름다운 미래를 열어나갈 수 있을 것이다.

반대로 가장의 생각이 비판적이고 본인만이 절대 우위에 있다고 생각한다면…… 그 가정은 불신 속에서 살게 되고 희망을 잃게 될 것이다. 지금 우리에게 절실하게 필요한 것은 개인의 욕심과 과욕을 버리고 더불어 사는 아름다운 사회를 만드는 데에 우리 모두 마음을 합하는 것이다. 모든 것을 억지로 바꿔버리려고 무리수를 쓴다면, 우리에게는 갈등과 불신만이 쌓이게 될 것이다.

우리에게 기적이 일어나지 않는 한, 물이 아래에서 위로 흐르지 않는 것이 자연의 이치인 것을…….

2004년 9월 19일   산다는 것은

계절이 바뀌고 그 계절의 기온을 느낄 때마다
세월의 흐름을 아쉬워하고,

새로운 해에는 무언가 꼭 이뤄야겠다는

희망을 가지고 우리는 살아가고 있다.

산다는 것은 어떻게 보면 참 단순한 것 같기도 하고

또 한편으론 고행의 연속인 것 같기도 하다.

어떤 생각을 하면서 삶을 살아가느냐에 따라

더욱 의미를 가질 수 있지 않을까!

가난하지만 마음이 풍요로운 사람이 있고,

가진 것은 많지만 늘 불안해하는 마음이 가난한 사람도 있을 것이다.

가끔은 내 삶의 위치가 어디에 있고 무엇을 위해 살아가고 있는지 정확한 지점을 알아야 종착역도 알 수 있지 않을까?

무심히 버스를 타고 가다 내려야 할 정류장을 지나쳐버리면 그 무관심을 탓하며 지나온 길을 다시 되돌아가게 될 것이다. 되돌아가는 길은 지나온 길의 몇 배는 더 지루하고 힘들다는 것을 우리는 경험으로 잘 알고 있다.

버스는 다시 제자리로 타고 갈 수 있어도

우리의 인생은 그 자리로 다시 돌아갈 수는 없는 것이다.

그래서 우리의 순간순간이 더 소중하고 의미 있는 것이 아닐까!

산다는 것은…….

정말 신이 내려주신 최대의 축복인지도 모른다.

우리가 살면서 공기가 없으면 단 몇 분도 견딜 수 없지만

공기의 고마움을 느껴본 적이 얼마나 될까…….

우리의 부모님이 계셔서 우리의 존재도 있지만,

막연한 고마움 외에 우리가 정말 고맙고 감사함을 느끼고 있는지…….

가장 가까이에 우리가 소중하게 느껴야 할 것이 있음에도,

혹시 우리는 먼 곳에서만 찾으려고 방황하고 있지나 않은지…….
우리가 존재하고 필히 우리 곁에 있어야 할 소중한 것들을
아끼고 사랑할 줄 아는 법을 배운다면,
산다는 것이 의미를 가질 수 있지 않을까?
지금 우리가 소중하게 간직하고 아끼고 사랑해야 하는 것이
무엇인지를 생각하며…….
이제 우리의 마음도 화합과 미래에
희망을 걸 수 있게 되기를 바라면서…….

2004년 9월 27일 우리의 소망

모든 사람의 마음에는 누구나 간직하고 있는 소망이 있을 것이다.
그 소망을 우리는 살면서 이루기도 하고
또는 이루지 못하고 생을 마감하는 사람도 있을 것이다.
사람마다 살아가는 방식과 생각이 서로 다르듯이
우리가 가지고 있는 소망도
서로 각자의 삶의 방식에 따라 다를 것이다.
어린 시절 보름달을 보면서
작은 소망을 간직했던 생각이 새삼 그리워진다.
우리의 고유 명절인 한가위에 둥근 보름달을 보면서
마음의 소원을 빌고 모든 사람들이 간직하고 있는
아름다운 소망이 이루어지길 바라면서…….
아마도 우리 모두가 소망하는 것은
아름답고 희망이 있는 나라에서
가족들과 더불어 행복하게 살아가는 것이 아닐까 생각하면서…….

2004년 10월 9일   잊혀져가는 한글날

우리의 글이 있어서

말로써 다 표현하지 못하는 마음을

글로써 서로의 마음에 전달 할 수 있다는 것이

얼마나 고마운 일인지 모른다.

마음을 전달할 수 있는 방법에는 여러 가지가 있겠지만

마음의 깊이와 사랑을 담은 글로써 상대방에게 전달하는 것이

그중에서 가장 진실 된 방법이라 생각이 든다.

세상이 각박하고 살기 힘들수록

글을 쓰고 마음을 달랠 수 있는 것이 큰 위안이 되기도 한다.

오늘, 한글날에 새삼 우리의 글 '한글' 이 자랑스럽고 고맙게 느껴지는 것은

우리 민족에게 가장 큰 자긍심을 갖게 하는 우리만의 글을 갖고 있다는 것이 아닐까 생각하기 때문이다.

전 세계에서 우리나라처럼 단일민족, 단일 언어, 단일 문자를 가진 나라도 찾아보기 어려울 것이다.

우리의 한글은 전 세계의 어떤 글보다 우수하다는 자부심을 우리 스스로 가져야 한다고 생각하고,

우리나라의 한글이 세계 속에서 빛이 나도록 우리 모두 노력해야 한다고 본다.

우리의 미래를 위하여 몇 백 년 앞을 보고 '한글' 을 만드신 세종대왕의 탁월한 혜안과 지도력에 경의를 보내면서……

점점 잊혀져가는 한글날에,

우리에게 이런 자랑스러운 '한글' 을 갖게 해주신 세종대왕의 뜻을 길이 기리길 바라면서…….

2004년 10월 24일   낙엽

계절이 바뀐다는 것은 나무의 변화만 보더라도 알 수 있다.

산마다 온통 빨갛게 아름답게 물든 단풍을 보면서, 그렇게 아름다운 단풍도 가을이 다 가면 낙엽 되어 떨어져버리는 것을…….

아름답다고, 소중하다고 해도, 그것이 항상 변하지 않고 우리 곁에 있는 것은 아니다.

무엇이든 우리 삶에서는 영원한 것은 존재하지 않는 것 같다.

어떠한 권력도 젊음도 모든 것이 인생 한 부분에 중요한 자리로 매김을 해도 그것이 영원할 수는 없는 것이다.

떨어지는 낙엽을 보면서 많은 생각이 교차하고 있는 것은

가을바람에 떨어지는 잎처럼 이리저리 우리의 마음이

흩어져 있는 것을 느끼고 있기 때문인 것 같다.

지금 우리 사회가 길을 잃고 있거나, 길이 막혀 방향 감각을 잃어버렸다면…….

그런 때일수록 보다 진실한 곳에 올라가서 전체를 볼 수 있어야 한다.

전체를 보고 부분을 봐야 하고 또 나를 봐야 막힌 길을 찾아나갈 수 있지 않을까!

부분을 보면서 전체를 안다고 한다면, 그것은 어리석은 것이다.

보이는 것을 보면서 보이지 않는 것을 생각하고,

들리지 않는 것을 들으면서 살아가도록

노력해야 하지 않을까 하는 생각이 든다.

눈앞에 이익과 싸우고 힘에 논리로 모든 것을 풀어나가려고 하거나 잃어버린 것을 다시 찾으려고 한다면,

잃어버린 것을 또 다시 잃어버리는 것이다.

한때의 영광이나 권력도 떨어지는 낙엽과 같은 것을…….

2004년 11월 9일 마음의 거울

우리는 하루의 시작을 거울 앞에서
자기 모습을 보는 일로 시작한다.
거울을 보면서 우리가 스스로에게
우리의 자화상을 그린다면 어떤 모습일까!
동화 속에 왕비처럼 스스로 거울 앞에서
자기가 최고임을 인식하려고 하고 있지는 않은지…….
이 시대에도 그런 과오와 무지함을 마음속에 가지고 있는
사람이 있다면, 그것은 스스로를 불행하게 만들게 될 것이다.
진정한 아름다움은 내면의 절제된 마음과
남을 인정하고 배려하는 마음에서부터 시작되어야 한다고 생각한다.
자기 잘못을 덮기 위해 남을 모함하는 사람이나
남의 잘못을 들춰내서 자기의 합리화를 찾는 사람이
우리 사회에는 큰 부담으로 자리 잡고 있지는 않은지…….
상대방을 인정하지 않고 상대방을 없애는 일로
자기 자신을 찾으려고 한다면 그것은 어리석고 부질없는 일일 것이다.
진실과 정의는 살아 있고 언제 어디서든지 이길 것이다.
그리고 역사는 숨겨진 것을 반드시 드러나게 한다는
진리를 우리는 잘 알고 있지 않은가.
지금 우리는 무엇을 위해 싸우고
무엇을 감추려고 무리수를 쓰는 것인지
우리는 너무 잘 알고 있지 않은가 생각한다.
진정 소중하고 지켜야 할 것이 무엇인가 고민하고
감춰진 문제를 찾아내야 할 것이다.
이 어려운 시기에 평범하고 일반적인 국민의 보편적인 생각이

민심이자 천심이 아닌가 생각하며…….

그 민심이 반드시 승리하길 바라면서…….

2004년 12월 1일   마지막 한 장

어느새 한 해의 끝에 서 있다니,

바쁘게 살다 보니 언제 이만큼이나 세월이 흘렀는지…….

지난 11개월은 내 삶에서 가장 기억에 남는 시간 중에 한 부분일 것이다.

실망과 좌절, 결심과 선택 그리고 호소와 노력을 계속적으로 반복하는 한 해를 보냈다.

뒤돌아보니 지난날의 추억이라고 생각하기보다는, 생애에서 가장 많은 생각과 결정을 반복적으로 해야만 했던 한 해가 아니었나 하는 생각이 든다.

우리는 항상 어제보다 내일을 기대하고 더 나아질 것이라 믿으며 노력하며 살아나가지 않는가…….

그러나 올해는 내일이 걱정되고 앞날이 더 나빠지지 않았으면 하는 조바심으로 한 해를 보낸 것 같다.

우리는 시작보다는 끝이 아름답길 바라고 시작할 때의 요란함보다는 마무리를 아름답게 할 수 있는 것이 우리의 생을 살아나가는 최고의 가치라고 생각한다.

그러나 우리는 항상 반대의 삶을 살아가고 있는 것 같다.

시작할 때는 꿈과 희망을 주고 많은 것을 안겨다 줄 것 같은데…….

요즈음은 그런 희망과 꿈조차 가지는 것이 오히려 사치인 듯싶다.

현재에 매달려 오늘 내일의 삶이 힘들고 어려워서 미래에 대한 희망을 가져보지도 못하고 있지나 않은지……. 마지막 남은 달력을 넘기며 얼마 남지 않은 날들을 그래도 최선을 다해서 아름답게 마무리를 지어야겠다고 생각해본다.

우리에겐 마지막 달이 지나면 또 다른 해의 시작이 기다리고 있기 때문이다.

2004년 12월 24일 성탄절

12월이 오면 항상 설레는 마음으로 기다리는 것은 우리에게 언제나 꿈과 기쁨을 주시는 산타 할아버지와 선물이지 않을까?

왠지 어른이 된 지금도 빨간 옷의 흰 수염에 빨간 모자를 쓴 산타 할아버지를 기다리는 것은 나 혼자만 느끼는 마음이 아닐 것이다.

어린 시절 우리는 부모님이 주신 선물이 진짜 산타 할아버지의 선물인 줄 알고 얼마나 기뻐하였는지 모른다.

어린이에게 많은 선물을 주신다는 산타 할아버지의 신비로운 마음이 우리에게 아름다움으로 남는 것은 산타 할아버지에게서 우리는 참된 신뢰감과 사랑을 느낄 수 있기 때문이지 않을까!

변하지 않는 한결 같은 사랑과 누구에게나 참되고 아름다운 평화를 선사하는 산타 할아버지의 마음을 전 세계 어느 누구도 믿지 않는 사람이 없을 것이다. 지금 우리 사회도 서로 한마음이 되어서 서로 믿고 신뢰를 쌓아 나가야 한다고 생각한다.

앞으로 미래의 사회는 가장 기본이 되는 것이 신뢰일 것이다. 신뢰가 바탕이 되지 않는 사회는 불신만이 팽배해져서 아무것도 이룰 수 없게 될 것이다.

산타 할아버지가 어린이의 가슴에 희망과 꿈을 주듯이 우리 기성세대도 어린이들에게 희망과 아름다운 미래를 열어 주고, 긴 걸음으로 걸어 나갈 수 있는 희망 있는 사회를 만들어나가길 바라면서…….

성탄절을 맞이하여 많은 분들이 사랑과 축복을 나누게 되길 바라며, 우리 어린이들에게 산타 할아버지께서 사랑과 기쁨의 선물을 한 아름 주시길 기대하면서…….

메리 크리스마스!

2005년 1월 18일 삶의 현장

지독히도 길고 깊은 탄광의 지하 막장에서 하루를 보내는 사람들에겐 가족을 위해 헌신하고 생계유지를 위해 하루하루를 험한 갱도에 들어가 열심히 살아가고자 하는 진실한 모습이 있다.

아침에 도시락을 싸 가지고 지하 450미터의 막장에 들어가면 저녁에나 다시 올라올 수 있는 그분들의 현장에서 차마 다른 이야기조차 할 수가 없었다.

그분들의 마음엔 정치적인 어떤 관심도 없어 보였고 민생을 떠난 다른 문제로 서로 싸우는 것이 오히려 사치인 듯싶었다.

자식과 가족의 미래를 위해 그 힘들고 어려운 일을 마다하지 않는 그분들의 눈빛에서 많은 고뇌와 고통을 느꼈으며, 좀 더 좋은 환경에서 그분들이 일할 수 있는 여건과 환경을 만들어가는 것이 최선의 길이라는 생각이 들어 되돌아오는 길 내내 마음이 무거웠다.

통계청에 따르면 지난해 연평균 청년 실업률이 외환위기 이후 최악인 7.9%로 나타났다.

젊은이들의 실업률이 높으면 세계적인 경쟁에서 국가 경제가 이겨낼 수 없을 것이다.

젊은 두뇌와 지식이 사장되고 새로운 것을 만들어내지 못한다면 우리의 국가 경제는 새로운 도약을 하기가 어려워질 것이다.

오늘도 삶의 현장에서 몸이 부서지도록 일하는 국민 모두와 취업 걱정 때문에 졸업하기조차 겁이 나는 젊은이들에게 삶의 현장에서 열심히 일할 수 있는 여건을 마련해주어야 할 것이다.

이제 우리는 모든 것을 접고 오로지 민생 경제와 젊은 두뇌를 기용해서 나라를 다시 일으키는 일에 모두 매진하여야 할 때이다. 모든 것이 일으켜야 할 때에 일으키지 못한다면 그것은 영원히 공멸하고 말 것이다. 지붕에서 물이 새면 비를 원망할 것이 아니라 허술한 지붕을 고쳐야 할 것이다.

2005년 2월 7일   우리 고유의 명절

우리에게 가장 고집스럽게 우리 것을 지키려고 하는 게 남아 있다면 민족의 대명절인 설날이 아닌가 싶다.

명절 연휴가 시작되면 고향을 찾는 분들의 대이동도 시작하고, 흩어져 있던 가족들은 어른을 찾아뵙고 조상님들께 예를 올린다. 조상을 섬기고 그분들을 기리는 우리의 마음은 우리가 지켜야 하는 마음의 고향 같은 것이다.

누구나 태어난 고향이 있듯이 우리 본향의 뿌리를 우리 스스로 인식하지 못해 그 지식과 예를 배우지 못한다면, 근본과 상식이 없이 즉흥적이고 충동적으로 모든 일을 해나가게 될 것이다.

"가장 한국적인 것이 가장 세계적"이라는 말은 참으로 적절하고 의미가 있는 말이다.

외국에서 이미 창조되고 개발된 것은 우리가 그동안의 수고를 누리고 있는 것이지 우리가 세계에서 봉사하고 기여할 수 있는 것은 아니다.

외국인들이 우리나라에 고층 건물을 구경하고 햄버거를 먹으러 오지는 않을 것이기 때문에, 우리 것을 간직하고 발전시켜서 세계 속에 최고가 될 수 있도록 하는 것이 우리의 몫일 것이다.

우리 고유의 명절에 다시 한 번 우리 것에 대한 사랑과 뿌리를 나누고 공유해서, 자라나는 세대에게 우리 것에 대한 다양한 문화와 가치를 알려야 한다고 생각한다.

가족이 많이 모이고 정겨움을 나눌 수 있는 유일한 시간에 우리의 조상을 알게 하고 뿌리를 알리는 참다운 시간이 되길 바라면서…….

우리의 전통 예절과 문화를 자연스러운 환경에서 배우게 된다면, 늘 마음에서 떠나지 않게 될 것이다.

2005년 3월 3일 약속

옛날부터 우리는 약속을 꼭 지키자는 표시로 새끼손가락을 걸어서 약속을 다짐 받았다.

그러나 요즈음은 새끼손가락을 걸고 엄지로 도장을 찍고 복사까지 하는 것으로 약속의 모습이 바뀌었다.

이렇게 약속을 여러 차례 확인 받는 것은, 아마도 서로에게 약속을 한 것을 잊고 살거나, 아예 약속을 지키지 않는 것이 많기 때문은 아닐까 생각해본다.

우리는 살면서 많은 약속을 하면서 살아간다.

부모와 자식 간의 약속, 친구 간의 약속, 사랑하는 사람과의 약속, 사업 관계자와의 약속 그리고 정치인과 국민과의 약속 등…….

그 많은 약속이 전부 지켜질 수는 없지만…….

지키려고 노력하고, 지켜지는 사회가 되어야 하지 않을까 생각한다.

신뢰할 수 있는 사회와 선진국이라고 인정받을 수 있는 가장 기본이 되는 것은 얼마만큼 책임질 수 있는 약속을 했고, 그것을 지키기 위해 어떠한 노력을 했는가 하는 것이다.

특히 정치인으로의 지켜야 할 가치 중 가장 중요한 것은 국민과 한 약속을 지키는 것이다. 그러나 그것을 한순간이라도 잊어버린다면 모두에게 신뢰를 잃어버리게 되는 것이다.

살아가면서 신뢰를 쌓으려면 많은 노력이 필요하다. 하지만 한 번의 실수가 모든 것을 원점으로 되돌려놓을 수도 있는 것이다.

언제나 과정에 비해 결과는 한순간에 결정돼버린다.

그러나 과정과 노력 없이 결과가 이뤄지지 않는 것같이 우리가 어떤 과정을 거쳐서 이 자리에 왔는지를 잊어버리게 되면, 잘못된 판단으로 연속된 실패를 하여 쓰라린 후회를 하게 될 것이다.

작은 이익은 거의 예외 없이 큰 이익을 해치며 작은 지혜는 큰 지혜를 버리게 한다.

어느 한구석만 보지 않고 그 전체를 볼 수 있는 지혜만이 우리가 추구하는 곳으로 우리를 이끌어줄 것이다.

우리 사회는 입만 열면 민주다 개혁이다 혁신이다 하지만, 작은 약속 하나 지키지 못하는 것은 기본 철학이 없는 것이나 다름없다. 자전거도 못타면서 오토바이를 탄다고 큰소리치는 것과 같다.

우리에게 망각은 있을 수 있어도 남이 지키고자 하는 선의의 약속까지 왜곡시키는 것은 있어서는 안 될 일인 것이다.

앞으로 많은 약속들이 지켜지는 정의로운 사회가 되길 바라면서……

2005년 4월 2일 봄바람

인생길을 가다 보면 여기서 빠질 수도 있고 저기서 미끄러질 수도 있다. 그동안 애써 걸어온 여정이 한순간의 잘못으로 인하여 모두 물거품이 되어버릴 수도 있다.

어둠이 있기 때문에 빛이 필요한 것같이, 어떤 상황에서도 우리가 반드시 지켜야 할 가치가 있고, 그것을 지켜야 할 의무도 있을 것이다.

우리가 지켜야 할 가치를 인식하지 못하고 그것이 어렵고 힘들다고 해서 비켜 나간다면…… 우리의 인생은 도착지를 얼마 남겨놓지 않고 굴러 떨어져버릴 것이다. 그 어떤 상황에서도 나의 가장 중요한 관심은 내가 지금 걷는 이 길이 바른 길인가 하는 것이다.

차라리 내 가슴이 아플지언정 남의 가슴을 아프게 하지 않겠다는 결심은 마음을 편안하게 한다.

겨울바람이 봄바람보다 약해서 겨울이 물러나는 게 아닌 것같이…….

2005년 4월 16일   스피드

우리나라의 고속도로는 속도 제한이 있어서 마음껏 스피드를 낼 수가 없다. 간혹 우리 주변에서는 그 제한을 무시하고 질주하다가 큰 사고를 내어 피해를 입히는 경우는 종종 일어난다.

물고기를 잡기 위해서 물고기가 가장 좋아하는 것을 미끼로 쓰듯이, 자기가 극히 좋아하는 것은 어떤 의미에서 자기의 가장 큰 허점이 될 수가 있고, 때에 따라서는 파멸과 불행의 근본 원인이 되기도 한다.

지금 우리가 새로운 시대를 열어가고 모든 것을 바꾸고 싶은 마음이 우리 마음에 자리 잡고 있을지라도, 사려 깊지 않게, 성급하게 한꺼번에 바꾸려 한다면 여기저기서 보이지 않는 문제가 생겨 후일에는 큰 부담으로 남게 될 것이다.

유행에 따라 모든 상품들이 변화를 하고, 새로운 아이디어 상품이 쏟아지고 있지만, 시간이 흐를수록 진가를 발휘하는 것은 오랜 시간, 노력과 정성을 기울인 장인 정신이 깃든 명품이다. 우리 사회의 최대의 이슈가 되어 있는 개혁도 마찬가지라고 생각한다.

오랜 시간 꾸준한 연구와 검토를 통해서 노력한 것만이 성공할 수 있을 것이다.

진정한 개혁을 하기 위해서 가장 중요하고 선행되어야 하는 것은 어떤 법칙과 요란한 약속이 아니라 사람의 마음의 변화다. 사람은 변하지 않고 제도와 법칙을 요란하게 바꾸고 나서 개혁을 해냈다고 말할 수는 없는 것이다.

개혁은 말로 하는 것이 아니라 사람을 변할 수 있게 하고, 스스로 변화를 만들어나가게 하는 과정인 것이다.

"빈 수레가 요란하다."는 옛말이 있다. 정해진 속도를 무시하고 자기만족에 빠져서 스피드를 내기 시작하면, 그것은 그동안 이루어 놓은 모든 것을 빼앗아갈지도 모른다.

2005년 5월 14일   삶의 나침반

산을 오르다 길을 잃거나 운전을 하다가 길을 잃을 때, 우리는 방향을 찾기 위해 나침반의 도움을 받는다. 나침반은 우리가 서 있는 방향을 알게 해주고 길을 찾아 나가는데 도움을 주는 것같이, 우리에겐 어린 시절부터 학창 시절까지 우리의 길을 인도하고 이끌어주시는 고마운 스승이 계셔서 올바른 삶의 길을 인도 받고 있는 것이다.

삶을 살면서 우리를 인도해주시고 삶의 나침반 역할을 해주신 고마운 스승님을 마음에 간직하며……

그분들의 가르침이 있으셨기 때문에 오늘날 우리가 마음의 풍요를 가지고 살 수 있고, 지혜와 지식을 나누면서 살고 있지 않을까 생각한다.

올바른 교육으로 배운 도덕과 도리, 양심을 통해 전달되는 모든 것들은 어떻게 인생을 살아나가야 하는지를 끊임없이 일깨워주기 때문에 스승의 가르침은 하늘 같고 그 은혜는 높은 것이다.

세상이 많이 변하고 바뀌어도 우리의 길을 가르쳐주신 스승님이 계 셔서 바른 가치를 가지고 삶을 살아나갈 수 있지 않을까 생각하면서……. 그 은혜에 보답하는 길은 그분들의 가르침이 헛되지 않도록 각자의 길을 충실히 걸어가는 것일 터이다.

스승의 날 모든 스승님들과 그분들의 가르침에 감사드리면서…….

2005년 6월 5일   영원히 잊혀지지 않는 것

우리가 살면서 망각이라는 게 없었다면……

인간의 힘으로는 이 세상을 살아나가기가 힘들 것이다.

그러나 우리 마음에 영원히 잊어서는 안 되고 잊혀져서는 안 되는 것이 있다면…….

그것은 내가 태어난 조국과 나를 낳아주신 부모님이다.

해마다 6월이 돌아오면, 우리 마음에 잊혀지지 않는 것은 조국을 지키기 위해 스스로 목숨을 바치신 분들일 것이다.

얼마 전 서해교전 전사자의 부인이 조국에 목숨을 마친 남편에 대한 홀대가 서럽고 원망스러워서 조국을 등지는 모습을 보고, 정치권에 있는 나 자신은 나라를 위해 목숨 바친 이들을 위해 무엇을 하고 있었나 하는 생각을 했다.

영웅인데 영웅 대접을 못 받은 것은 분명 잘못이 아니냐고 목 메이던 그분의 말씀이 아직도 가슴에 남아 있는 것은…….

우리가 분명 그들을 지켜주지 못했다는 책임감 때문일 것이다.

우리의 미래에 어두움만을 안겨주지 않기 위해 가장 선행되어야 하는 것은 조국을 지키기 위해 헌신한 사람들의 역사를 바로 세우는 것이다.

호국의 달을 맞이하여 이 나라를 지키기 위해 목숨을 바치신 분들의 넋을 기리며 그 가족분들이 명예롭고 자랑스럽게 살 수 있는 사회가 되도록 우리 모두 만들어나가야 한다고 생각한다.

그분들의 나라 사랑하심을 영원히 잊지 않고 국민 모두의 마음에 남아 있길 바라면서…….

2005년 6월 29일   침묵의 소리

오늘은 서해교전 3주기입니다.

고(故) 윤영하 소령, 한상국 중사, 조천형 중사, 황도현 중사, 서후원 중사, 박동혁 병장. 영정에 삼가 조의를 보내고 그분들의 명복을 빕니다.

하나밖에 없는 귀한 목숨을 조국을 지키기 위해 아낌없이 바치신 분들의 가슴 아픈 사연이 아직도 우리의 마음을 아프게 하고, 그 유가족분들의 슬픔이 아직도 가슴에 사무치리라 생각합니다. 못다 핀 젊은 나이에 조국을 위해 순국하신 자랑스러운 대한민국의 아들들이 있었기에 지금 우리는 평화롭게 살 수 있는 것이라 생각합니다.

사랑하는 남편과 아버지 그리고 가슴에 묻어도 영원히 잊혀지지 않을 귀한 아들을 순식간에 잃어버린 부모님들의 고통스러운 순간을 어찌 말로 표현할 수 있겠습니까?

고통의 시간과 그리움의 시간은 길고 힘들지만, 그분들의 숭고한 희생은 나라와 국민들의 가슴에 영원히 남을 것입니다.

조국을 위해 목숨 바친 젊은 영웅들을 애도하며, 그분들의 애국심이 항상 국민들의 마음속에 영원히 남길 바랍니다.

아울러 뜻하지 않은 총기사고로 억울하게 목숨을 잃은 젊은 군인들과 영결식 내내 오열하던 유가족분들의 절규가 다시는 우리나라에서 일어나지 않도록 해야 할 것입니다. 부디 그분들의 넋이 하늘나라에서 편히 쉬시길 바라며, 삼가 명복을 빕니다.

2005년 7월 24일 재충전

한평생 삶을 살아가면서 우리에게 쉴 수 있는 날이 없다면, 우리의 삶은 각박해지고 마음은 평온을 잃어버려서 사회의 모든 것을 경쟁의 대상으로 생각하며 살아갈지도 모른다.

기계를 오래 쓰거나 차를 오래 타면 여기저기 고장이 나서 고치고 부품도 교환을 해야 다시 쓸 수 있듯이, 우리의 인생도 자기 자신을 돌아다보고 생각해볼 수 있는 여유를 가지기 위해 반드시 마음의 재충전을 해야 한다고 생각한다.

휴가를 통해 내 개인의 시간을 가져보면서 책을 읽고, 그 속에 담겨진 생각들을 배우면서 내 인생을 뒤돌아볼 수 있는 시간을 가지게 된다는 것이 일을 하고 있는 순간처럼 소중하고 아름다운 것이라 생각한다.

잠시나마 나의 젊은 시절의 한가로웠던 날들을 그리워하며…….

남은 나의 절반의 생을 나를 아끼고 사랑해주는 분들과 동행하기를 바란다. 남의 티끌을 보기 전에 자신의 마음의 문제를 먼저 읽을 수 있는 우리가 된다면 이 사회는 더 아름답고 따뜻하게 될 것이다.

서로 이해하고 화합하여 활기찬 미래를 열어갈 수 있기를 바라면서…… 모든 분들이 이번 여름만큼은 마음의 생각을 풍요롭고 아름답게 꾸며 나가길 바라면서…….

2005년 8월 13일 삶의 방식

호랑이는 죽어서 가죽을 남기고 사람은 죽어서 이름을 남긴다는 말이 있다. 우리의 삶에서는 꼭 큰 권력을 가진 사람만이 이름을 남기는 것은 아니다. 우리 사회에 얼마나 큰 공헌을 했는가 하는 것이 그 삶을 평가하는 것이다. 결국 우리는 한 줌 흙으로 돌아가는 인생을 살면서도 욕심과 이기심 때문에 조그만 양보도 하지 못하고 살고 있지는 않는지……

아무리 높은 권력과 직위를 가지고 있다 하더라도 그것이 그 사람과 평생을 동반할 수는 없는 것이다.

우리의 삶에서는 시작만큼이나 끝날 때 마무리를 어떻게 하느냐 하는 것이 더욱 중요한 것이다. 그것을 잘 알고 인생을 걸어가고 있다면 무리하게 일을 처리하려고 하지도 않을 것이고 현실에 안주하려고 애를 쓰지도 않을 것이다.

가정을 책임진 가장의 마음의 병은 가정을, 회사 사장의 마음의 병은 회사를 망하게 하듯이, 우리 사회를 이끄는 사람들의 마음에도 병이 들어버리면…… 우리는 모든 것을 잃어버리게 되는 것이다.

우리가 각자의 위치에서 최선을 다해 열심히 살아가는 것이 우리 자신을 지키는 것이고 우리 사회를 바르게 이끌고 가는 것이라 생각한다.

이 세상의 많은 문제들은 내가 남을 못 다스려서라기보다, 자기가 자기 자신을 못 다스려서 일어난다고 봐야 할 것이다.

2005년 8월 27일　물길

한 나라를 이루기 위해선 각종 분야에서 일하는 사람들이 필요하듯이…… 작가는 작가대로 언론인, 정치인, 예술인, 기술자는 또 그들대로 모두가 자신이 발을 딛고 있는 그 위치에서 자신의 몫을 다해야 올바른 나라를 만들어나갈 수 있을 것이다.

비록 종사하는 분야는 각기 다르다 하더라도 그 기본정신은 하나가 되어야 한다.

그것이 어떤 사업이 되었든 가장 기본이 되고 최고가 되는 경영 철학은 나와 내 가족이 먹고 입고 쓸 것을 만든다는 정신, 그 이상일 수는 없을 것이다. 왜냐하면 나와 내 가족을 위하는 마음으로 이웃과 나라를 바라보고 그렇게 행한다는 것은 인간이 추구할 수 있는 가장 위대하고 아름다운 것이기 때문이다.

지금 우리가 해야 할 일도 공허한 이념이나 구호보다는 국민 모두가 원하고 갈망하는 것을 헤아려서, 국민의 마음을 편안하게 하고, 국민이 원하는 나라를 만들어나가야 한다고 생각한다.

앞으로 우리 모두 함께 돕고, 함께 살기 위한 진정한 화합의 시대를 열고, 어려운 경제를 살려 반드시 우리 모두가 자신감을 가지고 살 수 있도록 해야 할 것이다.

나라의 경영을 맡은 모든 분들이 사명감을 가지고 국민을 위해서 그 길을 열어나간다면…….

우리 모두가 힘을 내고 용기를 얻어서 국민소득 3만 달러의 시대를 열어나갈 수 있을 것이다.

처음에는 물이 길을 내지만 나중에는 그 물길로만 물이 흐르는 것같이…….

2005년 10월 18일 국민 여러분과 함께

여러분, 지금 우리가 살고 있는 이 땅에 자유민주주의가 무너져가고 있습니다.

그동안 대표를 맡으면서 국민의 고통을 덜어드리려고 상생의 정치를 위해 무단히 노력을 해왔습니다.

그러나 현 정권이 시작되면서 2년 반 동안 과거를 부정하는 것으로 시작해서, 개혁이라는 미명 아래 우리나라의 정체성을 의심케 하는 사건들이 계속해서 일어나고 있었습니다.

국민 여러분의 어렵고 힘든 경제문제는 안중에도 없이, 오로지 그들만의 코드에 따라 나라의 근본을 바꾸려 하고 있습니다. 그럼에도 우리는 모두 인내심을 가지고 지켜보았습니다.

그러나 이번 강정구 교수 사건의 계기로 이제는 공공연히 개인도 아니고, 단체도 아닌 정권의 심장부에서 나라의 정체성과 체제를 흔들고 있습니다.

우리는 그동안 많은 시간을 지켜보았고, 기다릴 만큼 기다렸습니다. 그러나 이제 더 이상은 나라의 기반을 흔들고 자유민주주의 체제를 파괴하려 하는 것을 용납하여서는 안 됩니다.

작은 불씨 하나가 온 산을 태우듯이 이 일을 우리가 가볍게 묵과한다면 이 나라의 자유민주주의 체제는 무너지고 말 것입니다.

그런 불행한 사태가 온다면 경제나 민생이 무슨 소용이 있겠습니까? 이제 저는 어떠한 어려움에도 굴하지 않고, 나라를 바로잡는 일에 온 힘을 쏟을 것이며, 피하지 않고 당당히 싸우고 투쟁해 나가겠습니다.

이제 이 나라의 주인인 국민 여러분이 함께 나서야 할 때입니다.

여러분의 사랑하는 가족과 우리의 미래는 앞으로 여러분에게 달려 있습니다.

나라를 위해서 애국심을 가지고 동참해주시고 힘을 모아주시기 바랍니다.

2005년 11월 3일　소중한 세대

"세 살 적 버릇이 여든까지 간다." 는 속담이 있다.

그만큼 어릴 때 배운 교육은 중요하고 영원히 가슴속에 남아 있는 것이다.

'교육은 백년대계' 라는 말도 있듯이 우리가 살아가면서 가장 중요시 여기는 것 중의 하나가 교육이다. 우리나라 부모님의 교육열은 세계 어느 나라보다 강하고 열정적이다. 자식 교육에는 모든 것을 아끼지 않고, 최선을 다하는 것이 현재 우리 부모들의 모습이다.

이러한 부모들의 마음은 자녀들이 보다 나은 삶을 추구해나갈 수 있도록 도와주고, 아이들이 좀 더 나은 환경에서 교육 받을 수 있도록 하는 힘이 되어왔다. 모든 부모들이 자식들에 대한 기대와 희망을 바라보면서 평생을 땀 흘려 노력하고 있기 때문에, 교육 현장에서는 아이들을 가르치는 분들이 최선의 교육 환경을 만들어가고 올바른 교육을 가르치기 위해 노력을 해야 할 것이다.

학생들에게 잘못된 교육과 바르지 못한 사고를 전달하고 가르치는 것은 이 땅의 부모님들에게 죄를 짓는 것과 마찬가지이다.

만약 교육현장에서 잘못된 교육과 비뚤어진 가치관을 가지고 교육에 임하는 사람이 있다면 그것은 반드시 고쳐야 한다.

왜냐하면 지금 자라나는 세대들이 어떤 생각을 가지고 있는가는 우리에게 가장 중요한 것이며, 또한 국가의 미래가 달린 것이기 때문이다.

교육은 한 인간에게 예의를 가르치고 반듯한 사고를 갖게 하는 것이며 자기 자신과 우리나라를 발전시키는 기본적인 가치인 것이다.

언제나 자식들을 위해 삶의 현장에서 고생하시는 부모님들의 자식에 대한 희망과 꿈이 이뤄지길 바라면서…….

2005년 11월 19일   꿈을 향하여

누구에게나 삶을 살아가면서 간직하고 싶고 이루고자 하는 꿈이 있을 것입니다.

우리는 그 꿈을 이루기 위해서 교육을 받고, 원하는 자기의 세계를 가고자 노력을 하고 있는 것입니다.

때로는 교육을 받고 지식을 쌓아가는 일이 힘들고 어렵기도 하지만 우리가 바르게 살아가고 꿈을 이룰 수 있게 하는 가장 기초가 되는 것이 바로 교육이라 생각합니다.

에베레스트의 정상을 오르는 것은 힘들고 어려워도 그곳을 정복한 순간은 더없이 행복한 것같이, 정상의 오르는 길은 힘들고 험난해도 그곳에 도달하면 최고의 행복과 기쁨을 누릴 수 있는 것입니다.

이제 며칠 있으면 수험생들이 대학수학능력시험을 치르는 날입니다. 수능시험을 준비하는 과정은 힘들고, 어려운 순간이 많을 것입니다. 그러나 이 어려움을 이겨낼 때 자신의 미래를 위해 최선을 다한 것으로 영원히 마음에 남아 있을 것입니다.

우리나라의 희망이자 미래의 꿈인 우리 학생들이 부디 마지막 순간까지 희망과 자신감을 갖고 최선을 다하길 바라며…….

해마다 간절하게 기도하는 부모님들의 마음에 감사와 격려의 마음을 전하면서…….

대한민국 수험생 여러분 모두의 합격을 기원드립니다.

2005년 12월 18일 삼위일체

학교 교육에서 가장 중요한 주체는 학생과 교사와 학부모일 것이다.

조화로운 교육을 이루기 위해서는 반드시 학생과 교사와 학부모의 삼위일체가 이루어져야만 한다.

교육은 학교에서만 이뤄지는 것이 아니라 가정에서 연계된 교육도 중요하기 때문에, 아이들이 학교에서 어떤 교육을 받는지 가정에서도 관심과 사랑을 가지지 않는다면…….

아이들의 생각과 사고를 전혀 이해하지 못하게 될 것이다.

얼마 전에 신문에서도 보도한 것같이, 최근 교육부의 학습 자료를 보면 정부가 나서서 대한민국을 비하하는 역사를 만들고 있다.

학습 자료가 객관적이고 균형 잡힌 역사인식을 보여주기는커녕 편향성을 짙게 깔고 있음은 심각한 문제가 아닐 수 없다.

이같이 잘못된 시각이 우리 아이들에게 여과 없이 가르쳐지고, 하얀 백지 같던 우리 아이들에게 잘못된 생각들이 서서히 각인되어 아이들의 사고를 지배하게 된다면…… 그 사고를 다시 바로잡기란 무척 힘이 들 것이다.

"세 살 적 버릇이 여든까지 간다."는 옛말이 있듯이 어릴 때 배운 습관과 교육은 영원히 마음속에 남아 있는 것이다.

앞으로 교육현장이 본격적으로 정치와 이념의 선전장이 되지 않고 아이들에게 올바른 교육을 시키기 위해서는…….

가정에서 아이들이 어떤 교육을 받고 있는지 관심과 사랑을 가지고 지켜보아야 할 것이다.

교육의 삼위일체 중에서 교사와 학부모와 학생의 관계 어느 하나만 무너져도 전체 교육이 무너지는 것이다.

이해를 보내면서 나의 마음의 소망이 있다면……

우리 교육에 따뜻한 봄이 오고 아이들 마음에 나라 사랑하는 마음이 넘치고 싹트게 되기를 바라고 싶다.

2005년 12월 31일   사랑하는 여러분께 새해 인사를 드립니다

병술년 한 해는 여러분 가정에 축복과 사랑이 넘치길 기원드립니다.

새해가 밝아오면, 누구나 새로운 마음으로 새 출발을 하려는 각오와 계획을 하지만…… 한 해를 보내는 끝에는 항상 후회와 아쉬움이 많이 남는 것 같습니다. 이제 다가오는 새해에는 처음 생각과 끝이 같도록 계획하고 후회 없는 삶을 살아가시길 바랍니다.

저는 얼마 전에 조카가 백일이 되었는데 많은 축하를 보내지도 못했습니다. 그 맑고 초롱한 눈과 깨끗한 마음에 때 묻지 않고 바른 교육을 받을 수 있도록, 그래서 세상을 아름답게 보고 자기의 꿈을 펼쳐 나갈 수 있는 길을 열어주는 것이 큰 축복의 선물이라 생각했습니다.

지금의 교육현장과 같이 일부 교사들이 잘못된 교육이념을 가르치는 것은, 이런 깨끗하고 맑은 아이들에게 큰 죄를 짓는 것이라 생각합니다.

부디 앞으로 우리 사회가 올바른 가치관을 가지고 미래를 창조하는 인재를 길러낼 수 있는 그런 사회가 되길 바라면서……

밝아오는 병술년 새해에 세상의 빛을 처음 보는 아이들에게 축하를 보냅니다.

아이들의 미래의 축복이 함께하고…….

모든 분들의 가정에 축복과 기쁨이 넘쳐 병술년 한 해는 뜻하시는 모든 일이 이뤄지길 바랍니다.

2006년 1월 13일   고난을 벗 삼아 진실을 등대 삼아

세상만사는 어느 의미에선 정해진 코스가 있어 그 항로를 따라가고 있는 것이지, 어느 개인을 중심으로 그 뜻대로 움직이는 것은 결코 아니다. 그러한 사실을 외면하고서 자기중심적으로 만사를 받아들이고 생각할 때 인간은 수많은 갈등과 고뇌를 겪게 되는 것이다.

'남이 하자고 하는 것만 하고 인기를 얻기 위한 일만 하는 사람은 리더(leader)가 아니라 팔로어(follower)' 라고 한 말이 생각난다. 국민들은 지도자가 선견지명을 갖고 미리미리 판단해서 국가를 잘 이끌어 주기를 바라기에 권한도 주고 권위도 부여하는 것이다.

자기 자신이 국민의 한사람이 되었을 때 무엇을 원하고 또 무엇을 원치 않을 것인가를 알아서 그대로 성실하게 실천한다면…….

이는 국민을 자기와 동일시했으므로 국민이 자기 자신이 되는 큰 자기를 갖는 바가 되는 것이다.

때때로 권력은 사람들을 두렵게 만든다. 그 권력을 마구 휘둘러서 국민들의 마음에 원망과 분노가 쌓인다면…….

그 분노가 언젠가 되돌아와서 자신을 압박할 수 있기 때문에 정작 그 큰 권세를 가장 두려워해야 할 사람은 그것을 소유한 당사자일 것이다.

권력이 크면 클수록 그 힘은 더욱 예리하고 아주 작은 움직임으로도 사람을 크게 해칠 수 있기 때문에, 깊은 철학을 지니고 수양을 많이 한 사람이 아니면 누구도 자기의 큰 권세를 제대로 다룰 수가 없다. 지금 끙끙 앓고 있는 조국이 모든 병을 훌훌 털고 힘차게 일어서서 든든한 반석 위에 서게 할 수 있는 가장 중요한 것 중 하나는 백년대계인 교육인 것이다.

사학의 건학 이념은 학교의 생명과도 같은 것이다.

그러기에 학교의 건학 이념은 누구도 훼손할 수 없고 훼손되어서도 안 되는 것이다.

학교가 할 일을 정부가 나서서 일일이 간섭하고 나아가 운영권까지 흔들려고 한다면, 앞으로 이 땅에선 어느 누구도 사학을 운영하려고 들지 않을 것이다.

최근 정부는 사학계의 신입생 배정거부에 대한 대응과정에서, 시정명령부터 임시 이사 파송과 교장 해임에 이르기까지 단 25일 만에 정부가 해당 사학을 접수할 수 있다는 사실을 확인시켜주었다.

이는 현행법으로도 얼마든지 비리사학을 충분히 제제할 수 있다는 것을 보여준 것이며, 날치기 사학법이 비리척결을 위한 것이 아니고, 특정집단의 손을 들어주어서 아이들의 소중한 교육현장이 그들이 원하는 이념교육장으로 변질되도록 하겠다는 것을 의미하는 것이다.

앞으로 이것을 막지 못한다면, 결국 우리가 지켜온 나라의 근본이 흔들리게 되고, 우리가 추구해야 할 선진화의 꿈도 좌절되고 말 것이다.

비록 지금 나의 길이 어렵고 힘들어도 누군가는 꼭 해야 될 일이기에 국민들에게 진실을 알리기 위해 끝까지 견디어나갈 것이다.

그것이 조국의 기둥인 아이들의 미래를 위해서 내가 해줄 수 있고 지켜줄 수 있는 유일한 길이라 생각한다. 소신을 펴나가는 과정에서 욕을 안 먹을 수 없으니, 그 비난은 가슴에 다는 훈장 이상으로 자랑스럽게 생각하고 갈 것이다.

고난을 벗 삼아, 진실을 등대 삼아, 살아온 내 인생같이······

나는 나의 소신을 절대 굽히지 않을 것이다.

2006년 2월 11일   천냥빛

"말 한마디에 천 냥 빚도 갚는다."는 속담이 있다.

그러나 이 말은 진정으로 겸손한 마음과 감사하는 생각 없이는 가능하지 않은 것이다.

그 한 생각이 천만 금보다 중한 것을 의미하기 때문이다.

생각은 말로 이어지고, 행동의 흔적으로 남는 것이다.

어느 곳에서든 말과 행동은 그 사람의 생각과 행동, 과거, 현재, 미래를 예측할 수 있는 것이다.

우리가 말을 진실 되게 하고, 그 말을 지키려고 하는 노력이야 말로, 우리가 살아가는 세상과 인간관계에 있어서 가장 중요한 것이 아닐까 생각한다.

때로는 말이 다르고, 행동이 다른 사람들을 우리 사회에서 종종 볼 수 있다.

그것이야말로 자기 자신을 속이고 주위를 속이는 것이다.

한 번 내뱉은 말은 주워 담을 수 없기 때문에…….

내 말이 지켜질 수 있는 것인지, 내 말로 인해서 상처 받는 사람이 있지 않는지…… 말을 하기 전에 다시 한 번 생각을 해야 할 것이다. 말을 하되, 하지 말아야 할 말을 하지 않는 것이 더 어려운 것이기 때문이다.

2006년 3월 26일 처음 마음 그대로

언제나 처음 만남처럼, 처음 약속처럼 그 마음 그대로 항상 같다면……. 우리는 세상을 살아가면서 수없이 많은 만남과 약속을 하고 살아가고 있다.

그리고 모든 것이 다 잘될 것이라고 기대를 하고 마음에 다짐을 하기도 한다.

그러나 살아가다 보면 이런저런 이유로 처음 약속을 지키지 못하고 서로를 실망시키고 마음을 아프게 하는 경우가 많이 있는 것 같다.

정치를 시작하면서 제일 중요하게 여기는 게 있다면 국민과의 약속을 잊지 않겠다는 것이었다.

정당 사상 처음으로 백서를 발간하면서…….

많은 노력에도 불구하고 못다 이룬 국민들과의 약속을 지키기 위해 열심히 남은 기간 노력할 것이라 다짐했다.

언제나 민생 현장에서 많은 도움을 필요로 하는 그분들의 마음을 처음 마음의 약속 그대로 지켜갈 것이다.

모든 일에 있어서 처음 마음 그대로의 믿음을 잃지 않고, 끝까지 노력해서 결실을 맺고 싶다.

　앞으로 정치인 모두가 겸손한 마음으로, 나 개인보다는 나라와 국민을 위한 생각으로 한 마음이 되기를 소망하면서……

　천막 당사의 정신을 가슴속에 깊이 되새길 것을 다짐하며……

2006년 4월 22일　운명이란!

대학을 마치고 유학길에 올라
새로운 공부를 시작하려고 준비할 때만 해도
내 인생의 모든 것이 한순간에 바뀌리라는 생각은
나 자신과 우리 가족들 그 누구도 하지 못했다.
어머니가 갑자기 돌아가심으로 나의 인생은
한순간에 학생에서 나랏일을 돕는 퍼스트레이디 역할로
순식간에 바뀌어버렸다.
그때 나의 머리에는 세상사가 어떻게 흐르더라도
어떤 흐름의 한가운데에 자신이 던져졌다 하더라도
묵묵히 그것을 받아들이면서 자신의 도리만을 다하는 삶에는
그 어떤 운명도 어찌할 도리가 없을 것이라 생각했다.
청와대를 나와서 오랜 세월이 흐른 후에 시작한
나의 정치 생활은 또 다른 나의 운명의 시작이었다.
정치를 시작하면서 제일 중요하게 생각한 것이 있다면
국민과의 약속을 반드시 지켜야 한다는 것이었다.
정치에서 가장 중요한 것은 어떤 제도와 개혁보다는
그것을 운영하는 사람이라고 생각한다.
이제 얼마 남지 않은 지방선거를 위해 나온
후보자분들의 마음에도 그 주어진 운명과 사명은

바로 국민들을 편안하게 해주고 국민들의 삶을
챙겨주는 모습으로 남길 바라면서……

2006년 5월 13일 세상에서 가장 큰 교육

"세 명이 함께 길을 가면 반드시 나의 스승이 있다."는 논어의 말처럼, 인생을 살아가며 우리에게 가르침을 주는 스승은 많습니다.

기나긴 삶의 여정에서 만나게 되는 스승의 가르침은, 우리의 삶을 바꿔놓을 만큼 아주 중요한 영향을 끼치게 된다고 생각합니다.

스승의 마음에 사랑이 없으면 사랑하는 것을 가르치기가 가장 어렵고, 스승의 마음에 사랑이 풍요로우면 세상에서 가장 가르치기 쉬운 것이 사랑인 것같이……

언제나 우리의 삶을 이끌어주시는 스승님들이 마음의 사랑은 항상 우리가 올바른 방향으로 세상을 살아가도록 이끌어줄 것입니다.

학창 시절, 우리의 마음에 오래도록 남아 있는 선생님이 누구나 있을 것입니다.

언제 어디서나 그립고 고마우신 선생님의 마음이 우리 마음에 남아 있는 것같이, 사랑하는 선생님이 늘 그 자리에 오래도록 머무셔서 우리를 사랑으로 계속 인도해주시길 바라면서……

2. 아픔을 경험한 만큼
타인의 아픔에 공감할 수 있다 (박근혜 54세~55세)

2004년 위기의 당을 구하기 위해 긴급히 당대표에 오른 박근혜. 당초에는 국회의원 선거를 위한 한시적 당대표라는 예상도 있었다. 하지만 박근혜는 탁월한 리더십으로 당을 새롭게 바꾸어나가며 2006년 6월까지 당대표 자리를 지켰다. 차라리 당대표 자리에서 일찍 내려왔더라면……

2006년 5월 20일. 그날이 왔다. 박근혜는 지방선거에서 지충호가 휘두른 문구용 칼에 깊숙이 얼굴을 베었다. 그날 살아난 것, 그리고 정상적인 몸으로 돌아온 것은 기적 같은 일이었다.

상처 길이가 11센티미터나 되었고 깊었는데, 정말 아슬아슬하게 안면신경을 피해갔다. 칼이 내려가면서 휘어졌기에 망정이지, 직선으로 뻗었다면 신경을 파괴해서 평생 눈도 못 감고 입도 못 다물고 지낼 뻔했다. 상처가 경동맥 바로 앞에서 멈췄는데, 5밀리미터만 더 깊었으면 5분 안에 즉사했을 것이라고 한다. 기적은 그 뿐만이 아니었다. 피습을 당한 곳이 병원과 가까웠고, 수술실이 비어 있었고, 그 수술에 관한 한 국내 최고인 의사로부터 수술을 받을 수 있었다.

하늘이 누군가를 살리기 위해 우연을 가장해 기적을 만든 것이라고 생각할 수밖에 없는 일이 실제로 일어난 것이다.

하지만 2006년의 다이어리에는 이에 대한 글이 하나도 없다. 그로부터 20일 뒤 "대~한민국!"을 외치며 멀리 독일 땅의 태극전사들에게 용기와 힘이 되어주자는 글이 올라왔을 뿐이다.

죽다 살아난 것, 본인 스스로 "다시 태어난 날"이라고 말하는 이 날에 대한 언급은 그로부터 1년이 훌쩍 넘은 2007년 7월에야 다이어리에서 발견할 수 있다.

"오직 국민과 나라의 앞길을 걱정해왔다. 하지만 나에게는 언제나 더 큰 시련과 어려움이 찾아왔다. 어느 날 나에게 닥친 피습사건은 전혀 생각지도 못했고, 그때 나는 부모님의 뒤를 이어 나도 이렇게 죽을 수도 있다는 생각까지 들었다. …… 그런 어려움과 고통을 겪으면서도 하늘이 나를 살려두신 것은 …… 분명 나라와 국민을 위해 할 일이 남아 있기 때문일 것이다. 앞으로 남은 인생 그 뜻에 따라 살 것을 다짐하면서……." (박근혜 싸이월드)

타인의 아픔을 이해한다는 것은 결코 쉬운 일이 아니다. 고통이야말로 가장 개인적인 감각으로, 본인 외에는 얼마나 아픈지 알 수 없기 때문이다. 그래서 고통은 인간을 고독하게 만든다. 그런 고통을 내면에서 승화시킨 사람만이 진정한 '공감'을 자아낼 수 있다. 아픔을 경험한 만큼 타인의 아픔을 이해할 수 있는 것이다. 자신의 아픔을 기점으로 타인의 아픔으로 향하는 상상력, 그것이 진정한 '공감'이다.

타인의 아픔을 그 누구보다 공감할 수 있는 박근혜. 싸이월드를 시작하며 젊은 사람들과 소통을 하기 시작한 박근혜는 다이어리에 젊은이들에 대한 글을 많이 남겼다. 그들에게 희망과 용기를 주는 말이 유독 많은데, 다른 정치인들처럼 입에 발린 말을 하는 것이 아니라 진정한 공감에서 우러나온 말이기 때문에 가슴에 와 닿는다.

이태백(이십 대 태반이 백수) 같은 어두운 말이 젊은 사람들에게 고통을 주는 시대. 박근혜는 젊은 그들에게 "혼자서 꾸는 꿈은 그저 단순한 꿈이지만 모두가 함께 꾸는 꿈은 반드시 이루어지는 현실이 됩니다."라는 말을 하고 싶었던 것일까.

2006년 6월 11일 우리 대한민국!

지구촌 최대의 축제인 월드컵의 시작으로 잠 못 이루는 밤이 연일 계속되고 있습니다.

우리의 태극전사들을 응원하기 위해 모두 한마음 되어, 전 세계에 있는 국민들 모두 승리를 기원하면서 힘찬 응원을 하고 있습니다. 이틀 앞으로 다가온 2006 월드컵 첫 경기인 토고전을 맞이해서, 태극전사들이 그동안의 기량을 유감없이 발휘하여 승리하기를 기원합니다.

아마 이 소망은,

저를 비롯한 우리 국민들 전체의 마음이자 희망일 것입니다.

그동안 어렵고 힘든 훈련을 참아내며 준비해온 선수들에게 격려와 응원의 박수를 보내면서…….

먼 이국땅에서 치러지는 경기이지만, 부디 국민들의 염원이 담긴 "대~한민국!"을 외치는 응원 소리가 먼 독일 땅까지 퍼져서 우리 태극전사들에게 용기와 힘이 되길 바라면서…….

2006년 7월 17일 충심(忠心)

우리는 조국을 더 사랑하고, 조국에 더 큰 관심과 애정을 보낼 수 있을 것이다.

연휴기간 동안 집중호우로 전국적으로 큰 피해가 나고, 많은 분들이 뜬 눈으로 밤을 지새우셨다.

가족과 재산을 잃고 수심이 가득하실 그분들의 아픔을 생각하면……. 또 북한의 미사일 발사를 규탄하는 유엔 안보리 결의안이 만장일치로 통과되었다.

한반도 위에 드리워진 먹구름…… 그에 비해 우왕좌왕하고, 국제공조에서 소외되고, 엇박자를 내고 있는 정부를 생각하면…….

국민들이 대한민국에 태어난 것을 자랑스럽게 생각할 수 있도록 해야 한다. 무엇보다 국민의 생명과 재산 보호를 최우선으로 생각해야 하고, 모든 노력을 다해야 한다.

자기를 다해 나라를 위하는 것이 충심(忠心)이다.

부디 우리 대한민국을 지켜나가기 위해 모든 국민들이 하나 되길 바라면서…….

2006년 8월 27일 꿈의 대화

모든 사람들이 세상을 살면서 꿈을 가지고 살아가고 있고, 그 꿈을 이루길 위해 노력하면서 살고 있을 것이다.

그동안 정치를 하면서 많은 사람들을 만났고, 그 만남에서 아직은 포기할 수는 없다는 마음을 읽었고, 미래에 대한 꿈을 키워나가고자 마지막 노력을 하고 있다는 생각을 했다.

그동안 우리 사회를 이끄는 많은 분들이 국민들을 향하여 꿈의 대화를 나누고 그것을 믿도록 하고자 많은 노력을 하여왔던 것 같다.

아마 국민들은 그들이 국민들의 빈 곳을 채우고 꿈과 미래를 이룰 수 있는 사회를 만들어가길 바라면서, 지금도 그들의 마음을 믿고 기다리고 있을 것이다.

부디 이 사회를 이끌어가고 있는 분들이 그 마음의 믿음을 저버리지 않고 이 땅의 모든 분들이 자신들의 꿈과 미래를 엮어갈 수 있도록 바른 세상을 만들어가길 바라며…….

이 나라는 그 누구의 것도 아닌 국민들의 것임을 알고, 국민들의 꿈과 미래를 키워나가는 일에 마음을 다해야 할 것이라 생각하면서…….

2006년 10월 21일   우리는

태어나서 지금까지 살아온 이 땅 대한민국에서…….

개인과 가정 그리고 사회를 위하고 나라를 위해, 모든 것이 항상 부족하지만 희망을 가지고 노력하면서 살아가고 있지 않은가!

경제적인 어려움을 이겨내기 위하여 모든 국민들이 허리띠를 졸라매고 힘겹게 살아가고 있는 시점에 정부는 선량한 국민들에게 커다란 불안감을 안겨주었다.

북한의 핵실험 사태로 그 어느 때보다 위기상황에 처해 있음에도 불구하고, 절대다수 국민의 반대를 무릅쓰고 전시작전권 인수시기를 결정해서, 미국과 합의를 한 것은 이 정부가 국민의 생명과 재산을 지키는 것은 안중에도 없다는 것을 다시 한 번 보여준 것이다.

나는 우리 안보를 위해 가장 중요한 한미연합사의 기본토대를 바꾸는 전작권 문제에 대해서는 북한 핵문제 해결 때까지 무기한 연기되어야 한다고 밝혔는데도, 이런 잘못된 합의를 한 현 정권은 책임을 져야할 것이다.

지금 정부를 운영하는 사람들은 국민을 무시하고 그들만을 위한 국가를 운영하는 것을 언제 멈출 것이며 역사에 어떻게 책임을 질 것인가!

이제 우리 모두 관심을 가지고 이 나라의 자유민주주의가 지켜지고, 한반도의 평화를 위협하는 북한의 핵이 제거될 수 있도록 할 수 있는 모든 것을 해야 한다고 생각한다.

그래야만 한반도에 평화가 올수 있고, 우리나라를 우리가 지킬 수 있을 것이다.

이럴 때일수록 모든 국민들이 침착하게 생각하고 힘을 모아서, 적극적으로 대처해야 한다고 생각하면서…….

2006년 11월 26일   젊은 그대들

전 세계 어느 나라 젊은이들보다 부지런하고, 성실하고, 최선을 다해 살고 있고, 그만큼 충분한 역량이 있는 우리의 젊은이들에게…….

지금 그 세대가 살아가면서 위기를 느낀다는 것은 우리 안에서 희망을 찾지 못한다는 의미이다. 그러나 어떤 경우에도 시련의 문을 열고 나갈 수 있는 열쇠는 바로 자기 자신 안에 있는 것이다.

지금 이 순간은 어떤 어려움도 극복할 수 없을 것 같지만, 그것을 스스로 극복할 수 있는 것은 자기만이 할 수 있는 것이다.

언제든지 희망을 잃지 않고 우리 스스로 자기 안에서 희망을 찾아야 희망의 문이 열릴 것이라고 생각한다.

21세기의 국가 경쟁력의 원천은 지식과 정보이다. 건설이나 공장만으로 먹여 살리는 시대는 이미 지났고, 이제는 사람이 경쟁력인 시대인 것이다.

바로 젊은이들의 생각과 꿈이 앞으로의 우리나라 국가 경쟁력에 절대적인 영향력을 미치게 될 것이다.

이제 우리 젊은이들은……

자신의 가치를 높이는 일에 더욱 노력해야 한다.

한 사람 한 사람이 가지는 창의력을 극대화시켜서 그것을 성장 동력으로 삼을 때, 비로소 선진국으로 갈 수 있는 길이 열릴 것이다.

부디 이 땅에 젊은이들이 함께……

그 길을 걸어 희망과 꿈을 펼칠 수 있는 대한민국을 반드시 만들어 가길 바라면서…….

2007년 1월 6일   대한민국이 최우선입니다

우리에게 가장 중요한 것은 우리가 발 딛고 사는 이곳 대한민국입니다. 사람마다 각기 사는 삶이 달라도 언제든 조국은 변하지 않는 것입니다. 어느 곳에 있든 조국이 있어야 내가 있고 우리가 있는 것입니다. 나보다는 우리를 먼저 생각하고, 개인의 이익보다는 자기가 속한 단체와 나라의 미래를 생각해야 합니다.

정해년 한 해는 대한민국의 미래를 결정짓는 중요한 해입니다.

국민들의 판단이 나라의 운명을 결정짓게 되고, 그 운명이 나라의 국운이 되기 때문에…….

그 판단에는 항상 대한민국이 최우선이어야 합니다.

올 한 해 새롭고 희망찬 대한민국을 만들어 가기 위해 나라사랑에 임해주시길 바라면서…….

2007년 1월 27일   미래의 실크로드

기차를 타고 유럽까지 여행하는 것은 어릴 적부터 저의 오랜 꿈이기도 했습니다. 기차를 타고 한반도를 출발해서 옛 발해 땅과 몽골 초원을 지나, 중앙아시아와 동토의 땅 시베리아를 거쳐…… 유럽까지 한 번에 여행한다면 얼마나 멋질까 하는 상상이었습니다.

그 상상을 현실로 바꾸기 위해서 깊이 고민한 결과, 남북한 철도를 연결해서 한국이 대륙횡단철도를 통해 유럽까지 연결될 수 있기를 꿈꾸고 추진해왔습니다.

대륙횡단철도와 열차는 단지 우리나라만의 프로젝트가 아니라 동북아시아를 하나로 만들고, 세계의 평화와 번영을 이끌고, 세계의 큰 흐름을 바꿀 수 있는 사업이기 때문에, 전 세계와 함께 추진해야 할 공동 프로젝트라고 생각하고 있습니다.

특히 우리나라는 지정학적으로 대륙의 이점과 해양의 장점을 갖추고 있기 때문에 이를 잘 살린다면, 한국기업은 물류비용을 획기적으로 줄여 국가경쟁력을 높이는 미래의 성장 동력이 될 것입니다.

만일 이 꿈이 실현된다면…….

우리나라는 하늘길, 바닷길, 철도길이 모두 열린 4통 8달의 동북아 물류 중심지가 될 것이고, 중국 내륙과 중앙아시아, 동유럽 시장 진출에 유리한 기회를 제공하게 될 것입니다. 더 나아가 한반도의 평화 정착과 통일에도 한 걸음 다가가게 될 것이라고 생각합니다.

어릴 적 소박했던 저의 그 꿈이…….

이제 세계로 미래로 힘차게 뻗어나가야 하는 우리 대한민국의 큰 꿈이 되어 다시 저에게 돌아왔습니다.

저와 여러분과 대한민국이 함께 이 꿈을 이뤄냈으면 좋겠습니다.

2007년 2월 24일 자유와 진리…… 그리고 정의

한국과 미국 사이에는 자유민주주의와 시장경제라는 공통의 가치관이 있다.

더 나아가 자유와 정의 그리고 진리라는 공통의 가치관을 피와 땀으로 함께 지켜온 50여 년의 역사가 있다.

이번에 미국을 다녀오면서 오늘의 대한민국을 건설하는 데 있어 무엇보다 우리 국민들의 피땀 흘린 노력이 중요했지만, 어려울 때 우리를 도운 좋은 이웃 나라들의 존재도 못지않게 중요했다는 것을 새삼 느꼈다.

우리같이 무역으로 먹고 살아 대외의존도가 높은 나라는 외교에 의해 운명이 결정되기 때문에, 우리가 어떻게 외교력을 발휘하느냐에 따라 얼마든지 국익을 증진시키고 시대에 걸맞는 동맹관계와 국제관계를 만들 수 있다.

외교도 사람이 하는 것이기 때문에 신뢰가 없으면 오래 못 가고, 진실이 없으면 그 관계가 깨지고 마는 것이다. 그래서 반드시 우방 간에도 신뢰가 필요하다.

외교는 어느 한쪽의 이익을 위한 것이 아니라 양쪽 모두를 위한 것이고, 성공적인 외교가 모여 지역의 평화와 발전, 나아가 세계의 평화와 발전을 만들어가는 것이다.

나는 앞으로 기회가 주어진다면 자유, 정의, 진리라는 공통의 가치관과 공통의 이익과 상호 신뢰에 바탕을 둔 흔들리지 않는 동맹관계, 외교관계를 만들고 싶다.

그 목표는 하나, 조국을 부강하게 세워 우리 후손들에게 영원히 자랑스러움으로 남을 조국을 안겨주는 것이다.

2007년 3월 6일 삼합이 유명한 것은

전라도 지방의 유명한 삼합은 홍어, 삼겹살, 김치 세 가지가 함께 어우러졌을 때 제맛이 나고, 함께 먹을 때 오묘하고 깊은 최고의 맛이 난다.

우리 대한민국도 지역, 이념, 세대, 이 세 가지가 함께 어우러졌을 때 제 힘을 낼 수 있고, 그것이 함께 조화되고 화합할 수 있을 때만이 세계가 놀랄 기적을 만들어낼 수 있을 것이다.

동서고금의 역사를 볼 때 분열과 갈등 속에 발전한 나라는 없다.

지금처럼 온 나라가 지역으로, 이념으로, 세대로 나뉘고 대립해서는 어떤 희망도 발전도 기약할 수가 없는 것이다.

경제를 살리는 것도, 선진한국을 건설하는 것도, 국민의 힘을 하나로 모아내는 일부터 시작해야 한다. 국민화합이야말로 지금 우리에게 가장 중요한 시대적 과제이다.

이제 대한민국의 새로운 도약을 위해서 지역화합, 이념화합, 세대화합의 새로운 삼합운동이 일어나야 할 때라고 생각한다.

부디 우리 모두 한마음 한뜻으로 힘을 모아서 나라를 더 키우고, 살림살이를 더 키우고, 세계에 자랑스러운 나라를 만들 수 있게 되기를 기대하면서……

2007년 3월 25일   2……플러스

최근 우리나라의 경쟁력에 대한 국제적인 평가가 계속 떨어지고 있다. 이대로 간다면, 우리 모두가 간절히 소망하는 선진 한국 건설은 어려울 수도 있다는 생각이 든다.

세계의 역사를 보면, 위기극복을 위해서는 무엇보다 지도자의 리더십이 필요했다. 지금 우리처럼 심각한 위기를 겪고 있는 상황에서는 더욱 근본적인 대책과 올바른 리더십이 필요하다.

위기를 극복하기 위해서 당장의 대증요법들만 나열한다거나 뭔가 특별한 방법만을 찾다간 오히려 위기가 심화될 것이다.

멀리 보고 정말 우리나라가 가야 할 미래를 설정해서, 당연한 것 같아도 근본을 바로잡는 정책을 하나하나 실천해가는 것이 지금의 위기를 극복하는 첩경이라 생각한다.

그러기 위해서는 흔들리는 국가 기강과 법질서를 확실하게 바로잡고, 사회 분위기를 건설적이고 긍정적인 방향으로 바꾸고 외교안보 역량을 강화해서 국제적인 신뢰를 회복해야 할 것이다.

그 바탕 위에서 올바른 경제리더십만 발휘된다면 대한민국의 성장엔진은 또 다시 힘차게 돌아갈 것이다.

그 성장엔진을 돌릴 수 있다면 우리에게 주어진 5%의 한계를 뛰어넘어, 2%의 가능성까지 반드시 찾을 수 있을 것이다.

나의 희망은 그 2%를 찾아내어 국민들이 꽉 막힌 답답함을 말끔히 떨쳐내고, 잃어버린 자신감과 웃음을 되찾을 수 있도록 최선을 다하는 것이다.

아무도 계란을 세로로 세우지 못하고 있을 때, 콜럼버스가 계란의 아래 부분을 깨뜨려 세웠듯이…… 지금 우리에게 필요한 것은 발상의 전환을 가능케 하는 지혜와 용기라고 생각하면서…….

2007년 4월 8일 드림 스타트

'사람'이 유일한 자산이고 경쟁력인 우리나라에서 '저출산, 고령화 문제'는 국가의 미래와 직결되는 중대한 사안이다.

국가의 낮아질 대로 낮아진 출산율을 높이는 것과 아울러 미래의 자산이 되는 사람, 그 씨앗이 되는 우리 아이들이 잘 자랄 수 있는 사회적 환경의 질을 높여주고, 아름드리나무인 대한민국의 여성들이 더욱 더 푸르게 가지를 펼쳐 나갈 수 있도록 직장 생활과 가정생활에서의 육아 보육 문제에 대한 확실한 지원이 필요하다.

21세기, 이제는 세계여행이 아닌 우주여행이 가능하게 될 시점에서, 여성의 신체적 조건을 이유로 '여성은 약하다.'는 사회적 편견은 결국 대한민국을 '약하게 만드는' 주원인이 될 것이다.

한 나라의 꿈, 미래, 희망인 우리 아이들이 잘 커나갈 수 있는 기반은 바로 어머니인 여성들이다.

그들이 '한 아이의 어머니'로서 그리고 '한 국가의 우수한 인력'으로서 맡은바 임무를 잘할 수 있도록, 나는 '드림 스타트(Dream Start)' 정책을 시작으로 하여 근본적인 모든 문제들을 차근차근 개선해나가기 위해 최선을 다할 것이다.

대한민국 미래의 시작-드림 스타트

그 꿈을 실현하기 위해 오늘도 그리고 내일도 지속적인 노력을 다해

나갈 것이다.

2007년 5월 26일　소크라테스

누구나 살면서 본인의 삶을 위해서 살고 미래의 꿈을 안고 살아가고 있지만, 정당하고 진실 되게 노력할 때만이 그 삶이 축복을 받는다고 생각한다.

사회에서도 전체를 보지 않고 본인의 이익만을 위해 행동한다면, 사회의 일원이 될 수는 없는 것이다.

로버트 풀검이 쓴 《내가 알아야 할 모든 것은 유치원에서 배웠다》라는 책이 있다.

책 제목만으로도 내용을 알 수 있듯이…….

사회의 가장 기본이 되는 원칙은 이미 어린 시절에 다 배우게 되고 생활을 하면서 적용해나간다는 의미일 것이다.

우리가 원칙을 지키고 법을 지켜야 한다는 것은 고시공부를 하지 않은 사람들도 다 아는 기본적인 것이다. 이 세상 모든 것이 약속과 원칙을 지킬 때 신뢰와 믿음을 줄 수 있고, 올바른 사회가 될 수 있을 것이다.

지금 우리 사회가 원하는 가장 중요한 것은 원칙과 법을 지키고, 부패하지 않는 것이다.

국민들이 신뢰할 때, 그 신뢰가 우리나라를 살려낼 수 있을 것이라 생각한다.

유명한 철학자 소크라테스는 자신에게는 죄가 없다고 주장했지만, 외국으로 도망치라는 친구와 제자 들의 설득은 거절했다. 그리고 "악법도 법이다."라는 말을 남기고 법에 따라 독배를 들었다. 이 일이 오랜 세월이 지난 오늘날에도 우리 가슴에 남아 있는 것은, 자신을 희생하면서까지 법과 원칙을 지킨 그 철학자의 고뇌와 진정성이 담겨 있기 때문일 것이다.

3. 사랑은······ (박근혜 55~60세)

《화성에서 온 남자, 금성에서 온 여자》, 《말을 듣지 않는 남자, 지도를 읽지 못하는 여자》처럼 남자와 여자의 생래적 차이에 대한 책들이 무척 많이 나왔다. 페미니즘 운동이 시작되던 1980년대에는 남녀의 차이는 본래적 차이가 아니라 불평등한 차별과 교육에 의한 것이라는 주장이 설득력을 얻기도 했지만, 남녀 간에 본질적인 차이가 있다는 것은 이제 자명한 일로 받아들여지고 있다. 최근의 '알파걸' 논의처럼 오히려 여성이 남성보다 우월하다는 주장도 나오고 있다. 어찌되었든 '차이'가 '차별'로 이어지지 않는 선에서 남녀의 차이는 인정해야 할 것 같다.

남녀의 차이 중 하나는, 남자는 아이 때부터 다른 사람을 지배하려는 성향을 갖고 있다는 점이다. 남자아이끼리의 친밀감은 다른 아이보다 한발 앞서려고 하는 것, 다른 아이들에게 자기가 더 강하고 빠르고 똑똑하다는 것을 증명하려고 노력하는 것에서 시작한다. 하지만 여자아이는 남자아이처럼 친구를 지배하려는 성향이 강하지 않다. 오히려 친구들과 협력하고 친해지려는 욕구가 강하다.

요약하자면 남자들은 권력욕이 강하고, 여성들은 인간관계에 대한 욕구가 강하다고 할 수 있다. 남자들은 정상에 서기 위해 계획을 세우고 노력하고, 자신을 믿는 사람들에게 충성한다. 여성들은 의미 있는 인간관계가 가치 있는 일이라는 것을 알고, 그런 인간관계를 만들기 위해 노력한다.

이런 차이를 정치에 들이댄다면 어떻게 될까. 최고 권력을 향해 가는 사람들이 왜 약속을 밥 먹듯이 어기고, 신의를 내팽개치고, 그런 사람에게 여전히 충성을 하면서 패거리를 규합해 권력을 포기하지 않는지 이해할 수도 있을 것 같다. 우리 정치판에는 이런 일이 무척 많이 벌어져왔다.

정치 경력이 길지 않지만, 유력 정치인으로 빠르게 성장한 박근혜는 2007

년 대선의 유력한 예비후보 중 하나로 올라섰다. 박근혜는 한나라당의 당권과 대권의 분리 방침에 따라 2007년 대선을 1년 남긴 2006년 6월 16일에 대표직을 사퇴하고 대선에 돌입했다.

박근혜의 상대는 이명박이었다. 한나라당 대선후보 경선에서 박근혜는 일반 당원, 대의원, 국민선거인단 경선에서 모두 승리했지만, 전화상 1표를 실제의 5표로 환산한 여론조사에서 뒤져 이명박에게 대선 후보 경선에서 패했다. 표의 등가성 문제와 관련하여 논란이 일었으나, 박근혜는 깨끗이 승복함으로써 한나라당의 대선 후보는 이명박으로 선출되었다. 그리고 박근혜는 이명박에게 협력을 아끼지 않았다.

이회창과의 경선에서 패한 뒤 탈당한 이인제처럼 경선 결과에 불복하거나, 노무현에게 패한 민주당 구주류가 탄핵에 앞장섰던 것처럼, 한국 정치에서 경선 결과는 항상 원수 관계로 척을 지는 일이 다반사였다. 박근혜의 깨끗한 승복과 협조는 한국 정치사에 큰 획을 그은 일이었다. 상대를 개인적으로 싫어하든 좋아하든, 경선 과정에 문제가 있든 없든 원칙을 지킨다는 약속을 지켜냈기 때문이다.

앞서 말한 것처럼 남녀의 차이, 그리고 박근혜의 원칙 중시가 한국 정치에서는 있을 수 없는 일이라는 기적을 연출했을 것이다.

박근혜의 원칙주의는 항상 아름다운 결실을 맺어왔지만, 그를 싫어하는 사람들에게는 조롱의 대상이 되기도 한다. 약속, 승복, 협조와 같이 추상적인 것을 내세운다는 것은 박근혜가 구체적인 정책과 콘텐츠가 없다는 증거라는 것이 그들의 논리이다.

실상은 어떨까? 박근혜는 수없이 많은 강연과 연설에서 자신의 정강과 정책, 비전을 제시해왔다. 다른 정치인들처럼 책으로 엮어낸 적이 없을 뿐이다. 콘텐츠의 깊이와 양은 그 어느 누구보다 뒤지지 않는다.

그런데도 반대쪽 진영의 '콘텐츠 빈약' 논리가 일부 국민들에게 받아들여지고 있는 것은, 매스컴과의 인터뷰에서 '원칙'이라는 말을 유독 강조하기 때문으로 보인다. 박근혜에게 우선시되는 것은 그런 이상적 가치이고, 정책과 법안 들은 이상을 이루기 위한 도구나 수단이다. 그런 체계적 가치를 지닌 박근혜에게는 정치적 승리를 위해 말을 바꾸거나, 법안 통과와 같은 미시적 목표를 이루기 위해 거시적 가치를 포기하는 것은 있을 수 없는 일인 것이다.

박근혜의 승복과 협조는 이런 맥락에서 볼 수 있다.

박근혜에게 있어 제1의 목표는 경선 승리가 아닌 원칙과 약속이었다.

2007년 6월 23일 갈매기의 꿈

가장 높이 나는 갈매기가 가장 멀리 볼 수 있는 것같이……

다른 갈매기들이 먹이 찾기에만 열중할 때, 더 멀리 보기 위해서 노력하는 갈매기는 가장 높이 나는 갈매기가 되기 위해서 아무도 관심을 기울이지 않는 새로운 방식의 비행법을 위해 끊임없이 연습하고 개척한다.

그 갈매기에게는 먹이를 찾는 것보다 더 자유롭고 더 아름답게 하늘을 나는 것이 훨씬 더 중요하기 때문일 것이다.

우리의 삶도 지금 눈앞에 보이는 당장의 이익만을 챙기는 삶과 궁극적인 자기의 염원을 이루기 위해 꾸준히 노력하는 삶이 있을 것이다.

아마도 이 세상에서 이 두 부류의 삶으로 동시에 살아갈 수는 없을 것이다.

다른 하나는 포기해야 하며, 그 삶을 택한 과정과 결과에 대한 책임도 스스로 감당해야 할 것이다.

지금 우리 대한민국도 선택의 길에 서 있고 새로운 지도자를 기다리고 있는 중요한 시점이다. 우물을 팔 때도 마지막 한 길을 파지 못하면 그 우물을 버리는 것처럼, 공든 탑이 보람을 거두기 위해서는 마지막 순간이 가장 중요한 것이다.

지금 우리나라를 살리기 위해서는 나무가 아니라 숲을 볼 수 있고, 국민의 소리를 들을 수 있고, 그 마음을 읽을 수 있는 진정한 화합의 리더십이 필요할 때가 아닌가 생각하면서……

우리에게도 더 멀리, 더 높게 날 수 있는 희망의 꿈을 가지고 대한민국의 미래의 문을 활짝 열어 나가는 노력을 다해나가길 바라면서……

2007년 8월 6일 　오, 하늘이시여!

나는 한평생을 살면서 참으로 수많은 어려운 고비를 넘나들면서
살아온 것 같다는 생각이 든다.
항상 한 고비를 지나면 다음 고비가 기다리고 있었고,
언제나 그것을 이겨내기 위해 많은 인내를 해야 했고,
나에게는 왜 이렇게 어렵고 힘든 고통이 밀려오는지에 대해
많은 고뇌를 하곤 했다.
부모님도 남들이 생각하기에는
도저히 감당하기 어려운 삶을 살다 가셨고,
나는 그분들이 가신 자리를 대신하기 위해
많은 노력을 하면서 살아왔다.
내 개인의 삶처럼,
나의 정치인생도 한 순간도 쉬운 순간이 없었다.
정치를 처음 시작한 순간도
정말 어려운 상대를 만나 힘겹게 선거를 치렀고,
당대표가 되기 위한 결심의 순간에서도

앞이 보이지 않는 절망적인 순간이었고,

대표가 되고 나서도

그야말로 힘든 나날과 역경의 순간들이 기다리고 있었다.

그러나, 대표가 되고 나서 그 어려움 속에서도 나를 지지해준

고마운 국민들의 마음을 한순간도 잊을 수가 없었다.

그 길에 보답하기위해서……

한순간도 나 자신의 이익이나

그 어떤 기득권도 갖지 않으려고 노력해왔고,

당대표로서의 공천권, 재정권, 인사권 등

그 어떤 대표의 기득권도 포기하였다.

항상 나보다는 당을 살리는 것만 생각했고,

오직 국민과 나라의 앞길을 걱정해왔다.

하지만 나에게는 언제나 더 큰 시련과 어려움이 찾아왔다.

어느 날 나에게 닥친 피습사건은 전혀 생각지도 못했고,

그때 나는 부모님의 뒤를 이어

나도 이렇게 죽을 수도 있다는 생각까지 들었었다.

이제 이 나라의 운명이 결정되어지기 위한 시기가 다가오고 있다.

그런 어려움과 고통을 겪으면서도 하늘이 나를 살려두신 것은

분명 나라와 국민들을 위해 할일이 남아 있기 때문일 것이다.

앞으로 남은 인생 그 뜻에 따라 살 것을 다짐하면서…….

지금 아프가니스탄에 피랍된 우리 국민들과

희생당한 분들에게 애도의 뜻을 보내며,

하루 빨리 외교적인 문제를 잘 풀어서

모든 분들이 무사히 가족의 품으로 돌아오길 기원드린다.

2007년 9월 9일 아름다운 삶

지나간 1분은 바로 과거에 속하고

곧 다가올 1분은 현재가 되어버릴 미래이다.

그 미래는 또 어느새 과거가 되어버리고……

붙잡아 둘 수 없는 시간에 대해

우리가 할 수 있는 최선의 길은

그 시간 시간을 알차고 성실하게

채워나가는 것이라 생각한다.

흐르는 시간을 잡아 둘 수 없듯이,

그 시간 시간을 바르게 살아가는 것이

가장 아름다운 삶일 것이다.

2007년 12월 23일 백봉신사상

생전에 "한국의 신사"라는 평을 받았던 백봉 라용균 선생님의 뜻을 기려 제정된 백봉신사상을 받게 되어 영광으로 생각하며, 앞으로 더욱더 정치 발전을 위해 노력할 것이라 다짐하면서…….

2008년 9월 15일 나의 책임

18대 국회 들어서 상임위원회로 보건복지가족위원회를 선택했는데, 이번 주에 상임위 첫 업무현황보고가 있었다. 보건복지가족위원회는 먹거리와 연금, 육아, 건강과 의료 등 우리가 실생활에서 피부로 접하는 문제를 다루는 곳이고, 또 매번 이와 관련해서 많은 문제가 발생하는 곳이기도 하다.

내가 보건복지가족위원회를 선택한 이유는 가장 중요한 우리의 기초적인 삶에 대한 문제를 찾고 싶기 때문이다. 이런 문제야말로 사람이 태어나서 죽을 때까지 꼭 겪는 삶의 중요한 문제라고 생각해서이다.

상임위에서 매년 몇 천억 원씩 발생하는 정부의 의료급여 미지급금 문제와 식품안전관리를 위한 투명성 문제, 국민연금 문제를 다뤘는데 뭔가 진척이 있을 수 있겠다는 희망을 가져본다.

물론 정부가 답변대로 국민에게 지불할 것을 연체하지 않고, 현재의 불투명한 식품안전관리가 투명하게 공개되는지는 계속 확인해야겠지만……

우리가 만들 수 있는 변화는 항상 작은 것에서 시작된다고 믿으면서 나 역시 더 책임감이 생기고 더욱 노력해야겠다는 각오를 다져본다.

2008년 10월 5일 고해(苦海)

경제도 어렵고 여러 가지 일로 하루하루가 힘겨운 요즘, 인생은 고해(苦海)라는 말이 새삼 가슴에 다가온다. 살아가는 동안 굽이굽이에 온갖 비바람과 힘든 고비도 많은 것이 인생인 것 같다.

그러나 어떤 상황 속에서도 오로지 등대를 향해 한 길로 나아가는 배와 같이 모든 분들이 자신만의 삶의 등대를 갖고 흔들림 없이 나아갈 수 있다면…… 긴 기다림 속에서도, 어두움은 반드시 걷히고 빛은 우리에게 찾아올 것이다.

거친 비바람과 검은 먹구름 위에는 언제나 태양이 빛나고 있음을 생각한다면…….

2008년 10월 18일 화음(和音)

지휘자가 악단을 지휘하여 각 악기가 제 소리를 제때에 내고 그것이 다른 악기들과 조화를 이루어 아름다운 화음을 만들어내듯이…… 그중에 어느 한 악기도 중요치 않은 것이 없을 것이다. 아무리 한두 번

소리를 내고 끝내는 악기라 할지라도, 제때에 제 소리를 내지 못하면 그것으로 음악 전체를 버릴 수도 있는 것이다.

조화로운 아름다운 소리를 만들어가기 위해서 지휘자가 잘하지 못하면 좋은 연주를 할 수 없을 것이고, 더불어 그 악기들이 없다면 지휘자는 또한 아무것도 아닌 것이다.

아마 그것이 지금 우리 사회에도 필요한 조화로운 화음(和音)이 아닌가 생각하면서……

2008년 12월 6일 사랑은……

경기침체 여파로 많은 분들이 어려움 속에서 힘들어하고 있습니다.

그래서 날씨가 영하로 떨어지는 요즘은 안타까움이 마음에 더욱 쌓이기만 합니다.

요즈음 경기불황 탓인지 어려운 시설에 찾아오는 발길도 많지 않다고 하니 더욱 걱정입니다.

경기가 안 좋아질수록 후원이나 기부금이 많이 줄어들지만 오히려 저소득층, 소외계층은 더 늘어날 것입니다.

어려울 때 우리가 비록 넉넉하지 못하더라도, 우리보다 더 어려운 이웃을 위해 조그만 사랑을 나눠줄 수 있다면……

사랑은 촛불 같아 하나로는 작고 약하지만, 하나하나 모여 주변으로 점점 퍼져서 밝고 따뜻한 불꽃이 될 것이라 생각합니다. 비록 날씨만큼 마음까지 추워지는 요즘이지만, 가까운 우리 주변이라도 따스함을 느낄 수 있도록 우리 사회에 작은 사랑의 불을 지펴, 주변까지 그 따스함이 퍼져 나갈 수 있길 바라면서……

2009년 1월 17일 신뢰

입법기관인 국회의원으로서 의미 있는 상을 받게 되어 새삼 더 큰 책임감을 가지게 된다.

앞으로 국민들 마음속에 '신뢰'라는 큰 법을 만들기 위해 국민의 뜻에 따라 국민만 바라보면서 노력해나갈 것이라 다짐하면서……

2009년 2월 15일 우리의 것

숭례문 화재가 일어나고 1년이 지난 지금…….

우리 스스로 우리의 것을 발전시키고 스스로 사랑할 때만이, 세계가 우리 문화를 이해하고 모든 사람들에게 감명을 줄 수 있을 것이라 생각한다.

17대 국회에 이어 18대 국회에서도 여전히 상임위에 머물러 있는 문화재보호기금법 제정안이 하루 빨리 통과되어, 우리 것을 지켜나가는 데 우리 모두 많은 노력과 실천이 있길 바라면서……

2009년 3월 14일 세계 속의 한국의 미래를 위하여

지금 전 세계가 경제위기를 겪고 있고, 각 가정에 힘겨운 생활이 계속되고 있다. 이럴 때일수록 새로운 성장 동력을 만들어야 하고 미래를 준비해야 한다.

어제 약 10년을 준비해온 테크노폴리스 기공식이 있었다. 테크노폴리스는 핵심 연구기관들과 첨단 산업단지 그리고 교육과 주거가 결합된 R&D 기반의 첨단과학기술도시가 될 것이다.

어제 내린 단비처럼 테크노폴리스가 지역경제뿐만 아니라 우리나라 전체의 경제에 도움이 되고 국가의 균형발전에 크게 기여하게 되길 바라면서…….

2009년 4월 4일 강산을 푸르게

날이 갈수록 빙하는 줄어들고, 사막은 넓어지는 등 지구 온난화에 대한 우려가 커지고 있다. 세계 곳곳의 나무와 숲이 점점 황폐해지고 있다.

그 영향을 받아 우리나라도 아열대 기후로 변할 수 있다는 우려 속에 꽃 피는 시기와 나무 심는 시기가 점점 빨라지고 있다. 푸른 우리 강산, 맑은 물과 공기를 위해서 우리는 숲을 잘 가꾸고 보존해야 한다.

우리를 품고 있는 자연은 우리의 것이 아니다. 잘 사용하고 후손들에게 넘겨줘야 할 소중한 자산인 것이다. 봄날을 맞아 각자 나무 한 그루씩이라도 심기를 바라며…….

2009년 6월 21일 우리 사회를 건강하게

그동안 많은 관심과 노력을 기울여오던 각종 난치병 치료에 이용될 수 있는 '제대혈(탯줄혈액)' 관리에 대한 제정법과 국가와 지방자치단체가 소방업무를 효과적으로 대응하면서, 소방공무원들의 근무환경도 개선될 수 있도록 하기 위한 '소방기본법 개정안'과 '지방자치법 개정안'을 제출했다.

그리고 국가로부터 연구개발비를 지원 받아 개발한 국가핵심기술이 해외로 유출되지 않도록 보호하기 위한 목적으로 '산업기술의 유출방지 및 보호지원에 관한 법률개정안'을 제출했다.

이번에 제출한 법률안들이 본래의 취지와 목적에 맞게 잘 제정·개정되어 우리 사회를 건강하게, 안전하게, 지속적인 성장을 하는 데에 보탬이 될 수 있도록 우리사회에서 많은 관심을 가져주기 바라며.

2009년 7월 11일 자부심

오래전 우리를 가난에서 벗어나게 했던 새마을운동…….

지금 많은 나라에서 국가발전모델로 연구하고, 벤치마킹하고 있어서 우리에게는 큰 자부심이 아닐 수 없다.

몽골에서도 세계 최초로 현지인이 새마을 지도자 대회를 개최할 정도로 자발적인 참여와 열기가 높았고, 일부에서는 몽골 변화의 씨앗이 싹트고 있었다. 이번에 현장에 방문했을 때는 마침 수확을 하는 시기여서, 현지에서 재배된 풍성한 농작물들을 맛볼 수 있는 기회도 가질 수 있었다. 어느 나라, 어느 민족의 미래도 결국은 국민들의 마음속에 달려있다고 생각한다.

그 명칭을 무엇으로 부르든, 진취적이고 확고한 정신이 국민들 마음속에 뿌리내린다면, 그 나라의 미래는 밝을 것이다.

한국이 동몽골 지역의 농업재건을 위해 추진하고 있는 농업개발 마스터플랜이 지역경제 활성화와 주민들에게 자신감을 심어주게 되기를 기대하면서…….

2009년 8월 15일 늘 사랑으로……

돌아가신 지 35년이 되었지만…….

그래도 참으로 행복한 분이라는 생각을 한 것은, 아직도 많은 분들의 기억 속에서 남아 있는, 변함없는 어머니의 대한 사랑 때문일 것이다.

2009년 9월 12일 작은 실천

경제성장과 더불어 환경, 복지가 중요하다.

소외되는 사람들 없이 모두가 행복하게 사는 것이 진정한 선진국가의 모습일 것이다. 새롭게 문을 열게 된 노인복지관이 따뜻한 공동체로 발전할 수 있길 바라며, 앞으로 남녀노소 누구나 '이 나라에서 살고 있는 게 행복하다.'고 느낄 수 있는 행복한 나라를 만드는 데 보탬이 되길 바라면서.

2009년 10월 17일   우리의 소중한 아이들

자라나는 우리 청소년들의 체력이 많이 약해졌다고 해서 걱정이다.

더구나 운동 부족과 식습관, 입시 스트레스 등으로 건강이 우려되고 있는 실정이다.

이에 청소년들의 건강관리를 위해 예방과 조기발견 시스템에 사각지대가 없도록 국가적으로 깊은 관심이 필요하다고 생각한다. 일반적으로 청소년기에는 진찰을 피하거나 기회도 없기 때문에 간혹 치료의 기회를 놓쳐 심각한 질환으로 발전되는 사례가 있다고 한다.

우리 아이들이 몸이 아프기 전에라도 자연스럽게 병원을 찾아 상담하고 정확한 정보를 얻을 수 있다면, 청소년기에 발생할 수 있는 많은 질환을 조기에 발견하고 치료할 수 있을 것이다.

대한민국의 미래인 소중한 청소년들의 건강한 삶을 위하여 보다 많은 관심과 사랑을 기울여주시길 바라면서……

2009년 10월 27일   30년의 세월이

오랜 세월이 흘러 잊혀질 만도 한데……

많은 분들이 기억해주시고 찾아주셔서

참으로 가슴이 따뜻한 하루였던 것 같다.

어제 잊지 않고 찾아주신 모든 분들께 진심으로 감사드리면서…….

그분들의 마음속에 있는 행복한 복지국가를 만들기 위해

최선을 다할 것을 다짐하면서…….

2009년 12월 30일   더없이 귀한 상

백봉신사상을 몇 해 동안 받게 되었다.

그 뜻을 마음에 새겨 새해에도 열심히 할 것을 다짐하며…….

2010년 1월 10일   새해를 맞이하면서

새해에는 보다 더 소통하고 교감하는 하나 된 대한민국,

저마다의 소질과 꿈이 성취되는 희망찬 대한민국이 되기를 바란다.
국민들이 편하고 행복한 세상을 새해에도 열심히 만들어갈 것이라 다
짐하면서…….

2010년 4월 17일   모교에서

오늘 모교 개교 50주년을 기념하는 날에, 학창 시절 꿈을 키워왔던
이곳 교정에서 명예 정치학 박사 학위를 수여 받으면서…….

그 뜻에 어긋나지 않도록 우리 정치를 선진 정치로 만들고, 우리나라
를 선진국으로 만들어나가는 데 최선의 노력을 다할 것이라 다짐하면
서…… 학위를 주신 모교와 축하해주신 많은 분들께 감사를 드린다.

2010년 6월 20일   온 국민이 하나 되어

세계가 하나 되어 월드컵에 관심을 쏟고 있는 요즘…….

우리 태극전사들의 피나는 노력에 우리나라도 하나가 되어 뜨거운
응원과 사랑을 보내고 있다.

온 국민이 염원하는 16강을 향하여 혼신의 힘을 발휘할 수 있도록
계속 응원할 것이다.

태극전사들이 투지 있고 활기찬 모습으로 남은 경기에 임하길 바라
면서…….

2010년 8월 14일   생전의 마지막 모습

살아생전 늘 의연함과 자상함을 지니셨던 어머니……

어머니의 기일을 맞아 따뜻했던 생전의 사랑을 그리워하며.

2010년 9월 4일   상임위를 기획재정위원회로 옮기고

상임위 활동을 통해, 국가 재정 운용과 관리 등을 잘 살펴서 나라의 재정이 더욱 투명해질 수 있도록 노력할 것을 다짐하면서…….

2011년 1월 8일   신묘년을 맞아

신묘년은 토끼해입니다.

남이 낸 길보다는 자신이 만든 길로 다닌다는 토끼는 풍요와 지혜의 상징이라고 합니다.

2011년 신묘년을 맞아,

누구나 꿈꾸는 행복한 삶, 풍요로운 삶이 여러분 개인과 가정에서 실현되길 기원하면서.

2011년 3월 26일   고귀한 희생

오늘 천안함 1주기를 맞아, 희생된 가족들에 대한 그리움과 오열 속에서 치러진 추모식은 가슴이 아팠습니다.

나라와 국민을 위해 순국한 장병들과 유가족분들께 위로의 마음을 전하면서……

결코, 대한민국은 그들의 고귀한 희생을 잊지 않을 것입니다.

2011년 5월 9일   신뢰를 바탕으로 한 국제관계

수교 50주년을 맞은 네덜란드에서 여왕을 만나뵙고 많은 공감대를 가질 수 있는 좋은 만남이었다.

네덜란드는 유럽 국가 중 우리나라에 가장 많은 투자를 하는 나라인데, 우리의 농업혁신과 노사관계, 물류발전을 위해 많은 시사점을 주었다.

앞으로 신뢰를 바탕으로 유럽의 여러 국가들과 더욱 긴밀하게 협력하며 발전해갈 수 있기를 바란다.

2011년 6월 18일 　사회안전망의 사각지대

의정활동을 하면서 국민을 위해 국가와 정부는 어떤 역할을 해야 하는가를 항상 생각하게 된다.

정작 도움을 받아야 할 분들이 도움을 받지 못하는 사회안전망의 사각지대가 있다면, 가장 먼저 그것부터 해결하는 것이 국가와 정부가 해야 하는 일일 것이라 생각하면서…….

2011년 7월 7일 　2018년을 기다리며

"YES! 평창!"

우리의 염원이 이뤄지던 날,

앞으로도 더 자랑스러운 대한민국의 새로운 꿈과 기적의 역사가 계속되기를 바라며.

2011년 9월 4일 　우리 역사와 문화

경주문화엑스포는 우리가 가지고 있는 역사와 문화를 잘 보여주는 자리라고 생각한다.

엑스포를 통해 역사 도시인 경주와 한국문화가 세계에 널리 알려지길 바라며…….

2011년 11월 26일　최고의 김치

몇 년째 어려운 분들에게 나눔을 실천해온 김장 담그기 행사.
씨앗이 처음 뿌려질 때부터 그분들께 전달될 때까지
모든 과정에 사랑과 정성이 담겨 있어서,
그래서 최고로 맛있는 김치일 것이라고 생각한다.
앞으로도 오래오래 이어져나가길 바라면서.

2012년 2월 10일　마음의 고향

15년 동안 마음의 고향이자
정치적인 길을 열어준 소중한 곳…….
이제 마음에 간직하면서
영원히 달성군과 주민 여러분을 기억하겠습니다.

2012년 4월 28일　행복을 찾아서……

우리에게 꿈과 희망은 어떤 어려움도 이겨낼 수 있는 힘이 된다.
그 꿈과 희망을 모든 국민들이 이룰 수 있도록
최선의 노력을 다할 것이라 다짐하면서…….

2012년 6월 23일　약속의 실천

늘 국민과의 약속 실천을 위해 모두가 한마음이 된 날.
'약속'은 그것을 실천함으로써 더욱 힘이 생긴다고 생각한다.
우리가 약속을 지키면 지킬수록
많은 사람들이 행복할 것이라 믿으며…….
참으로 보람된 하루였다.

박근혜 일기

초판 1쇄 인쇄 : 2012년 9월 17일
초판 1쇄 인쇄   2022년 1월 15일

박근혜 연구회 엮음
펴낸곳 : 동동
편집 : 권미나
표지디자인 : 허준혁
내지디자인 : 이경배
인쇄 : (주)엔피코리아
물류 : 황금날개

출판등록 : 제 22-2372호 (2003년 7월 14일)
주소 : 서울시 동작구 사당로164, 607호
전화 : 02-3477-5129
팩스 : 02-599-5112

ISBN 978-89-90673-27-5   03800